CLASSIC

新编新译
世界文学
经典文库

STORIES

爱伦·坡
经典小说集

BY EDGAR

Edgar Allan Poe

[美] 埃德加·爱伦·坡 著

陈震 译

作家出版社

ALLAN POE

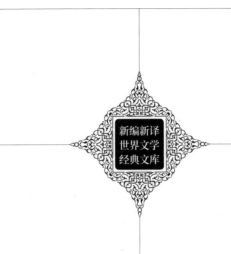

新编新译
世界文学
经典文库

编委会

代　　　　　　　　序

经典，作为文明互鉴的心弦

陈众议　　　　　　　　　　　　2020 年 11 月 27 日于北京

"只有浪子才谈得上回头。"此话出自诗人帕斯。它至少包含两层意义：一是人需要了解别人（后现代主义所谓的"他者"），而后才能更好地了解自己，恰似《旧唐书》所云："夫以铜为镜，可以正衣冠；以古为镜，可以知兴替；以人为镜，可以明得失"；二是人不仅要读万卷书，还要行万里路。读万卷书难免产生"影响的焦虑"（布鲁姆语），但行万里路恰可稀释这种焦虑，使人更好地归去来兮，回归原点、回到现实。

由此推演，"民族的就是世界的"（据称典出周氏兄弟）同样可以包含两层意思：一是合乎逻辑，即民族本就是世界的组成部分；二是事实并不尽然，譬如白马非马。后者构成了一个悖论，即民族的并不一定是世界的。拿《红楼梦》为例，当"百日维新"之滥觞终于形成百余年滚滚之潮流，她却远未进入"世界文学"的经典谱系。除极少数汉学家外，《红楼梦》在西方可以说鲜为人知。反之，之前之后的法、英等西方国家文学，尤其是20世纪的美国文学早已在中国文坛开枝散叶，多少文人读者对其顶礼膜拜、如数家珍！究其原因，还不是它们背后的国家硬实力、话语权？福柯说"话语即权力"，我说权力即话语。如果没有"冷战"以及美苏双方为了争夺的推重，拉美文学难以"爆炸"；即或"爆炸"，也难以响彻世界。这非常历史，也非常现实。

同时，文学作为人类文明的重要组成部分，是人类进步不可或缺的标志性成果。孔子固然务实，却为我们编纂了吃不得、穿不了的"无用"《诗经》，可谓功莫大焉。同样，马克思主义的经典作家向来重视文学，尤其是经典作家在反映和揭示社会本质方面的作用。马克思在分析英国社会时就曾指出，英国现实主义作家

"向世界揭示的政治和社会真理，比一切职业政客、政论家和道学家加在一起所揭示的还要多"。恩格斯也说，他从巴尔扎克那里学到的东西，要比从"当时所有职业的历史学家、经济学家和统计学家那里学到的全部东西还要多"。列宁则干脆地称托尔斯泰是俄国革命的一面镜子。这并不是说只有文学才能揭示真理，而是说伟大作家所描绘的生活、所表现的情感、所刻画的人物往往不同于一般的抽象概括、冰冷的数据统计。文学更加具象、更加逼真，因而也更加感人、更加传神。其潜移默化、润物无声的载道与传道功能、审美与审丑功用非其他所能企及，这其中语言文字举足轻重。因之，文学不仅可以使我们自觉，而且还能让我们他觉。站在新世纪、新时代的高度和民族立场上重新审视外国文学，梳理其经典，将不仅有助于我们把握世界文明的律动和了解不同民族的个性，而且有利于深化中外文化交流、文明互鉴，进而为我们吸收世界优秀文明成果、为中国文学及文化的发展提供有益的"他山之石"。同样，立足现实、面向未来，需要全人类的伟大传统，需要"洋为中用""古为今用"，否则我们将没有中气、丧失底气，成为文化侏儒。

众所周知，洞识人心不能停留在切身体验和抽象理念上，何况时运交移，更何况人不能事事躬亲、处处躬亲。文学作为人文精神和狭义文化的重要基础，既是人类文明的重要见证，同时也是一时一地人心、民心的最深刻，也最具体、最有温度、最具色彩的呈现，而外国文学则是建立在各民族无数作家基础上的不同时代、不同民族的认识观、价值观和审美观的形象体现。因此，外国文学，尤其是外国文学经典为我们接近和了解世界提供了鲜活的历史画面与现实情境；走进这些经典永远是了解此时此地、彼时彼地人心民心的最佳途径。这就是说，文学指向各民族变化着的活的灵魂，而其中的经典（包括其经典化或非经典化过程）恰恰是这些变化着的活的灵魂。亲近她，也即沾溉了从远古走来、向未来奔去的人类心流。

此外，文学经典恰似"好雨知时节"，"润物细无声"，又毋庸置疑是各民族集体无意识和作家、读者个人无意识的重要来源。她悠悠地潜入人们的心灵和脑海，进而左右人们下意识的价值判断和审美取向。还是那个例子，我们五服之内的先人还不会喜欢金发碧眼，现如今却是不同。这是"西学东渐"以来我们的审美观，乃至价值观的一次重大改变。其中文学（当然还有广义的艺术）无疑是主要介质。这是因为文学艺术可以自立逻辑，营造相对独立的气韵，故而它们也是艺术化的生命哲学；其核心内容不仅有自觉，而且还有他觉。没有他觉，人就无法客观地了解自己。这也是我们有选择地拥抱外国文学艺术，尤其是外国文艺经典的理由。没有参照，人就没有自知之明，何谈情商智商？倘若还能潜入外国作家的内心，或者假借他们以感悟世界、反观自身，我们便有了第三只眼、第四只眼、第N只眼。何乐而不为？！

且说中华民族及其认同感曾牢固地建立在乡土乡情之上。这显然与几千年来中华民族的文化发展方式有关。从最基本的经济基础看，中华文明首先是农业文明，故而历来崇尚"男耕女织""自力更生"。由此，相对稳定、自足的"桃花源"式的小农经济和自足自给被绝大多数人当作理想境界。正因为如此，世界上没有其他民族像中华民族这么依恋故乡和土地（柏杨语）。同时，因为依恋乡土，我们的祖先也就相对追求安定、不尚冒险。由此形成的安稳、和平性格使中华民族大抵有别于西方民族。反观我们的文学，最撩人心弦、动人心魄的莫过于思乡之作。如是，从《诗经》开始，乡思乡愁连绵数千年而不绝，其精美程度无与伦比。"昔我往矣，杨柳依依；今我来思，雨雪霏霏"（《诗经》）；"露从今夜白，月是故乡明"（杜甫）；"举头望明月，低头思故乡"（李白）；"春风又绿江南岸，明月何时照我还？"（王安石）。如此等等，不一而足。当然，我们的传统不尽于此，重要的经史子集和儒释道，仁义礼智信和温良恭俭让，以及少数民族文化等皆是中华传统文化的组成部分。而且，这里既有六经注我，也有我注六经；既有入乎其内，也有出乎其外，三言两语断不能涵括。诚然，四十多年，改革开放、西风浩荡，这是出于了解的诉求、追赶的需要。其代价则是价值观和审美感悦令人绝望的全球趋同。与此同时，文化取向也从重道轻器转向了重器轻道。四海为家、全球一村正在逼近；城市一体化、乡村空心化不可逆转。传统定义上的民族意识正在淡出。作为文学表象，那便是山寨产品充斥、三俗作品泛滥。与此同时，或轻浮或狂躁，致使伪命题及去心化现象比比皆是；文学语言简单化（却美其名曰"生活化"）、卡通化（却美其名曰"图文化"）、杂交化（却美其名曰"国际化"）、低俗化（却美其名曰"大众化"）等等，以及工具化、娱乐化等去审美化、去传统化趋势在网络文化的裹挟下势不可挡。

正所谓"彼亦一是非，此亦一是非"，如何在全球化这把双刃剑中取利去弊，业已成为当务之急。"不忘本来，吸收外来，面向未来"无疑是全球化过程中守正、开放、创新的不二法门。因此，如何平衡三者的关系，使其浑然一致，在于怎样让读者走出去，并且回得来、思得远。这有赖于同仁努力；有赖于既兼收并包，又有魂有灵，从而在人类命运共同体的旗帜下复兴中华，并不遗余力地建构同心圆式经典谱系。毫无疑问，唯有经典才能在"熏、浸、刺、提""陶、熔、诱、掀"中将民族意识与博爱精神和谐统一。让《红楼梦》《三国演义》《水浒传》《西游记》等中国文学经典的真善美成为全世界共同的精神财富吧！让世界文学的所有美好与丰饶滋润心灵吧！这正是作家出版社与中国社会科学院外国文学研究所精心遴选，联袂推出这套世界文学经典丛书的初衷所在。我等翘首盼之，跂予望之。

作为结语，我不妨援引老朋友奥兹，即经典作家是好奇心十足的孩子，他用手指去触碰"请勿触碰"之处；同时，经典作家也可能带你善意地走进别人的卧室……作家卡尔维诺也曾列数经典的诸多好处；但是说一千、道一万，只有读了你才知道其中的奥妙。当然，前提是要读真正的经典。朋友，你懂的！

目　录

瓶 中 手 稿

大限将至

无可隐瞒

　　　　　　　　　　　——菲利普·基诺:《阿蒂斯》

　　对于我的祖国和家庭，我没什么可说的。我受尽苛待，远走他国多年，与家人早已疏远。世袭的财产供我受了非同一般的教育，加上生性爱好沉思默想，让我得以将早期辛勤积累的学问分门别类。德国伦理学者的著作尤其给我带来莫大的乐趣，这不是因为我对他们的辩论狂热有什么不明智的崇拜，而是因为我思维严谨，能轻而易举地发现他们的谬误。人们常常指责我天资不足，想象力匮乏被作为罪过强加于我，而我的怀疑精神一向把我弄得声名狼藉。诚然，恐怕是由于我酷爱物理学哲学，思想上才染上这个时代一个屡见不鲜的错误。我是说世人习惯于将发生的事情与物理学哲学的原理联系在一起，哪怕两者根本风马牛不相及。总的来说，世人都跟我一样，容易被迷信的鬼火引离事实的真相。我想，最好还是来这么一段开场白，免得下文要讲的这个不可思议的故事被人当成胡思乱想后的疯言疯语，而非一个不信幻想也不会幻想的人的亲身经历。

　　在国外漂泊多年之后，我于一八××年在富庶的爪哇岛巴达维亚港登了船，驶往巽他群岛。我是以乘客的身份去的，此次出游并无其他诱因，只是因为我感到心神不宁，如同魔鬼附身一般。

　　我们乘的帆船很漂亮，约有四百吨重。船身裹着铜皮，是在孟买造的，用的是马拉巴柚木。船上装着拉克代夫群岛出产的原棉和油类，还载有椰壳、棕榈糖、酥油、椰子和几箱鸦片。货物堆得十分马虎，因而船身容易倾覆。

我们乘着微风出发，沿着爪哇岛东海岸航行多日，除了偶尔遇到几条从我们要去的巽他群岛驶来的小双桅船，再没有什么新鲜事可以排解旅途中的单调乏味。

一天傍晚，我倚靠在船尾栏杆上，看见西北角有一朵怪诞诡奇的孤云。自打离开巴达维亚，我还是头一次见到云彩，而且它的颜色也格外引人注意。我凝神注视着它，直到日落时分，这时那朵云倏地向东西两边延展，在天边形成窄窄一条烟带，看上去犹如一长条低滩。紧接着，我的注意力就被暗红的月亮和异样的海景吸引住了。海面瞬息万变，海水异乎寻常地透明。尽管海底清晰可见，但抛下铅锤一测，才知道船是在十五英寻深的海上。空气变得闷热难耐，热气袅袅地升腾着，像从烧红的铁板上冒出来似的。随着夜幕降临，微风渐渐消失，四周风平浪静，安静得出奇。船尾点着一根蜡烛，丝毫感觉不到火苗的跳动，手指捻着根发丝悬在眼前，也看不出一丝颤动。然而船长却说没看出有什么凶兆，当我们的船漂向岸边时，他下令卷帆抛锚。没有人值夜，水手多半是马来人，他们不慌不忙地摊开身子在甲板上睡下。我下到舱里，心里满是大祸临头的不祥之感。说真的，眼前的种种迹象都告诉我西蒙风（在阿拉伯半岛和撒哈拉出现的极端干热的小规模旋风。——译注）即将来临。我把我的担忧讲给船长听，谁知他不予理睬，话都没回一句就转身离去。我心里惴惴不安，怎么也睡不着，大约午夜时分，我起身走到甲板上。刚踏上舱室扶梯的最高一级，便听到一阵嗡嗡的巨响，像磨坊水轮飞快转动的声音，把我吓了一大跳。还没弄清是怎么回事，船身就剧烈颤抖起来。转眼之间，一排巨浪猛扑而来，把我们抛到船梁末端，汹涌的浪花从船头冲至船尾，席卷了整个甲板。

多半是那阵狂暴的疾风救了这条船。虽然整条船都已进水，但由于桅杆被吹落到了海里，不一会儿，它就费力地浮出海面，在暴风雨的肆虐下摇晃了一阵，最后终于翻正了。

我奇迹般地死里逃生，天晓得我是怎么做到的。我被海水打晕过去，醒来时发现自己卡在船尾柱和方向舵之间。我挣扎着站了起来，头昏眼花地环顾四周，脑海中首先闪现的是我们的船被滔天巨浪吞没的画面；那排山倒海而来、泡沫四溅的漩涡将我们一口吞噬，可怕得完全超乎想象。过了片刻，耳边响起一个瑞典老头的声音，他是我们离港时一起上船的。我拼尽全力向他大声呼喊，他连忙踉踉跄跄地走到船尾。我俩很快发现，只有我俩是这场灾难的幸存者。甲板上的其他人全给扫海里去了，船长和副手们肯定是在睡梦中一命呜呼的，因为船舱早就被水淹没了。没人帮忙的话，我俩休想保住船，而我们一度以为船会沉没，也没有勇气去采取措施。当然，锚索在狂风乍起时就像线一样给刮断了，不然船早已翻覆。现在船正以可怕的速度在海面上飞驰，阵阵海浪迎面冲刷着我俩。船尾骨架被砸得粉碎，几乎千疮百孔，但我们无比欣喜地发现，水泵没有堵塞，压舱物也没怎么移位。西蒙风最强劲的势头已经过去，虽然明知道没多大危险了，但我俩还是不无忧虑地盼望它完全休止。毕竟船都坏成这样了，倘若再来阵猛的，我们将不可避免地葬身在接踵而至的巨浪里。这种担忧不无道理，好在似乎不会马上成为现实。整整五天五夜，我们光靠一点棕榈糖充饥，那还是我们好不容易从水手舱里弄来的。在这五天五夜里，这条破船乘着一阵迅猛的疾风，以无法估算的速度飞驶向前。这阵西蒙风虽不及头一阵的那么猛烈，但仍比我遭遇过的所有暴风都要可怕。头四天的航向没多大变化，一直是东南偏南，朝着新荷兰(澳大利亚旧称。——译注)的海岸驶去。到了第五天，风向更加偏北，天气冷到了极点。太阳泛着惨兮兮的黄光爬上来了，只比地平线高出一点点，没有发出光芒。天上万里无云，可是风力却有增无减，断断续续、变化无常地猛刮。估计快到中午时，我们的注意力又被太阳吸引住了。彼时太阳依旧没有发出所谓的光芒，而只是透着一点暗淡而阴沉，没有反射的光晕，仿佛所有的光线都偏振了。就在它沉入上涨的大海之前，其中间的火团突然熄灭，像是被某种无法解释的力量匆匆扑灭了一般。最后只剩下一个昏暗的银环，倏地扎进高深莫测的大洋里。

我们徒劳地等待第六天的到来。对我来说，那一天还没有到来，对瑞典老头来说，那一天根本没有来过。从那时起，我们就被笼罩在一片漆黑之中，只能看见离船二十步以内的东西。无尽的夜持续不断地将我们包围，热带海面上常见的磷光也无法将其冲破。我们还注意到，尽管暴风威力不减地肆虐不止，但一路伴随我们的滔天白浪已然消失不见。四下里一片恐怖，一片幽暗，像一片热得要命的黑色沙漠。瑞典老头心里越来越发毛，我也暗自感到纳闷。我俩不再把心思放在那条破得不能再破的船上，只是拼命抱紧后桅的残杆，痛苦地凝视着汪洋大海。我俩没有办法计算时间，也猜不出自己身在何处，不过我俩都明白一件事：我们是在向南漂去，以前没有一个航海家比我们漂得更远。让我们感到惊讶万分的是，这一路上居然没有被司空见惯的冰块阻挡。与此同时，我们随时都会丧命，每个排山倒海的巨浪都急着将我们淹没。巨浪之险远超我的想象，我们没有葬身海底真是个奇迹！我的伙伴说船上的货物不重，并提醒我这条船质量无可挑剔；虽然还残留着一线希望，但我还是不可抑制地感到绝望，万念俱灰地准备去死，因为这船向前漂行得越远，那汹涌的黑色巨浪就越令人惊骇。我们时而被抛上比信天翁飞得还要高的浪尖，给吓得喘不过气来；时而又被迅速地扔进海底龙宫，被摔得天旋地转——那里的空气凝滞不动，没有任何声音惊扰海怪的美梦。

当我们又一次被扔进深渊时，一声可怕的尖叫划破了夜空。是我的同伴发出来的。"看！看！"他大声叫喊着，声音非常刺耳，"天哪！看！快看！"就在这时，我看到一片阴郁而刺眼的红光从我们掉进的巨大深渊的四周倾泻而下，在甲板上投下一道断断续续的亮光。我抬头一望，眼前的景象吓得我血液都凝固了。在我俩头顶上奇高无比的地方，险峻的深渊边上，悬停着一艘约四千吨位的大船。它虽然矗立在比船体高出百倍的浪尖，但看上去仍比当今任何一艘战舰或东印度商船都要大。庞大的船身呈现出一种脏兮兮的深黑色，不见一般船上常见的雕刻图案。一排黄铜大炮从敞开的舱口伸出来，索具上挂着的无数盏战斗照明灯摇来晃去，映照着明光锃亮的炮身。最叫人感到惊惧的是，那艘巨船竟然无视超自然的大海和难控制的飓风，照旧张满风帆。一开始我们只看到船头，当时它正从幽暗骇人的深渊中缓缓升起，接着在高不可攀的浪尖上悬停片刻，仿佛在享受会当凌绝顶的快意。然后它就跌跌撞撞、摇摇晃晃地往下坠去。

也不知怎么搞的，那一刻我突然恢复了镇静。我跟跟跄跄地一路退向船尾，无所畏惧地等待我们的破船葬身大海。彼时它终于停止挣扎，先是船头沉了下去，因此下坠的庞然大物就撞上了它沉在海里的船头，这一撞势不可挡，一下子把我抛到那艘陌生大船的索具上。

我刚掉到那大船上，它便调转船头顺着风向开走了。幸好接下来船上一片混乱，我才没有引起水手们的注意。我不费吹灰之力就神鬼不觉地走到半开着的主舱口，瞅准机会躲进了船舱。我也说不清自己干吗要躲起来。也许是因为第一眼看到这艘船上的水手，我就莫名其妙地感到畏惧。我可不愿意把自己托付给这样一帮人，我不过是匆匆瞥了他们一眼，心里就产生了含糊不清的新奇、怀疑和忧虑。所以我最好还是在底舱里找一个藏身处。我将活动甲板掀开一小块，这样就能藏身于巨大的船木之间了。

还没来得及安置妥当，就听到船舱里响起一阵脚步声。我只好赶紧躲起来。一个男人有气无力、步履蹒跚地从我的藏身处经过，我看不见他的脸，不过能大致看到他的外形。这显然是位年迈体弱的老人，膝盖被岁月压得摇摇晃晃，身子被生活压得颤颤巍巍。他断断续续地低声咕哝着什么，说的话我听不懂。他走到一个角落里，在一堆奇形怪状的仪器和腐烂破旧的航海图中摸索着。他的举止既透着老糊涂的乖戾，又带有上帝般的威严。他终于到甲板上去了，我再也没有见过他。

* * * * *

一种不可言说的感觉占据了我的心灵。这种感觉不容分析，过去的经验教训也不足以分析，而未来本身恐怕也无法给出答案。对我这样的头脑来说，考虑未来是一种罪恶。我决不会——我知道我决不会满足于自己的那一套观念。不过，这些感觉令人费解并不足为怪，因为它们的起因新奇透顶。一种新的感觉——一种新的存在又增添到我的心灵中。

* * * * *

我踏上这艘可怕的大船已经很久了，我想我的命运之光正变得清晰起来。真是些不可理喻的人！他们沉浸在自己的思考里，悄无声息地从我身边经过，真猜不透他们在琢磨什么。我躲起来实属愚蠢之举，因为他们根本看不见我。刚才我就径直从大副眼皮底下走过；不久前，我还壮着胆子闯进船长的私人舱室，拿了笔墨纸张，写下这些文字。我会抽空把这个日志写下去。诚然，我也许没机会把它传递到世人手中，但我决不会放弃努力。在最后关头，我会把日记手稿封入瓶中，扔进大海。

* * * * *

刚才发生了一件小事，又让我陷入了沉思。难道这件事是不受控制的巧合？我先前大胆登上甲板，钻进一条小艇，躺在一堆梯绳和旧帆当中，没有引起任何人的注意。我一边思忖着自己奇特的命运，一边不知不觉地拿起一把柏油刷，往身边一只大桶上整齐叠着的翼帆边缘涂抹起来。现在那张翼帆已被挂上桅杆，柏油刷的信手涂鸦展开后竟是"发现"二字！

最近我把这艘大船的构造好好观察了一番。尽管它装备精良，但我认为它并非战舰。其索具、船形和大体设备都否定了这种猜测。它不是战舰可谓一目了然，但到底是什么船就难讲了。不知怎的，当我仔细端详它那奇怪的外形、奇异的船桅、过大的风帆、极简的船头以及老式的船尾时，心里不时会掠过一种似曾相识的感觉，而且总是夹杂着模糊的记忆——古老的异国往事和久远的悠悠岁月会莫名其妙地漫上心头。

* * * * *

我一直在察看这艘船的木料。我没见过这种木料。它有一种奇怪的特征，让人觉得不宜用来造船。我是说它渗透性极强，且不说在这些海域航行会造成虫蛀，更别提时间久了就会腐烂。这种观察多少显得有点爱管闲事，不过这种木料倒是具有西班牙橡木的所有特征，假如西班牙橡木能用什么特殊方法来发胀的话。

我念着上面这句话时，忽然记起一位历经沧桑的荷兰老航海家的一句古怪箴言。若是人们怀疑他的诚实，他就会这么说："千真万确，船身泡在海里会像水手的身体一样体积增大。"

* * * * *

大约一个钟头前，我冒昧地挤到一群水手中间。我就站在他们正中央，可他们对我熟视无睹，似乎完全没有意识到我的存在。他们个个都像先前我在船舱里看到的那个人一样白发苍苍，垂垂老矣。他们的膝盖因虚弱而颤抖，他们的肩膀因老朽而伛偻，他们干瘪的皮肤在风中嘎嘎作响，他们又低又抖的声音时断时续，他们的眼睛里闪烁着浑浊的泪水，他们的白发在暴风雨中疯狂飘拂。在他们周围的甲板上，四散摆放着怪异离奇的老式数学仪器。

* * * * *

不久前我提到过那张翼帆已被挂上桅杆。此后这艘船便迎风驶去，一路向南继续着可怕的航程。从桅冠到翼帆下桁，每一张风帆都扯了起来，上桅帆的横桁无时不刻不被卷入难以想象的惊涛骇浪之中。我刚才离开了甲板，虽说那群水手没觉得有什么不方便，但我实在站不住脚了。这艘大船没有瞬间被大海吞噬，简直就是奇迹中的奇迹。我们不会坠入海底的万丈深渊，但注定要在死亡的边缘不断徘徊。眼前的骇浪比我生平所见凶险千倍，而船身就如海鸥般飞速滑过其间；滔天巨浪活像恶魔一样在我们头顶赫然耸立，然而只是吓吓人罢了，不敢真的索我们的命。我只能把一次次的死里逃生归咎于自然原因。只能用这艘船遭遇了汹涌的海潮或猛烈的回流来解释。

* * * * *

我已当面见过船长，在他的私人舱室里。不出我所料，他没有理睬我。一般人见到他不会觉得他的相貌有什么特别之处，可我注视他时却不由自主地肃然起敬，还混杂着惊奇之情。他和我差不多高，也就是约莫五英尺八英寸。他体格敦实，既不强壮也不羸弱。但他脸上的奇异表情，那强烈的、惊人的、骇人的、彻底的、极度的衰老的痕迹，令我心里涌起一股难以言喻的情绪。他额上的皱纹虽然不多，却仿佛铭刻着千年万载的印记。他的灰白头发是过去的记录，他的灰色眼睛是未来的预言。舱室地板上四处堆放着奇怪的铁扣对开本书籍、腐坏的科学仪器，以及早已被人遗忘的过时的航海图。他双手抱头，专注地盯着一份文件，眼神里透着暴躁不安。我认为那是一份委任状，总之上面有一位君主的签名。他气鼓鼓地低声咕哝了几句外语，跟我在船舱里见到的第一个老水手一样。尽管说话者近在眼前，可他的声音却像是从一英里开外传来。

* * * * *

古代的气息遍布这艘船和船上的一切。水手们来回游荡，眼神里透着不安和渴望，像被埋了千年的鬼魂。尽管我做了一辈子文物贩子，曾经徜徉在巴尔贝克、塔德莫和波斯波利斯的残垣断柱的阴影之中，到后来自己也变成文物了，但当他们的手指在战斗照明灯刺目的光芒中挡住我的道时，我的心中仍涌出一种前所未有的感觉。

* * * * *

我环顾四周，不由得为自己先前的忧虑感到惭愧。如果一直如影随形的疾风就已经把我吓得发抖，那么面对这场疾风与骇浪的搏斗，我岂不得吓得魂不附体？龙卷风暴和西蒙风暴这样的字眼都不足以形容其激烈的程度。船的周围是无尽的黑夜和混沌的死水，但在船舷两侧约三海里的地方，却不时隐隐出现巨大的冰墙，耸立在荒凉的天空中，看上去像宇宙的围墙。

* * * * *

如我所料，这艘船果然是在一股海潮中航行——如果这股拍打着冰墙发出咆哮尖叫，力如雷霆万钧、势如排山倒海，一路向南奔腾的潮水可以称做海潮的话。

* * * * *

你根本想象不出我内心有多惊恐。尽管心里万念俱灰，但对这片可怕海域未解之谜的好奇心最终占了上风，让我心甘情愿地直面凶恶的死神。很明显，我们正匆匆驶向一个能获得令人激动的知识和永不外传的秘密的地方，而获得它们的结果就是毁灭。也许这股海潮正把我们带向南极。必须承认，一个荒诞至极的假设也完全有成立的可能。

* * * * *

水手们迈着战栗不安的步子在甲板上踱来踱去，但他们脸上更多是希望的热切，而非绝望的冷漠。

与此同时，疾风还在吹袭船尾，由于大船扯满了风帆，船身不时地跃出海面！啊，恐怖接连不断！冰墙一下从左边裂开，一下从右边裂开，我们绕着一个巨大的同心圆急速旋转，转得头晕目眩，宏大的圆形剧场的顶端在黑暗中，在远处消失得无影无踪。可我已经没时间思考我的命运了！圆圈在飞速地缩小——我们一头扎进漩涡的魔掌——在大海和风暴的咆哮、怒号和轰鸣中，这艘大船在剧烈地颤抖——啊，天哪！它沉下去了！（《瓶中手稿》最初发表于1831年，多年之后，我才见到墨卡托绘制的地图，在那张地图上，海洋从四个入口注入北极湾，被吸收进地下深处；北极以一块高得惊人的黑岩为标志。——原注）

丽　　　姬　　　娅

　　意志就在那里，意志永不泯灭。谁知意志之活力，意志之奥秘？因上帝不过是一伟大意志，以其专注之特性渗透万物。人若无意志薄弱之缺点，决不屈服于天使，抑或向死神低头。

——约瑟夫·格兰维尔

　　我跟丽姬娅是如何初识，在何时甚至具体在何处初识，我绞尽脑汁也想不起来。已经过去了这么多年，我饱经磨难，记性衰退得厉害。或许，此刻我想不起来，是因为我心上人的品性、渊博的学识、奇异又娴静的美，以及她扣人心弦、引人入胜、令人信服的莺声燕语都是悄无声息地稳步走进我的心田，我才没注意，也不知晓。但我相信，我和她从萍水相逢到频繁来往是在莱茵河畔一座古老而衰败的大城市里。我肯定听她谈起过她的家世，毫无疑问是个历史悠久的世家。丽姬娅！丽姬娅！我正埋头于一门最能忘却俗世的研究，但就凭这三个甜蜜的字眼——丽姬娅——我眼前就能浮现她的倩影，而她却已香消玉殒。提笔至此，我忽然想起，我连她姓什么都不知道，而她曾是我的朋友、未婚妻、研究搭档，最后还成了我的爱妻。难道是我的丽姬娅在跟我闹着玩？难道是我的丽姬娅在检验我的爱？爱得深就不必问？或者只是我自己反复无常——至诚至爱的圣坛上的浪漫至死的祭品？连事实本身我都只能隐约记起，其来龙去脉被我全然忘却又有何奇怪？如果真如人们所说，坏姻缘由埃及人所崇拜的柔弱薄翼女神阿斯塔特所掌管，那准是阿斯塔特在掌管我的婚姻。

　　不管怎样，有个珍贵的话题我没有忘记，那就是丽姬娅的仪容。她身材高挑，有几分纤弱，最后的日子里骨瘦如柴。我想描绘出她的庄重、优雅、风度，还有她那轻盈婀娜的脚步，然而注定徒劳无功。她来无影去无踪。若不是她将玉手放在我肩上，轻声吐出甜美悦耳的声音，我根本不会注意到她走进了我关着的书房。说到容貌，全天下的少女都比不上她。那种容光焕发只有在吸鸦片后的幻觉里才能见到，那是一种无忧无虑、令人振奋的幻象，比酣然入睡的提洛岛女神们心头萦绕的幻象还要美妙。在古典作品中，异教徒错误地教导我们崇尚比例匀称的五官，而她的五官并非那种类型。维鲁拉姆男爵培根谈到形形色色的美时说得好："举凡绝色美人，必有奇异比例。"尽管丽姬娅的长相不是传统的端正的类型，尽管她的美貌堪称"绝色"，尽管她脸上充满"奇异"，但想在她脸上找到不端正，觉得不和谐，那只会是白费力气。我端详过她高耸而苍白的前额的轮廓，那真是完美无瑕——用这个词来形容那绝妙的庄重，是多么贫乏无力！那可与最纯的象牙媲美的皮肤，那威严而平静、宽阔而温柔的天庭，然后是那头乌黑光亮、浓密而自然卷的秀发，充分展现了一个荷马式的比喻，"像风信子一般"！我打量过她线条优美的鼻子，那种完美的鼻子我只在希伯来人的项链垂饰中见到过。同样光滑润泽的表面，同样没有弯曲倾向的鼻梁，同样弯曲得协调并彰显个性独立的鼻孔。我凝视着她甜美的嘴巴。真真是万物登峰造极之作，短小上唇的华丽曲线，柔软下唇的撩人睡意，那笑盈盈的酒窝，那会说话的色泽，还有当她露出清澈宁静但又最璀璨的微笑时，那反射出每一道圣光的皓齿。我仔细观察她的下巴，也发现了希腊人才有的那种宽大而又温和、威严而又柔软、丰满而又灵性的轮廓。这种轮廓，阿波罗神只在梦里给雅典人之子克里奥门尼斯看过。然后我凝视起丽姬娅那双大眼睛。

至于眼睛，就没法从遥远的古代找到比拟了。我心上人的明眸里也藏着培根所提到的秘密。我必须承认，在我们这个种族中，她的眼睛比一般人要大得多。它们甚至比努尔贾哈德山谷部族最圆的羚羊眼还要圆。但只有碰到极度兴奋的时刻，这一特点才在丽姬娅身上变得明显。在这样的时刻，她的美——在我炽热的想象中也许是这样的——是天空中或太空里的那种美，是伊斯兰教天堂里的处女的那种美。眼眸乌黑发亮，长长的黑色睫毛垂在前方。眉毛的轮廓略不整齐，同样乌黑如墨。然而，我在她眼睛里看到的"奇异"与她容貌的结构、色泽、光彩都有着本质的区别，一定是"眼神"在作祟。啊，这毫无意义的字眼！在它广阔的含义背后，掩盖了多少我们对灵性的无知。丽姬娅的眼神！我花了漫长的时间思考它！在这个仲夏的夜晚，我一整夜都在苦苦琢磨它！那东西是什么？那比德谟克利特之井还要深奥的东西是什么？那深藏在我心上人的瞳孔里的东西是什么？它到底是什么啊？我着了魔似的想要理解它。那双眼睛！那双又大、又亮、又妙的球体！它们于我是勒达的双子座（迷恋斯巴达王妃勒达美色的"众神之王"宙斯，为接近她而化身为天鹅，两人生了一对双胞胎。后来宙斯为他俩设立了双子座。——译注），我于它们是最虔诚的占星家。

心理学上有许多不可理解的反常现象，其中最激动人心的莫过于这一种——我相信课堂里从来不会提及——那就是当我们竭尽全力回忆一件早已忘却的往事时，我们经常觉得自己马上就要想起来了，可最终却没能想起来。我在细细端详丽姬娅的眼睛时就常常是这样，眼看就要彻底读懂她的眼神了，还差一步了，就快触手可及了，但最终还是眼睁睁地看着答案离开！难以理解，噢，最难以理解的未解之谜！在天底下最稀松平常的事物中，我竟发现许多跟那种眼神类似的东西。我的意思是说，在丽姬娅的美进入我的灵魂，像供奉在圣坛上一样永驻我心后，我便能从尘世万物中获得一种情感，类似我每次看到她明亮的大眼睛时都能唤起的那种情感。但我没法给这种情感下定义，也没法对其加以分析或是揣度。我再说一遍，往往在观察一株快速生长的葡萄藤时——在凝视一只飞蛾、一只蝴蝶、一条虫蛹、一溪活水时，我体会到了这种情感。凝视大海时我体会到了，凝视流星坠落时我体会到了，凝视古稀老人时我也体会到了。用望远镜观察天上的一两颗星星（尤其是天琴座的大星附近那颗双重的、变化无常的六等星）时，我感受到了。听到某种弦乐器的声音，看到书中的一些段落，我的心里会充满这种情感。在数不胜数的这类事例中，我清楚地记得约瑟夫·格兰维尔的一本书中有这样一段话（也许只是因为它离奇有趣——谁说得清呢？），每每都能激起那种情感："意志就在那里，意志永不泯灭。谁知意志之活力，意志之奥秘？因上帝不过是一伟大意志，以其专注之特性渗透万物。人若无意志薄弱之缺点，决不屈服于天使，抑或向死神低头。"

时隔多年，经过一番审慎的思考，我果真发觉英国伦理学者的这段话和丽姬娅的性格之间不无联系。她的思想、行动和言辞都极为强烈，或许就是那伟大意志的结果，或至少是一种指标，在我们长期的交往中，没什么比这更能证明那伟大意志的存在的了。在我所认识的女人当中，只有外表平静、始终平静的丽姬娅饱受喧哗骚动的激情侵扰。这种激情我无法估量，除非凭借她那猛然睁得老大，瞬间让我又喜又惧的眼睛，凭借她那清晰而温和、低沉而抑扬、动听得不可思议的嗓音，凭借她那习惯性迸出的强烈词语（跟她的说话方式一比，那力量更显强烈）。

我已经谈到过丽姬娅的学识，那真是道山学海，我没见过第二个女人有这般博学。她精通古典语言，而就我对欧洲现代方言的了解来看，我也从来没发现她犯过错误。至于所有那些最令人景仰的课题（就因为它们在研究院自吹自擂的学问中最深奥），我又何曾见丽姬娅犯过难？多么令人奇怪，多么令人激动，我妻子的博学直到最近才唤起我的注意！我刚才说没见过第二个女人有这般博学，可世上又哪能找到一个成功涉猎伦理学、物理学和数学等所有领域的男人？当初我并不像现在这样清楚地意识到丽姬娅学富五车、令人咋舌，但我对她的至高地位还是充分意识到的，婚后那几年，我带着孩子般的自信，听任她指导我研究玄之又玄的形而上学。当时我醉心于研究形而上学。当她伏在我身上，指导我研究那些无人问津、鲜为人知的学问时，我感受到了胜利的狂喜、生动的愉悦和超凡的希望，那美妙的前景在我眼前徐徐展开，沿着那漫长的、灿烂的、无人走过的道路，我最终可以抵达智慧的彼岸，那智慧珍贵之至，不可禁止！

因此，当几年后目送那些有充分根据的希望振翅飞走时，我悲伤得肝肠寸断！没有了丽姬娅，我不过是一个蒙昧无知的孩子，在黑暗中兀自摸索。有她在身边，单是听她解读，我们潜心探究的先验论里的诸多难解之谜就可迎刃而解。少了她那双水汪汪的眼睛，亮闪闪的金字竟变得比土星铅还要暗淡。她的视线愈来愈难得投射在我埋头阅读的书页上了。丽姬娅病了。炽热的眼睛里燃烧着过于灿烂的火焰，苍白的手指变成了死尸般透明的蜡黄色，高耸的额头上的青筋随着轻微的情绪波动而剧烈地起伏。我看出她必死无疑——我在内心拼力与狰狞的死神抗争。令我吃惊的是，我感情炽烈的妻子跟死神抗争起来竟比我还积极。她坚强的性格足以使我相信，对她来说，死神不足为惧——可事实并非如此。她与死神搏斗的激烈程度绝非笔墨所能描述。那副惨状令我痛苦地呻吟起来。我本该抚慰她，本该劝慰她，但在她那强烈的求生欲望面前——她想活下去——只是想活下去，抚慰和劝慰愚蠢至极。她热烈的内心被病痛折腾得翻江倒海，但一直到最后关头，她外表的波澜不惊才被打破。她的声音变得越来越轻柔，越来越低沉，可我不愿详述那些和声细语的强烈含义。我陶醉地听着，脑子里晕头转向，那是一种超越凡人的美妙声音，一种凡人未曾听过的臆想和渴望。

她爱我，这用不着怀疑。而我也能轻易看出，在她内心里，爱情胜过一切。可直到她临终之时，我才意识到她的爱有多情真意切。她久久地紧握我的手，向我倾吐衷肠，说她对我爱得有多么热烈，几乎到了盲目崇拜的地步。我怎配消受这样一番告白？我怎会遭此厄运，在心上人向我倾吐衷肠的时候，竟看着她命丧黄泉？我实在不忍细说这个话题。我只能这么说，哎呀！眼前丽姬娅深深爱着一个不该受人爱，不配受人爱的人，我才终于明白她对生命的渴望为何如此强烈，而这个生命正迅速地逝去。这种强烈的渴望，这种一心想活下去，只是想活下去的强烈的渴望，我无法描绘，无力表达。

在她过世那一晚的午夜，她不容商量地示意我坐到她身旁，让我把她前几日写的一首诗重念一遍。我遵从了她的吩咐。那首诗内容如下：

瞧！这是个狂欢之夜

在这孤寂的暮年！

一群薄翼天使

轻纱遮面，泪水涟涟，

坐在戏院，观看一出

希望与恐惧之剧，

管弦乐团隔三差五

奏出天外之曲

小丑们装扮成上帝，

嘟嘟嚷嚷，低声低语，

飞到东，飞到西

只是傀儡，来来往往，

受控于无形巨掌。

无形巨掌来回换景，

秃鹰的翅膀扑扑飞降，

灾难，看不清！

这出杂七杂八的戏

哦，万不可将其忘记！

人群不断追逐幻影，

却又无法将其捕捉，

绕着一个兜来转去的圈，

最后总是回到原地，

剧中情节疯狂不已

有的是罪恶和恐怖。

瞧，一条蠕动的怪虫，
闯进小丑群中，
浑身猩红，剧烈扭动，
从舞台僻角扭动而出！
剧烈扭动！剧烈扭动！伴着致命的痛苦，
小丑们成了它的食物，
蠕虫的毒牙鲜血淋漓，
六翼天使们哽咽啜泣。

熄灭，熄灭，灯光全部熄灭！
幕布落下，势比骤雨，
如柩衣般罩住，每个战栗的身影，
面色苍白的天使们纷纷起身，
摘掉面纱，确认
这是一出叫《人》的悲剧，
主角便是征服者蠕虫。

"啊，上帝！"我刚一读完，丽姬娅就跳将起来，高高地伸出
痉挛的胳膊，尖声叫道，"啊，上帝！啊，圣父！难道这种情况就
一成不变？难道这个征服者就不能被征服一次？难道我们不是
您不可或缺的一部分？谁——谁知意志之活力，意志之奥秘？人
若无意志薄弱之缺点，决不屈服于天使，抑或向死神低头。"

她仿佛被这阵激情耗尽了精力，两条雪白的胳膊垂了下来，一脸庄严地回到床上，等候死神来临。在她最后的叹息声中，还夹杂着喃喃低语。我弯腰凑近一听，又是约瑟夫·格兰维尔那段话的最后一句："人若无意志薄弱之缺点，决不屈服于天使，抑或向死神低头。"

她死了。我悲痛欲绝，再也不堪独居在莱茵河畔那阴沉破败的城市里。我不欠缺世人眼中的财富。丽姬娅带给我的财富要比一般人拥有的多得多。所以，漫无目的地四处漂泊了几个月后，疲惫不堪的我在美丽的英格兰一处偏僻荒芜、人迹罕至的地方买下一座大修道院，并进行了一番修缮。修道院的名字就不提了。这座阴郁荒凉的建筑，这片野蛮原始的土地，还有与这两者有关的许多年代久远、凄凄惨惨的记忆，倒与我当时万念俱灰的心情十分契合，而正是这种心情把我驱赶到了那与世隔绝的荒郊僻壤。我几乎没有改动修道院的外观，依然是青藤掩映下的凋敝外表，不过我却以孩子般的任性，或许还抱着一线自我疗伤的希望，将内部布置得比宫殿还要富丽堂皇。这种傻事是童年时养成的嗜好，如今又卷土重来，仿佛是我忧伤过度老糊涂了。哎呀，瞧瞧那怪诞的漂亮帷幔、庄严的埃及雕刻、奇异的飞檐和家具，还有金丝簇绒地毯上的疯癫图案，精神失常的早期征兆尽在眼底！我早就成了鸦片的奴隶，我的劳作和秩序都透着鸦片梦的色彩。但我不能停下来细说这些荒唐事。我只想谈谈那个遭诅咒的房间。我一时神经错乱，和来自特里梅因的金发碧眼的罗维娜·特里瓦尼昂小姐成了婚，作为我无法忘怀的丽姬娅的继任。

那间洞房的样式和装饰无不历历在目。新娘那目中无人的父母，贪财贱义，竟允许他们如此可爱的女儿、一个少女踏进如此风格的屋里，他们的情操何在？我刚才说我记得所有的细节，但是说来遗憾，我忘却了更重要的一样东西——其怪诞的布局没有章法，不成系统，所以勾不起我的回忆。房间位于城堡式修道院一个高高的塔楼上，呈五边形，非常宽敞。五边形朝南那一边以窗代墙，镶着一整块威尼斯大玻璃，也是整个房间唯一一扇窗玻璃，它被染成铅黄色，阳光和月光射进来，把里面的物件都蒙上一层恐怖的光泽。巨窗的上头伸出一个葡萄藤架，一株古老的葡萄藤沿着塔楼的巨墙往上爬。阴森森的橡木天花板高得出奇，呈拱形，上面精心刻着回纹图案，半是哥特式半是德鲁伊式，极其荒诞诡异。在那幽暗拱顶的正中凹进处，由一根长环金链垂下偌大一个撒拉逊式金香炉，许多孔眼镂得十分精巧，五彩炉烟不停地穿进穿出，宛如金蛇狂舞。

房里四处放着几件东方式样的搁脚凳和金烛台，还有一张印度式卧榻，是婚床，矮矮的，实心乌木上雕刻着花纹，上面是一顶像棺罩一样的罩篷。卧室五角各竖一口巨大的黑色花岗岩石棺，都是从卢克索古城对面的法老陵墓里挖掘出来的，古老的棺盖上布满史前的雕刻。哎呀！最怪诞的还得数那些帷幔。巍峨的墙壁高得惊人——甚至不成比例——从墙顶到墙脚都重重叠叠地垂着沉甸甸的巨幅帷幔，其面料与地板上的地毯、搁脚凳的凳套、乌木床的罩单、床顶的罩篷以及半遮住窗户的涡纹窗帘一样，都是最贵重的金丝簇绒。簇绒上遍布一团团黑乎乎的直径约一英尺的阿拉伯纹样。但只有从一个角度望去，那些图案才具有阿拉伯纹样的特征。经过一番目前流行于世，其实可以追溯到远古的设计，从不同角度能呈现出不同的图案。刚走进房间的时候，就是觉得这间屋像个大怪物，再往前走几步，那副丑怪的模样便渐渐消失，当来访者在屋里一步步移动时，他会看到自己被川流不息的厉鬼团团包围，那是诺曼人迷信的鬼魂，或是修道士邪梦中的幽灵。帷幔后面人为地吹来阵阵强风，让鬼影幢幢的幻象更显骇人，给整个房间平添一种恐怖不安的生动气氛。

在这样的厅堂里，在这样的洞房里，我和罗维娜小姐度过了蜜月中那些亵渎神明的时刻，只略微感到不安。我不由自主地发现她害怕我那喜怒无常的暴脾气，所以她对我避而远之，也不怎么爱我，可这反倒令我暗自欣喜。我憎恶她，那种憎恨只有恶魔才有。我回想起了丽姬娅，啊，何等令人扼腕！我心爱的、庄严的、美丽的、埋在坟墓里的丽姬娅。我陶醉于回想她的纯洁、她的智慧、她高尚而超凡的本性、她炽烈的崇拜式的爱情。我心中的爱火充分而自由地燃烧着，比她的还要炽烈。吸食鸦片致幻后（我已被鸦片的镣铐所束缚），我会大声呼唤她的名字，在晚上的阒寂无声中，或是在白天的幽谷隐秘处，仿佛光凭着庄重的激情、炙热的思念和强烈的渴望，就能使她回到业已摒弃的人生路上。啊，能永远如此吗？

婚后第二个月月初的样子，罗维娜小姐突然病倒了，恢复得很慢。高烧在吞噬着她，害得她夜夜心绪不宁。在半梦半醒的不安状态中，她声称塔楼上这间卧室里外外都有声音和动静。我认为那不过是她病中的妄想，要不就是被房间本身的鬼影幻象影响到了。她终于逐渐康复，最后痊愈了。然而没过不久，她又病了，这次更加严重，使得她又一次卧床不起，而她本就虚弱的身体再也没能完全康复。她的病本就令人担忧，再度复发更是让医生大惑不解，他们使出浑身解数，然而依旧无济于事。这慢性病日趋严重，显然已经病入膏肓，无法用人类的手段加以根除。我看出她越来越焦躁易怒，一点小动静就能让她惊恐不已。她又开始谈到帷幔间的轻响和异动，而且谈得越发频繁，越发执拗。

九月底的一天晚上，她再度提到这个恼人的话题，语气格外加重，引起了我的注意。她刚从一场不安的梦中醒来，我注视着那张抽搐着的憔悴面孔，心里又是暗暗焦急，又是隐隐恐惧。我坐到她乌木床边的印度搁脚凳上。她半欠着身子，郑重其事地低声讲述她听到而我听不到的声音，她看到而我看不到的情景。帷幔后面风刮得急，我想告诉她，那些含糊不清的呼吸和墙上的影影绰绰不过是疾风的自然效果，不过坦白说，我也不敢全信。但看到她死一般苍白的脸色，我就知道再怎么安抚都是徒劳。她看样子快晕过去了，可身边没有仆人可以使唤。我想起医生嘱咐她喝的那瓶淡酒，便赶紧穿过房间去拿。但是，当我走到香炉的光亮下面时，有两件令人震惊的事情攫住了我。我感觉有个看不见但摸得着的东西从我身边轻盈地经过；我看到金丝地毯上有一个影子，就在香炉投射下来的浓重光影的正中央，一个模糊不清的天使般的身影，又像是鬼魂的影子。但我抽了太多鸦片，正兴奋得发狂，对这些没有太在意，也就没跟罗维娜提。找到淡酒后，我回到房间这头，斟了满满一高脚杯，凑到半晕过去的罗维娜小姐嘴边。这时她略微清醒了些，自己伸手接过酒杯，我则颓然倒在身旁的搁脚凳上，眼睛久久地盯着她。就在这时，我分明听到床边的地毯上响起一阵轻柔的脚步声。片刻之后，当罗维娜把酒杯凑到唇边时，我看见，或者是我在幻觉中看见，三四大滴亮晶晶的深红色液体，像是从空气中无形的泉水里溅下来，掉进了她手里的酒杯。如果我看到的话——罗维娜可没看到。她毫不犹豫地一饮而尽，我忍住了没告诉她，毕竟我还是认为这一幕可能是生动的幻觉，由鸦片、暗夜，以及她的恐惧所引发。

可我没法对自己的洞察力隐瞒一件事：在我妻子饮下那杯滴进红液的酒后，她的病情迅速恶化。接下来的第三天晚上，她的奴婢就开始为她准备后事。第四天晚上，我独自一人坐在那间荒诞不经的洞房里，身边是妻子用裹尸布盖着的尸体，眼前是鸦片引发的疯狂幻象，影影绰绰，轻快掠过。我用不安的目光凝视屋角的石棺，凝视帷幔上变幻莫测的图案，凝视头顶那只香炉里翻滚扭动的五彩火舌。当我回想起前几天夜里发生的事时，我的目光不由得落在香炉投射下来的浓重光影上——我曾在那儿依稀看到鬼影，但这时已杳然无踪。我松了一口气，把目光转向床上那苍白而僵硬的女尸。无数关于丽姬娅的回忆向我袭来，一股难以言喻的悲伤如滔天洪水般漫上心头——我就是怀着这种悲伤看着她被裹尸布盖上。夜色渐深，我仍然凝视着罗维娜的尸体，满腔都是对唯一挚爱的痛苦思念。

午夜时分，也可能是在午夜前后（我没有留意时间），一声低柔又清晰的呜咽把我从冥想中惊醒，像是从乌木床，也就是那张灵床上传来。我不禁迷信起来，胆战心惊地倾耳细听，但那声音没有再度响起。我睁大眼睛看尸体有无动静，可一点也看不出来。然而我不可能听错。虽然那声呜咽很微弱，但我的确听到了，而且我神志清醒得很。我毅然决然地把注意力集中在尸体上，可过了好一阵子，疑团都没有解开的迹象。最后我终于看到，在脸颊和眼睑上凹陷的微血管一带，微微泛出不易觉察的红潮。我心里有种说不出的恐惧，任何语言都无法描述。我坐在那儿，只觉得心跳停止，手脚僵直。不过，一种责任感终于使我恢复了平静。我不再怀疑是我们后事料理得太过仓促，不再怀疑罗维娜还活在人世。得马上采取补救措施。但塔楼与修道院里仆人住的地方是分开的，塔楼里没有仆人，而要叫仆人过来帮忙就得离开房间好一阵，我不敢冒这个险。所以我只好孤身一人努力唤回那徘徊的游魂。然而转眼之间，尸体又旧态复萌，脸颊和眼睑上的血色消退了，留下一片比大理石还要白的惨白；双唇变得更加干枯，皱缩成一副可怕的死相；一种令人恶心的黏糊糊、凉冰冰在尸体表面迅速蔓延，紧接着就僵硬如初。我颤抖着颓然坐回搁脚凳（方才我就是从那里惊醒的），又一次沉浸在对丽姬娅的狂热幻想中。

一个钟头过去了，我第二次听到床那边传来模糊的声音。这可能吗？我在极端的恐惧中屏息静听。声音再度传来，是一声叹息。我冲向尸体，看见——清楚地看见——嘴唇在颤抖。片刻过后，嘴唇放松下来，露出一排亮晶晶的牙齿。我心里原先只是畏惧，如今又多了惊愕，直感到头晕眼花。费了好大的劲，我才总算提起精神，去完成责任感再次交给我的任务。这时那额头、脸颊和喉咙都泛起一层红晕，一股可察觉的暖意传遍整个尸身，甚至连心脏都轻轻搏动起来。这位小姐还活着，我遂用加倍的热情投入到让她死而复生的任务中。我擦洗了她的太阳穴和双手，把医书以外所能获得的经验全用上了。但一切都是枉然。突然间，血色消失了，心跳停止了，嘴唇恢复成死人的颜色。紧接着，浑身上下又变得冰冷、青灰、僵直、凹陷，显出几天来作为尸体的所有令人讨厌的特点。

我又一次沉湎于对丽姬娅的幻想之中。又一次（写到这里，我惊讶地发现自己浑身抖得像筛糠），又一次，乌木床上传来轻柔的呜咽声。可我干吗要细述那个难以形容的恐怖之夜？干吗要细述灰色黎明到来前那恐怖的复活戏码是如何一次次地重演；那一次次可怖的恶化是如何发展为更加严峻棘手、更加无法补救的死亡；那一次次痛苦的死亡是如何表现为与看不见的敌人搏杀；那一次次搏杀是如何使尸体外观发生我无从知晓的怪诞变化？还是让我赶紧把故事收尾吧。

那个恐怖之夜已经过去一大半，而早就死去的她又开始动弹，比前几次动得更有力，虽然这次是从一次最可怕、最无望的死亡中被唤醒。我早已放弃努力，不再起身，只是僵硬地坐在那张搁脚凳上，束手无策地被一团混乱的情绪所折磨。这团情绪极为激烈，连极端的敬畏在里面都成了最温和平淡的一种。我再说一遍，尸体在动弹，比之前动得更有力。生命的色彩以罕见的活力跃然脸上，四肢也不僵了，要不是眼帘依然紧闭，身上缠着只有死人才用得着的裹尸布和绷带，我会以为罗维娜已经彻底挣脱了死神的枷锁。如果说彼时我还不信她已经彻底活过来了，那么当那个裹尸布里的身影从床上爬起身，摇摇晃晃，两腿无力，双目紧闭，像梦游者一样大胆而显眼地走到屋子中央时，我不能再有任何怀疑了。

我没打冷战，没有动弹，因为那个身影的神态、身形、举止激起许多不可言传的幻想，一股脑儿地穿过我的大脑，令我顿时僵成了石头。我寸步未挪，只是怔怔地望着那个鬼影。我的思绪狂乱无序，乱哄哄的静不下来。与我直面相对的果真是活生生的罗维娜？果真是罗维娜吗？果真是那位来自特里梅因的金发碧眼的罗维娜·特里瓦尼昂小姐？何必，何必生疑呢？绷带不是紧紧缠在嘴上吗，那难道不是特里梅因那位小姐生前的嘴？还有脸颊，带着她风华正茂时的玫瑰红，的确可能是特里梅因那位小姐生前的美丽面颊。那下巴，那两个酒窝，跟她健康时一个样，难道不是她的吗？但是，难道她生病后长高了？是怎样一种难以言传的疯狂使我有这种想法？我一个箭步跳到她脚跟前！她往后一缩，没让我碰到她，接着就任凭骇人的裹尸布从头上滑落，一头密密麻麻的凌乱长发就此散开，飘拂在房里急速流动的空气中，比午夜的乌鸦翅膀还要黑！这时，站在我面前的身影缓缓睁开眼睛。"那么，至少，"我失声叫道，"我绝不会——绝不会弄错——这对浑圆的、乌黑的、炽烈的眼睛——是我失去的爱人——丽姬娅小姐的！"

厄 舍 府 的 崩 塌

他的心是只悬挂的琴

轻轻一拨就铮铮有声

——贝朗瑞

　　那年秋天一个阴晦、昏暗、寂静的日子，乌云低压压地挂在
天上，我独自一人策马前行，穿过一片异常凄凉的乡野。暮色渐
浓之际，阴沉的厄舍府终于映入眼帘。不知怎的，第一眼瞥见那
座府邸，一种难以忍受的愁闷便渗透了我的内心。我说难以忍
受，是因为那种愁闷无法排遣，而往常即便是在更萧索的荒山野
岭，从风景中收获的诗情和愉快也能将愁闷缓解。我凝望着眼
前的景象——孤独的房子，单调的景致，荒凉的垣墙，茫然的窗
户，几株芜生蔓长的苔草，几棵树干发白的枯树——心里极度抑
郁，那种感受无法用常人的情绪来比拟，只能比作瘾君子狂欢
过后大梦初醒，回到现实生活中的痛苦，抑或面纱掉落时的恐
惧。我感觉心里发冷，心往下沉，心生厌恶，那是一种无可救药
的阴郁，穷尽想象也无法将其转为欢愉。那是什么——我停下来
思考——是什么让我一望到厄舍府就如此不知所措？这个谜让
我不得其解，而沉思时涌上心头的幽暗幻象亦让我难以招架。我
不得不转而依靠一个不尽如人意的结论，那就是，毫无疑问，有
些非常单调的景物组合在一起，就是能侵扰我们的心境，而若
想分析个道道出来，那费尽心思也是枉然。我暗自心忖，把这幅
风景画的细节略作调整，其对悲伤情绪的表现力兴许就能削弱
几分，甚至荡然无存。我带着此念勒马缓行，来到府邸旁的山中

小湖边，湖水黑得骇人，泛着平静的光泽。我从险峭的岸边低头一看，不禁浑身战栗。那灰色的苔草、惨白的树干和如眼睛般茫然的窗户倒映在死水中，已经扭曲变形，比先前还要叫人毛骨悚然。

不管怎样，我打算在这座阴森的宅邸里寄居几周。房主罗德里克·厄舍是我孩提时代的好友，不过我们已经多年未见。然而就在最近，身在偏远地区的我收到一封信——他写来的一封信——他在信中纠缠不休，非要我亲自去一趟。字里行间透露着焦躁不安。他说他身患重病，一种让他饱受折磨的精神疾病；他说他热切地想要见到我，我是他最好的朋友，实际上也是他唯一的好友。他期望借由和我的愉快相处来减轻病痛。通篇都是这类话语——他显然是诚心邀请我去，使得我没有犹豫的余地。我立即应邀，但我至今仍认为这次邀约奇怪透了。

虽说我俩小时候亲密无间，但我对他真的知之甚少。他寡言少语，已经成为习惯。不过我也了解到，他年代久远的家族自古以来便以一种怪异的敏感气质而闻名，多少年来，这一气质在许多高贵的艺术作品中得到展示，而最近，它又表现在一次又一次低调的慷慨解囊，以及抛开容易被感受到的音乐之美，一头钻进音乐的复杂细节上。我还听说过一件奇事，就是厄舍家族尽管历史悠久，却从未有过经久不衰的旁系分支，换句话说，整个家族一直都是直系嫡传，只在很短的时期有过很小的变化。当我思忖着府邸的气质与传说中厄舍家族的气质竟完全吻合，猜测着几百年来前者可能影响了后者时，我不由得认为也许正是因为缺乏旁系分支，才使得财产和姓氏世代相袭，父传子，子传孙，最终财产和姓氏合二为一，府邸的原名没人叫了，成了"厄舍府"这个古雅而含糊的名称。在农民心目中，这个称呼既指这座府邸，也指这户人家。

如上文所述，我做了个稍显幼稚的实验，朝山中小湖俯视了一眼，结果原先的惊悚感反而变本加厉了。毫无疑问，我的心里迷信意识陡增——何不就称之为迷信呢？——造成我更加迷信。我早就知道这个悖论，所有的感情都以恐惧为基础。也许正因为此，当我再度把目光从湖中倒影移向那座房子时，我的脑海里产生了奇异的幻象。那幻象真的荒谬绝伦，我提它只是为了说明折磨我的那种感觉是多么生动逼真。我沉浸在自己的想象里，当真以为整个庄园及周边都笼罩在一种它们所特有的雾气中。它与大气毫不相干，而是从枯树、灰墙、死潭散发出来，神秘而致命，晦暗、迟滞、隐约可见、色灰如铅。

我甩掉脑海里那个必定是幻梦的念头，更加仔细地扫视这座建筑的真实面貌。看来它的主要特征就是过于古老。经过岁月的洗礼，外表严重褪色。墙上长满微小的蘑菇，从屋檐蔓延而下，像一张纠缠交织的细网。但这一切还说不上特别破败。石墙没有一处坍塌，整体上完好无损，只是个别石块碎了，显得很不协调。此情此景让我不由得想到某个无人问津的地下墓穴，由于常年吹不到一丝风，里面的木质结构看上去完好无损，实则早就腐烂了。不过，除了外表上大面积的破败之外，这座建筑的基本结构倒也没有不稳定的迹象。得拥有细致入微的观察力，方能发现一条几乎看不见的裂缝，从正面屋顶弯弯曲曲地顺墙而下，消失在阴沉沉的湖水中。

我将这一切收入眼帘，策马经过一条不长的堤道，来到府邸门前。一个仆人牵走我的马，我跨进大厅的哥特式拱门。另一个男仆蹑手蹑脚、默不作声地领着我穿过一道又一道昏暗错综的走廊，到他主人的房间去。也不知道是怎么回事，沿途所看到的竟使我上面提及的那种模糊的愁绪更加强烈。天花板上的雕刻，墙上灰暗的壁毯，乌黑的地板，以及我迈步走过时咯咯作响的幽灵般的纹章甲胄——周围的这些物件都是我小时候熟悉的，虽然我毫不犹豫地承认这一切都很熟悉，但我还是感到纳闷，这些普普通通的东西，怎么激起了那么陌生的奇想。在一座楼梯上，我碰见了他家的私人医生。他面露诡诈和困惑之色，惴惴不安地跟我搭了句话就跑了。这时男仆推开一道门，把我引到他主人面前。

这个房间又高又大，窗户又长又窄，呈尖形，离黑橡木地板很高，手根本够不着。几缕微弱的猩红色光线透过格子玻璃射进来，刚好把四下显眼的物件照得一清二楚。但我穷尽目力也看不清房间远处的角落，或是刻有回纹的拱形天花板深处。墙上挂着黑色壁毯。家具很多，但显得不舒服，又老又破的。屋里散落着许多书籍和乐器，然而没能增添一丝生机。我呼吸到了悲伤的气息。周遭的一切都笼罩着一股压抑、强烈而又不可救药的阴郁之气。

厄舍直挺挺地躺在沙发上，见我进来，马上起身生机勃勃地招呼我。一开始我觉得他热情得过火，以为是倦怠的人在强颜欢笑。但我瞥了他一眼，就相信了他的真诚。我们坐了下来，他一时间一言不发，我怔怔地望着他，对他是又怜又怕。毫无疑问，这世上没有一个人像罗德里克·厄舍那样，在如此短的时间内发生过如此骇人的变化！我费了好大劲才认定眼前这位面容憔悴的家伙是我童年时代的玩伴。不过他的面部特征倒是一向突出。脸色惨白；眼睛大而清澈，无可比拟地明亮；嘴唇有点薄且没有血色，但轮廓绝顶漂亮；鼻子是精致的犹太鼻，鼻孔却大得非同寻常；下巴形状很好，就是不够突出，显得意志薄弱；头发又软又细，跟蛛丝似的。这些特征加上太阳穴上方宽阔的天庭，构成一副让人难以忘却的相貌。所有这些特征以及他一贯的表情只是比过去更为明显，就产生了如此巨大的变化，让我怀疑起自己是在和谁说话。最让我吃惊甚至害怕的莫过于他苍白得可怖的肤色和明亮得出奇的眼睛。那丝一般柔软的头发不经意间蓄成一头长长的蛛丝，与其说是披垂在脸上，不如说是飘浮在空中。我怎么也无法把这副诡异的样子和正常人联系在一起。

我第一时间就注意到他行为反复无常，说话语无伦次。很快我就发现，起因是他徒劳无力地试图克服自己的习惯性震颤——一种极度的神经紧张。对此我已有心理准备，一是读过他的来信，二是还记得他少年时的脾性，三是他的体质和性情非常奇怪，足以做出推断。他时而生气勃勃，时而闷闷不乐。声音一分钟前还抖抖颤颤、吞吞吐吐，精气神荡然无存，一分钟后就变得简明有力，听起来突兀、低沉、深重、从容不迫——那是一种滞重、镇定、收放自如的喉音，也许只有在走失的醉汉或无可救药的鸦片鬼飘飘欲仙时方能听到。

他就那样谈着邀我来的目的，说他热切地想要见到我，希望我给他带来安慰。他还很是详细地谈到自认为得了什么病。他说那是家族性遗传病，他对找到有效的疗法已经不抱任何希望。只不过是神经上的毛病，他又立刻补充说，过几天准会痊愈。能从许多反常的感觉中表现出来。在他详述的时候，一些内容引起了我的兴趣，同时也使我感到困惑，尽管可能是术语和他的叙述方式在起作用。神经过敏把他折磨得够呛，只能吃索然无味的食物，只能穿特定料子的衣服，芬芳的花香让他难以忍受，微弱的光线都能刺痛他的眼睛。只有一种奇怪的声音，某种弦乐器发出的声音，不会使他感到恐惧。

看得出，他已深深地陷入一种异样的恐惧之中。"我快要死了，"他说，"我准死在这悲惨的荒唐病上。就这么死掉，就这么死掉，没有别的死法。我害怕将来的事情，不是害怕事情本身，而是害怕其后果。一想到那些会影响我这无比焦虑的灵魂的事情，我就不寒而栗，哪怕是最微不足道的事。说实话，我并不憎恶危险，我憎恶的是危险带来的后果——恐惧。在这不安的状况下，在这可怜的境地中，我觉得我迟早会抛弃生命和理智，臣服于可怕的恐惧。"

此外，从他断断续续、模棱两可的暗示中，我还了解到他精神状况的另一个奇怪特征。他对多年来未敢擅离半步的厄舍府有迷信的看法，而且被这个看法束缚住了。他说他忍受了这房子多年，其外表和实质上的一些特点对他的心理造成了影响。在描述房子对他施加的那股力时，他的用词过于模糊，此处无法复述。灰墙和小塔楼以及它们所俯瞰的昏暗水潭，最终影响到了他的精神状态。

不过，他虽然犹豫，却也承认折磨他的那种奇怪的愁绪，可以追溯到一个更可以接受的原因，那就是他在这世上仅有的最后一位亲人，他多年来的唯一伴侣，他心爱的妹妹生了一场旷日持久的大病，眼看就要死了。"她一死，"他用一种让我难以忘怀的痛苦口吻说，"我这个脆弱而无望的人就成了历史悠久的厄舍家族最后一根独苗了。"他说话的当儿，玛德琳小姐（别人这么称呼她）从房间远端走过，步子慢悠悠的，没有注意到我，接着就不见了人影。我打量着她，心里又惊又怕——这种心情我完全无法解释。我目送着她的身影缓缓消失，心头一阵恍惚。当房门终于在她身后关上时，出于本能，我急切地转过去看他哥哥的表情，但他已把脸埋进双手里。我只能看到他骨瘦如柴的手指比以往还要惨白，两行热泪顺着指缝流了下来。

医生对玛德琳小姐的病早就束手无策。他们给出的诊断结论很不寻常：根深蒂固的冷漠，日益消瘦的身体，短暂而频发的强直性晕厥。她顽强顶住了病痛的压力，迄今还未被困在病榻上。然而就在我到达他们家的当天夜里，她终于向摧残她的病魔屈服了（她哥哥晚上告诉我的，语气里透着难以言传的焦虑不安）。我意识到那惊鸿一瞥或许就是我见到她的最后一眼，至少我再也见不到活着的她了。

接下来数日，厄舍和我都绝口不提她的名字。我郑重其事地致力于减轻我朋友的哀伤。我俩一起画画，一同看书；我听他即兴弹奏狂野的吉他曲，恍若置身梦中。随着我们的关系越来越亲密，我走进了他的内心深处，然而进入得越深，我就越发痛苦地意识到，想让他振作起来的一切努力都是徒劳。他心里那种阴郁浑然天生，无休无止地向外散发，让道德世界和物质世界的一切物体都蒙上一层阴郁之色。

我与厄舍府的主人单独度过了许多严肃的时刻，它们铭刻了在我的脑海里。然而，我无法参透他邀请我或引领我投入其中的那些消遣。一种异常兴奋而又极度紊乱的想象力将万物罩上一层硫黄色的光泽。他大段大段的即兴挽歌将永远在我耳边回响。别的不说，我痛苦地记得，他对旋律狂放的《冯·韦伯最后的华尔兹》进行了奇异的曲解和夸张。他用精巧的想象力构思着画作，一笔一笔地加以润色，使得画面变得模糊不清，看了直叫人打冷战，而且因为不知为何打冷战，就更叫人毛骨悚然。这些绘画（如今仍历历在目）根本无法用文字来表达，我费尽心力也描绘不出零光片羽。他的画朴素至极，构图阴郁，既引人注意，又让人胆怯。如果说这世上有人画出过概念，那个人就是罗德里克·厄舍。至少对我而言，在当时所处的境况之中，那位疑病症患者在画布上泼洒的那种纯粹的抽象概念，令我产生一种强烈到无法忍受的敬畏感，而以往我在注视富塞利那色彩强烈但幻象具体的画时，却未曾有过一丝这种敬畏的影子。

在他那些幻境般的构思中，有一个没那么拘泥于抽象，或许可以勉强诉之于文字。那幅画不大，画的是内景，不是墓穴就是隧道，呈矩形无限延伸，白色的墙壁低矮光滑，没有间断或装饰。画面上的某些陪衬足以表明那墓穴位于地表以下极深的地方。偌大的空间看不到一个出口，也看不见火把或其他人造光源，然而一大片强光四下翻滚，把整个墓穴沐浴在一种不恰当的可怖光辉之中。

我刚才提到过他病态的听觉神经，除了某种弦乐器奏出的乐声，一切音乐都令他难以忍受。正因为有这种狭窄的限制，他才把自己局限于弹奏吉他上，而他富于幻想色彩的弹奏很大程度上也归因于此。但他弹奏的即兴曲激昂流畅，没法用这个来解释。那些狂想曲的音符也好，歌词（他经常边弹吉他边即兴编歌词）也好，都是精神高度镇定和集中的产物，我在前文中委婉地提到过，他那种状态只有在兴奋值达到顶点时才能见到。我轻松记住了其中一首狂想曲的歌词。聆听他弹奏的时候，我对这一首印象尤其深刻，也许是因为我从它的神秘主义意蕴中第一次看出，厄舍已经意识到他崇高的理智正摇摇欲坠。歌词题目叫《闹鬼的宫殿》，原文如下，虽不是一字不差，但也相差无几：

一

在我们最苍翠的山谷里，

居住着善良的天仙，

曾有座美丽庄严的官殿——

金碧辉煌——威仪尽显。

在思想君主的领地——

它巍然屹立！

六翼天使的双翼

从未掠过如此美丽的官殿。

二

黄色的旗帜金光灿烂，

在殿顶飘扬招展，

（这—— 一切——都已成往昔

早无踪迹）

阵阵和风流连嬉戏，

在那甜蜜的日子里，

沿着羽饰的苍白城垣，

有翼的气味随风飘散。

三

快乐谷里的旅行者，

透过两扇发光的窗，

望见天仙翩翩起舞，

伴着鲁特琴的优美音律，

绕着宝座旋转，那儿坐着

(思想陛下！)

器宇轩昂

俨然帝王风范。

四

宫门富丽堂皇，

熠耀着珍珠和红宝石的光，

一群回声女神穿门而出

络绎不绝，始终闪亮，

她们惬意的职责

就是歌唱，

用优美的嗓音，

歌唱国王的睿智英明。

五

但是恶魔身披悲伤的长袍，

袭击国王高贵的领地，

(啊，让我们哀悼吧，他再也见不到

翌日的黎明，何等悲戚！)

宫殿周围的繁花似锦，

已经变作模糊的传说

埋葬在往昔里。

六

此刻山谷里的旅行者，

透过猩红的窗户

看到巨大的鬼影，

伴着刺耳的旋律乱舞，

就像一条恐怖的激流，

从那道苍白的宫门，

奔涌而出，鬼影森森，

不见笑脸——只闻笑声。

我清楚地记得，这首歌词里的意味为我们打开一条思路，厄舍的一个奇怪的观点就这么被引出来了。我把这个观点拎出来说，多半是因为厄舍对它坚持不渝，而非出于新颖，因为其他人

[指沃森、珀西瓦尔博士、斯帕兰扎尼，尤指兰达夫主教，参阅《化学论文集》第五卷。——原注。理查德·沃森（1737—1816），英国主教及学者，即兰达夫主教；托马斯·珀西瓦尔（1795—1856），美国诗人、医生、地质学家、音乐家；拉扎罗·斯帕兰扎尼（1729—1799），意大利解剖学家、博物学家。——译注] 也提出过类似观点。这种观点一般说来就是认为一草一木皆有灵性。但在他紊乱的奇思怪想中，这个观点变得更加大胆，在某种情况下竟侵入到非生物的领域。他对此深信不移，那份坚信我都找不到词来形容。不过，那份坚信与他祖上传下来的灰石头房子有关（我在前文里暗示过）。在他的猜想中，那些石头的排列顺序，铺满石墙的细小蘑菇，矗立四周的凋枯之树，尤其是常年未被动过的布局，以及死寂湖面的倒影，无不透着灵性。他说，石墙和湖水散发的雾气逐渐冷凝，由此可见石头和水也有灵性。这话听得我大吃一惊。他补充说，那些草木石水悄无声息而又纠缠不休地影响着他的家族，几百年来一直塑造着厄舍家的命运，也把他害成现在这副样子。这种观点无须评论，我也不会置评。

不难想象，当时我们看的书高度符合这种幻想的特征。多年以来，这些书籍对这位病人的精神状态起到了不小的影响。我俩一起研读了好多作品，诸如格雷塞的《浮凡和修道院》（格雷塞是十八世纪的法国诗人、戏剧家，所谓《浮凡和修道院》其实是两首诗，文中合二为一。——译注），马基雅维利的《贝尔法哥》，史威登堡的《天堂与地狱》，霍尔伯格的《尼尔斯·克里姆地下之行》，罗伯特·弗卢德、让·丹达日内和德·拉·尚布尔各自所著的《手相术》，蒂克的《蓝色深处之旅》，康帕内拉的《太阳城》。我们的最爱是多明我会修士埃梅里克·德·吉龙内的八开本《宗教裁判所》。庞波尼乌斯·梅拉写的关于古代非洲的森林之神和牧羊神的一些章节，能让厄舍出神地读上几个钟头。但最让他欲罢不能的还得数一本珍稀的四开本哥特书，那是一座废弃教堂的手册，名叫《美因茨教会守灵书》(原文为拉丁文。——译注)。

一天傍晚，他冷不丁地通知我玛德琳小姐已经过世，说先打算把她的尸体放在府邸的众多地窖中保存十四天，然后再下葬。听他一讲，我忍不住想到那本奇书里疯狂的守灵仪式，以及它对这位疑病患者可能造成的影响。不过，他采取如此吊诡的做法，自有其世俗的理由，我不便提出质疑。他告诉我，他之所以这么做，是考虑到亡妹那异乎寻常的疾病，考虑到她的医生冒失而殷切的询问，也考虑到祖坟偏远且不避风雨。我不否认，当我想起来到这府邸那天，在楼梯遇到的那人的阴险面容，我就不反对他这么做了。照我看，这又不会伤害到谁，而且绝不算违背人道。

应厄舍的请求，我亲自帮他安排临时安葬。尸体已经入棺，我们两人把它抬到安放处。地窖多年没打开过，令人窒息的空气差点把火把弄灭，根本没机会在里面仔细打量。这地窖逼仄潮湿，透不进一丝光。它在很深的地下，正上方恰好是我睡的那间屋子。显而易见，在很久以前的封建时代，地窖曾被用作地牢，后来又当存放火药等易燃品的库房使用，因为一部分地板和我们走过的长长的拱道内部都仔细包着黄铜。那扇大铁门也同样包着黄铜。开门和关门的时候，沉重的铁门在铰链上旋动，发出异常尖锐刺耳的声音。

在这块令人胆战心惊的区域里，我们将凄楚的棺材搁在架子上，再将尚未钉上的棺材盖挪开一半，瞻仰遗容。我头一回注意到他们兄妹俩竟然长得一模一样。厄舍大概看穿了我的心思，喃喃低语了几句，我这才知道他和死者是孪生兄妹，彼此之间一直存在着几乎难以解释的心灵感应。但我们的目光没敢在死者身上久留，因为免不了感到畏惧。病魔已经夺去她正值青春好年华的生命，但就像所有的强直性晕厥病人一样，她的胸口和脸上还泛着一层淡淡的红晕，她的唇角还挂着一抹蹊跷的微笑，那微笑逗留在死人脸上，看起来实在瘆人。我们合上棺盖，钉牢钉子，关上铁门，拖着沉重的步伐，回到上面几乎同样阴森森的房间。

悲痛欲绝的几天过去了，我朋友病态的精神状况有了显著的变化。平日里的举止消失得无影无踪，平日里的消遣遗忘得一干二净。他急急忙忙、时快时慢、漫无目的地从一个房间游荡到另一个房间。本就煞白的面色变得更加煞白（如有可能），而眼睛已经完全失去了光泽。偶尔低沉沙哑的嗓音再也听不到了，代之以一种习惯性的颤音，仿佛害怕得要命。有时候，我觉得他永无宁日的脑子里藏着个令人压抑的秘密，他想把这个秘密吐露出来，正竭力争取必要的勇气。有时候，我又不得不将这一切归结为不可捉摸的狂想，因为我看见他长时间茫然地盯着前方，神态极其专注，仿佛在聆听想象中的声音。怪不得他的状况让我感到张皇——它感染了我。他脑子里怪诞的迷信念头具有强烈的感染力，正悄悄潜入我的心底。

玛德琳小姐停放在地窖中的第七或第八天的深夜，我躺在床上，尤其体会到那种感染力的力量。时间一分一秒地过去，可我辗转难眠。我努力想从支配我的紧张情绪中解脱出来。我竭力使自己相信，这多半是 (如果不全是) 因为房间里那些令人困惑的幽暗家具——那破烂的黑色帷幔被暴风雨吹得在墙上来回摇摆，床头的装饰物发出了不安的沙沙声。但我的努力毫无成效。抑制不住的战栗逐渐传遍全身，最后有股莫名的恐慌压上心头，如同梦魇一般。我大口喘息着，挣扎着甩掉这梦魇，从枕头上探起身子，聚精会神地凝视黑漆漆的房间，倾耳细听一个低沉而模糊的声音。我不知为何要这样做，除非是出于本能的驱使。那个声音总在狂风骤歇时响起，间隔很长时间才能听到，不知道来自何方。一种强烈的恐惧攫住了我，无法理解又难以忍受。我感觉再也睡不着了，于是匆匆穿上衣服，在屋里疾步走来走去，试图从自己陷入的可怜境地里摆脱出来。

我才踱了几圈，就听到附近楼梯上传来一阵轻盈的脚步声。我很快听出那来自厄舍。紧接着他就轻叩房门，提着一盏灯走了进来。面色照旧苍白得像死尸，然而眼睛里却透着狂喜，一举一动都带有压抑着的歇斯底里。他那副样子让我惊骇，但再怎么都比我孤挨长夜要好，我甚至庆幸他来了。

"你没看见么？"他一声不吭地四下注视了片刻，突然问道，"你还没看见？等等，你会瞧见的。"他小心翼翼地把灯遮好，匆忙走到一扇窗户前，迎着暴风雨一把将其推开。

一阵猛烈的狂风瞬间袭来，差点把我们吹上天。诚然，外面狂风大作，可这个夜晚又美到极致——恐怖到奇诡，也美丽到奇诡。我们附近显然有一股旋风在积聚力量，因为风向经常剧变。乌云垂得极低，仿佛压在府邸的塔楼上，它们虽说浓密

稠黑，但是我们依然能够看到它们从四面八方栩栩如生地飞驰
而来、彼此冲撞，却没有飘向远方。那些乌云极为浓稠，连月
亮、星星和闪电都看不到了，但是我们依然能看到乌云，因为
它们被从山湖和石墙升起的雾气照亮了。这层雾气清晰可见，
像裹尸布一样笼罩着府邸，发出微弱的白光。于是，一团团焦
躁不安的乌云下端，还有我们周遭地面上的一切，就都闪烁起
微弱的白光来。

　　"你不可以——你不该看这个！"我颤抖着对厄舍说，一边
轻轻发力把他从窗边拉到座位，"这些把你弄糊涂的景象不过
是普通的电现象，或者只是山湖中发臭的瘴气。关上这扇窗户
吧，空气寒冷，对你的身体有危害。这儿有一本你爱读的传奇
故事书。我念给你听，咱们就这样一起度过这可怕的夜晚吧。"

　　我拿起的那本古书是兰斯洛特·坎宁爵士的《疯子特里斯
特》（此书系爱伦·坡杜撰。——译注）。不过，我把它说成是厄舍爱读的书
可不是真话，更像是一个可悲的玩笑，因为我的朋友心高气傲、
超凡脱俗，而这本书语言粗俗、想象缺乏、拖沓冗长，很难让他
感兴趣。然而我手头就这一本书，而且我还怀着一丝侥幸，就
算我念的情节荒谬绝伦，都能给这位激动得六神无主的疑病症
患者带来慰藉，因为精神病发展史上多的是类似的情况。如果
能从他听故事时兴奋又紧绷的神态判断出他是认真在听还是假
装在听，那我就可以庆贺计划成功了。

　　我已经念到一段出名的情节，主人公埃塞尔雷德想以和平
的方式进入隐士家未果，继而强行闯了进去。记得那段文字是
这样的：

"埃塞尔雷德生性勇猛刚强，再加喝多了浑身是劲，便不再与隐士多费口舌。那隐士顽固且狠毒。埃塞尔雷德只觉雨水打在肩上，惟恐暴风雨就要来临，当即抡起钉头锤砸了几下，门板瞬间砸出一个窟窿。他把戴着铁手套的手伸进去猛拉，将那道门拉扯撕裂得粉碎。干燥的木头噼里啪啦的碎裂声在整个林子里回荡，叫人心惊肉跳。"

念完这段，我吓了一大跳，暂时打住了，因为我依稀听到有回声从府邸远处的一个角落传来（虽然我马上断定这是自己因兴奋而产生的幻觉）。那声音与兰斯洛特·坎宁爵士在书中特意描写的那种噼里啪啦的破门声一模一样，只是听起来更为沉闷。毫无疑问，正是这种巧合引起了我的注意。但比起竖铰链窗的咯咯作响和仍在加剧的狂风呼啸，那个回声就实在算不了什么，不足以引起我的兴趣或让我感到不安。我接着往下念道：

"勇士埃塞尔雷德破门而入，怎料不见那恶毒隐士的踪影，不由得怒火中烧，暗暗吃惊。却见有条遍身鳞甲、口吐火舌的巨龙，守卫在一座金殿前。宫殿的地板由白银铺盖而成，宫墙悬着一面亮闪□的黄铜盾牌，上面镌刻有两行铭文——

进殿者得此殿

屠龙者得此盾

埃塞尔雷德举起钉头锤，一锤击中龙头，巨龙应声倒地，尖叫一声断了气。那声尖叫恐怖又刺耳，埃塞尔雷德不得不双手掩耳，抵挡那前所未闻的可怕噪音。"

念到这里我又突然打住，吃惊地倒抽一口气。这一次，毋庸置疑，我的的确确听到（虽然说不清从哪个方向传来）一声低沉遥远但又刺耳持久的尖叫，怪异得超乎想象，与我根据书中描写想象出来的巨龙的尖叫毫厘不差。

离奇的巧合第二次出现，一时间许多矛盾的感觉压得我喘不过气来，其中最突出的当数惊讶和极度恐惧。可我还是保持了足够的镇静，以免刺激到厄舍敏感的神经。我决不敢肯定他已经听到了这些声音，可在过去的几分钟里，他的举止确实有了奇怪的变化。他本来是面向我坐着，现在已经把椅子缓缓转开，以便脸对着房门。这样我就只能看到他的部分五官，但见他嘴唇簌簌发抖，像在喃喃低语。他的脑袋耷拉在胸前，但我知道他没有睡着，因为我从侧面看到他双眼大睁，目光呆滞。他的身体一直在微微地左右摇晃，也说明他没有睡着。顷刻间我已把这一切收入眼底，于是继续朗读兰斯洛特·坎宁爵士那篇故事：

"那勇士从巨龙的魔掌中逃脱后，便想到黄铜盾牌，想到要破除上面的妖术。他搬开拦在面前的龙尸，无畏地踏着白银地板，走向挂着盾牌的宫墙。还没等他走到墙根，盾牌就掉在脚前，砸得白银地板发出骇人的惊天巨响。"

末尾几个音节刚从我嘴边掠过，我就听到一声清晰而空响的金属撞击声，仿佛真有一面黄铜盾牌重重地砸在白银地板上，明显有些低沉。我吓得一跃而起，然而厄舍无动于衷，依旧平缓地左右摇晃。我冲到他的椅子前。他目不转睛地盯着前面，面孔如石头般僵冷。但当我把手搭在他肩上时，他浑身上下剧烈地发起抖来，嘴唇上颤出一丝苦笑。就见他语无伦次地咕哝着，声音又低又急，仿佛不知道我在他跟前。我俯下身子凑近他，终于听懂了那番话的恐怖含意。

"没听见？是的，我听见了，已经听见了。听见好久，好久，好久了，听见好多分钟，好多小时，好多天了。可我不敢，啊，可怜可怜我吧，我是个痛苦的可怜虫！我不敢，我不敢说！我们把她活埋在坟墓里！我不是说过我感觉敏锐吗？现在告诉你吧，她最早在空棺材里弄出的一点小动静我都听到了。很多天以前我就听到了，可我不敢，我不敢说！而现在——今晚——埃塞尔雷德——哈！哈！——隐士门板的破裂声，巨龙惨死的惊叫声，盾牌落地的铿锵声！——还不如说是棺材的碎裂声，囚住她的铁铰链的摩擦声，她在地窖铜廊内的挣扎声！啊，我能逃到哪里去？难道她不会马上赶来？难道她不正匆匆赶来，责骂我的草率？难道我没听见她上楼的脚步声？难道我没听出她那沉重而可怕的心跳声？疯子！"这时他怒气腾腾地跳了起来，厉声尖叫，仿佛连灵魂都不要了，"疯子！我告诉你，她现在就站在门外！"

那声非凡的尖叫似乎有种魔力，瞬时间，他指着的那扇古老笨重的乌木巨门竟缓缓裂开一道大口。是被一阵狂风刮开的，但是门外果然站着厄舍家的玛德琳小姐。她高耸在那里，身上披着的白色裹尸布溅满血迹，瘦弱的身躯上上下下都留有苦苦挣扎过的痕迹。她在门口瑟瑟发抖、前后踉跄了片刻，就听一声凄厉的哀号，她重重地跌进门内，栽倒在她哥哥身上。她终于一命呜呼，在最后那极度痛苦的垂死挣扎中，她把哥哥也一并拽倒在地。他也死了，是被吓死的，沦为他早已预料到的恐惧的牺牲品。

我吓得魂飞魄散，立刻逃出那间屋子，逃出那座宅邸。穿过那条旧堤道时，暴风雨仍在肆虐。突然，沿路射来一道奇异的光，我转过身去，想看看这道极不寻常的光究竟从哪里射来，因为我身后除了那座大宅和它的阴影外别无他物。原来那光来自一轮西沉的血色满月，此刻把那条几乎看不见的裂缝照得透亮。我在上文中提到过那条裂缝，它从正面的屋顶弯弯曲曲地顺墙而下，一路延伸到墙根。在我凝视之时，这条裂缝迅速变宽。一阵狂风猛然袭来，血色满月突进眼前。我头晕目眩地看到巨大的石墙轰然崩塌，分崩离析成残垣碎瓦。一阵嘈杂骚乱的大喊大叫声骤然响起，经久不息，听起来像万马奔腾的洪涛。我脚下那个幽深湿冷的山湖，阴沉沉、静悄悄地淹没了一片瓦砾的厄舍府。

威 廉 · 威 尔 逊

怎么说它呢？怎么说冷峻的良心，那横在我路上的幽灵？

——张伯伦：《法萝妮达》

我暂且自称威廉·威尔逊吧。我面前这张白纸不必被我的真名实姓所玷污。那个名字令我的家人受尽嘲笑、厌恶和憎恨。难道那愤愤不平的风儿还没把我无与伦比的坏名声传播到天涯海角？哦，我这天底下最放荡的弃儿！难道我对这世界不是心如死灰？难道我对这世间的荣誉、鲜花和金色的希望不是心如死灰？在我的希望和天堂之间，难道不是永远垂着一片浓密、阴郁、无边无际的乌云？

近年来，我遭受了难以言表的痛苦，犯下了不可宽恕的罪行，如果在此可以不谈，今天就不谈了。这一时期（最近这些年），我突然变得很邪恶，其原因就是我眼下要谈的。人一般是逐步走向邪恶。可所有的道德都像披风一般，刹那间就从我身上掉了下来。我像是迈着巨人的步伐，一个大步就从不起眼的小邪恶跨进了埃拉伽巴路斯〔Elagabalus（约203—222），罗马帝国塞维鲁王朝的皇帝，以荒淫无道著称。——译注〕式的大邪恶。是什么机会，什么事件导致我变得十恶不赦，请听我细细道来。死神正在向我逼近，它的降临软化了我的心。我在穿过幽暗的山谷时，渴望得到世人的同情——我差点儿说成渴望得到世人的怜悯。但愿他们能相信，我多少成了人类无法左右的环境的奴隶。我希望他们能从我讲述的故事里找到小小的事实，证明我这么做是命中注定，就像从错误的荒原中找到宿命的绿洲。我要让他们承认——他们也不得不承认——尽管诱惑可能在很久以前就已存在，但至少没有人受到过我这样的诱惑——当然也没有人像我这样堕落过。难道有人受过我这样的痛苦？难道我不是一直活在梦中？难道我不是作为那恐怖又神秘的最疯狂的幻觉的牺牲品，正在等待死神的降临？

我来自一个以想象力丰富和性格乖戾而著称的家族。我完全秉承了家族的性格，这一点在我尚在襁褓中时就已显现。随着年龄的增长，这种秉性也愈发显著；由于种种原因，它害得我的朋友们焦虑不安，同时也伤着了我自己。我变得一意孤行，反复无常，经常被自己失控的情绪所左右。我优柔寡断的父母和我一样为身体羸弱所困扰，对我的坏脾性束手无策。他俩做了一番力不从心且方向错误的努力，结果以彻底失败而告终。当然，我大获全胜。从此以后，我的意见就成了家法。在绝大多数孩子还在蹒跚学步的年龄，他们就任凭我由着自己的性子行事，虽然未获正式认可，但事实上我的生活都是我说了算。

回忆最初的校园生活时，我的脑海里总能浮现一座伊丽莎白时代的格局凌乱的大房子。它坐落于一个雾气缭绕的英格兰村庄，那里有许多粗糙多节的参天大树，屋舍清一色地异常古老。说实话，那庄严的古镇是一个梦幻般的抚慰心灵之地。此时此刻，我仿佛感觉到了绿树成荫的大道上沁人心脾的凉爽，仿佛闻到了无数灌木丛散发出的芬芳，仿佛听到了教堂低沉空灵的钟声，那钟声带给我无法言说的激动和喜悦——它每隔一小时就会冷不丁地幽幽响起，打破暮色中的寂静，而那座回纹饰面的哥特式尖塔还在暮色中沉睡着呢。

细细回忆那所学校及相关轶事让我感到愉悦，这可能是眼下最能让我感到愉悦的事情了。我正深陷痛苦之中——痛苦，唉！多么真实的痛苦——我想没有人会反对我东拉西扯地讲讲那个时期，借以寻求一点哪怕是微乎其微的、稍纵即逝的慰藉。再说在我看来，那些微不足道甚至荒谬可笑的往事，一旦与时间地点联系起来，就显得意想不到地重要，因为就是在彼时彼地，我第一次察觉到了此后将我完全笼罩的不祥之兆。那就让我来回忆一下吧。

我提到过那座房子既老旧又不规则。院子很宽阔，围着一堵高大坚固的砖墙，墙顶抹了一层灰浆，插着碎玻璃。那道监狱般的高墙构成了我们领土的疆界；每周只有三次看得到外面的世界。每周六下午一次，在两位助理教员的陪同下，到附近田野里散会儿步；每周日早晚各一次，也是正儿八经地列队，到村里唯一的教堂做礼拜。我们的校长就是那座教堂的牧师。我坐在教堂内的靠背长凳上，远远地望着他迈着庄严而缓慢的步伐登上布道坛，心里那份惊诧和困惑无以言表！这位牧师一脸宽厚亲切，长袍光亮飘逸，假发套又大又硬，上面还细致地扑了粉——这难道就是最近那个一脸尖酸不满，打扮惹人讨厌，手持戒尺执行严苛校规的家伙？噢，充满着巨大的矛盾，荒谬到匪夷所思！

在那堵沉重压抑的高墙一角，开着一扇更加沉重压抑的大门。门上镶满铆钉，锯齿状的钉尖冒在外面。噢，那扇门太令人敬畏了！除了前面提到的三次定期出入外，它从来没有打开过；所以每当巨大的铰链发出嘎吱一声响，我们就会发现许多神秘的事物——它们需要严肃地置评，更需要严肃地思考。

宽广开阔的校园形状不规则，有大面积的幽深之处，其中最大的三四个连成了学校的操场。地面很平整，铺着又细又硬的沙砾。我记得很清楚，操场上没有树，没有长椅，也没有任何类似的东西。当然，操场在房子后面。房子前面有一个小花坛，种着黄杨之类的灌木；可说真的，只有在特殊的日子，我们才会经过那块圣地，比如头一次到校，最后一次离校，或是父母亲友来接我们，我们欢天喜地地回家过圣诞节或仲夏节。

那栋房子啊！一栋多么古色古香的老建筑！在我眼里是座十足的迷宫！里面的房间环环相连，蜿蜒不绝。任何时候都分不清是在楼上还是楼下。从一间屋到另一间屋总是得上下三四级台阶。房间多得不计其数，不可思议地一间套着一间，且经常迂回曲折着又套回原来那间，所以当我们想到那房子时，脑子里冒出的是"无限"这个概念。我和其他十八九个同学分配到一间小寝室，在那里住了五年之久，可我始终没搞清那间屋到底在哪个偏僻的角落里。

我们的教室是房子里最大的一间——我禁不住认为那是全天下最大的一间。它又长又窄，低矮得令人压抑，哥特式尖窗，橡木天花板。在远端阴森可怖的一角，有一间八九英尺见方的小屋，那是我们的校长兼牧师布兰斯比博士在校时的私室。小屋固若金汤，屋门笨重异常，校长不在的时候，我们宁愿被碾刑折磨致死，也不愿去开那扇门。另外两个角落还有两间相似的小屋，虽然远不如校长那间令人望而生畏，但依然叫人心生畏惧。一间是"古典文学"助理教员的讲坛，一间是"英语兼数学"助理教员的讲坛。教室里横七竖八、杂乱无章地摆放着多到数不清的长凳和书桌，它们黑漆漆的、古老而陈旧，上面堆满了被手指翻脏的书籍，而由于刻满了首字母缩写、全名全姓和各种奇形怪状的图案，它们早已面目全非。教室一头放着一只盛满水的大水桶，另一头立着一台巨型大钟。

在这所古老学府的四堵高墙之内，我度过了人生中的第三个五年，既没感到乏味，也不觉得厌恶。童年时代幻想丰富，不需要外在世界来占据或填补；我的校园生活表面上沉闷单调，但实则充满了兴奋感——在较为成熟的青年时代，我过着奢侈的生活，在完全成熟的成年时代，我过着罪恶的生活，但它们带来的兴奋感都不及在学校时那么强烈。不过我必须相信，我最初的心智发展中有很多非同寻常甚至怪诞出格之处。就常人而言，幼年时代的经历到成年后很难留下确切的印象。一切都是灰蒙蒙的影子——一种依稀的、不规则的记忆——对微不足道的欢乐和变幻不定的痛苦的模糊的再现。可我不是这样。孩提时期，我一定像成人那样有力地感受到了当时所发生的一切，使得童年往事至今历历在目，像迦太基勋章上镌刻的文字一样生动、深刻、持久。

可实际上，从世俗的眼光来看，有什么好回忆的！早晨醒来，晚上就寝；默读，背诵；阶段性的半天假，信步闲荡；操场上的争吵、嬉戏和密谋——所有这些记忆碎片，通过一种长期被遗忘的心灵魔法，变成一片感觉和知觉的荒野，一个充满各种事件、各式情感的最激动人心的世界。"啊，铁器时代，多么美好的时代！"（原句是法文。——译注）

事实上，我热情洋溢又专横跋扈的性格很快就让我成了校园里的风云人物。渐渐地，自然而然地，比我略微年长一些的同学都唯我马首是瞻了——只有一个例外。此人跟我并不沾亲带故，却与我同名同姓。其实这也算不上稀奇，因为虽然我出身贵族，但我的姓名却很普通——根据因时效而取得的权利，它自古以来就成了乌合之众的公共财产。因此我在本文中自称叫威廉·威尔逊——这是一个虚构的名字，与我的真名相差无几。在"我们这帮同党"(学校里的行话) 中，只有与我同名同姓的那位敢在学习、运动上与我较劲，敢在操场上与我争吵，敢拒绝盲从我的主张，敢不听我的命令行事。实际上，对我在任何方面的独断专行，他都敢于加以阻止。如果这世上真有至高无上的绝对的专制，那就是一个才智过人的孩子对精力不济的同伴们的专制。

威尔逊的不服从令我极为难堪。更糟糕的是，尽管我在大庭广众之下对他和他的狂妄自负表现得毫无畏惧，但私底下我却对他感到害怕，禁不住认为他还没发力就已和我旗鼓相当，恰好证明了他的实力在我之上——为了不被他压下去，我已经进行了锲而不舍的努力。可话说回来，只有我发现了他的实力，甚至发现他的实力与我不相上下；同学们不知怎的全都蒙在鼓里，似乎没有一点察觉。事实上，他与我较量，对我进行抵抗，尤其是顽强又无礼地阻止我的意图，都做得很隐蔽。我有不断驱策自己成为领头羊的雄心和激情，而他似乎完全没有这些。他与我作对，也许仅仅是被一种想要挫败我、让我吃惊、使我丢脸的古怪愿望所驱使；尽管有时我会情不自禁地注意到——满怀惊诧、自卑和愤怒地注意到——他对我的伤害、侮辱和驳斥之中，竟然还带着一种极不恰当且讨厌至极的深情。我只能这么认为，是因为他极度自命不凡，俗气地摆出一副恩公或保护人的样子，才导致了他这种奇怪的行为。

或许正是因为威尔逊行为中的后一个特征，加上我俩同名同姓，又无巧不成书地同一天进校，才使得我俩是兄弟的说法在高年级同学中传开了。高年级同学对低年级同学的事情往往不会认真查究。我在前文中提过，威尔逊与我的家族没有一点沾亲带故。但如果我俩真是亲兄弟，那肯定是双胞胎；因为离开布兰斯比博士的那所学校后，我无意中得知我的同名者生于1813年1月19日。这是一个有点惊人的巧合，因为那天恰好是我的生日。

威尔逊让我焦虑不安，一来他总是和我对着干，二来那股子反驳的精神也让我难以忍受。不过说来也怪，我对他完全恨不起来。诚然，我俩几乎天天都要吵架，虽然当着众人的面是我完胜，但他却有办法让我觉得他才是赢家。我的自尊心和他的名副其实的尊严使得我们始终只是"点头之交"；尽管我们性情中许多强烈的契合点在我心底唤起一种感情，但说不定是我们各自的处境阻止了这种感情化为友谊。很难界定，甚至很难描述我对他的真实感情。那是一种杂七杂八的感情：几分耍孩子脾气的敌意，但还说不上憎恨；几分敬意，更多的是尊敬；还有许多的恐惧，外加令人不安的好奇。此外，对伦理学者而言，没有必要说威尔逊和我是一对拆不散的好友。

毫无疑问，我们之间存在着一种反常的关系，这使得我们的较量显得非常奇怪。我对他进行了许多公开和私下的攻击，但不是硬碰硬那种，而是通过打趣和恶作剧的方式——我想让他被众人嘲笑，以达到刺痛他的目的。我在这方面的努力并不总是奏效，哪怕经过了最精心的策划——我那位同名者性格低调、内敛、毫无破绽，对尖锐的冷嘲热讽只会一笑置之，并不会被刺痛。事实上我只能找到他的一个弱点——他身上有个特征，可能是先天疾病。除了我之外，任何人都不忍心钻他这个空子。我对手的弱点在咽喉，他无论何时都没法提高嗓门，只能轻言细语。我一逮着机会就利用这一缺陷攻击他。

威尔逊的报复手段五花八门，其中有一招十分有效，令我大伤脑筋。我百思不得其解，睿智如他是如何发现一件如此琐碎的小事也能招我生气的？自从被他发现之后，他就习以为常地用来惹恼我。我一向厌恶我那不典雅的姓氏，它就算不是下层社会的姓，也是个非常常见的姓。那字眼在我听来充满了恶意。我入校那天，另外一个威廉·威尔逊也来报到，我不禁因他跟我同名同姓而怒不可遏，并对这个名字更加憎恶，因为一个陌生人也取这名字，就意味着它会被喊上两遍。而且他会经常出现在我面前，由于这一可恶的巧合，他在学校里的所作所为势必与我自己的搞混。

当事实一再证明，我和我的对手无论是肉体上还是精神上都像一个模子刻出来的时，我心头的怒火越烧越旺。当时我还没有发现我俩竟然是同龄人，不过我已经看出他和我一般高，甚至连外形身材都出奇地相似。高年级同学中盛传的我俩是亲戚的传言也让我愤慨不已。总而言之，没有什么比听到别人暗指我俩性情、外貌、身份样样相似更让我感到不安的了(尽管我小心翼翼地掩饰了这种不安)。不过我没有理由相信这种高度相似已经成了别人讨论的话题，他们甚至都没看出来(只不过提到我和威尔逊是亲戚罢了)。威尔逊和我一样看得一清二楚，我对此心知肚明；但正如我前面所说，他能看出我俩样样相似让我感到恼怒和不安，只能归因于他超乎常人的敏锐头脑。

他的招数是竭力完善对我的模仿。他把我的言谈举止模仿得惟妙惟肖。我的衣着容易模仿，步态和举止也不难被他据为己有；尽管他的发音器官有缺陷，但就连我的嗓音也没有逃过他的模仿。我声音洪亮，他当然模仿不来，可我的语调竟被他学得活灵活现；他奇特的轻言细语，就成了我嗓音的回声。

那幅精妙绝伦的肖像画（公平地说不能称之为漫画）有多令我苦恼，这里我就不冒昧形容了。唯一能聊以安慰的是看起来只有我一个人注意到他在模仿我，我也只消忍受他心照不宣的微笑和带着嘲讽的怪笑。他满足于在我内心产生了预期效果，似乎在为已经将我刺痛而暗自窃笑。而且他完全不把同伴们的喝彩放在心上——他如此高超的模仿很容易就能为他赢来喝彩。实际上全校上下都没有觉察到他的计划，没有注意到他已经得计，也没有人加入他一起嘲笑我——这是一个难解之谜，我提心吊胆地琢磨了几个月也没能解开。也许是他模仿得细致入微，不那么容易被人识破；或者更可能是他的大师风度，不屑于模仿形式（愚钝的人只能从画上看到形式），而是着重于精神实质，挥洒出我特有的默想和失望。

我已经不止一次地提到过他以恩公自居的讨厌嘴脸，提到过他经常多管闲事地干涉我的决定。他干涉我的决定时，往往是没礼貌地劝告一番——不是开门见山地提出劝告，而是含沙射影地暗示或暗讽。我对他的劝告厌恶透顶，这份厌恶随着年岁的增长愈发强烈。但在时隔多年后的今天，我还是说句公道话吧，虽然我的对手当时还处在少不更事的年纪，但我不记得他所提出的劝告中有过与那个年纪相称的谬误或愚蠢；我也不妨承认，抛开一般才能和处世智慧不谈，至少他的是非感远远比我敏锐；而且我还要承认，如果我当初对他那些包含在别有深意的轻言细语中的忠告不是那么憎恶至极，不是那么嗤之以鼻，不是那么频繁拒绝的话，那我如今就可能会是一个好男人，因而过得更快乐。

事实上，在他令人生厌的监督下，我的心情焦躁到了极点；我越来越不掩饰对他的傲慢的憎恨，那是一种让我无法容忍的傲慢。我在上文提到过，与他同窗的头几年里，我对他的感情倒不难化为友谊，可在我住校的最后几个月里，尽管他对我的干涉无疑减轻了几分，但我的憎恨却成相似比例地增加了几分。有一次，他多半是看出来了，此后就躲着我，或者说假装躲着我。

如果记忆没出岔子，就是在那一时期，我跟他大吵了一架。这次他一反常态地失去戒心，明目张胆地和我吵了起来，完全不像他的性格。我还从他的音调、神态和外表中发现了某种东西（或者说我自以为发现了）。它先是使我大为惊愕，继而又激起了我强烈的兴趣，因为它让我的脑海里浮现出我襁褓时期的朦胧画面，在我有记忆之前的那个时期的纷乱拥挤的画面。我描述不出使我感到压抑的那种感觉——我只能说我摆脱不了这样一个念头：我跟站在我面前的这个人很早之前就已经认识，甚至要追溯到无限久远的年代以前。但这个错觉来得快去得也快；我提到它，只是为了说明就是在那天，我与和我同名的怪人进行了最后一次谈话。

在这座由无数小房间组成的巨大的老房子里，有几个彼此相通的大房间，里面住着全校大部分学生。这座房子设计得如此笨拙，必然会出现许多小角落、小壁凹和其他边边角角的小空间。颇具经济头脑的布兰斯比博士也把这些小空间布置成了宿舍，尽管它们狭窄逼仄，只能容纳一个人住。其中一间小宿舍就住着威尔逊。

那天晚上（当时我在校第五学年已接近尾声），前面提到的那场架刚刚吵完，趁同学们都在熟睡，我从床上爬起来，提着灯蹑手蹑脚地穿过一条条狭窄的走廊，前往我那对手的卧室。我早已想到一记能给予他伤害的毒招，然而至今尚未付诸实施。现在我打算实施起来，我决心让他感受到我满腔的恶意。来到他门前，我连灯带罩丢在外面，悄无声息地走了进去。我向前迈了一步，竖起耳朵听他平静的呼吸声。确信他已睡着，我转身取了灯，再次走到床前。我实施起我的计划，将包裹着床四周的帐子轻手轻脚地掀开，当明亮的光线耀眼地照在熟睡者身上时，我的目光也落在他的脸上。我瞥了一眼，一种冰冷的麻木感顿时弥漫到全身每一个毛孔。我的胸口上下起伏，双膝摇摇欲坠，整个灵魂被一种毫无理由、无法忍受的恐惧牢牢攫住。我喘着粗气把灯垂低，凑近他的脸庞。这，这是威廉·威尔逊的脸庞？是的，的确是他的脸庞，但看着又不像——我跟得了疟疾似的浑身颤抖起来。他的脸何以让我如此惊慌失措？我凝视着那张脸，脑子里闪过许多杂乱无章的念头，弄得我晕头转向。他醒着的时候、活蹦乱跳的时候可不是这副模样——显然不是这副模样。同样的名字！同样的外形！同一天入学！然后他不屈不挠又毫无意义地模仿我的步态、嗓音、习惯和举止！难道人世间真有这种可能，难道我此刻目睹的仅仅是他习惯性地对我进行模仿的结果？我吓得不寒而栗，灭了灯，悄悄退出房间，马上离开那所古老的学校，再也没有回去过。

我在家里百无聊赖地待了几个月，不知不觉中成了伊顿公学的学生。这短短的几个月时间，足以冲淡我对那件怪事的记忆，或至少使我回忆起来时的心情发生了显著的变化。那出戏的真相——悲惨的真相——已不复存在。我开始怀疑起自己的心智；我很少忆及那件事情，偶尔想起来了，也只是诧异于人类怎么那么容易轻信，并暗自嘲笑自己秉承了那么活跃的想象力。我在伊顿公学的生活方式也不可能减轻这种怀疑。一进伊顿公学的校门，我就不顾后果地纵身跳入放浪形骸的旋涡。这旋涡卷走了昔日的一切，将所有坚实的、严肃的印象瞬间吞没，只留下最轻浮的记忆泡沫。

话说回来，我并不想描述在伊顿公学度过的那段挥霍放荡的时光——彼时我逃避着老师们的监管，对校规校纪嗤之以鼻。荒唐的三年过去了，我一无所获，还沾染上了根深蒂固的恶习，此外就是个头长高了很多。有一次，在连续七天七夜的花天酒地后，我又邀请了一小撮最堕落的同学，到我房里参加一场秘密夜宴。我们在深夜聚首，准备胡吃海喝到天明。桌上有的是酒，也不缺乏其他更危险的诱惑，当东方出现鱼肚白的时候，我们的狂欢纵饮也进入了高潮。我醉醺醺地玩着牌，满脸通红，正硬要为一个渎神的邪恶想法干杯，突然房门被猛地推开一半，把我的注意力拉了过去。门外传来一个仆人急切的喊声。他说有个急匆匆的人在门厅等我，要求和我对话。

我被酒精刺激得异常亢奋，这突如其来的打扰非但没有吓到我，反倒令我感到高兴。我踉踉跄跄地走了出去，没走几步就到了门厅。门厅又矮又小，没有装灯，除了从半圆形窗户透进来的朦胧曙光，屋里再没有一丝光亮。跨过门槛时，借着微弱的曙光，我看到一个年轻人的身影，个头与我不相上下，穿着件式样新颖的白色开司米晨衣，碰巧和我撞衫。但我看不清他的五官。我刚一进去，他便大步流星走到我跟前，不耐烦地一把揪住我的胳膊，凑到我耳边低语道："威廉·威尔逊！"

我顿时清醒过来。

陌生人的举动令我大吃一惊——他跷起一根抖个不停的手指，举到我的眼睛和曙光之间。但让我的心灵受到强烈震动的还不是这个，而是那奇异的、轻轻的、嘶嘶的声音里饱含着的庄严的告诫；尤其是他轻声吐出那两个简单而熟悉的字眼时的特征、音调和声调，像电流一样击中了我的灵魂，无数往事随之蜂拥而至。没等我回过神来，他已不见人影。

这件事虽然转瞬即逝，但在我错乱的脑海里留下了生动的印记。说真的，有那么几个星期，我不是在四处打听，就是在进行病态的猜测。我不想假装没认出这位怪人，当年就是他坚持不懈地干涉我的决定，用他含沙射影的劝告来烦扰我。不过，这个威尔逊究竟是什么人，是干什么的？他从哪里来？他目的何在？这一连串问题我无从解答，只弄清他家突遭变故，于是在我逃离布兰斯比博士那所学校的当天下午，他也卷着铺盖离校了。但没过多久，我就把这些问题抛在脑后，一心一意地琢磨起怎么进牛津大学。很快我就如愿以偿；我虚荣的父母给我提供了丰厚的生活费，使我能随心所欲地过着我所珍爱的奢华生活，使我能与大不列颠最倨傲不逊的世家子弟攀比谁出手阔绰。

有了供我寻欢作乐的本钱，我不由得忘乎所以，天生的脾性变得变本加厉。我过着醉生梦死的生活，道德的约束被我一脚踢开。若是停下来细述我的奢侈放纵，那可不大像话。一言以蔽之，我比希律王还要骄奢淫逸，干了一大堆前人闻所未闻的荒唐事。在欧洲最荒淫的那些大学的长篇累牍的恶行目录上，我增加的篇幅可真不算少。

　　说起来让人难以相信，在牛津，我彻底忘了自己的绅士身份，堕落到去学职业赌徒怎么肮脏地出老千，而一旦精通了那些卑劣的花招，我便隔三差五地用来欺骗一些智力低下的同窗，以此来增加我本就不菲的收入。事实就是如此。这项滔天大罪有悖男子气概和正直操守，无疑成了我能全身而退的主要原因，如果不是唯一原因的话。事实上，就我那帮奢靡放纵的同伴而言，他们宁愿怀疑自己的心智出了问题，也不愿将怀疑的矛头指向快活的、坦诚的、慷慨的威廉·威尔逊，那个牛津大学最高贵、最大方的自费生。照他那帮跟班的说法，他的荒唐行径不过是年轻人的奇思怪想所致，他的错误行为不过是心血来潮所致，他最邪恶的恶行也就是大肆挥霍而已。

　　就这样，我顺风顺水地做了两年老千。这时学校里来了一位名叫格伦丁宁的年轻新贵，据说和赫罗狄斯·阿提库斯 [Herodes Atticus（101—177），希腊人，一四三年在罗马任执政官，也是演说家、教师和公益捐助者。——译注] 一样富有，而且他的财富得来全不费工夫。我很快就发现他脑子缺根筋，于是他顺理成章地成了我施展骗术的猎物。我经常邀他打牌，用庄家的惯用伎俩，先让他赢一大笔钱，使他乖乖地落入我的圈套。看到时机已经成熟，我抱着成败在此一举的信念，把他约到同为自费生的普雷斯顿先生的寝室。普雷斯顿和我俩都很熟，但说句公道话，他对我的花招丝毫没有起疑。为了把戏演得更逼真，我特意招来八九名同学，费尽心机地让玩牌这事显得是被偶然提出来的，而且是我选定的猎物自己提出来的。如果要简单谈谈这件缺德事，卑鄙的手段没法省去不谈——那些个套路如出一辙，以至于让人拍案惊奇：怎么还有人稀里糊涂地被老千钓上钩？

我们玩起了牌，一直玩到深夜，最后我略施小计，让格伦丁宁成了我唯一的对手。我们玩的是我拿手的埃卡特（一种两人玩的三十二张纸牌游戏。——译注）！其他人对我们下注的金额很感兴趣，都放下手中的牌，站在我们旁边观战。那个暴发户在上半夜中了我的计，被怂恿着喝了好多酒，现在他洗牌、发牌、出牌都紧张得不能自已，而我认为他的紧张不安并非全因醉酒所致。不一会儿，他就欠了我一大笔赌债。他喝了一大口葡萄酒，接下来果然跟我预料的一样——他提议将我们本就高得惊人的赌注再翻一番。我装作很勉强的样子，直到我的再三拒绝激得他口出恶言，我才气呼呼地终于依了他。不消说，这只猎物已经完完全全地掉进了我设的圈套。不到一个小时，他的赌债就翻了四倍。他上半夜喝得满脸通红，刚才已经消退了不少，但令我惊诧不已的是，此刻他的脸色竟变得跟死人一样惨白。我说令我惊诧不已，是因为我多方打听到格伦丁宁腰缠万贯，他输掉的钱虽然数额巨大，但还不至于惹他生气，更不至于对他产生如此强烈的影响。他脸惨白成这样，应该还是酒精作祟。我正要断然结束赌局（与其说是出于什么不大纯洁的动机，倒不如说是为了维持我在伙伴们心目中的形象），这时伙伴们的表情和他的一声万念俱灰的长叹使我恍然大悟：他已经输得倾家荡产了。大量的酒精使得他本就不灵光的脑袋瓜严重透支，连恶魔都不忍心把他往死里宰，而我却宰得不亦乐乎。

我一时间没了主意。那位受骗者一副可怜兮兮的样子，使得每个人脸上都笼罩着尴尬的阴郁。屋里一片死寂，这伙人中的良心未泯者向我投来蔑视或责备的目光，我不禁感到脸上火辣辣地疼。我甚至可以承认，当接下来的意外骤然发生时，我无法承受的焦虑之重瞬间一扫而空。又宽又重的折叠门突然洞开，那股子猛劲儿扑面而来，像变戏法似的扑灭了屋里的每一根蜡烛。在蜡烛熄灭的一刹那，我们刚好看到一个陌生人走了进来，个头和我一般高，身上紧紧裹着一件披风。现在屋里一团漆黑，我们只能感觉到他站在我们中间。他的鲁莽惊得我们目瞪口呆，还没等我们从惊魂中回过神来，不速之客开口了。

"诸位，"他轻言细语道，那是一种独特的声音，带来深入骨髓的战栗，让人终身难忘，"诸位，我不为我的行为道歉，我不过是履行自己的职责罢了。此人今晚通过玩埃卡特赢了格伦丁宁勋爵一大笔钱，毫无疑问，你们对他的品性并不了解。所以我提供一个又快又好的办法，让你们马上看到真相。你们有空时不妨检查一下他左袖口的内衬；还有，从他绣花晨衣的大口袋里兴许能找到几个小包。"

他说话的时候，屋里静得连一根针掉在地上都听得见。话音刚落，他就转身离去，和他来时一样猝不及防。我可以——我需要描述我当时的感受吗？一定要描述吗？那地狱般的恐惧？当时我可没时间细想。好多只手粗暴地将我抓住，烛光瞬间又亮了。他们随即对我展开搜查。从左袖口的内衬里，他们搜出了玩埃卡特时不可缺少的人头牌；从晨衣的大口袋里，他们找到了几副纸牌，与牌局上用的一模一样，只不过这几副行话叫做"圆牌"。大牌末端略微凸出，小牌边缘稍稍鼓起。碰到这种牌，受害人照例竖着砌牌，就会发现对手总是抽到大牌。而老千却是横着砌牌，肯定不会发给他的受害人可以计分的大牌。

如果这一发现激起了强烈的愤慨，我倒反而好受些，然而他们居然一言不发，平静里透着鄙夷，镇定里含着嘲讽。

"威尔逊先生，"主人边说边弯下腰，从脚下捡起那件极为奢华的皮草披风，"威尔逊先生，这是你的东西（天气很冷，我出门时在晨衣外面披了件披风，一到普雷斯顿先生的寝室便脱了下来）。我看就没必要再从它里面找你做局的证据了（他冷笑着瞥了眼披风的褶子）。说真的，证据足够多了。我希望你识相点，立刻离开牛津——不管怎样，立刻离开我的房间。"

这番轻蔑的话语让我颜面扫地，怒从心头起，如果不是我的注意力被一个令人震惊的事实所吸引，我想我早就上去揍他了。我身上那件披风是用珍稀毛皮做的，至于它有多珍稀，有多昂贵，我可不敢贸然说。式样也是我独出心裁的设计，因为我对这些浮华的东西已经挑剔到了荒谬的程度。因此，当普雷斯顿先生将他从折叠门旁边捡起的披风递给我时，我惊愕地倒吸了一口凉气，这未免太恐怖了！我自己那件竟然早已搭在我胳膊上（当然是无意间搭上去的），而递给我的这件跟我胳膊上那件一模一样，连最微小的细节都毫无二致。我记得那位痛揭我的骗局的怪人就裹在披风里；而我们中只有我披了披风。我强作镇定，从普雷斯顿手里接过披风，悄悄搭在自己那件上面，随后便一脸不屑又不悦地离开了房间。第二天清晨，天还没亮，被恐惧和羞愧折磨得痛苦不堪的我就匆匆离开牛津，前往欧洲大陆了。

逃也是白逃。邪恶的命运之神洋洋得意地追着我跑，说真的，它对我谜一般的控制才刚刚开始。我前脚刚到巴黎，这个可憎的威尔逊后脚就跟来了。时光飞逝，而我从未感到过安宁。这个恶棍！在罗马，他是多么不合时宜地管我的闲事，跟个幽灵一样阻挠我的雄心壮志！在维也纳也是如此，在柏林，在莫斯科都是如此！说真的，无论身在哪个城市，我都在心里默默地诅咒他。我心惊胆战地试图从他高深莫测的专横中逃离，就像逃离一场瘟疫。可就算我逃到天涯海角，我还是逃不了他的魔爪。

我一次又一次地与自己的灵魂对话，冲着它连珠炮般地发问："他是谁？他从哪里来？他到底想干什么？"但始终得不到答案。接着我又万分仔细地观察起他对我进行无理干涉的形式、方法和主要特点。但就从这上面也看不出究竟。显而易见，他近来多次对我横加干涉，诸如破坏我的计划，扰乱我的行动，其目的都是为了让它们胎死腹中，以免酿成大祸。但对一个如此专横跋扈的人来说，这是何等糟糕的辩解！他有什么权利一再粗暴无礼地控制我的自由？

他阴魂不散地折磨着我，且谨慎而巧妙地始终穿得和我一模一样。我也不由得注意到，他在运用各种手段横加干涉我的意志时，从来没有让我睹到他的真容。不管他是不是威尔逊，这样做都做作无比，愚蠢至极。他在伊顿公学给我劝告，在牛津大学毁我声誉，在罗马挫我雄心，在巴黎阻我复仇，在那不勒斯挠我热恋，在埃及遏我贪欲，我的死敌，天才也是魔鬼，难道他真以为我会认不出他？那个我少年时的同窗威廉·威尔逊？那个我在布兰斯比博士那所学校就读时的同名者、玩伴、对手、可恨又可怕的死对头？不可能！还是让我赶紧把这出压轴戏唱完吧。

迄今我一直得过且过，屈从于他专横的控制。对于威尔逊的高尚品格、非凡智慧、无所不在和无所不能，我向来深感敬畏，加上他的某些天生的和假装出来的特性也让我感到害怕，我就此认为自己软弱无助，尽管内心极不情愿，但还是屈从于他的淫威。不过最近我沉湎于酒中，酒精令人发狂，刺激了我祖传的脾性，使我越来越不想受他摆布。我开始抱怨，开始犹豫，开始反抗。我变得愈发坚定，而折磨我的人却愈发软弱了，这究竟是幻还是真？不管怎样，我开始感受到灼热的希望的鼓舞，最后，一个坚定不移且孤注一掷的决心在我心底孕育而成，那就是我不愿再被奴役！

一八××年狂欢节期间，我去罗马参加那不勒斯公爵迪·布罗利奥府上的化装舞会。席间我滥饮无度，比平日里喝得还要恣意；与此同时，拥挤的房间里令人窒息的空气又让我气不打一处来。我好不容易才挤过乱糟糟的人群，一肚子的怒气有增无减，因为我在急不可耐地寻找年迈昏聩的迪·布罗利奥那年轻漂亮、轻浮放浪的妻子（我的动机有失身份，这里就不说了）。她事先曾恬不知耻地悄悄告诉我她将装扮成什么角色。这会儿我瞥见了她的倩影，便急忙朝她挤去。就在这时，我感到有只手轻轻地放在我肩上，紧接着，那再熟悉不过的该死的轻言细语又在耳边响起。

我怒不可遏地转过身来，一把揪住这坏我好事者的衣领。果然如我所料，他的穿着打扮跟我一模一样：蓝色天鹅绒西班牙披风，腰束猩红色皮带，皮带上悬着一柄长剑，一张黑丝面罩将脸完全蒙住。

"又是你这个恶棍！"我愤怒得声音都哑了，每吐出一个字都像是往心头那团怒火上浇油，"又是你这个恶棍、骗子、可恶的混蛋！你为什么，为什么死缠烂打地跟踪我！跟我来，不然我当场一刀捅死你！"我拽着他就走，他也不作反抗，我们挤过人群，从舞厅来到隔壁的小会客室。

一进屋，我就怒气冲冲地将他猛地一推。他摇摇晃晃地退到墙边，我骂骂咧咧地关上门，喝令他拔剑。他犹豫了一会儿，轻轻地叹了口气，默默地拔出剑来，摆出防御的架势。

决斗短得还没开始就已结束。汹涌而来的愤怒和憎恨让我陷入了癫狂，只觉得自己的一条胳膊里有着无穷的力气。不过一眨眼的工夫，我便以压倒性的力量将他逼到墙角，就这样，他落到了任我摆布的田地。我手起剑落，一剑又一剑地狠命刺进他的心窝。

这时屋外有人想开门进来。我赶紧过去把门关死，不让人闯进来，接着立刻回到命若悬丝的敌手身边。眼前的一幕看得我心惊肉跳、惊惧交加，人类的任何语言都不足以描述我当时的感受。我的视线不过移开了短短一刹那，但就在那一刹那间，房间的另外一头分明起了显著的变化。屋里陡然多了一面大镜子——起初我以为是看花眼了，但它真的矗立在原本空无一物的地方。当我极度惊恐地一步步向它走去时，我那面色惨白、溅满鲜血的映像也踉踉跄跄地朝我迎面走来。

看上去是这样，但事实并非如此。那是我的死对头，是威尔逊。他站在我面前，一副人之将死的痛苦模样。他的面罩和披风扔在地上，现在还在地上。他衣服上的每一针每一线、他奇特的脸上的每一条皱纹，无一不像是我自己的！

那是威尔逊，但他不再轻言细语，我还以为是我自己在说呢：

"你赢了，我认输。但从今往后，你也死了——对人间、对天堂、对希望来说，你都死了！我活着，你才存在；我死了，看看这映像，它就是你自己，看看你是多么彻底地手刃了你自己。"

莫 格 街 谋 杀 案

　　塞壬唱给尤利塞斯听的是什么歌，或阿喀琉斯藏在女人堆里冒的是什么名，虽说令人费解，却也不是无法猜测。

——托马斯·布朗爵士《骨灰冢》

所谓分析力这种智力特征，其本身就不易被分析。我们只是从效果上来评价它。我们知道，对拥有分析力的人来说，一旦这方面得天独厚，它就往往能成为极度快乐的源泉。正如大力士为自己力大无穷而洋洋得意，以锻炼肌肉为乐，善于分析者也因其能理清繁芜的思绪而欣喜。只要能发挥他的才能，最琐碎的小事都能让他乐在其中。他偏爱猜谜解题，研读天书，他找到的每一个解决方法都彰显出一定程度的机智，这在智力平平者眼中简直不可思议。实际上，他通过分析方法的精华取得的结果，带有全凭直觉的意味。

通过研究数学，尤其是研究数学的最高分支，可使解难释疑的能力极大加强。数学的最高分支仅仅是因为运用逆算法，便被不合理地叫做数学分析。然而计算本身并非分析。譬如说，国际象棋棋手只计算，不分析。由此可见，下国际象棋全凭思考能力的看法是个严重的误解。我不是在写专题论文，而是利用自己的观察，随意地为一篇颇为离奇的故事写个开场白。我想借此机会声明，相较于浅薄花哨的国际象棋，朴实无华的国际跳棋才更需要较强的思考能力。拿国际象棋来说，每颗棋子都有稀奇古怪的走法，都有各式各样的用处，而这种复杂性往往被误认为是深奥。下国际象棋时注意力务必高度集中，稍一疏忽就会损兵折将，败下阵来。国际象棋的走法不仅多种多样，而且错综复杂，因而疏忽的机率会大大增加。获胜的一方十有八九都是赢在专注，而非赢在聪颖。国际跳棋则恰恰相反，它走法单一，绝少变化，出现疏漏的可能性很小，相形之下也用不着全神贯注，胜者是赢在思考能力胜对方一筹。说得比较具体一点，假设双方在下一盘跳棋，棋盘上只剩下四个王棋，这种情况下当然不存在疏忽之虞。很明显，如果对弈双方半斤八两，胜利的天平就只能偏向走出奇招、更会动脑的一方。碰到毫无对策的情况，善于分析的一方能设身处地地揣摩对手的思路，从而一眼看出唯一的招数，这些招数有时简单得可笑，但就是能诱使对方走错或忙中算错。

惠斯特牌（桥牌的前身。——译注）素来以能培养所谓计算能力而闻名。众所周知，智力出众者以打惠斯特牌为乐，而对浅薄无聊的国际象棋避之不及。毫无疑问，找不到比惠斯特牌更需要分析能力的游戏了。基督教界最好的象棋手充其量就是个象棋好手，但精通惠斯特牌意味着有能力在一切勾心斗角的重大事业中取得胜利。我说"精通"，是指熟谙一门牌戏，知晓取得优势的所有窍门。这些窍门多种多样，而且常常隐藏在思想深处，一般人无从理解。留神观察就能记得清楚，注意力高度集中的棋手自然也是打惠斯特牌的好手，而霍伊尔（英国惠斯特牌戏高手，著有《惠斯特牌戏简明法则》。——译注）的牌戏规则（根据游戏机制制定）也通俗易懂。于是人们就认为，要打得一手好惠斯特牌，一得记忆力强，二得照"本"行事。但若是碰到规则范围里没有的情况，分析能力就能派上用场了。他默默地进行了大量的推断和观察。说不定他的牌友也在这么做。所获信息的质量不同，与其说在于推断的成效，不如说在于观察的本领。如何观察是必须掌握的学问。牌手不能把自己局限在局内的记牌算牌上，而不去推断局外的事情。他观察搭档的表情，仔细跟对手的表情一一比较。他估算每人手中牌的分配，通过他们拿起牌时流露的神色来估算将牌和大牌。他一边打牌一边察言观色，从确信、惊讶、狂喜、懊恼等种种表情中收集了大量的思想活动。他观察对手把赢来的一墩牌收起来的神态，推断他能否再赢一墩同花牌。他根据对手出牌的神态，判断他是否在声东击西。对手无意中的只言片语；不小心掉下或翻开一张牌，为了掩饰，随之而来的焦虑不安或满不在乎；算赢得的墩数，摆它们的顺序；尴尬、犹豫、急切、惶恐——全都逃不过他直觉般的观察力，都向他道明了真实的情势。两三圈牌过后，他就充分掌握了各家手上的牌，在此之后，他的每一张牌都能精准出击，仿佛其他人的牌全摊在桌子上。

分析能力不应与单纯的足智多谋混为一谈，因为善于分析者必然足智多谋，但足智多谋者却往往极不善于分析。足智多谋通常从推断能力或归纳能力中表现出来，骨相学家将推断能力或归纳能力归因为（我认为是错误的）一个独立的器官，认为这是原始的能力。它经常见之于那些智力几乎与白痴无异的人身上，因而引起了伦理学者的普遍注意。足智多谋和分析能力之间的差别，固然要比幻想和想象之间的差别要大，不过两者的性质全然相似。实际上我们可以看出，足智多谋者往往耽于幻想，而富于想象者必然善于分析。

下面这个故事，读者多少可以当作是上文一番评论的注解。

一八××年春夏期间，寓居巴黎的我结识了一位名叫C.奥古斯特·杜平的先生。这位年轻的绅士出身优渥（事实上出身名门），但由于遭遇了种种生活的变故，他已经变得一贫如洗，以致心灰意冷，不思振作，也无心重整家业。好在债主留情，给他留下一点祖产，他凭借那份薄产的收入，省吃俭用，维持着起码的生活，倒也没有其他奢求。实际上，书是他唯一的奢侈品，而在巴黎，书唾手可得。

我和他初次见面是在蒙马特街一家名不见经传的图书馆里，当时我们两人凑巧都在寻找同一本极为珍稀的奇书，这使得我俩有了密切的交流。我们频频会面。他坦率地向我娓娓道来他的家史，我听得津津有味，法国人只要谈到自己的事情，就会表现出那种坦率。我对他的阅读面之广也大感惊讶，最重要的是，我的灵魂被他激情四溢、生动活跃的想象力点燃了。由于我正在巴黎寻找一样东西，能认识这样一号人物不啻于发现了珍宝，我把我的感受跟他坦诚相告。最后我俩商定，我在巴黎逗留期间就跟他住一起。我手头不像他那么窘迫，于是便由我出钱在市郊圣日耳曼区一处僻静荒凉的地方租下一座房子，再按照我俩共有的阴郁气质来布置家具。这座房子造型奇异、年久失修、摇摇欲坠，因为某些迷信而废弃多年，个中缘由我们未去探究。

如果我们在这里的日常生活为世人所知，那我们一定会被视为疯子——尽管也许被视为无害的疯子。我们过着与世隔绝的生活，不接待任何访客。事实上，我对老伙计们守口如瓶，没有透露过我隐居何处，而杜平多年前就已淡出巴黎的圈子。我们就这样独自过活。

我的朋友有一个怪癖(除此还能称作什么呢?)，即因为黑夜本身而迷恋黑夜。而我也悄无声息地染上这个怪癖，就像染上他的其他种种怪癖一样。我尽情地沉溺于他的奇想之中。黑色的神明不会永远伴随我们，但我们可以伪造她的存在。清晨曙光初露的时候，我们把老屋里的大百叶窗统统关上，点上两支散发着浓香的细蜡烛，只留两缕阴森骇人的微光。借着那点微弱的光线，我们沉湎于黑色梦中——看书、写作或交谈，直到时钟预告真正的黑夜降临。这时我们便挽着手走到街上，继续白天的话题，或是漫无目的地走上大老远，直至深更半夜，在人口稠密的都市的狂野光影之间，寻找唯有冷眼静观才能领略得到的无穷的精神快感。

在这种时候，我不由得对杜平所特有的分析能力钦佩不已（尽管我早就从他丰富的想象力中料到他有这种能力）。他似乎也非常乐意加以运用——如果不完全是卖弄的话——他毫不含糊地承认自己乐在其中。他窃笑着向我夸口说，大多数人的心思在他面前都是透明的，就像胸口安了一扇窗户，而且他会拿出令人吃惊的证据，直接说出我的所思所想，来证明此言非虚。此时他的态度冷淡而抽象，眼睛茫然若失，声音则由低沉浑厚的男高音提到最高声部，若不是他吐字审慎清晰，别人还以为他在发脾气。见他陷入这种情绪，我不禁沉思起关于双重灵魂的古老哲学，并自得其乐地幻想出一个双重杜平——有想象力的杜平和有分析力的杜平。

不要觉得我是在讲述悬疑故事，或是在书写浪漫传奇。我描绘的这位法国人，仅仅是一种兴奋的，或者说是病态的才智的结果。但就他在这段时期所说的话的特点而言，举个例子最能说明问题。

一天晚上，我俩在王宫附近一条脏兮兮的长街上漫步。看样子，我们两人都各怀心事，至少有一刻钟谁也没吭一声。

"没错，他个头矮小，更适合去综艺剧院。"杜平冷不丁地来了一句。

"那是毋庸置疑的，"我随口答道，当时我正在出神地想事情，压根没有意识到他说的和我心里在想的竟然奇迹般地一模一样。过了一会儿，我回过神来，惊讶之色溢于言表。

"杜平，"我严肃地说，"这让我没法理解，不瞒你说，我都惊呆了，简直不敢相信自己的耳朵。你怎么可能知道我正在想——？"说到这里，我停了下来，想弄清他是否真的知道我在想谁。

"——在想尚蒂伊，"他说，"为什么不说下去？你刚才心里不是在想，他个头矮小，不适合演悲剧。"

这正是我刚才心里在想的事情。尚蒂伊是圣丹尼斯街的一个鞋匠，后来痴迷戏剧，曾在克雷比雍的悲剧中饰演泽克西斯，结果一番苦心反而换来冷嘲热讽。

"看在上帝的分上，告诉我吧，"我失声叫道，"你是怎么看穿我的心思的，你的窍门是什么，如果有窍门的话。"老实说，我的内心比我表现出来的还要吃惊。

"是那个卖水果的，"我的朋友答道，"是他让你得出结论：那个鞋匠的个子太矮，没法演泽克西斯和此类角色。"

"那个卖水果的！你可把我惊着了。我可不认识什么卖水果的。"

"我们走进这条街时，你迎头碰上的那个人——大概是一刻钟以前的事。"

我想起来了，刚才我们从C街走到这条大街上，的确有一个水果贩子，头上顶着一大筐苹果，差点儿把我撞倒在地。但我不明白这和尚蒂伊有什么关系。

杜平身上看不到一点吹牛欺骗的影子。"我来解释，"他说，"我解释完你就全明白了。我们先回溯一下你刚才在想的内容，从我问你话，一直到你撞上那卖水果的。你这一连串心理活动的主要环节是——尚蒂伊、猎户座、尼科尔斯博士、伊壁鸠鲁、石头切割术、铺路石和水果贩子。"

大多数人都曾自娱自乐，回溯自己一连串的心理活动，看某个特别的结论是如何一步步得出来的。这样的回溯往往饶有兴趣，头一回尝试的人会对起点和终点之间的冗长拖沓、条理不清大感惊讶。所以当听到杜平说出那番话，并不得不承认句句是真时，我自然是感到万分惊奇。他继续说道：

"如果我没记错的话，在离开C街之前，我们一直在谈马。那是我们讨论的最后一个话题。我们拐进这条街时，一个头上顶着个大篮子的水果贩子急匆匆地与我们擦肩而过，把你撞到正在修缮的堤道旁的一堆铺路石上。你踩到一块松动的石头，滑了一跤，脚踝轻微扭伤，看样子你很恼火，板起脸咕哝了几句，回头看看那堆石头，然后默默地继续行走。我不是特意要留神你做了些什么，只是最近以来，观察已经成为我的一种需要。

"你眼睛一直盯着地面——气呼呼地盯着人行道上的坑洼和车辙，所以我知道你还在想着那些石头。等走到那条名叫拉马丁的小巷（这条小巷被尝试性地用重叠铆接的石块铺成），你才面露喜色。我看到你的嘴唇在动，毫无疑问是在嘀咕'石头切割术'这个词，而这个术语用在这种人行道上很别扭。我知道，当你在嘀咕'石头切割术'时，不可能不联想到原子，并进而想到伊壁鸠鲁的原子论；由于不久前我俩讨论过这个问题（我说那位尊贵的希腊人的模糊的猜想在后来的星云宇宙进化论中得到了证实，这件事很奇妙，然而没有多少人注意到），我觉得你势必会抬眼望向猎户座大星云，我当然也希望你这样做。你确实抬起头来，这下我确信自己摸清了你的思路。昨天的《博物馆报》上发表了一篇恶意讽刺尚蒂伊的长篇檄文，文中可耻地含沙射影，说鞋匠穿上厚底靴就改了名，还引用了一句我俩常提到的拉丁诗句，就是下面这句：

首位字母不发原来的音

"我告诉过你，这句诗说的是猎户座 (Orion)，以前拼成乌里昂 (Urion)。我跟你解释的时候带着尖酸的语气，我想你不会忘掉的。所以显而易见，你肯定会把猎户座和尚蒂伊这两个概念联系在一起。你也的确把它们联系在一起了，你嘴角那一抹微笑已经说明了一切。你想到那可怜的鞋匠成了牺牲品。你一直是弯着腰走路，可这会儿你挺直了腰板。于是我吃准你想到了尚蒂伊个头矮小。这时我打断了你的思路，说尚蒂伊这人的确个头矮小，更适合去综艺剧院。"

不久后的一天，我们正翻阅着《法庭公报》晚刊，注意力一下就被以下几段吸引住了。

"离奇凶杀案——今晨三时许，圣罗克区的居民被一阵凄厉的尖叫声从睡梦中惊醒，声音似乎是从莫格街一幢房子的四楼传出，据称楼里只住着莱斯帕纳耶夫人和她女儿卡米耶·莱斯帕纳耶小姐。人们试图以正常途径入内未果，耽误了片刻，只得用铁撬棍将大门撬开，随后八九位邻居在两名警察的陪同下进入楼内。这时尖叫声已经消停，但当众人匆匆奔到一楼楼梯时，又听到两三个人刺耳的争吵声，像是从这栋楼的上半部分传出。当人们冲上二楼楼梯时，声音也听不见了，一切归于寂静。众人分头逐间搜寻。待搜到四楼一间大后房，见房门反锁，便破门而入，眼前的景象把在场所有人都惊得魂飞魄散。

"屋内凌乱不堪，家具遭到毁损，被扔得七零八落。屋内只有一个床架，床垫已被掀开，扔到地板中间。一张椅子上搁着一把血迹斑斑的剃刀。壁炉上有两三把又长又密的花白头发，也沾着血，像是连着头皮一起拔下来的。地板上找到四枚拿破仑金币，一只黄玉耳环，三把大银勺，三把小锡勺，还有两只装有将近四千金法郎的钱袋。屋角一个五斗橱的抽屉全被拉开，分明已被搜劫过，不过里面还放有不多物品。在床垫下（不是床架下）找到一个小型铁制保险箱。箱子开着，钥匙仍插在上面。箱内只有几封旧信和一些无足轻重的文件。

"屋里不见莱斯帕纳耶夫人的踪迹，但壁炉里发现了异乎寻常的大量烟灰，于是众人便搜查烟囱，说来可怕，竟从里面拖出了卡米耶的尸体，她被人倒栽葱硬塞进狭窄的烟囱管一大截。尸体还有余温。仔细一看，尸体身上有多处擦伤，无疑是硬性塞进和拖出所致。面部有多道严重的抓痕，喉部有黑色的瘀伤及深深的指甲印，死者似乎是被掐死的。

"众人将整幢房子上上下下彻底搜查了一遍，没有进一步的发现，便走到屋后一个铺着砖石的小院。老夫人的尸体躺在那里，喉部被完全割断，众人将尸体扶起的时候，头颅掉了下来。她的身体和头部被毁损得面目全非，身体尤其惨不忍睹，已经不复人形。

"本报认为，截至目前，这桩恐怖的疑案尚无一丝线索。"

翌日的报纸上加登了此案的细节。

"莫格街惨案。已有多人因这一离奇而骇人的事件而受到问讯[当时在法国，'事件'（affaire）尚不含我们已赋予该词的那种轻浮之意。——译注]，但是案情依旧扑朔迷离。现将重要证言摘引如下。

"宝林·迪布尔，洗衣妇，作证说她认识被害母女已有三年，其间一直为她俩洗衣。老夫人和女儿关系很好，母女之间感情很深。她俩给的工钱很优厚。说不出她俩的生活方式或生活来源。老夫人可能以算命为生，据说手头有存款。每次取送衣服，都未在房子里见到旁人。确信她们家没有佣人。除了四楼外，其他楼层似乎没有家具。

"皮埃尔·莫罗，烟草商，作证说近四年来一直向莱斯帕纳耶夫人出售少量烟草和鼻烟。出生在这一带，也常居于此。被害母女在其尸首被发现的房子里住了六年多。此前房子被一个珠宝商租住，他将楼上房间转租给各色人等。这房子是莱夫人的财产，她对房客擅自转租感到不满，于是自己搬了进去，不再对外出租。老太太很孩子气。六年间证人仅见过其女五六次。母女二人过着离群索居的生活，据说非常有钱。街坊们说莱夫人算命，但他不信。除了她们母女俩，一个来过一两回的脚夫，以及一个来过八九次的大夫外，他从没见谁进过那房子。

"其他多位邻居的证言大致相仿。都说没人经常光顾这幢房子。莱夫人和她女儿有无亲朋好友不得而知。房子正面的百叶窗难得打开。房子背面的百叶窗常年关着，除了四楼那间宽敞的里屋外。房子是好房子，不是很旧。

"伊西多尔·穆塞特，警察，作证说他凌晨三时许被叫到案发现场，就见门口有二三十人，正力图进入房内。最后大门是用刺刀撬开的——并非用铁撬棍。没怎么费力就撬开了，因为那是双扇门或折叠门，顶部和底部都没有门栓。尖叫声持续传来，门一撬开才戛然而止。听起来像某人（或某些人）在极度痛苦中发出的惨叫——响而长，非短而急。证人带领众人上楼。到达一楼楼梯时，听到两个愤怒的声音在大声争吵——一个粗声粗气，另一个尖声尖气——是一种非常奇特的声音。前者是法国人（肯定不是女人），能听出一些字眼，诸如'该死的''魔鬼'等；后者是外国人，不能确定是男人还是女人，也听不清在说什么，不过应该是西班牙语。至于房间和尸体的状况，这位证人的描述与昨日本报所载一致。

"亨利·杜瓦尔，银匠，作证说他是头一批进屋的人。大体上证实了穆塞特的证词。他们一进去就把大门关上，不让外人进来——虽然时间已晚，看客仍蜂拥而至。这位证人认为尖声尖气的那个是意大利人，肯定不是法国人。不敢说是男人的声音，有可能是女人。证人不懂意大利语，听不懂内容，但他凭语调确信那人是意大利人。认识莱夫人和她女儿，常与她俩交谈。确信尖声尖气的声音不是死者的。

"奥登海默，餐馆老板，自愿前来提供证词。不会说法语，通过翻译接受警方问讯。阿姆斯特丹人。尖叫声响起时正经过该楼。尖叫声持续了好几分钟——大概有十分钟。声音又长又响，可怕极了，令人深感不安。是头一批进屋的人。所供与前述相符，唯有一处不同。确信尖声尖气的那个是男人——法国男人。听不清他说的内容。那声音又响又急——时高时低——显然是出于恐惧和愤怒。非常刺耳，与其说是尖声尖气，不如说是刺耳。不能把那个声音称之为尖声尖气。粗声粗气的那个反复说着'该死的''魔鬼'，还说过一句'我的上帝啊'。

"朱尔斯·米格诺德，银行家，德罗雷恩街米格诺德父子银行老板。是老米格诺德。莱斯帕纳耶夫人有些财产。有年春天，她在他银行开了个户头（八年前）。经常存入小额款项。一直未取，遇害前三天，才亲自提出四千法郎。这笔钱用金币支付，由一名职员送去她家。

"阿道夫·勒庞，米格诺德父子银行职员，作证说当天中午，他提着分装在两个袋子里的四千法郎，陪着莱斯帕纳耶夫人来到她的住处。大门打开后，莱小姐走了出来，从他手里接过一个袋子，老太太则接过另一个。他鞠躬告辞。当时街上空无一人。这是一条冷巷，非常偏僻。

"威廉·伯德，裁缝，作证说他随众人一起进屋。他是英国人，在巴黎住了两年。最先冲上楼梯的就有他。听到了吵架声。粗声粗气的那个是法国人。听出了几个字眼，不过现在记不全了。清楚地听到了'该死的'和'我的上帝啊'。好像还有几个人搏斗的声音——撕扯扭打的声音。尖声尖气的那位嗓门非常响——响过粗声粗气的那位。尖声尖气的肯定不是英国人，似乎是德国人。可能是女人。证人不懂德语。

"上述四名证人于再次问讯时证实，众人到达发现莱小姐尸体的房间时，房门是反锁着的。里面一片寂静，没有呻吟声和嘈杂声。破门而入后未见人影。前后窗户都关着，从内牢牢紧锁。外屋和里屋之间的那道门也关着，但没有锁上。外屋通向过道的门是锁着的，钥匙插在上头。过道尽头(四楼正面)的小房间开着，房门半开半掩。里面堆满老床、旧箱等杂物。它们都被小心搬开认真检查过。这栋房子没有一寸地方没被仔细搜查过。烟囱也上上下下清扫过。房子有四层，顶部有阁楼(复折式屋顶)。屋顶上的天窗被牢牢钉死——看上去多年未曾开过。从听到争吵声到破门而入之间有多久，四位证人说法不一。短的说三分钟，长的说五分钟。进门费了好一番力气。

"阿方索·加西奥，殡仪馆老板，作证说他住在莫格街。西班牙人。进了房子，不过没有上楼。胆怯了，怕吓出毛病。听到了吵架声。粗声粗气的那个是法国人。听不清说了什么。尖声尖气的那个是英国人——很确定。不懂英语，凭腔调判断。

"阿尔贝托·蒙塔尼，糖果店老板，作证说他在头一批上楼梯的人当中。听到了那两个声音。粗声粗气的那个是法国人。能听清几个词，像是在劝说。尖声尖气的声音听不清。语速急促，时高时低。认为是俄国人的声音。与其他证词大体相符。证人是意大利人，从未与俄国人交谈过。

"几名目击证人再经问讯，一致证明四楼各个房间的烟囱都太过狭窄，无法让人通过。所谓'清扫'用的是圆柱形扫帚，就是清理烟囱的人用的那种。用这种扫帚把房子里的每个烟囱管都清扫了一遍。房子没有后通道，众人上楼的时候，没人可以伺机溜走。莱斯帕纳耶小姐的尸体紧紧地卡在烟囱里，四五个人一起使劲才拖将出来。

"保罗·迪马，医生，作证说拂晓时分被请去验尸。当时两具尸体都躺在发现莱小姐那间屋里的床架上。年轻小姐的尸身上遍布瘀伤和擦伤。这足以说明死者是被硬塞进烟囱的。喉咙擦伤得厉害。颏下有几道很深的抓痕，还有一连串显然是指痕的乌青色斑点。脸色惨白，眼珠突出，部分舌头被咬穿。腹部有大块瘀痕，看上去是膝盖压的。在迪马先生看来，莱斯帕纳耶小姐是被一人或数人扼死的。其母尸体支离破碎、惨不忍睹。右腿和右臂的骨头或多或少都已碎裂。左胫骨已经粉碎，左侧肋骨亦然。浑身瘀青累累，尸体已经变色。无法说清伤痕是如何造成的。一个力大如牛的人挥舞大木棒、粗铁棍、椅子等笨重的钝器，才会产生这样的结果。女人家使用任何凶器都做不到这一点。证人见到死者时，死者已经身首异处，且头颅碎得很厉害。喉部明显是被利器割断——可能是剃刀。

"亚历山大·艾蒂安，外科医生，与迪马先生一道去验尸。证实了迪马先生的证词，和迪马意见一致。

"尽管还传讯了数位证人，但未能获得进一步的线索。一桩谋杀案如此神秘，细节如此费解，在巴黎可谓前所未有——如果真是谋杀的话。面对如此吊诡的奇案，警方一筹莫展。一点蛛丝马迹都找不到。"

　　该报晚刊报道说，圣罗克区依旧焦躁不安——房子又被仔细搜查了一遍，证人又被警方喊去问话，然而一切都是徒劳。但文末又补充说阿道夫·勒庞已经被捕入狱——尽管除了报上详载过的事实外，并无任何证据证明他有罪。

杜平对案件的进展异常感兴趣——虽然他未予置评，但从他的态度上可以判定。阿道夫·勒庞入狱的消息宣布后，他才问我对这桩谋杀案有何看法。

我只能同意全巴黎的看法，认为这是一个破不了的案子。我看不出用什么方法可以揪出凶手。

"不能因为他们没调查出个所以然，就判定这案子破不了，"杜平说，"巴黎警察素以机智闻名于世，其实不过是狡猾罢了。除了当下用的方法，他们没别的招。他们夸口说方法很多，可运用起来往往格格不入，不由得让人想到儒尔丹先生叫人拿睡袍，以便更好地听音乐 (典故出自莫里哀《醉心贵族的小市民》，主角儒尔丹是个小市民，一心效仿封建贵族，学习封建贵族的礼仪，闹出不少笑话。——译注)。就破案来说，他们也屡有惊艳之作，但那多半都是一味埋头苦干换来的。当埋头苦干解决不了问题时，他们就没辙了。比方说，佛朗科斯·维多克 [François Vidocq(1775—1857)，法国传奇侦探，世界上第一位私家侦探。——译注] 善于推测，是个不屈不挠的人，但由于思想缺乏训练，过于把精力集中在调查上，反而屡屡犯错。他看东西靠得太近，以致看不清真相。他也许能把一两个方面看得非常清楚，但与此同时势必看不清全貌。有些事就会显得过于深奥。事实的真相并不总在井底 (典出德谟克利特：事实的真相在井底。——译注)。其实我认为越是重要的知识就越是浅显。真相不在我们去寻它的山谷，而在它被找到的山顶。这种错误的模式和来源可以用观察天体来说明。瞥一眼星星——用斜眼瞟，将视网膜的外侧 (对弱光比内侧更敏感) 对准星星，就能将星星看得一清二楚，就能领会到星光的璀璨。而当我们将视线全部集中在星星上时，星光反而变得暗淡。后一种情况下，落进眼睛里的星光更多，但在前一种情况下，留给你去领会的空间更多。过于深究会让你的思维变得茫然无力。过于持久、过于集中、过于直接地盯着苍穹，甚至连金星都会消失无踪。

"至于这起谋杀案，在我们拿出意见之前，不妨自己过去调查一下。调查一番能给我们带来乐趣（我觉得这个词用得很奇怪，但嘴上没说什么），再说勒庞曾经帮过我，我不能忘恩负义。咱们得亲自去一趟现场。我认识警察局的G局长，获得许可不是难事。"

拿到许可后，我们立刻动身前往莫格街。这条肮脏的大街位于里舍利厄街和圣罗克街之间。它离我们住的区很远，我们到达时已近傍晚。房子很容易就找到了，因为还有好多人站在街对面，怀着无目的的好奇心，仰头望向紧闭的百叶窗。这是一幢普通的巴黎式房子，大门一侧有间装有玻璃的瞭望小屋，推拉式的玻璃窗表明那是一间门房。进楼之前我们沿街而行，拐过一条小巷，再拐个弯，转到房子后面——其间杜平全神贯注地把整个街坊和那座房子都细看了一遍，我不明白他为何看得如此细致。

我们沿着原路返回，再度来到门前，按响门铃，出示证件，探员放我们进了屋。我们上了楼，走进发现莱斯帕纳耶小姐尸体的寝室，两具尸体仍躺在那里。房间里保持着凌乱不堪的原样。我看到的就是《法庭公报》上登载的那些——我没有看到任何新的情况。杜平仔细检查每一样东西——受害者的尸体也不例外。接着我们去了其他房间，后来又到了院子里，一名警察全程陪同。一直查到天黑才离开。回家途中，我的同伴还去一家日报社待了一会儿。

我在前面说过，我这位朋友的怪异举动五花八门，而我对它们一向听之任之（原文是法文。——译注）——因为英文中没有对应的词。当时他就很奇怪，一直拒绝和我谈论这件案子。直到次日中午，他才突然问我，在凶杀现场有无观察到什么特别的东西。

他着重强调了"特别"一词，不知怎的，竟使我不寒而栗。

"没，没什么特别的，"我说，"至少，和报上说的没什么两样。"

"报上恐怕没有论及本案的可怖之处，"他答道，"别去管那份报纸的无稽之谈。在我看来，这件疑案的难解之处，恰恰就是它的易解之处——我是说它的离奇性质。警方大惑不解，因为找不到动机——不是杀人本身的动机，而是杀人手段如此残忍的动机。他们同样感到大惑不解的是，楼上明明有激烈的争吵声，然而大家在楼上只看到了被害的莱斯帕纳耶小姐，而且谁都没有看到有人下楼。房间里乱七八糟，莱小姐的尸体被倒塞进烟囱，莱夫人的尸体支离残缺，令人毛骨悚然，这一切再加上种种不必多提的情形，足以使警方自诩的聪明无法施展，不知道该从哪里入手。他们犯了那个严重而常见的错误，将离奇混淆为深奥。不过，要想探求事情的真相，只需打破常规，就能摸索出一条路来。比如在我们眼下进行的调查中，与其问'发生了什么事'，不如问'发生了什么从未发生过的事'。实际上，正是警方觉得无法解释的地方帮我解开了这个谜团，实际上我已经解开了。"

我盯着杜平，惊讶得说不出话来。

"我正在等，"他瞥了房门一眼，接着说道，"正在等一个人。他也许不是凶手，但多少跟案情有些关系。这些罪行中最令人发指的那部分应该与他没有干系。但愿这个猜测是对的，因为我把破案的希望都寄托在这上面。在这里，在这间房里，我时时刻刻都在等待他的到来。他可能不来，但多半会来。他要是来了，就得把他扣下。这是手枪，必要时你我都知道怎么使用。"

我接过手枪，一时间不知所措，也无法相信自己的耳朵。而杜平径自说着，像在自言自语。我前面说过，他到这种时候就是一副心不在焉的样子。话是对我说的，嗓门也不高，但那副语调却像是对老远的人说话。眼睛茫然地望着墙上。

"上楼的人所听到的争吵声不是母女二人的，"他说，"这一点完全由证人证实了。我们不用再去怀疑是否老太太先把女儿杀死，然后再自杀。我讲这一点主要是为了说明作案手段，因为就凭莱斯帕纳耶夫人的那点力气，根本不足以把女儿的尸体塞进烟囱，再加上她自己遍体鳞伤，也完全排除了她自杀的可能性。所以凶杀案是第三者犯下的，而第三者的声音便是众人所听到的争吵声。现在再来谈谈有关争吵声的证词，不谈全部，只谈其中的特别之处。你注意到什么特别之处了吗？"

我说道，证人一致认为粗声粗气的那个是法国人，至于尖声尖气的那个声音（其中一名证人的说法是刺耳声)，他们众说纷纭。

"那是证词本身，"杜平说，"但并非证词的特别之处。你没有注意到什么特别的地方，可这里有一点该引起注意。正如你所说，对于粗声粗气的那个声音，证人的看法一致，但说到尖声尖气的那个声音，特别之处就来了——不在于他们各执一词——而在于一个意大利人、一个英国人、一个西班牙人、一个荷兰人和一个法国人试图描述它时，每个人都说那是外国人的声音。每个人都确信那不是他们同胞的声音，都认为那人说的是一种他们所不通晓的外语。法国人认为那是西班牙语，'如果他懂西班牙语，就能听出一些字眼'。荷兰人坚称那是法语，可他的证词里却说，'不懂法语，问讯通过翻译进行'。英国人认为是德语，而他'听不懂德语'。西班牙人'确定'那是英语，但'完全凭语调判断，因为他不懂英语'。意大利人认为那是俄语，可'他从未与俄国人交谈过'。第二个法国人与第一个法国人看法又不同，他肯定那是意大利人的声音，可他并不通晓意大利语，而是像那个西班牙人一样'凭语调确信'。你瞧，那个声音该有多么非同寻常，竟能引出如此不一致的证词！他的语调在欧洲五大区域的居民听来都很陌生！你会说他也许是亚洲人或非洲人，可生活在巴黎的亚洲人或非洲人都不多。先不否定这一推论，我现在只想提醒你注意三点。有一名证人称这个声音'与其说是尖声尖气，不如说是刺耳'。有两名证人认为它'急促、时高时低'。没有一个证人从那声音里听出了什么字——或是像什么字的声音。

"我不知道，"杜平接着说道，"你听了我这番话会作何感想。但我毫不迟疑地说，就凭证词中关于粗嗓门和尖嗓门的那一部分，我们就能作出合理的推论，而这种推论足以令人产生怀疑。这个怀疑为进一步调查指明了方向。我刚才说'合理的推论'，这话还不够，我想说的是，这种推论是唯一恰当的推论，而从这推论必然引起的唯一结果就是怀疑。那怀疑是什么我暂时不说，我只要你记住，它足够有说服力，使我在寝室里调查时能有的放矢。

"现在我们再回到那间寝室。先找什么呢？凶手逃离现场的途径。不用说，我俩都不相信灵异事件，莱斯帕纳耶母女当然不是被鬼怪害死的。凶手有血有肉，又不可能化作一缕青烟逃走。那他是怎么逃离现场的呢？幸运的是，在这一点上只有一种推论的方式，靠这种方式一定能得出明确的结论。让我们逐一研究凶手可能的逃跑路径。很清楚，众人上楼时，杀手就在发现莱斯帕纳耶小姐尸体的房间里，或者至少是在隔壁房间里。所以我们只需在这两个房间里寻找出口通道。警察已经将地板、天花板和墙壁彻底查过，没有什么秘密出口能逃过他们的法眼。但我信不过他们的眼睛，又用自己的眼睛查了一遍，果然没有什么秘密出口。两个房间通向过道的门都牢牢锁着，钥匙插在里面。再来看烟囱，这些烟囱虽然与普通烟囱一般宽，高出炉边约八九英尺，可里面连一只大猫都通不过。以上说的地方绝不可能有出口，那就只剩下窗户了。从外屋窗户逃走的话，必定会被街上的人群看到。所以凶手肯定是从里屋的窗户逃出去的。好了，既然已经得出如此明确的结论，那作为推论者，就不能因其看上去不可能而拒绝接受。我们只好去证明那些看上去的'不可能'实际上是可能的。

"寝室里有两扇窗户，一扇没被家具挡住，完全可见，另一扇的下半截被笨重的床架紧紧挡住，遮得看不见。前者从里面闩死了，使出九牛二虎之力也休想将它拉起。左边窗框钻了个大孔，孔里钉着一根粗大的钉子，几乎只露出钉帽。再看另一扇窗户，也有同样一根钉子以同样的方式钉着，费再大的劲想把这扇窗拉起来也是徒劳。警方完全确信凶手不是从窗户逃走的。因此，他们认为拔出钉子，打开窗户是职责以外的工作。

"我自己的调查更为苛刻，理由就是我刚才说的——我们必须去证明那些看上去不可能的事实际上并非如此。

"我继续思考起来——从结果追溯其原因。凶手的确是从两扇窗户中的一扇逃走的。可凶手出去后没法再从里边闩上窗框，要知道窗框可是闩得死死的——这是明摆着的事实，所以警方才没往这方面深查。窗框是闩紧的，说明它们能自动闩上。这个结论错不了。我走到没被挡住的窗户前，费劲地拔掉钉子，试图把窗子拉上去。正如我所料，竭尽全力也无济于事。我这才知道，一定是暗装有弹簧。我的想法得到了印证，让我确信不管钉子看起来有多玄乎，我的前提至少是正确的。仔细一搜查，暗装的弹簧就暴露了。我按了一下弹簧，对这一发现很满意，就忍住了没把窗子提上去。

"我把钉子重新安上，仔细审视了一番。他出窗后窗子会重新关上，弹簧能将窗闩死，但钉子却没法重新钉上。这个结论显而易见，我的调查范围又缩小了。凶手准是从另一扇窗户逃走的。那么，假设两扇窗户的弹簧是一样的，那两扇窗户的钉子就一定有差别，至少在钉法上有差别。我爬上床架，仔细端详床头上方的那扇窗户。我把手伸到床头板后面，一下子就摸到了弹簧，一按，果不其然，跟前一扇窗户的弹簧一模一样。我再看那钉子，跟前一根一样粗大，钉法也如出一辙，几乎只露出钉帽。

"你会觉得我被难住了。不过，你要是这么想的话，那你一定误解了归纳法的本质。用一句网球上的话来说，我从不失误的。线索从来没有断过，环环都是相扣的。我已经追查到这个谜团的终点了，就是那根钉子。从各方面来说，它都跟前一根钉子没有二致，但与谜底就要解开相比，这一事实根本毫无意义（尽管它可能毫无疑问）。我说：'那钉子一定有哪里不对劲。'我伸手一摸，钉子就断成两截，钉帽及四分之一英寸长的一小截钉身掉在我手指里，剩下的半截仍在钉孔内。断口很旧（因为边上有锈垢），显然是被锤子敲断的，这一锤也把钉帽锤进了窗框底部的上端。我把钉帽小心地放回钉孔里，钉子又像是完整的了，完全看不出裂缝。我按下弹簧，轻轻将窗框提起几寸，钉帽也跟着窗框往上升，同时仍牢牢嵌在钉孔内。我关上窗，钉子又像是完整的了。

"说到这里，谜团总算解开了，凶手就是从床头上那扇窗户逃走的。他一跳窗，窗户就自动关上（也许是他故意关上的），被弹簧牢牢闩紧。窗子拉不上去是因为弹簧，警方却误以为是钉子，于是认为没必要进一步查究。

"下一个问题是凶手是如何逃出去的。至于这一点，我和你在房子周围走动时就已经心里有谱。离那窗户大约五英尺半的地方有一根避雷针。甭管是谁，从这根避雷针都不可能够得着窗户，更不用说爬进窗户了。但我注意到四楼的百叶窗很独特，巴黎的木匠称之为铁格窗，这种百叶窗现在几乎绝迹，但在里昂和波尔多的老宅里还常能见到。样子像普通的门（单扇，不是双扇），上半扇被制成斜条格构，这样就能被人当作绝佳的把手。这百叶窗足有三英尺半宽。我们从房后观望时，它们都半开半掩，也就是说，它们与墙面刚好成直角。警方可能也像我一样，检查过房子的背面，但在审视百叶窗的宽度时（他们一定会这样做），他们没能看出窗子有如此之宽，或者就算看出来了，也没有当做一回事。事实上，他们既然笃信凶手不可能从这窗子逃出去，那这一块的检查自然就会草草收场。不过我却很清楚，床头上这扇百叶窗如果完全推开到抵着墙，那它离避雷针就不到两英尺了。还有一点也很清楚，对一个身手矫健、浑身是胆的人来说，从避雷针爬进窗户是可以做到的。假定那百叶窗完全敞开，离避雷针只有两英尺半的距离，那盗贼大可以先用一只手牢牢抓住百叶窗上的铁格，然后松开抓避雷针的另一只手，用脚紧紧抵墙，放开胆子纵身跃上窗台，百叶窗也许会被他带关上。想象一下，如果当时窗框是开着的，那他就能顺势荡进屋里。

"我希望你尤其记住，要完成如此危险而困难的一跃，身手必须异常矫健。我是想让你明白两点，首先，这件事是可能发生的；其次，也是最主要的一点，我希望你能明白，必须具有超凡的身手，甚至是超自然的身手，才能够完成这一动作。

"毫无疑问，你会用法律上的用语说，'证明自己有理'。我与其高估凶手的矫健身手，倒不如低估一些好。这也许是法律上的惯例，但在推理上却行不通。我的最终目的只是厘清事实的真相。我当下的目的是要你把两件事情放在一起加以考虑。第一件是我刚才说的异常敏捷的身手，第二件是那个尖声尖气（或刺耳）且时高时低的声音。他说的是哪国的话，众位证人莫衷一是，而且他们一个字、一个音节都没听清。"

听罢这番话，我隐约明白了杜平的意思，可还是有点似懂非懂。我似乎差一点就要理解了，可最终还是无法理解——这种感觉就像有时候快要想起一件什么事情，可到头来就是想不起来一样。我的朋友继续发表宏论。

"你会注意到，"他说道，"我已经把话题从逃出去的方式转移到了闯进来的方式。我是想传达这样一个观点：逃出去、闯进来都是用同一种方式，都在同一个地点。现在回到寝室内部来，我们来看看这里的情况。报上说五斗橱的抽屉被搜劫过，但是还有很多衣物留在里面。这个结论实在荒谬。它只是一个猜测——一个蠢到家的猜测——仅此而已。我们怎么知道抽屉里发现的衣物不是里面原本存放的全部衣物？莱斯帕纳耶夫人和她女儿过着深居简出的生活——见不到同伴——很少外出——用不着许多衣服。抽屉里的衣服像是母女俩最好的衣服。如果贼偷了衣服，那他为什么不拣最好的偷？为什么不把衣服全部偷走？一句话，他为何丢下四千法郎的金币不拿，却拿一捆拖累他的亚麻衣服？金币丢弃在原地。银行家米格诺德先生提到的那笔钱几乎原封未动地装在地板上的两个袋子里。所以我希望你摒弃那个关于谋杀动机的愚蠢看法——一位证人作证说曾把四千法郎送到莱夫人家门口，警察光凭这个就判定他有谋杀动机。送去一笔钱，不到三天，收款人便遭杀身之祸——在我们的生活中，离奇程度胜它十倍的巧合都时有发生，又何尝引起过我们的注意。一般说来，巧合是阻碍一类思想者前进的绊脚石，他们受过教育，但对概率理论一无所知，而人类最辉煌的研究对象也得益于这一理论。就眼下这个案例而言，如果金币丢了，那三天前帮送金币上门的事实就不仅仅是巧合。它可以用来证实关于动机的想法。但根据本案的实际情况，假定作案动机是为了钱，那只能说凶手是一个优柔寡断的蠢货，蠢到把金币连同动机一起丢弃。

"你要把我提醒你注意的几点牢记在心：那异乎寻常的声音，那异常矫健的身手，以及一桩骇人听闻的凶杀案却令人震惊地缺乏动机。我们来看看这场残杀本身。一个女人被活活掐死，再被粗暴地倒塞进烟囱。一般的凶手不用这种杀人方式，尤其不会这样处理尸体。光看尸体是怎么被塞进烟囱的，你就得承认这里头不是一般地怪诞——怎么看都不像是人类的行为，哪怕凶手是个丧尽天良的人。想想看，他的力气该有多大，竟能把尸体硬塞进那么狭窄的烟囱，好几个人一起用力才勉强将它拖了出来！

"再来看看哪里还有凶手使出惊天神力的迹象。壁炉周围的地上有大把的花白头发，非常浓密，是硬生生连根拔下来的。你知道，就算一把只扯下二三十根头发，也是需要很大力气的。你我都看到了那两三把头发，发根上令人惊骇，还连着头皮粘着血肉！由此可见他的力道有多大，说不定能一次揪下五十万根头发。老夫人不但喉咙被割断，而且脑袋还跟身体分了家，凶器不过是把剃刀。我希望你也能注意到他的凶残。莱斯帕纳耶夫人身上的瘀痕我就不多说了，迪马先生和他可敬的助手艾蒂安先生已经宣布，它们是被某种钝器所伤，这一点两位先生说得很对。那钝器显然是院子里铺的石头，受害人就是从床头那扇窗户给扔下来的。这在现在看起来很简单，却没有引起警方的注意，就跟他们没有注意到百叶窗的宽度一样——他们的脑子被两根钉子堵死了，完全没有想到窗户有可能被打开过。

"除了以上这些，你再好好回想一下那间屋里的凌乱场面，现在我们已经可以把这些因素综合起来看了，惊人的矫健，超人的力量，非人的暴戾，没有动机的残杀，完全违反人道的怪诞行径，再加上在几个国家的人听来都是外语且一个音节都没听清听懂的声音。你得出结论了吗？我这番话让你有何感想？"

杜平问我这个问题时，我心里一阵发毛。"疯子，"我说，"这是疯子干的——一个从附近疯人院里逃出来的十足的疯子。"

"从某些方面来看，"他回答说，"你的看法并非没有道理。但疯子即便是在发作最严重的时候，其声音也跟众人上楼时听到的那个怪声迥然不同。疯子总有国籍吧，就算前言不搭后语，可音节总是前后连贯的。况且，疯子的毛发也不是我手里拿的这种。这一小撮毛发是我从莱斯帕纳耶夫人捏紧的手指间拉出来的。你倒说说这是什么毛。"

"杜平！"我吓得六神无主，"这毛发太奇异了——这不是人的毛发啊！"

"我也没说它是，"他说，"不过，在确定它是什么之前，你先来看看我画在这张纸上的小草图。它是根据两句证词描摹的，其一是'莱斯帕纳耶小姐喉部有黑色的瘀伤及深深的指甲印'，其二是迪马和艾蒂安先生所说的'一连串显然是指痕的乌青色斑点'。"

"你会发现，"我的朋友一边说着，一边把那张纸摊在我们面前的桌上，"这幅草图说明那双手扼得有多紧。丝毫没有松过。每根手指都保持着原先狠狠嵌进肉里的样子，可能直到受害者被扼死才松开。你来试试看，把你的手指头同时摁在这几个指印上。"

我试了一下，但对不上去。

"这样可能不够严谨，"他说，"纸被摊成平面，而人的脖子是圆柱形的。这儿有段木头，跟人脖子差不多粗细。把纸包在上面，再试试看。"

我照做了，结果更对不上了。

"这，"我说，"不是人的指印。"

"你读读乔治·居维叶 [Georges Cuvier(1769—1832)，法国解剖学和古生物学家，提出了"灾变论"。——译注] 写的这段。"杜平答道。

这段话细述了东印度群岛上的茶色大猩猩，包括总体概述和解剖描写。这种哺乳动物以体格庞大、力大无穷、身手矫健、性情残暴和喜欢模仿而著称。我瞬间明白了这桩凶杀案的惊悚之处。

"这里对大猩猩爪子的描述，"我读完后说，"与这幅草图完全吻合。除了文中提到的这种大猩猩之外，再没有什么动物能留下你所描摹的那种指印。那撮茶色毛发也与居维叶描述的那种野兽的毛发一模一样。不过，这桩恐怖疑案的有些细节我还是弄不明白。他们上楼时听到两个人在争吵，其中一个肯定是法国人。"

"确实如此，你总记得吧，证人们几乎异口同声地说他们听到一句：'我的上帝啊！'在当时的情况下，证人之一、糖果店老板蒙塔尼说，那句话像是在表达强烈的抱怨或反对。因此，我就将解开谜底的希望寄托在这几个字上了。一个法国人知道这起谋杀案。可能他是清白的，事实上很有可能。大猩猩或许是从他那里逃出来的，他循踪追到那间寝室，可随后发生的事情混乱之至，他再也抓不到大猩猩了，它至今仍然逍遥法外。我不打算继续猜测了——我没权利称做别的——因为这些猜测所依据的想法没有足够的深度，我自己这关都过不了，因此就不能假装它们能为别人所理解。所以我们就称之为猜测，把它们当做猜测来谈。如果这个法国人真如我猜测的那般是无辜的，那么这则启事就会把他带到我们的寓所来。这启事是昨晚我们回家途中我去

《世界报》报社登的。这家报纸专为航运界而办，深受水手读者青睐。"

他递给我一张报纸，我读起这则启事。

招领——某日清晨（即凶杀案当日清晨），于布洛涅森林中捕得婆罗洲种茶色巨型猩猩一只。现已查明，猩猩的主人是一名水手，属于马耳他商船。失主当面确认无误，并支付少许捕获及寄养费用，即可将其领回。请至市郊圣日耳曼区某某街某某号四楼领取。

"你怎么知道那家伙是水手，而且受雇于一条马耳他商船？"我问。

"我并不知道，"杜平说，"我并不确定。不过这里有一条小缎带，从其形状和油乎乎的外观来看，一定是爱留长辫的水手们用来扎头发的。而且这种结除了水手外没几个人会打，实际上也只有马耳他商船上的水手会打。我是在避雷针脚下捡到的，它不可能是两位死者的东西。如果我从缎带得出的推论有误，法国人并非什么马耳他商船上的水手，那么我在报上登这个启事也没有坏处。如果我错了，他只会当我被某种情况误导了，才懒得劳神亲自来问。但如果我是对的，那我的目的就达到了。法国人虽然无罪，却知晓此案，他自然会犹豫是否回应启事——是否前来认领。他的心理活动是这样的：'我清白无辜；我入不敷出；我的猩猩很值钱——对我这种境况的人来说，它本身就是一笔财富——我何必因为杞人忧天而失去它呢？它就在这里，在我的掌握之中。我的猩猩是在布洛涅森林中被发现的，离凶杀现场远着呢，他们怎么可能怀疑到一头野兽头上？警察束手无策，一点线索也没有。就算他们追查到它，也不可能证明我知道这起凶杀，或是因为我知情就定我的罪。最重要的是我已经被人家知道了。登启事的人指明我是野兽的所有者。我不知道他们掌握了我多少情况，可既然他们知道这头昂贵的猩猩是我的，而我又白白地将其放弃，那他们很容易对它起疑。我不能让自己引起别人的注意，也不能让那头猩猩引起别人的注意。我得回应那则启事，把猩猩认领回去，一直关到风头过去为止。'"

就在这时，我们听到楼梯上响起了脚步声。

"把手枪准备好，"杜平说，"但没我的暗号，不许开枪，也别把枪亮出来。"

大门一直敞开着，来访者没按门铃就进了屋，还往楼梯上走了几步。然而他忽然迟疑起来。我们很快就听到他下楼去了。杜平快步奔到门口，这时我们又听到他朝楼上走来。这一次他没有再掉头往回走，而是果断地上了楼，敲响我们的房门。

"请进。"杜平的声调欢快而热情。

一个男人走了进来。他显然是个水手，高大魁梧，一身腱子肉，一副冒失鬼的样子，不过并不招人厌。他脸上晒得黝黑，一大半面孔被络腮胡和八字胡遮住。他随身拎着一根橡木短粗棍，看起来没带其他武器。他局促不安地鞠了一躬，用法语道了声晚安，虽然带有几分纽沙特尔口音，但仍足以听出他是巴黎人。

"坐下，朋友，"杜平说，"想必你是来领猩猩的。哎呀！我甚至忌妒你有这头猩猩，它品种优良，无疑也价值不菲。说说它几岁了？"

水手长吸一口气，看样子像是卸下了无法承受的重负，然后他用自信的语气回答说：

"我也说不清楚——最多四五岁吧。它在您这儿？"

"啊，不在这儿，这里没有关猩猩的设施。它就在附近莫格街的一家马房里。明天一早你就可以去领。你能证明它是你的吧？"

"当然能，先生。"

"我舍不得跟它分开呢。"杜平说。

"我不会让您白辛苦的，先生，"那人说，"真是没想到。您帮我找到了这头猩猩，我非常愿意酬谢您。怎么说呢，只要合乎情理，您要什么都可以。"

"好吧，"我的朋友答道，"这非常合理。让我想想！要什么酬谢呢？哦！我告诉你吧。我要的酬谢就是这个——把莫格街谋杀案的全部经过尽可能地告诉我。"

说到最后一句的时候，杜平的语调变得很低，很平静。他以同样的平静走到门口，锁上门，把钥匙收进口袋。接着他从怀里掏出手枪，神态自若地放在桌上。

水手的脸涨得通红，像是有一口气憋住了。他惊跳起来，攥住木棍，但片刻后又坐回座位。他的身体在剧烈地颤抖，脸色白得跟死人一样。他一声不吭。我打心眼里同情他。

"朋友，"杜平客客气气地说道，"犯不着那么惊慌失措，实在犯不着。我们对你毫无恶意。我以一位绅士和一位法国人的人格向你担保，我们决不想伤害你。我很清楚你在这场谋杀案里是清白的，可是也不能否认，你与此案多少有些牵连。听了我刚才说的，你一定知道我有掌握案情信息的渠道——这是你做梦也想不到的。事情就是这样。你没有做违法之事，当然不会受到处罚。你甚至都没有犯抢劫罪，而你本可以神不知鬼不觉地抢走一大笔钱的。你没什么好隐瞒的，也没有理由隐瞒。另一方面，从道义上来说，你也有责任把你所知道的一切都交代出来。有个无辜的人被控谋杀，现在还关在牢里，只有你可以说出谁是凶手。"

水手听完杜平这番话，才算是恢复了镇定，只是原先那副果敢的神态一下子不见了。

"上天作证，"他停顿了一下说，"我会把我所知道的一切都告诉你，但我不指望你能相信我的话——要是指望你相信，那我真是个傻瓜了。但我是无罪的，我要和盘托出，哪怕为此送命。"

水手的叙述大意如下。他最近航行到东印度群岛，跟一伙人在婆罗洲登陆，深入腹地去游览取乐。他和一个同伴俘获了这头猩猩。后来同伴死了，这牲畜便被他独占。返航途中，猩猩野性难驯，他费了好大劲才把它带到巴黎，安全地关在自己家里。为了不激起街坊们令人生厌的好奇心，他把猩猩小心翼翼地藏了起来，想等到它的脚伤愈合了再说（被甲板上一块碎片扎破的）。他最终的打算是卖掉它。

那天深夜，更确切地说是发生凶案的那天清晨，他跟几个水手在外头玩闹了一通，当他回到家里时，见那头野兽正占据着自己的卧室。它从隔壁的密室里破门闯了进来，他还以为把它关在那里很保险呢。就见这头猩猩手拿剃刀，满脸肥皂泡，坐在镜子前打算刮脸——它准从密室的钥匙孔里看到主人这么做过。看到如此危险的武器被一头如此凶猛的野兽拿在手里且运用自如，他吓坏了，一时间手足无措。不过他一贯是用鞭子让它安静下来，哪怕是在它最凶神恶煞的时候，于是他又使上了鞭子。猩猩一见鞭子，立马跳出房门，冲下楼梯，从一扇很不凑巧开着的窗户跃到街上。

法国人绝望地追了出去，那头猩猩手里仍握着剃刀，不时停下来回头张望，朝追赶它的水手打着手势，等水手快追上时，它又撒腿溜掉。就这么来来回回追赶了许久。街上一片死寂，因为已近凌晨三点。当猩猩逃至莫格街后面的一条小巷时，它的注意力被从莱斯帕纳耶夫人家四楼寝室开着的窗户射出的亮光吸引住了。它冲向房子，一眼看到了避雷针，便无比敏捷地顺杆爬了上去，抓住完全敞开抵着墙的百叶窗纵身一荡，直接把自己荡到了窗边的床头上。这一整套高难动作前后不到一分钟就完成了。它跃进房间时，百叶窗又给踢开了。

水手是既高兴又忧心。高兴的是眼下大有希望把那畜牲抓回来，因为它几乎无法逃出自己冒险进入的这个陷阱，除非沿原路返回，顺着避雷针下来，那样的话他就能将它截住。忧心的是不知道它在屋里会做出什么骇人之事。这个念头促使他继续穷追不舍。爬上避雷针没有多难，对水手更是不在话下，但当他爬到窗户那么高时，才发现那扇窗离他远着呢，根本够不到，他所能做的就是把头探过去往里瞥一眼。这一瞥可好，吓得他是魂飞魄散，差点从避雷针上掉下来。就在这个时候，一阵可怕的尖叫声划破黑夜，将莫格街的居民从好梦中惊醒。身着睡衣的莱斯帕纳耶夫人和她女儿明显是在整理前文提到的小型铁制保险箱里的文件。箱子已经被推到屋子中央，打开着，里面的东西摊放在地板上。受害者当时一定是背对窗户坐着，而从野兽闯入到尖叫声传出的时间间隔来看，她们并没有第一时间看到猩猩。她们想当然地以为百叶窗的响动是风吹的。

水手往里一瞥，就见那头巨大的野兽揪住莱斯帕纳耶夫人的头发（她刚梳过头，头发披散着），模仿理发师的动作，拿着剃刀在她脸前挥舞。她女儿一动不动地倒在地上，已经昏厥过去。这时候老太太的一簇头发给揪了下来，她尖叫不止，拼命挣扎，使原本并无杀心的猩猩顿时怒从心头起。它孔武有力的胳膊使劲一挥，差点没割下她的脑袋。猩猩一见到血，愤怒便变成了疯狂。它咬牙切齿，眼中冒火，扑到那姑娘的身上，用可怕的爪子死死掐住她的脖子，一直掐到她断了气。这时，它狂乱而游移的目光转到了床头，看到了主人惊得呆若木鸡的脸。令人畏惧的鞭子显然令它心有余悸，它的疯狂又瞬间变为恐惧。自知难逃惩罚的它似乎想掩盖自己犯下的血腥罪行，焦虑不安地在屋里上蹿下跳，家具之类的逮着什么摔什么，床垫也从床架上拖了下来。最后，它先是抓住那姑娘的尸体，猛地塞进后来发现尸体的烟囱；然后再抓起老太太的尸体，头朝下从窗口扔了出去。

当猩猩拖着残缺不全的尸体走向窗台时，水手惊恐地缩了回去，连滚带爬地滑下避雷针，急匆匆地跑回了家——生怕被牵扯进这桩残杀案，并在恐惧中欣然放弃了对猩猩命运的关心。众人在楼梯上听到的声音，就是这位法国人的失声惊叫，夹杂着那畜生的鬼哭狼嚎。

我几乎没有什么要补充的。猩猩肯定是在人们破门而入之前，顺着避雷针逃出房间的。它跳出窗口时准把窗子给关上了。后来，它又被主人重新捕获，以高价卖给了巴黎植物园。我们到警察局长的办公室说明情况（杜平也发表了一些高论），紧接着勒庞就被释放了。局长虽然对我朋友颇有好感，可眼见案子告破，还是没能掩饰住心头的懊恼，禁不住讽刺挖苦了两句，说什么管好自己的事才是正道。

"随他说吧，"杜平认为没有必要回应，"就让他说去吧，这样他心里才舒服些。我在他的城堡里打败了他，我感到很满意。说实在的，他破不了这案子一点也不出人意料（虽然他自己觉得出人意料），因为我们的这位局长朋友狡猾有余而智慧不足。他的智慧之花里没有雄蕊。只有头，没有身体，犹如拉维尔纳女神（Laverna，古罗马盗窃者和黑社会所尊奉的神祇之一。——译注）的画像，或者充其量只有头和肩，像一条鳕鱼。但他毕竟是个好人。我尤其喜欢他的诡辩功夫，这使他获得了足智多谋的名声。我说的是他'否认事实，强词夺理'（出自卢梭小说《新爱洛伊丝》。）的本事。"

莫 斯 肯 漩 涡 沉 溺 记

　　上帝造化自然之道犹如天道，非同于凡人之道；自然之浩瀚、深奥、神秘绝非我辈构筑之模型所能匹敌，其深邃亦远胜德谟克利特之井。

——约瑟夫·格兰维尔

我们登上了最巍峨的峭壁之巅。那位老人一时间累得说不出话来。

"不久以前,"他终于开口道,"我还能像我小儿子一样给你做向导,可三年前,我遇到一桩从来没人遇到过的事——或者遇到过的人都没能活下来——当时我忍受了长达六个小时的致命恐怖,身体和精神全垮了。你以为我是个年迈的老人,但我并不是。不到一天工夫,这头乌黑的头发就变得花白,四肢也软弱无力,神经也衰弱了,因此我稍一用力就发抖,看到影子就害怕。你知道吗?我从这座小峭壁往下一看,就感到头晕目眩。"

他刚才漫不经心地躺在"小峭壁"的边缘歇息,身子像是悬挂在高空中,而他只是靠胳膊肘抵住滑溜的壁沿,才没有摔下去。这座"小峭壁"由乌黑发亮的岩石构成,高峻陡峭,毫无遮挡,从我们脚底下的悬崖突兀而起,约有一千五六百英尺高。我打死也不敢到离峭壁边缘五六码的地方去。老实说,看到我的同伴躺在如此危险的地方,我紧张到了极点,不由得直挺挺地趴在地上,紧紧抓住身边的灌木,连看一眼天空都不敢——与此同时,一个念头跳了出来,怎么甩都甩不掉:这座山将被一阵狂风连根吹倒。过了好久我才鼓起勇气坐了起来,望向远方。

"你必须克服这些幻觉,"那位向导说,"因为我带你到这儿来,就是想让你亲眼看到我所说的那件事的现场——让你身临其境地听我讲述那件事的整个经过。"

"我们现在,"他用他特有的不厌其详的叙述方式继续说道,"我们现在是在挪威海岸——在北纬六十八度——在广阔的诺尔兰省——在阴沉的罗弗登区。我们脚下这座山叫赫尔塞根山,又叫云山。请把身子抬高一点——要是头晕就抓住草——就这样——往外看，越过下面那条雾带，望着大海。"

我头昏眼花地望着，就见大海一望无际，海水漆黑如墨，让我立刻想起努比亚地理学家所描述的"黑暗的海"。眼前的景象悲惨凄凉，非人类所能想象。极目望去，左右两边各伸出一排可怕的黑崖，犹如这个世界的护城墙，惨白狰狞的浪尖被咆哮不止的海浪高高涌起，使阴郁的黑崖更显绝望。在我们所处的岬角正对面约莫五六英里外的海面上，有一个看上去一片荒凉的小岛，更确切地说，是其位置在包围着它的苍茫巨浪中可以辨清。靠近陆地两英里的地方，又冒出一个小些的岛屿，崎岖不平，荒芜不堪，周围参差不齐地环绕着一簇簇黑色的岩石。

较远那座岛与陆地之间的海面非同寻常。尽管这时有阵狂风向陆上吹来，吹得远方海面上一艘升着斜桁纵帆的双桅船顶着风停下来，整个船身经常颠簸得不见踪影，但这里却看不见起伏的海浪，只有从四面八方冲过来的一股气势汹汹的急促的海水——顺风也好，逆风也好，都是这样。除了岩石附近，海面上几乎没有浪花。

"远处那座岛，"老人接着说道，"挪威人管它叫浮格岛。中间那座岛叫莫斯肯岛。往北一英里是阿姆巴伦岛。那边是艾利森岛、霍托尔姆岛、凯德赫尔姆岛、苏尔文岛和巴克霍尔姆岛。再远点——在莫斯肯岛和浮格岛之间——是奥特霍尔姆岛、弗里曼岛、桑德弗莱森岛和斯德哥尔摩岛。这些都是这些岛屿的真名——至于为什么要给它们取名字，那就不是你我所能理解的了。你听见什么了吗？你看见海水起变化了吗？"

　　当时我们已经在赫尔塞根山顶停留了大约十分钟，我们是从罗弗登的内陆爬上山的，所以先前没有看到大海，直到爬上山顶，海面才骤然跃入眼帘。老人问我话时，我听到一阵越来越响的声音，像北美大草原上一大群水牛的悲鸣；与此同时，我又见到了水手们所说的大海反复无常的性格，就见我们脚下的海水刹那间变成一股滚滚向东的海流。在我凝视之际，这股海流获得了惊为天人的速度，流速时刻都在加快，势头时刻都在加剧。五分钟不到，从岸边到浮格岛的整个海面都陷入无法抑制的狂怒之中，其中怒涛之势最为狂嚣的地方是在莫斯肯岛和海岸之间。那里宽阔的海面分裂成上千条互相冲突的水道，突然间爆发出剧烈的骚动——汹涌、沸腾、嘶啸——旋转成无数巨大的漩涡，所有的漩涡都以瀑布倾泻而下才有的速度旋转着向东冲去。

　　几分钟后，场面又发生了根本的变化。整个海面变得平静些了，漩涡一个接一个地消失，原先看不到浪花的地方，现在泛起一道道滔天白浪，逐渐朝远处蔓延，最后连成一片，又开始像漩涡一样旋转起来，似乎要形成另一个更大的漩涡。突然——突然一下子——大漩涡已经一清二楚地成形了，直径在半英里以上。漩涡的外缘是一条宽大的闪光的浪花带，但却没有一点浪花滑进那只巨大的漏斗，就目力所及，漏斗内部是一堵光滑、闪亮、乌黑的水墙，与水平面约成四十五度角，它以令人头晕目眩的速度高速旋转，向四面八方发出骇人的声音，一半像尖叫，一半像咆哮，连雄伟的尼亚加拉大瀑布也从未如此痛苦地向天空哀号。

　　山脚都在颤抖，岩石也在晃动。我紧张得六神无主，紧紧揪住少得可怜的几根牧草。

"这，"最终我对老人说，"这一定是挪威西北海岸的迈尔斯特伦大漩涡。"

"有时候是这个叫法，"他说，"不过我们挪威人管它叫莫斯肯大漩涡，名字来自中间那座莫斯肯岛。"

我读过关于大漩涡的记述，但面对眼前的景象，我完全没有一点心理准备。乔纳斯·雷默斯 [Jonas Ramus (1649—1718)，挪威历史学家。——译注] 的文章也许讲得最为详细，但也丝毫没有传递出这番景象的磅礴壮观和森然恐怖，传递出那种令旁观者心惊肉跳、茫然困惑的新奇感。我不确定这位作者是从什么位置和在什么时间观察大漩涡的，但既不可能是从赫尔塞根山顶，也不可能是在暴风雨来临时。不管怎样，那篇文章中有些段落写得较为详尽，不妨引用一下，虽然雷默斯对大漩涡的描写实在苍白无力。

"在罗弗登区和莫斯肯岛之间，"他写道，"水深达三十六到四十英寻；但在面向浮格岛那一边，水却越来越浅，浅到船只都没法安然通过，即使是在风微浪稳的日子，船只也有触礁撞碎的危险。涨潮时，潮水以万马奔腾之势急速冲过罗弗登区和莫斯肯岛之间；而其往海里猛烈退潮时发出的吼声，连发出震天巨响的大瀑布都不可同日而语，几海里以外都能听见；那些漩涡或坑洞是如此之宽，如此之深，船只一旦驶入其引力圈，就必然被吸进去，一直卷到海底，在礁石上撞得粉碎；等到海水平静下来，残骸才重新浮上水面。可唯有在风平浪静的日子里的涨潮和退潮之间，这样的平静才会存在，且最多只能持续一刻钟，接着潮水又渐渐卷土重来。当水流来势凶猛，且暴风雨又让其势头更加猛烈时，离它四五英里内都危险至极。轻舟、帆船或轮船若不留意提防，不等靠近就会被它卷走。同样地，鲸鱼游得太近被水猛然卷走也时有发生，它们徒劳地挣扎着想要脱身，发出阵阵哀嚎，那情景非笔墨能够形容。有一次，一头熊试图从罗弗登游到莫斯肯，给激流卷走了，当时它惨叫连连，在岸上都能听得见。一大堆冷杉和松树被卷进激流后，再浮上来已是体无完肤，像身上长满了鬃毛。这清楚地表明海底全是崎岖不平的礁石，被卷下去的木头就是在怪石间来回打转。这股激流受海潮涨落所调节，总是每隔六个小时起伏一次。一六四五年四旬斋前第二个星期日清晨，潮水震耳欲聋，气势汹汹，把沿岸屋子上的石头都震落在地。"

　　说到水深，我不明白大漩涡附近的水深是如何确定的。"四十英寻"应该只是指海流接近莫斯肯岛沿岸或罗弗登区沿岸那两部分的深度。莫斯肯漩涡的中心一定深不可测；对于这个事实，最有力的证明是站在赫尔塞根山之巅斜睨那漩涡的无底深渊一眼。从峰顶俯瞰下面咆哮的地狱火河，我忍不住要笑老实的乔纳斯·雷默斯太过天真，把鲸鱼和熊的趣闻当作难以置信的事件记录下来；说真的，依我看来，哪怕是当今最大的战舰，一旦驶入那个致命的引力圈，也会像飓风中的羽毛一样无法招架，瞬间消失无踪。

　　当初细读那些试图解释这一现象的文章时，觉得有些似乎言之成理，可如今看来，它们就像是不经之谈，无法令人满意。普遍的看法是这一现象与法罗群岛那三个较小的漩涡一样，"起因不外乎海潮涨落时水流起伏，与岩礁之脊碰撞，岩礁禁锢海水，令其如瀑布般倾泻而下；因此潮水涨得越高，跌落也就越深，结果就自然形成涡流或漩涡，其强大吸力经由实验已经众所周知"。这段话出自《大英百科全书》。阿塔纳斯·珂雪［Athanasius Kircher（1601—1680），欧洲17世纪著名的学者、耶稣会士，在物理学、天文学、机械学、哲学、历史学、音乐学、东方学上都有建树，被称为最后一个文艺复兴人物。——译注］等人认为莫斯肯漩涡的中心是个贯穿地球的无底洞，出口在某个非常遥远的地方——有人言之凿凿地说是波的尼亚湾（波罗的海北部海湾，西岸为瑞典，东岸为芬兰。——译注）。这种说法并无依据，但当我盯着漩涡看时，心中却不由得欣然接受了这一说法。我和向导聊起这个话题，他的回答让我相当惊讶，他说尽管挪威人几乎普遍接受这一说法，但他并不这么认为。至于前一个见解，他承认自己没有能力理解；在这一点上，我和他看法一致，因为不管书上说得多么信誓旦旦，可只要听到那来自深渊的轰隆声，这种见解便显得难以理解甚至荒谬透顶。

"你已经把漩涡看了个仔细，"老人说，"如果你能绕过这道峭壁，爬到它背风的一面，避开轰鸣的水声，我就给你讲个故事，让你相信我对莫斯肯漩涡略知一二。"

我爬到他所说之处，他开始讲述。

"我和我的两个兄弟曾经拥有一艘载重约七十吨的纵帆渔船，我们习惯驾着它驶过莫斯肯岛，去浮格岛附近的岛屿间捕鱼。时机合适的话，能在湍急的涡流里捕到好多鱼，只要你有勇气一试；不过罗弗登渔民中只有我们弟兄三个经常去那些岛屿间捕鱼。本地渔民通常是远赴南边下游的地方捕，那儿随时都捕得到鱼，用不着冒风险，所以成了大家的首选地。我们仁爱去的暗礁丛不仅鱼种名贵，而且产量丰沛，因此我们一天的收获往往比胆怯的同行连捕七天的收获还要多。事实上，我们把它当成一种玩命的投机行为——以玩命代替劳作，以胆量充当本金。

"我们把渔船停泊在海岸上游约五英里处的一个小海湾里。天气好的时候，我们就趁一刻钟的平潮时间，赶快驶过莫斯肯漩涡的主水道，远远地在那漩涡的上游，然后往下开到奥特霍尔姆岛或桑德弗莱森岛附近的停泊地，那儿的涡流没有别处那么湍急。我们在那儿捕鱼作业，等到下一次平潮期快来再起锚返航。只有在来回途中都刮着平稳的侧风的情况下，我们才会出海冒这个险。我们得估准返航前这股侧风不会停刮，在这一点上我们很少估错。六年来，我们仅有两次因为没有一丝风而被迫留在那儿过夜——这种情况在那儿非常罕见。还有一次，由于我们到达后不久就刮起大风，刮得海水怒涛汹涌，我们仨不得不在那里逗留了将近一个星期，个个饿得饥火烧肠。那一次，我们幸好漂进无数横流中的一条，今天漂到这儿，明天又漂到那儿，最后漂到弗里曼岛背风的一面，才走运地在那儿抛了锚，不然的话，我们早就被卷进深海里了，因为涡流把我们的小渔船旋得团团转，连锚和缆都缠结在一起，我们只得把锚拉上来。

"我们在'渔场'遇到的困难三言两语根本没法说清，那是个糟糕的地方，天气好也是一个样，不过每次与莫斯肯漩涡狭路相逢，我们都能设法全身而退；虽然有时我的心都提到嗓子眼了，就因为比平潮期早了或晚了分把钟。刚出海的时候，风偶尔没有想象中那么大，这时候海流就把船冲得难以控制，使我们去不了想去的那么远。我大哥有个十八岁的儿子，我自己也有两个壮实的儿子。他们能帮上大忙，无论是此时奋力划桨，还是随后撒网捕鱼——但是不知何故，虽然我们自己是在搏命，却不忍心让孩子们陷入危险——因为那终究是一种可怕的危险，这话一点不假。

"再过几天，我下面要给你讲的事情就过去三年了。那是一八××年七月十日，这一带的居民永远也忘不了那个日子，因为那一天刮起了一场有史以来最骇人的飓风。然而那天上午，实际上直到下午晚些时候，都有一股柔和而稳定的微风从西南方向吹来，天空也是艳阳高照，所以连我们中最年迈的水手也没有预见到接下来会发生什么。

"我们弟兄三人于下午两点左右驶抵那边的岛屿间，没多久就大获丰收，将整条渔船装得满满当当，我们一致认为这是历来收获最多的一次。七点整（我表上的时间）我们起锚返航了，以便利用平潮期通过莫斯肯漩涡的主水道，我们知道平潮期是在八点。

"伴着从右舷一侧吹来的清风，我们出发了，有段时间我们一直在高速前进，压根就没想过会有危险，因为我们实在找不到丝毫值得担心的理由。突然间，从赫尔塞根山方向吹来一阵和风，吓了我们一跳。这可是件稀罕事，以前从未遇到过，我心里有点忐忑不安，虽然我也说不上为什么。我们让船顺着风行驶，可受到旋流影响，渔船根本没法向前，我正打算驶回原来停泊的地方时，我们朝船尾一望，只见整个天边以惊人的速度布满一层铜色的怪云。

"就在这时，伴着我们踏上归途的清风突然消散，渔船失去了风力，只能随波四处漂流。这种状况持续得极为短暂，都容不得我们去思考。不到一分钟，暴风雨就呼啸而来。不到两分钟，天空便阴云密布。加上涌起的飞沫，四周瞬间一片漆黑，以至于船上的我们彼此看不见对方。

"试图形容那场飓风实属愚蠢之举。全挪威年纪最老的水手也没经历过这种事情。我们在飓风席卷而来前赶紧收起风帆，可头一阵强风就把两根桅杆吹海里去了，像是给锯断似的。我弟弟也连人带杆掉进海里，因为他为了安全起见，把自己绑在了主桅上。

"我们的船是最轻巧的那一种，在海面上犹如鸿毛。甲板十分平坦，只在靠近船头的地方有个小舱，我们总是在经过大漩涡的水道前将其密封，以应对汹涌的海水。不这样做的话，船早就沉了——我们一度就被淹在水里。我说不清我哥哥是如何逃过一命的，因为我根本没机会弄明白。至于我自己，我一放下前桅帆就趴倒在甲板上，双脚抵住船头狭窄的舷边，双手紧攥前桅底部的一个翼形螺栓。这么做仅仅是出于本能——这在当时无疑是最好的选择——我一时间手忙脚乱，哪有工夫细想。

"正如我所说的，我们一度完全被淹在水里，这段时间我屏住呼吸，死死抓住翼形螺栓。后来我再也坚持不了了，才跪起身来，但双手仍然抓住不放，因此我的头脑还算清醒。接着我们的小船摇晃了一下，像狗从水里上来时甩了甩身上的水，这多少使它挣脱了大海。一阵恍惚感倏地袭来，我试图将它驱离，定神想想该怎么办才好。这时我感到有人抓住了我的胳膊。是我的哥哥！我的心雀跃不已，我还以为他掉海里去了呢！但我的喜悦之情瞬间就变成了恐惧，因为他凑近我的耳朵，惊恐地叫道：'莫斯肯大漩涡！'

"没有人会知道我那一刻的感受。我从头到脚都在发抖，像患了一场最严重的疟疾。他说的那个词的意思我再清楚不过，我知道他想让我明白什么。我们的小渔船被这股风推着，正向莫斯肯大漩涡的旋流里驶去，没有任何人能救得了我们！

"你知道，我们每次过莫斯肯大漩涡的水道，都要往上游绕一大圈，即使在风平浪静的好天也是这样，然后还得小心谨慎地等待平潮期。可我们现在直接就朝大漩涡驶去，而且还刮着如此猛烈的飓风！我心想：'我们到达时会正好赶上平潮期，所以我们还有一线生机。'但接下来我就大骂自己是个白痴，死到临头还做着生还的美梦。我心知肚明，就算这条船比九十门大炮的战舰还要大十倍，我们都注定遭受灭顶之灾。

"这时候，飓风的第一波猛烈势头已经消减，或许是因为我们顺风疾驶，感觉不到它的强烈，但不管怎样，刚才被狂风征服、压平、泛着飞沫的海面现在已是巨浪滔天。天上也有了奇异的变化。虽说周遭依然一片漆黑，但我们头顶上突然爆开一个圆形的裂口，露出一圈明朗的天空，那是我见过的最明朗的天空，湛蓝如洗，透过它还能看到一轮满月，我还是头一次见到月亮闪耀出如此光华。月光把周围的一切照得无比清晰——可是，天哪，它照亮的是一幅什么景象啊！

"我努力了一两次，试图跟哥哥说几句话，可搞不懂怎么回事，嘈杂声越来越响，尽管我对着他耳根扯着嗓子叫喊，但他还是一个字也听不见。不久他摇摇头，面如死灰地竖起一根手指，仿佛在说：'听！'

"起初我没弄明白他的意思，但紧接着一个令人惊骇的念头就闪过我的脑海。我从表袋里掏出表来。表不走了。我凑着月光瞥了一眼表面，不禁放声大哭，将表远远地扔进大海。它在七点钟就已经停了！我们已经错过了平潮期，莫斯肯大漩涡正在愤怒咆哮！

"当一条造得很好、装货不多且善借风力的船顺风行驶时，那些被狂风掀起的浪头似乎总是从船底下滑过。这在不谙航海的人眼里是咄咄怪事，但用航海术语来说，这就是所谓的骑浪。好吧，我们一度轻巧地骑浪而行，但没多久一道巨浪就将渔船托了起来，带着我们随它一道往上升，往上，往上，仿佛一直升到了天上。我不信浪头能升得那么高。接着船身一掠、一滑、一颠，我们又跌落下去，跌得我头晕泛呕，像梦中从巍峨的山顶猝然跌坠。不过在船随浪头上升时，我向四周匆匆瞥了一眼，这一瞥就够了。我立刻看清了我们的确切位置。莫斯肯漩涡就在我们正前方约四分之一英里处，但它不像平日里的莫斯肯漩涡，倒像是你现在看到的这种跟磨坊引水槽似的漩涡。如果我不知道我们是在哪儿，也不知道接下来会发生什么，那我根本认不出那地方。事实上，我吓得不由自主地闭上了眼睛，眼皮就跟抽筋似的紧紧闭在一起。

"两分钟不到，我们突然感到海浪平息了，周围是一片白沫。渔船猛地向左舷方打转，接着闪电般向新的方向疾驰而去。这时，海水的怒吼声完全被一种刺耳的尖叫声盖过了。说到这种尖叫声，你只消想象几千条汽船的排汽管同时排汽的声音。我们正处在那条总是环绕着漩涡的浪花带上，当然，我认为我们下一秒就会被卷进那个无底洞——我们以惊人的速度飞快旋转，所以只能隐约地看见下面。小船根本不像要沉入水中，而是像个气泡一样从浪头掠过。右舷紧靠着大漩涡，左舷方升起我们刚才离开的那片汪洋。它像一堵翻腾的巨墙，横亘在我们与天边之间。

"这听起来可能很奇怪，真到了这无底洞的边缘，我反倒比刚刚靠近它时镇定了许多。一旦对活命不再抱有幻想，之前让我魂飞魄散的恐惧倒消退了一大半。我想是由于绝望才使我神经紧张的。

"听起来像是吹牛皮，不过我跟你说的全是实话。我心中暗忖，这种死法真是妙不可言啊——我简直蠢到家了，上帝如此神奇地展现了他的神力，而我竟然还在惦记自己微不足道的小命。我可以肯定，当这个想法掠过我的脑海时，我羞愧得满脸通红。过了一会儿，我对漩涡本身产生了强烈的好奇心。我真的很想勘探它的深度，就算送命也在所不惜；最悲伤的是我永远无法把我将要发现的奥秘告诉岸上的老伙计们。毫无疑问，这些就是常人面临绝境时的奇思乱想——后来我常想，兴许是渔船绕着深渊打转，转得我有点头晕目眩了。

"我镇定下来还有一个原因，那就是风停了，吹不到我们所在的位置——如你亲眼所见，那圈浪花带比大海的一般水位低得多，而彼时海面就像一道又高又黑的山脊，高出我们许多。如果你从未在海上遇到过风暴，那你就想象不出风浪交加造成的心乱如麻。它们蒙住你的眼睛，捂住你的耳朵，掐住你的脖子，剥夺你的思考力和行动力。这时我们倒大大摆脱了这些烦恼——像被判了死刑的重罪犯的小小要求可以得到满足，而在判决之前则一概不予满足。

"说不清我们在那条浪花带上转了多少圈。我们飞快地转了一圈又一圈，大概转了个把钟头，说是漂过还不如说是飞过，并渐渐地越来越接近浪花带的中央，然后越来越接近它可怕的内缘。我自始至终都没有松开翼形螺栓。我哥哥则站在船尾，抱住一只很大的空水桶，那水桶原本牢牢绑在船尾的捕鱼篓下面，飓风第一次袭来时甲板上就它没被刮到海里。眼看就要逼近大漩涡的边缘时，他蓦地放开空水桶，跑来抓我的翼形螺栓——他吓得要命，试图强迫我松手，因为那螺栓不够大，容不下我们两个人抓。看到他有这个企图，我不禁悲从中来，从来没有这样伤心过，虽然我知道他是疯了才这么做，极度的恐惧把他给逼疯了。但我不想和他争那个螺栓，我觉得我们两人谁抓结果都是一样，所以我让给他抓，自己跑去船尾抱那个桶。这样做并不费事，因为渔船旋转时足够平稳，整个船身还是挺稳定的，只是随着翻滚的涡流来回摆动而已。我跑到船尾，还没来得及站稳脚跟，渔船就猛地向右舷方一歪，然后一头冲进了那个无底洞。我急匆匆地咕哝了两句上帝保佑，心想一切都完了。

"突如其来的坠落感让我感到一阵恶心，我本能地死死抱住空水桶，闭上眼睛。有好几秒钟我不敢睁眼，等待着瞬间灰飞烟灭，同时又纳闷怎么还没掉到水里垂死挣扎。时间一秒一秒地流逝，我仍然活着。坠落感消失了，小渔船的运动又跟刚才在浪花带上旋转一样，只是船身更为倾斜。我鼓足勇气，再一次观看眼前的场景。

"当我环视四周时，心中油然而生一种交织着敬畏、恐惧和钦佩的感觉，那种感觉令我终身难忘。渔船像变魔术似的悬在一个巨大无比、深不见底的漏斗的内壁，若不是那水壁正令人目不暇接地飞速旋转，若不是它正闪射着苍白的幽光，还真会把那光溜溜的水壁误认为是乌木。原来一轮满月从我刚才说过的云层当中的圆形裂口，沿着黑漆漆的水壁，泻下一道金光，直照进深渊的最深处。

"一开始我愣蒙了，没法定睛细看。蓦地呈现在眼前的就是一幅宏伟壮观的画面。但当我略微回过神来，我便本能地往下望去。由于渔船是悬在有坡度的水壁上，朝下面看倒是一览无余。它行得十分平稳，换句话说，甲板与水面完全平行，只不过水壁呈四十五度角倾斜，所以船看起来行将倾覆。可我还是禁不住注意到，在这种情况下，要想抱紧水桶，站稳脚跟，并不比在绝对的水平面上这样做更难，这应该是因为我们旋转得太快了吧。

"月光似乎在搜索深渊的最深处，但我仍然什么也看不清，因为有层浓雾笼罩着一切，浓雾上方悬挂着一条壮丽的彩虹，犹如穆斯林所说的那座狭窄的、颤巍巍的小桥，那条时间与永恒之间的唯一通道。这层浓雾，或者说是水雾，准是漏斗巨大的水壁在底部汇合相撞时形成的——至于从浓雾中传出的震彻云霄的响声，我可不敢加以形容。

"从浪花带上滑进这深渊后，我们已经沿着有坡度的水壁向下滑了很长一段距离，不过其后下降的进度与先前丝毫不成比例。我们一圈又一圈地旋转着，不是均匀一致地移动，而是让人头昏眼花地摇摆着、颠簸着前进，有时只滑行几百英尺，有时几乎绕着涡壁转了整整一圈。每往下转一圈，进度虽然缓慢，但还是明显察觉得到。

"环顾四下乌木般的茫茫黑水，我才发觉我们的船并非漩涡里的唯一物体。在我们的上方和下方，都可以看见船只的残骸、大块的建筑木材和树干，以及许多小物品，比如家具、破箱子、木桶和木板，等等。我描述过那种违反常理的好奇心，居然取代了我最初的恐惧感。当大限愈发临近时，那种好奇心也变得愈发强烈。我开始怀揣着一种奇怪的兴趣观察跟我们一道漂流的大量东西。我准是神经错乱了，甚至找起了乐子，猜测起下一个轮到谁被深渊吞噬。我一度脱口而出，'这下准轮到这棵冷杉被卷走，消失得无影无踪'，然后我就失望地看到一艘荷兰商船的残骸抢先栽了进去。我猜了好几次，全猜错了，这一事实——我次次猜错这一事实——使我陷入一连串的思考当中，以致手脚又瑟瑟发抖，心脏又怦怦乱跳。

"我之所以惶恐不安，不是因为又产生了新的恐惧，而是因为令人激动的希望的曙光又来了。这希望一半由回忆引起，一半由观察产生。我回想起散落在罗弗登海岸的各种有浮力的东西，都是被莫斯肯漩涡卷入又抛出的。它们大多破碎得不成样子，擦破磨损得厉害，像浑身粘满碎片似的，不过我清楚地记得也有一些东西完全没有毁损。我无法解释这种差异，只是认为只有那些破得不成样子的东西才是被完全卷进漩涡的——其他东西要么是在涨潮末期卷入漩涡，要么是卷入漩涡后不知怎的下降太慢，所以在潮水变化或退潮之前（这要根据具体情况而定），它们还没有到达深渊最底部。我认为不管是哪一种情况，这些东西都有可能再次旋转到海面上，而不必遭受那些被卷入早或沉得快的东西所遭受的厄运。我还观察出三个重要的结论。其一，一般说来，物体越大，下降得就越快；其二，两个体积相等的物体，一个是球形，另一个是其他形状，下降快的是前者；其三，两个体积相等的物体，一个是圆柱形，另一个是其他形状，下降快的是后者。自打那次逃离鬼门关后，我数次和本地的一位老教师谈到这个话题。我就是从他那儿学会了使用'圆柱形'和'球形'这两个词。他向我解释——虽然我已经将那些解释忘了——为什么我所见到的其实就是那些漂浮碎片的自然结果——他还向我展示浮在漩涡中的圆柱体如何对其吸力产生阻力，因而比其他任何形状的同体积物体都更难被吸入漩涡（见阿基米德《论浮体》第二卷。——原注）。

"每旋转一圈，我们都超过不少诸如酒桶或断裂的帆桁桅杆之类的东西。我第一次睁开眼睛看漩涡里那番奇景时，好多这类的东西和我们在同一水平面上，可后来它们却高高地悬在了我们上面，似乎仍在原来的位置，几乎没怎么下降。这件令人吃惊的事情有力地证明了我的结论，并使得我急于将其付诸应用。

"我不再踌躇，决定把自己牢牢地绑在手里抱着的水桶上，将它从船尾解开，再同它一道投进涡流。我用手势引起哥哥的注意，指向漂到我们身旁的木桶，尽我所能地让他明白我的意图。我想他终于明白我的意图了。但是，不管他明白与否，他只是绝望地摇摇头，拒绝松开螺栓。我无法强迫他听命于我，而且情况实在紧急，不容丝毫耽搁，因此，经过一番痛苦的思想斗争，我只好让他去听天由命，径自用船尾缚牢水桶的绳子把自己绑在桶上，毫不犹豫地纵身跃入海中。

"结果正是我所希望的，因为现在是我亲口给你讲这个故事。如你所见，我的确逃出生天了——你还知道了我逃出生天的方法，因此你准能预料到我接下来要讲些什么——所以我就要结束我的故事了。我离开渔船后约莫一个小时，渔船已经下降到我下面很远的地方，就见它飞快地接连打了三四个回旋，然后带着我心爱的兄长，一头扎进飞沫四溅的渊底，永远地沉了下去。与我绑在一起的那只水桶下降到距渊底刚刚过半时，漩涡的情形发生了巨大的变化。这只巨型漏斗的斜面越来越不陡峭了。渐渐地，漩涡的转势也越来越不剧烈了。飞沫和彩虹逐渐消失，渊底似乎在慢慢上升。天空放晴，风已停止，那轮明亮的满月正从西边落下，我发觉自己身处海面，罗弗登海岸尽收眼底，原来我就在刚才的莫斯肯漩涡的上头。是平潮期了，但受到飓风影响，海面上仍涌动着山峰般的巨浪。我被浪头猛地推到大漩涡的水道，没过几分钟，我就顺着海岸被冲进渔民的'渔场'。一条渔船把我捞了上来，我累得精疲力竭，一想到那恐怖的景象，我就吓得说不出话来（危险已经解除了）。救我上船的是我的老伙计和朝夕相处的朋友，可他们认不出我来了，还以为我是来自幽灵之地的旅客。我的头发前一天还是乌黑的，被救起时已经变得一片花白，跟你现在看到的一样。他们还说我的神情完全变了样。我把我的故事讲给他们听，他们都不信。现在我讲给你听——我不指望你会比快乐的罗弗登渔民更相信这个故事。"

椭圆形画像

为了不让身负重伤的我在户外过夜，我的贴身男仆竟大着胆子闯进一座城堡，那是亚平宁群山间交织着阴森和宏伟的古堡中的一座，就是拉德克利夫夫人 [Mrs. Radcliffe (1764—1823)，英国哥特式小说女作家，擅长于使阴森恐怖的悬疑情节充满浪漫主义情调，其代表作《奥多芙的神秘》的故事发生在亚平宁群山间的一座古堡，但她本人从未去过自己小说中描写的地方。——译注] 凭想象描绘的那种城堡。看起来城堡的主人是临时外出，最近才人去楼空。我们主仆二人在一间面积最小、陈设最差的屋里安顿下来。它在一个偏僻的塔楼里，装饰虽然华丽，却已破败陈旧。墙上挂着壁毯，饰有各种各样的纹章战利品，此外还有数量惊人的生气勃勃的现代画，都装裱在镶有阿拉伯花纹的金色画框里。不单是墙上挂满了这些画作，而且由于城堡造型奇特而必然形成的许多犄角旯旮里也塞了好多。也许是重伤造成的神志不清让我对那些画产生了浓厚的兴趣，于是我吩咐佩德罗将屋里沉重的百叶窗统统关上——由于天色已晚，我又将床头落地烛台上的蜡烛统统点亮，再把卧床四周带流苏的黑色天鹅绒帷幔统统拉开。做完这一切后，就算睡不着觉，我也可以轮流注视这些画作，或是细读在枕边找到的一本小书，据说书上有这些画的评述。

我久久地翻看那本小书，虔诚地凝视那些画作。时光飞逝，午夜降临。烛台的位置不合我的意，我不愿打扰仆人的酣梦，便自己费劲地伸出手去挪动烛台，好让烛光更充分地投射在书上。

这一挪却产生了完全出乎意料的效果。许多道烛光（因为蜡烛数量众多）齐齐落在屋内一个壁龛里——原先这个壁龛被一根床柱的阴影遮住了。在明亮的烛光下，我看到一幅先前没有注意到的画。那是一个含苞欲放的少女的画像。我匆匆朝她瞥了一眼，就把眼睛闭上了。为何要这样做，一开始我自己也不明白。但就在我双目紧闭之际，我找到了闭上眼睛的原因。那是一种下意识的行为，为了腾出时间来思考——以确保我的视觉没有欺骗我——让胡思乱想的脑子冷静下来，以便更清醒、更确切地观看。过了一会儿，我又目不转睛地凝视起那幅画。

这下我是看清了，不能也不会再怀疑了。因为落在画布上的烛光已经驱散了不知不觉将我笼罩的恍惚感，令我猛然惊醒过来。

我刚才说过，画中人是一位年轻姑娘。只画了头部和肩部，用的是半身晕映画像法，和萨利的头像画法很接近。双臂、胸脯乃至闪亮的发梢，都难以觉察地融进了构成整个画面背景的朦胧而幽深的阴影中。画框是椭圆形的，镀着金，饰有金银丝细工，是摩尔式的风格。作为一件艺术品，其最值得赞赏的还是肖像本身。但一下子将我震慑住的既非作品的创作技巧，亦非画中人的不朽美貌。尤其是我已从半睡半醒中醒来，决不会误认为那是活人的脑袋。我马上明白过来，一定是构图、画法以及画框的独特性，瞬间驱散了那种念头，一丝一毫都被阻止住了。我半坐半倚在床头，一边目不转睛地盯着画像，一边思考着这些问题，约莫一个小时后，我终于领悟到了这幅画的奥妙所在，这才重新躺了下来。它的奥妙就在于画中人栩栩如生的神情，这一点先是吓我一跳，继而又让我感到困惑、压抑和震惊。怀着深深的敬畏之情，我将烛台挪回原处。这下那幅令我极度不安的画就看不到了，接着我急切地拿起那本谈论这些画作及其历史的小书。翻到介绍《椭圆形画像》的那一篇，我读到了下面这段含糊而奇特的文字：

　　她是个绝色美人，而且天性活泼开朗。然而在她与画家一见钟情并喜结连理后，她的不幸就降临了。他感情热烈、勤奋用功、不苟言笑，对艺术情有独钟；她貌美无双、无忧无虑、笑容灿烂，像小鹿般爱玩爱闹；她热爱一切，珍惜一切，唯独憎恨成了她情敌的艺术，只害怕那些夺走她爱人表情的调色板、画笔和其他烦人的画具。因此，当听到画家说他想为自己的新娘画像时，这位姑娘吓坏了。但她生性恭顺服从，还是乖乖地在又黑又高的塔楼里接连坐了好几个星期，整个屋里仅有一缕光线从头顶洒落在苍白的画布上。但是画家却以他的工作为荣，日复一日地笔耕不辍。他本就是个热烈狂野、喜怒无常的人，现在更是沉迷于幻想之中，以至于未能觉察到孤塔里那缕阴森的光线正在摧残她的身心。她明摆着日益憔悴，只有他还看不出来。然而她仍然毫无怨言地一直保持着微笑，因为她心里明白，这位久负盛名的画家对绘画充满了热忱，从中获得了强烈的愉悦，而且他正日以继夜地为她画像。她是如此爱他，然而她日渐萎靡不振，身体愈发虚弱。事实上，看到这幅画像的人无不低声赞叹它的惟妙惟肖，称其是非凡的奇迹，不仅证明了画家的功力，也证明了他对她的深爱——他把她描绘得优美绝伦。但当画作接近大功告成之际，画家竟然不准外人登上塔楼，原来他已经画得如醉如痴，目光一刻不离画布上，连妻子的面容都顾不上看一眼。他竟然没有察觉到他涂抹在画布上的色彩就是从坐在他旁边的妻子脸上蘸来的。几个星期过去了，除了嘴上和眼睛各缺最后一笔之外，其他部分都已完工，这时妻子的精神像灯座里的火焰一样摇曳了一下，于是嘴上那一笔也完成了，点睛的那一笔也完成了。画家陶醉地站在他的作品前，一时看得出了神。但是紧接着，就在他继续凝视的时候，他突然浑身战栗，面无血色，惊恐万状。"这就是活人啊！"他大声惊呼道，接着猛地转向他的爱人：她已经死了！

红 死 魔 的 面 具

红死病在这个国家肆虐已久，如此致命、如此骇人的瘟疫前所未有。鲜血是其化身和印记——红惨惨、阴森森的鲜血。先是感到剧痛，突然头晕目眩，然后全身毛孔大量出血而死。受害者身上，特别是脸上一旦出现猩红血斑，亲朋好友便避犹不及，没人敢给予救助和同情。从得病进展到死亡，整个过程不过半小时。

但是普洛斯佩罗亲王依旧快活、无畏而睿智。眼见自己领地的人口锐减一半，他从宫中召集了一千位心宽体健的骑士淑女，把他们带到他的一个修道院里隐居起来。这座城堡式的修道院占地广阔，气势恢宏，按照亲王古怪又庄重的趣味打造而成。修道院四周围着一道坚固的高墙，大门用钢铁铸就。侍臣们带来了熔炉和巨锤，进门后便将门闩焊死。他们铁了心待在里面，就算感到绝望发狂也出入不得。修道院里给养充足。有了这些预防措施，侍臣们尽可以藐视瘟疫了。外面的世界能照顾好自己，这时候伤悲也罢，多虑也罢，都是庸人自扰。亲王已将一切乐事安排就绪。有丑角，有即兴诗人，有芭蕾舞者，有乐师，有美人，也有佳酿。墙内是应有尽有的太平世界，墙外则是瘟疫猖獗的阴曹地府。

他们隐居了将近五六个月后，外面瘟疫到了最肆虐的时候，然而普洛斯佩罗亲王却举办了一个盛况空前的假面舞会，来逗他的一千位友人开心。

那场面真个是骄奢淫逸。且让我先讲讲举办假面舞会的场地。那是一个帝王套房，共有七间屋子。在一般的大府邸里，这种套房只需将折叠门向两边推开到墙根，眼前便笔直通透，整个套房一览无遗。可这里的情况迥然不同，这可以预见，毕竟亲王对离奇古怪的东西情有独钟。这些房间布局极不规则，一眼只能看到一景。每隔二三十码就有一个急转弯，每个转角都构思新颖。左右两面墙的中间都开着一扇又高又窄的哥特式窗户，俯视着下面那条沿着套房蜿蜒曲伸的封闭式走廊。窗户都镶着彩绘玻璃，其色彩不尽相同，和各自房间软装的主色调保持一致。譬如说，最东边那间悬挂的饰物是蓝色的，那它的窗户就蓝得晶莹剔透。第二间屋子的饰物和壁毯都是紫色的，那窗玻璃就是紫色。第三间通体都是绿色，其门式窗也是绿色。第四间屋里的陈设和光线皆呈橙色，第五间是白色，第六间是紫罗兰色。第七间从天花板到四壁都被黑色天鹅绒挂毯遮得严严实实，挂毯沉甸甸地拖在同料同色的地毯上。只有这一间窗户的颜色与饰物不符。这里的窗玻璃是猩红色的——像血一般深红浓重。七间屋子里散放、悬垂着大量金色饰物，然而却没有一盏灯或一个烛台，没有一线灯光或一丝烛光。可是在围绕套房的回廊里，每扇窗户对面都立着一只沉重的三脚架，上面搁着个火盆，火光透过彩绘玻璃投射进来，将整个房间照得通亮，呈现出光怪陆离的诡诞效果。而在最西边的黑屋子里，火光透过红灿灿的玻璃，照射在黑森森的壁挂上，无比阴森又恐怖。进屋的人无不照得面容狰狞，所以根本就没人有胆子踏进屋里。

也正是在这间屋里，靠西墙摆着一座巨大的乌木时钟。钟摆来回摆动，发出沉闷、沉重又单调的当啷声。每当分针在钟盘上走满一圈，临到报时之际，时钟的黄铜腔体内就发出一阵既清晰又响亮，既深沉又悦耳的声音，然而它的音调和重音又如此诡谑，以致每过一个小时，管弦乐团的乐师们就不得不暂停演奏来聆听钟声。跳华尔兹的舞伴们也不得不停止旋转，正在快活的男男女女一时间都有点困惑不安。报时的钟声还没打完，就已经有轻佻浮薄的人变得面色惨白，老成持重的人则双手抚额，似乎在遐思或冥想。但当回声完全消停之后，全场立刻响起一阵轻松的笑声。乐师们面面相觑，忍俊不禁，像是在嘲笑自己的紧张和荒唐，他们彼此低声发誓，下一次钟响时绝不会再有类似反应。可转眼六十分钟又逝去了，也就是三千六百秒飞驰而过，钟声再度敲响，他们又像先前一样忐忑不安、瑟瑟发抖或陷入默想。

虽然有这些插曲，整个舞会仍不失为一场华丽纵情的狂欢。亲王的趣味委实特别，他对色彩和效果很有眼光，时下流行的装饰根本入不了他的法眼。他的设计大胆而炽烈，他的构想闪耀着野蛮的光辉。有人认为他疯了，但他的门客不这么认为。得听他说话，与他见面，跟他接触，才能确定他没有疯。

七间屋子里为舞会而布置的装饰品大多由亲王选定。正是他的趣味决定了假面舞者的衣着特征。就得奇形怪状。舞会炫目奢华、激动人心、亦真亦幻——像是《爱尔那尼》（法国文学家雨果创作的戏剧，1830年首演。——译注）里的场景。有人戴的面具诡异怪诞，和穿着完全不搭。有人穿的衣服谵妄狂乱，只有疯子才设计得出。有人装扮得漂亮，有人装扮得放荡，有人装扮得怪异，有人装扮得瘆人，还有人装扮得令人嫌恶。事实上，在那七间屋里来回潜行的是一群梦游人。这些梦游人映着各间屋里的色彩，剧烈地扭动摇摆，令管弦乐团的疯狂伴奏俨如舞步的回音。矗立在天鹅绒大厅里的乌木时钟很快就再次鸣响。刹那间万籁俱静，除了钟声一切悄然无息。梦游人僵立在原地。但等钟声的余响渐渐散尽——也就片刻工夫而已——一阵克制的轻笑又飘荡开来。音乐声越来越响，梦游人又生龙活虎起来，火盆发出的光透过彩绘玻璃，投射在比之前扭得更欢的人影上。但没有一个假面舞者胆敢踏入最西边的第七间屋子，因为深夜越发漆黑，从血红色的窗玻璃透进来的火光更加殷红，黑糊糊的帷幕触目惊心。踏在这间屋里黑幽幽的地毯上，听近在咫尺的乌木时钟发出的阴沉钟声，远比在其他屋里纵情声色的人听到的更肃穆压抑。

此时其他屋内摩肩接踵，生命之心在兴奋地跳动。疯狂的盛会令人感到晕眩，直到午夜钟声悄然响起。正如前文所述，音乐戛然而止，跳华尔兹的舞伴也不再旋转，一切都如先前一样陷入不安的休止。但这一次钟声要敲十二下，因此寻欢作乐的人们就有更多的时间沉思默想，脑子里滋生的念头兴许就会更多。正因为如此，在最后一下钟声的余音完全沉寂之前，不少人都已觉察到现场多了一个戴面具的身影，此人之前没有引起过任何人的注意。有人闯入的传言在人群中悄声传开，他们叽叽喳喳、咕咕哝哝，纷纷表示不满和惊讶，最后又恐惧、惊骇和厌恶起来。

完全有理由这么说，在我描绘的这场幻景里，一个普通人的到来决不会激起如此轩然大波。实际上，那晚假面舞者的着装几乎不受限制，但此人的装扮比希律王更希律王，在怪异程度上甚至超出了亲王的标准。最肆行无忌的人心里也有一根不能触碰的线，视生死为儿戏的人也不是什么玩笑都可以开。在场的全体假面舞者都深觉陌生人的装束和举止既无趣又无格。他又高又瘦，从头到脚都包着裹尸布。遮住面容的面具做得跟僵尸的脸相差无几，不仔细分辨都可以以假乱真了。但对周围玩兴正浓的狂欢者而言，这些虽说越线，但好歹还能忍受。只是这位假面舞者太过分了，竟把自己装扮成"红死魔"。不光裹尸布上溅满了鲜血，连宽阔的额头以及五官也洒满了恐怖的猩红血斑。

他缓慢而庄重地在跳华尔兹的人群中来回踱步，似乎想把这个角色演得更加淋漓尽致。普洛斯佩罗亲王一见到这个幽灵般的人，便不由得浑身剧烈颤抖，说不清是害怕还是厌恶，接下来，他就气得前额通红。

他力竭声嘶地质问身旁的侍臣："哪个胆敢，哪个胆敢用这种亵渎神明的模仿来侮辱我们？快抓住他，揭开他的面具，让我们看看明天太阳升起时吊死在城垛上的人到底是谁！"

普洛斯佩罗亲王是在东头的蓝色房间里嚷出这番话的。亲王果敢强健，所以声如洪钟，一下子穿透七间屋子。他大手一挥，音乐倏然而止。

亲王站在蓝色房间里，身边是一群面如土色的臣仆。起先，亲王发话的时候，这群人还朝已在近处的不速之客稍稍逼近，不料那人从容不迫，竟迈着缓慢而庄重的步伐朝亲王走去。他的猖狂令所有人感到莫名畏惧，没有一个人敢揪住他。于是他就如入无人之境地从亲王身边走过，离亲王仅一尺之遥。庞大的人群不由自主地从屋子中央退缩到墙边，那不速之客迈着从一开始就显得异乎寻常的缓慢而庄重的步伐，一路畅通无阻地从蓝色那间屋子走入紫色那间，再穿过紫色那间走入绿色那间，再穿过绿色那间走入橙色那间，再穿过橙色那间走入白色那间，一直到他走入紫罗兰色那间，普洛斯佩罗亲王才决定采取行动逮住他。为自己刚才的怯懦而恼羞成怒的亲王飞身冲过六间屋子，尽管其他人都被死亡的恐惧吓破了胆，没有一个跟随其后。他高举一把出鞘的匕首，焦躁地向那个离去的身影靠近。两人相距不到三四英尺的时候，已走到黑色房间尽头的闯入者猛地转过身来，与追捕者正面对峙。就听一声尖厉的惨叫，明晃晃的匕首落在漆黑的地毯上，紧接着普洛斯佩罗亲王便倒地而亡。这时狂欢者们才鼓起绝望的勇气，一拥而上冲进黑色房间。那个瘦长的身躯一动不动，笔直地站在乌木时钟的阴影里。他们一把将他抓住，孰料被他们死死抓住的只是裹尸布和僵尸面具，根本没有肉身。他们一个个吓得喘不过气来，那种恐惧难以言表。

现在大家都承认"红死魔"来了。他像夜贼一样溜了进来。寻欢作乐者逐一倒在寻欢作乐屋的血泊中，以绝望的倒姿命丧黄泉。随着最后一丝欢乐烟消云散，乌木时钟也寿终正寝。三脚架上的火焰也熄灭了。黑暗、衰败和"红死魔"主宰了天地万物。

玛 丽 · 罗 热 疑 案

《莫 格 街 谋 杀 案》 续 篇

虚构的事件往往与真实的事件并行。两者很少重合。人与环境通常会改变虚构的事件，使之看起来并不完美，其结果也同样不够完美。宗教改革就是如此，新教没来，路德教来了。

——诺瓦利斯：《精神论》

[《玛丽·罗热疑案》最初发表时，加注被认为是多此一举，但该故事取材的惨案已过去数年，因此最好还是附上脚注，同时也把大概情节交代几句。一位名叫玛丽·塞西莉亚·罗杰斯的年轻姑娘在纽约附近遇害，她的惨死引起了长时间的强烈轰动，但直到本故事写完发表之际（1842年11月），这个谜团仍未解开。在本文中，作者假借叙述一个巴黎女店员之死时，虽然只是参考了真实的玛丽·罗杰斯案中那些无关紧要的事实，却详细阐述了该案的要点。因此，所有建立在这篇小说基础上的论证都适用于那个真实的案件，而本文的目的也在于探究该案的真相。

《玛丽·罗热疑案》是在远离暴行现场的地方写就的，除了分析报上刊载的事实之外，作者没有进行过其他形式的调查。这样一来，作者就错过了许多材料，如果他当时在场或勘察过现场就好了。但有一点值得一书，两位证人（其一是文中的德鲁克夫人）在本文发表很久以后所作的供词不仅充分证实了本文的结论，而且完全证实了这一结论所依据的假设的主要细节。——原编者注]

即使是在最心平气和的思考者当中，都鲜有人未曾被看起来不可思议、思维能力无法将其视为纯属巧合的巧合所吓到，从而对超自然现象产生一种含糊又惊悚的半信半疑。这种情绪——因为我所说的半信半疑从未具有思维的力量——很难被彻底抑制，除非参考机会论，或按专业术语来说，参考概率演算法。这种演算法本质上是纯数学方法，因此，就让我们剑走偏锋，把最严谨精确的科学应用到最捕风捉影的推测中。

就时间顺序来说，读者将会看出，我现在应约发表的这些离奇的细节，是一系列难以理解的巧合的主脉，其支脉或尾脉就是最近发生于纽约的玛丽·塞西莉亚·罗杰斯谋杀案。

约莫一年前，当我在一篇名为《莫格街谋杀案》的文章中努力描写友人C.奥古斯特·杜平爵士心智上一些惊人的特征时，我没有想到今后还会重谈这个话题。我的初衷就是描述那种性格，通过列举一些疯狂的例子来说明杜平的癖好，我的初衷已经彻底实现了。我本可以举些其他事例，但我没必要再去证明了。不过，最近发生的事情令我大为惊讶，便作了进一步的描写——这些细节带有逼供的意味。既然已经听说了那件事，要是还对很久以前的所见所闻保持沉默，那可真是够奇怪的。

莱斯帕纳耶母女遇害的案子一完结，杜平爵士马上就将其抛在脑后，重新回到他那喜怒无常的遐想中。我也染上了他的怪癖，成天怔怔出神。我们继续住在市郊圣日耳曼区那套房子里，把未来抛在九霄云外，只图当下安然入梦，将周遭的昏暗世界织进梦中。

但这些梦境并非从不间断。可想而知，我朋友在莫格街谋杀案里扮演的角色给巴黎警方留下了难以磨灭的印象。杜平的大名在巴黎警界无人不晓。除我之外，杜平没有跟任何人解释过他用来破案的那种简单的归纳法，甚至包括警察局长，无怪乎这件事会被外界视为奇迹，而他的分析能力为他赢得直觉很准的名声也就不足为奇了。其实他的直率本可以消除询问者的偏见，可是他懒惰成性，无意搭理他早已不感兴趣的话题。就这样，他发现自己成了巴黎警方眼中的红人，巴黎警察局请他协助侦查的案子也不在少数。其中最令人瞩目的一件，就是一位名叫玛丽·罗热的姑娘被谋杀的案子。

这件惨案大约发生在莫格街谋杀案两年之后。玛丽·罗热是寡妇埃斯特尔·罗热的独女，她的姓氏和教名都与那位不幸的"雪茄女郎"（玛丽·罗热的原型，在纽约附近遇害的年轻姑娘玛丽·塞西莉亚·罗杰斯。——译注）相仿，一提就会引起读者的注意。玛丽自幼失怙，父亲过世后，她与母亲一直住在圣安德烈街（原型是纽约拿骚街。——原注），直到本文所述谋杀案发生前十八个月。罗热夫人在那儿经营一家廉价小旅馆，玛丽给她打下手。母女俩就这样相依为命，直到玛丽二十二岁那年，一个名叫勒布朗（原型是安德森。——原注）的香水商看中了她的美貌。他在王宫的地下室里开了一家香水店，顾客多半是出没于那一带的投机者。勒布朗先生不是不知道美丽的玛丽给他站柜台有什么好处，他开出优厚待遇，那姑娘一口应允下来，只是罗热夫人多少有点顾虑。

香水商得偿所愿，他的店铺很快就因女店员的活泼魅力而人所共知。大约一年后的一天，她突然消失不见，令她的一众崇拜者个个茫然无措。勒布朗先生说不出她为何不在，罗热夫人是又急又怕。报纸马上作了报道，警察正准备全力调查，谁料过了一个礼拜，一个晴朗的早晨，玛丽又出现在香水店她通常站的柜台后面，看上去安然无恙，只是有些黯然神伤。除了私人性质的问候外，所有的询问都是在自讨没趣。勒布朗先生照旧声称一无所知。玛丽母女一概答称，上周去乡下一个亲戚家了。这件事就这么过去了，渐渐被大家淡忘。而那位姑娘没多久就跟香水商辞了职，说是想摆脱人们唐突的好奇心，接着就回到圣安德烈街她母亲家躲了起来。

她辞职回家大约五个月后，她的朋友们惊恐地发现她又失踪了。三天过去了，一点消息也没有。到了第四天，有人赫然看到她的尸体漂浮在塞纳河（原型是哈德逊河。——原注）上，就在圣安德烈街那一区的对岸，离偏僻的鲁尔门（原型是威霍肯区。——原注）不远。

这起谋杀案的惨无人道（明摆着是谋杀案），受害者的年轻貌美，尤其是她生前的风流名声，在敏感的巴黎人心中激起了巨大的波澜。我记不起还有哪件事情引起过如此强烈而普遍的反响。一连几个礼拜，人们茶余饭后都在讨论这个引人入胜的话题，连当前重大的政治议题都备受冷落。警察局长使出浑身解数，全巴黎的警力自然都被委以重任。

尸体刚被发现的时候，人们都猜测凶手根本就逃不了，因为警方几乎是第一时间就展开侦查。直到一周过后，警方才认为有必要悬赏，而且赏金上限也就一千法郎。调查工作在大力进行，尽管并无成效，许多人接受了询问也没问出个所以然。由于案件始终没有找到线索，民众的好奇心愈发强烈。十天后，警方认为最好还是把原来的赏金增加一倍，又过了一个星期，依旧毫无进展，巴黎人对警察素有的成见竟酿成几起骚乱，于是警察局长自作主张，拿出两万法郎"要将凶手法办"，如果还有从犯，"抓到一个就是两万法郎"。在这份悬赏公告上，警方还承诺对作证告发同伙的凶犯免予追究。悬赏公告张贴在哪里，哪里就附有市民委员会的非官方告示，宣称在警察局长出的赏金上再追加一万法郎。这样一来，整笔赏金就不少于三万法郎。考虑到这位姑娘的卑微出身，再考虑到凶案在大城市里司空见惯，这笔赏金可以说是高得离谱。

这下所有人都深信真相很快就会大白。然而，尽管警方也逮捕了一两伙人，以为案子就要水落石出，但却没有找到任何证据，只得将他们立即释放。尸体发现后都过去三周了，案情还是没有一点眉目，说来也怪，这桩闹得如此沸沸扬扬的事件一点也没有传到杜平和我耳朵里。我们两人一心埋首于研究，将近一个月没有出门，也没接待过访客，顶多就是扫一眼日报上的头条政治文章。谋杀案的消息还是警察局的G局长亲自给我们带来的。他于一八××年七月十三日午后登门造访，和我们一直聊到午夜才走。怎么也查不出真相令他大为恼火。他以巴黎人特有的神态说，这件事关乎他的声誉。老百姓的眼睛都盯着他；只要案情能有进展，他不惜付出任何代价。讲了一番滑稽古怪的话后，他恭维了杜平的圆通得体 (他乐于用这个词来形容)，然后向杜平提出一个直接且慷慨的建议，我觉得我无权透露这个提议的确切内容，反正与我叙述的主题无关。

杜平把局长的恭维尽数奉还，但是立刻接受了那个提议，尽管提议的内容还是暂定的。协议一经谈妥，局长马上滔滔不绝地解释起他的观点，其中还穿插了他对证词的长篇大论，当然我们尚未看到那些证词。他讲了很多，确实很博学；夜晚慵懒地流逝，我时不时也斗胆提点想法。杜平稳稳地坐在他习惯坐的单人沙发上，一副洗耳恭听的样子。整个交谈过程中，他始终戴着眼镜，我偶尔朝那绿镜片下瞥上一眼，就足以相信他睡得很香，因为在局长告辞之前的迟缓的七八个小时里，他没有发出一点动静。

翌日上午，我去警察局调出案情证词的完整报告，又去各家报社把如实报道过这场惨案的版面统统要了一份。去掉不实信息后，海量内容如下：

一八××年六月二十二日 (星期日) 上午九时左右，玛丽·罗热离开圣安德烈街她母亲家。出门前，她只告知了一位名叫雅克·圣·厄斯塔什 (原型是佩恩。——原注) 的先生，说要去德龙街她姑妈家待一天。德龙街是条又窄又短的街道，离塞纳河不远，从罗热夫人的廉价小旅馆抄近路过去只有两英里。圣·厄斯塔什是玛丽认可的求婚者，也是小旅馆的房客，三餐都包在那里。他本来说好傍晚去接他的未婚妻并陪她回家，可那天下午下起了大雨，他以为她会在姑妈家过夜 (跟她以前碰到类似情形时一样)，就没有如约去接。夜色渐深，年逾七十、体弱多病的罗热夫人说她恐怕"再也见不到玛丽了"，不过当时这句话没有引起注意。

到了周一，才查明那姑娘没去德龙街。一天过去，还是没有音讯，人们这才分头去城里城外几处地方搜寻。直到失踪的第四天，才有了她的确切下落。那天是六月二十五日，星期三，博韦先生同一个朋友在圣安德烈街对岸的鲁尔门一带打听玛丽的下落，听说几个渔夫发现塞纳河上漂着一具尸体，刚把尸体拖上岸。博韦见到尸首后先是犹豫了一阵，然后认定就是卖香水的姑娘。他的朋友则一眼就认出来了。

死者脸上沾满黑血，有些是从嘴里冒出来的。没有看到溺水者通常可见的白沫。细胞组织没有变色。喉部有瘀伤和指印。双臂弯曲于胸前，已经僵硬。右手紧握成拳，左手半张。左腕上有两圈擦伤，似乎是绳子绕了两道勒出来的。半个右腕及整个背部大面积擦伤，以肩胛骨最为严重。渔夫们是用绳子将尸体缚住拖上岸的，但擦伤不是由此造成。脖子肿得很厉害，没有明显的创口，也看不到殴打所致的瘀伤。脖子上紧勒着一条花边带子，在左耳下方打了一个结，带子陷在肉里几乎看不见。光是这条带子就足以致命。法医认定死者临死前遭到过野蛮奸污。尸体被发现时状况完好，不难被朋友认出。

死者的衣服被撕扯得残破不堪。连衣裙上被撕出一条一英尺宽的长带，从下摆褶边往上撕到腰间，但没有撕下来。它在腰部绕了三圈，在背后打了个结。连衣裙里面是一件平纹细布衬裙，凶手从这件衬裙上撕下一条十八英寸宽的长带，撕得非常均匀且小心。撕下的长带松垮垮地缠在死者的脖子上，打了一个活索结。细布长带和褶边长带之间系着一根帽带，帽带上连着无边女帽。帽带上的结不是女人通常打的那种，而是一个滑结或水手结。

认过尸后，尸体并未按惯例送到停尸房（这样做是多余的），而是在打捞上来的地方附近匆匆埋掉。在博韦的一番努力之下，这件事被竭力掩盖，直到几天后才在公众中掀起波澜。一家周报（原型是《纽约水星报》。——原注）终于抖出此事，于是尸体又被挖出来重新勘验，但除了上文所述的情况外，并无新的发现。警方把衣服交给死者的母亲和朋友辨认，他们一致确认正是她离家时穿的那身。

与此同时，老百姓的兴奋劲头与时俱增。数人被捕又遭释放。圣·厄斯塔什尤其受到怀疑。起初圣·厄斯塔什说不清玛丽出门那天他的去向，可后来他又向G先生提交了一份书面口供，把他那天每个钟头的行踪交代得一清二楚。随着时间的推移，案情毫无进展，上千个互相矛盾的流言迅速传播开来，记者们也忙着推测揣度。其中最引人注意的观点是玛丽·罗热还活着——塞纳河上发现的尸体是另一位不幸者。我最好还是摘几段他们的臆测给读者看看，这几段译自《星报》(原型是纽约《乔纳森兄弟报》，由H.黑斯廷斯·韦尔德先生主编。——原注)，这份报纸总体上办得很好。

"一八××年六月二十二日(星期日)上午，罗热小姐离开母亲家，说是去德龙街看她姑妈或另一个亲戚。从那一刻起，就再没有人看见过她。踪影全无，杳无音信……到目前为止，尚无任何人声称在她出门后还见到过她……我们没有证据证明玛丽·罗热在二十二日九点以后还在人世，不过我们能够证明九点之前她还活着。星期三中午十二点，鲁尔门附近河岸发现一具漂浮的女尸。即使我们假设玛丽·罗热离开母亲家三小时内即被抛入河中，从她离家到尸体被发现也只有三天而已。如果玛丽确实遭到谋杀，那么凶手动手较早，于午夜前就把尸体扔进河里的猜想实属荒唐。犯下这种可怕罪行的人，通常会选择月黑风高犯案而非光天化日……由此可见，如果河里发现的女尸确系玛丽·罗热，那尸体在水中也只泡了两天半，充其量不过三天。所有的经验都已表明，溺亡者或被杀后立即抛入水中的人，其尸体需要六到十天才能腐烂分解到能浮出水面的程度。就算用大炮轰尸体，至少也要浸泡个五六天才能浮上来，而如果任其漂浮，它又会沉下去。我们不禁要问，究竟是什么力量使得尸体一反自然规律呢？……如果这具血肉模糊的尸体在岸上一直放到周二晚上，那么在岸上就能发现凶手的蛛丝马迹。就算是死了两天才扔下水的，能不能这么快就浮起来也是个疑问。何况，假定这是桩谋杀案，那凶手不可能不给尸体缚上重物就扔进河里，这种沉尸灭迹的方式又不难做到。"

这名记者继续论证道，尸体在河里浸泡了岂止三天，至少是十五天，因为尸体已经严重腐烂，连博韦一时半会都认不出来。对博韦辨认出尸体一事，他予以了充分的驳斥。我接着往下翻译：

"博韦先生凭什么那么肯定那就是玛丽·罗热的尸首呢？他撕开死者的衣袖，说发现了某个特征，足以确认死者是玛丽。公众普遍认为他所说的特征是疤痕之类的东西。他摸了摸死者的胳膊，发现上面有汗毛——这个特征也太没有说服力了，就跟在袖子里摸到一只胳膊一样。博韦先生当晚没有回去，只是在晚上七点捎话给罗热夫人，说她女儿的案子仍在调查当中。就算罗热夫人因为上了年纪加上悲恸无法去现场（这说得过去），那么总该有人觉得有必要过去了解下情况，如果他们认为那是玛丽的尸体的话。没有一个人去现场。圣安德烈街没人听说或谈及此事，连罗热夫人家的一众房客都没有听到消息。玛丽的情人及未婚夫圣·厄斯塔什也是房客之一，他作证说直到翌日早晨博韦先生到他房间告诉他时，他才知道尸体找到了。这样一条大新闻，他们却反应冷淡，真让我们惊讶。"

这家报纸竭力制造玛丽的亲属对此事反应冷漠的印象，暗示他们并不认为那是玛丽的尸体。文章言下之意：玛丽因为贞操问题而受到责难，于是离开了巴黎，此举得到了亲友的默许。当他们得知塞纳河上发现一具与玛丽有几分相像的尸体时，便借此机会让公众相信她已经死了。但《星报》又一次操之过急。实际上他们的反应并不像报上说的那么冷漠，老太太本就极其虚弱，加上焦急不安，自然去不了。圣·厄斯塔什获悉后也绝非无动于衷，而是悲恸得心神不宁，甚至情绪失控；博韦先生只好说服一位亲友照顾他，并且不让他去参加开棺验尸。此外，尽管据《星报》刊载，重新下葬的钱是公家出的——死者家属一口回绝人家打算赠予的一座私人坟墓——死者家属没有一个出席葬礼，但这一切都是为了加强该报企图制造的印象，而所有这些都已被事实圆满地推翻。在下一期《星报》里，这位记者又企图把嫌疑推到博韦头上。他写道：

"现在本案有了新情况。有人告诉我们，有一回B夫人去罗热夫人家，正赶上博韦先生要出门。博韦对B夫人说，一会儿有个警察要过来，在他回来之前，什么都不要跟警察说，让他本人来应对……照目前情况来看，博韦先生似乎把整件事都锁在自己脑子里。没有博韦先生，你寸步难行，因为无论你走哪条路，你都会与他狭路相逢。出于某种原因，他决意除他自己外不让任何人插手此事。据死者的一些男性亲属说，他以非常奇怪的方式把他们挤走了。他似乎极不愿意让死者的亲属看到尸体。"

从下面的事实来看，博韦确实有作案嫌疑。姑娘失踪前几天，有人去博韦办公室找他，当时他不在，该访客看到门上钥匙孔里插着一朵玫瑰，旁边还挂着一块小黑板，上面写着"玛丽"二字。

根据报上搜集来的信息，我们研判玛丽惨遭一帮亡命之徒的毒手。他们把她挟持到河对岸，先是百般蹂躏，最后残忍杀害。然而颇有影响的《商报》（原型是纽约《商业日报》。——原注）却竭力反对这一主流看法，我从其专栏中摘引一两段如下：

"本报认为，到目前为止，警方的侦查都误入歧途了，因为他们将重点放在了鲁尔门。这位年轻的女死者无人不识，不可能走过三个街区都没有一个人看见，任何人看见她都会记得，因为认识她的人都对她感兴趣。她出门的时候，街上人流如织……她若是去了鲁尔门或德龙街，一路上起码有一打人认出她来，但至今尚无一人声称在她母亲家门外看见过她，而除了相关人士的证词外，也没有任何证据证明她确实外出了。她的连衣裙被撕出一条长带，缠在身上，打了结，这样便可将尸体像包裹一样扛着走。倘若凶杀案是在鲁尔门附近发生的，那凶手用不着费这番力气。尸体的确是漂浮在鲁尔门一带的水面，但这并不能证明那儿就是抛尸地点……凶手从这个不幸的姑娘的衬裙上撕下一条两英尺长、一英尺宽的长带，绑在她下巴下面，绕过脑后，可能是为了防止她尖叫。案子是身上没带手帕的家伙犯下的。"

然而，就在警察局长拜访我们前的一两天，警察局获得一条重要信息，看起来足以推翻《商报》的论调。德鲁克夫人的两个儿子在鲁尔门附近的树林里玩耍时，偶然钻进一个灌木丛，见里面有三四块大石头，堆得像有靠背和脚踏的椅子。上面那块石头上有一条白色的衬裙，第二块石头上有一条丝围巾。还见到一把阳伞、一副手套和一块绣有"玛丽·罗热"字样的手帕。周围的荆棘上有连衣裙的碎片。地上有踩踏的痕迹，有些灌木被折断了，种种迹象都表明这里发生过一场搏斗。灌木丛与塞纳河之间的篱笆也被推倒了，地上有重物拖过的印记。

一家名叫《太阳报》(原型是费城《星期六晚邮报》，由C.I.彼得森主编。——原注)的周报对这一发现发表了以下评论——这番评论不过是附和巴黎各报的观点：

"这些物品显然已在那里躺了至少三四个礼拜，它们因为淋雨而严重发霉，又因发霉而粘在一起。有几样物品的周围和上边长出了草。阳伞的绸面很结实，但里头的丝线都缠一块了。被折叠起来的伞顶已经发霉腐烂，一撑就破……被荆棘从连衣裙上撕下来的布带一般为三英寸宽六英寸长。一条是连衣裙的褶边，缝补过；另一条来自裙体，不是褶边。它们看上去像是一条条撕下来的，挂在离地大约一英尺的荆棘上……所以毫无疑问，这桩骇人听闻的惨案的发生地已被找到。"

　　紧接着这一发现，又出现了新的证据。德鲁克夫人作证说，她在离河岸不远的地方开了一家路边小酒馆，就在鲁尔门对面。那一带人迹罕至，十分僻静。一到星期天，城里的恶棍们就划船渡河，来此寻欢作乐。出事那个星期天的下午三点左右，一个肤色黑不溜秋的小伙子陪着一个姑娘来到她店里。他俩在酒馆里待了一会儿，就动身往附近的密林走去。德鲁克夫人注意到了姑娘穿的连衣裙，因为她一个已故的亲戚也有类似一件。姑娘的围巾也引起了她的注意。他俩刚走，店里就来了一伙流氓，他们吵吵嚷嚷地大吃大喝一通，没付账就循着那对年轻人离去的方向走去，天快黑了才回到小酒馆，然后急匆匆地过河离去。

　　那天傍晚，天色刚黑，德鲁克夫人和她大儿子听到小酒馆附近传来女人的尖叫，声音凄厉短促。德鲁克夫人不仅认出了在灌木丛中找到的那条围巾，而且还认出了尸体上那件连衣裙。一个名叫瓦朗斯（原型是亚当。——原注）的公共马车车夫也作证说，出事的那个星期天，他看见玛丽·罗热和一个肤色黝黑的小伙子一起乘渡船到塞纳河对岸。瓦朗斯认识玛丽，不可能把人认错。经玛丽的亲属辨认，在灌木丛里找到的物品全部系玛丽之物。

　　我根据杜平的建议，从报纸上搜集了不少证词和材料。目前只有一条没有交代，但这条似乎比较重要。上述衣物刚被发现不久，人们就在现在公认的凶杀现场附近发现了玛丽的未婚夫圣·厄斯塔什，当时他已经断了气，或者几乎就要断气了。他身边有一个标有"鸦片酊"字样的空药瓶，从他呼出的口气来看，他已经中了毒。他没吭一声就死了。在他身上找到一封信，草草述说了他对玛丽的爱情和殉情自杀的意图。

"不用我说你也看得出来，这个案子比莫格街谋杀案复杂多了，"杜平仔细读完我的摘记后说，"两个案子在一个关键方面有所不同。虽然此案凶手的手段十分残忍，但它仍是一件普通的刑案。案情没有怪诞之处。正因为此，它应该被视为不容易破，可也因为此，人们认为此案易破。所以一开始的时候，警方认为没有必要悬赏，以为G局长手下那班探员马上就能查明这起惨案的来龙去脉。他们能想象出作案方式——多种方式，作案动机——许多动机；正因为这许许多多的方式和动机都有对的可能性，所以他们就想当然地认为其中有一个必然是对的。但是，由于这些想象出来的作案方式和作案动机多种多样，每一种听起来又貌似有理，所以该案应被视为难破，而不该当作易破。我以前说过，要想探求事情的真相，只需打破常规，就能摸索出一条路来。我还说过，在这类案子中与其问'发生了什么事'，不如问'发生了什么从未发生过的事'。在对莱斯帕纳耶夫人^(参见《莫格街谋杀案》。——原注)那座房子进行调查时，G局长的手下就是被这种异常性搞得灰心丧气，困惑不已，而对一位心思缜密的智者来说，这种异常性却绝对是成功的前兆；可在香水女郎这件案子里，这位智者说不定就会感到绝望，因为满眼都是寻常的情况，而警察们反倒觉得该案可以轻松破解。

"至于莱斯帕纳耶母女遇害那件案子，我们调查伊始就确定那是谋杀。自杀的可能性第一时间被排除。本案我们也是从一开始就排除了自杀的嫌疑。从在鲁尔门发现的尸体的情况来看，咱们完全没有必要为这一要点去费心。不过，有人认为那不是玛丽·罗热的尸体，而警察局长悬赏捉拿的是杀害玛丽的凶手，咱们同警察局长达成的协议也是查明杀害玛丽的凶手。咱们都很了解这位绅士，不宜过分信任他。如果我们先从这具尸体着手调查，然后追查出一名凶手，发现尸体并非玛丽；或者我们假定玛丽还在人世，着手追踪并找到了她，发现她并未遇害——这两种情况不论哪种，咱们都是劳而无功，因为跟我们打交道的是G局长。所以，就算不是为了正义得到伸张，仅仅是为了咱们自己着想，我们的第一步也必须是确定尸体的身份，看是否就是失踪的玛丽·罗热。

"《星报》的观点在大众心中很重要，而且这家报纸也自视甚高，这从它关于该案的一篇文章的开头就可见一斑，'今天好几家晨报都谈及星期一《星报》那篇具有说服力的文章'。在我看来，这篇文章热情有余而说服力不足。请记住，一般说来，报纸的目的在于耸人听闻或发表观点，而非追求真相。只有在两者兼而有之时，它们才愿意探求后者。只提出普通观点的报纸得不到乌合之众的青睐，不管其观点多么有根有据。只有提出与一般看法南辕北辙的观点，大众才认为见解深刻。推理与文学一样，只有语不惊人死不休才会立刻得到激赏。然而在推理与文学中，这都是最低层次的东西。

"我想说的是，《星报》声称玛丽·罗热仍然活着，与其说有什么可信度，倒不如说是故作惊人之语，融合一些戏剧效果，以赢得公众的一片叫好。咱们来分析一下该报观点中的要点，且不管其前后矛盾的阐述。

"作者的第一个意图是要表明，由于从玛丽失踪到找着浮尸之间的时间太短，所以这具尸体不可能是玛丽。于是，将那段时间缩到最短就成了这位推理者的目的。为了轻率地达到这一目的，他一开头就贸然作出假设：'如果玛丽确实遭到谋杀，那么凶手动手较早，于午夜前就把尸体扔进河里的猜想实属荒唐。'我们不禁要问，当然要问，怎么就荒唐了？离家后不到五分钟就遇害怎么就荒唐了？凶杀案发生在离家当天怎么就荒唐了？任何时候都有凶杀案发生。如果凶手是在星期天早上九点到晚上十一点三刻之间的任何时候做的案，那就仍有足够的时间'于午夜前把尸体扔进河里'。他的假设就等同于凶杀根本不是在星期天发生的，如果我们允许《星报》这样假设，那无异于允许它信口开河。文章一开头就是，'……实属荒唐'，不管登出来的是什么，作者脑子里都是这么想的——'认为凶手动手较早，于午夜前就把尸体扔进河里是荒唐的；与此同时，如果像本报决意认为的那样，尸体是在午夜后扔进河里的，那也很荒唐。'——这句话本身就逻辑混乱，但还不如报上那句那么荒谬透顶。"

"如果我的目的，"杜平继续说，"仅仅是为了反驳《星报》的观点，那我尽可以不去管它。但我们不是要对付《星报》，而是为了查明真相。那句话表面上只有一个意思，我已经说得很清楚了，不过字里行间暗藏作者想表达却没表达出来的意思，重要的是把这些意思找出来。这名记者的本意是说，无论这起谋杀案发生在星期天的白天还是晚上，凶手都不可能冒险在午夜前将尸体搬到河边。我要抨击的就是这个假设。作者臆断由于谋杀案发生在某个地点，某种情形下，因此必须把尸体搬到河边。可这起谋杀案说不定就发生在河边或河面，因此无论是在白天还是黑夜，抛尸入水都是最直接明了的处理尸体的方法。你会明白我不是在暗示十有八九是这样，也不是在说正好与我的看法一致。到目前为止，我还没有提及事件的真相。我只是想告诫你别相信《星报》的论调，所以我从一开始就提醒你注意它的片面性。

"这名记者规定了一个期限，以适应其先入为主的观念；又假定如果那是玛丽的尸体，那它在水中的时间就很短暂。他接着写道：

'所有的经验都已表明，溺亡者或被杀后立即抛入水中的人，其尸体需要六到十天才能腐烂分解到能浮出水面的程度。就算用大炮轰击尸体，至少也要浸泡个五六天才能浮上来，而如果任其漂浮，它又会沉下去。'

"除了《箴言报》(原型是纽约《商业广告报》，斯通上校主编。——原注) 外，巴黎的每一家报纸都心照不宣地接受了这些论断。《箴言报》单就'溺亡者的尸体'这一段竭力驳斥，并列举了五六个实例，来说明溺亡者的尸体无须《星报》一口咬定的天数就能浮起来。《箴言报》引用了几个特别的例子，意图借此驳倒《星报》的论断，这未免太缺乏哲理。就算《箴言报》举出的不是五个，而是五十个尸体两三天后就会浮起来的实例，在《星报》的那条普遍规律被驳倒之前，这些实例仍然只能被视为例外。《箴言报》没去否定那条普遍规律，只是强调有例外，而只要承认该规律，就等于承认《星报》的论断全面有效，因为这一论断只着眼于尸体在三天内浮出水面的可能性；这种可能性只对《星报》的立场有利，除非那些幼稚极了的例子多得足以建立一条敌对性的普遍规律。

"你马上就会明白，要想驳倒《星报》的论断，首先就得驳倒《星报》提出的那条普遍规律；所以我们必须审视它的依据。一般说来，人体不比塞纳河的水重多少，也不比塞纳河的水轻多少，也就是说，自然状态下人体的比重跟它泡在淡水里排开的水的比重差不多。骨架小脂肪多的人往往比骨架大脂肪少的人要轻，女人一般也比男人要轻，而河水的比重多少也受到海水潮汐的影响。不过，撇开海潮的因素不谈，人体也极少会沉下去，哪怕是在淡水中。几乎每个落水者都能够浮在水上，只要他能让身体的重量与其排开的水量保持平衡，换句话说，只要他能尽量让整个身体都浸泡在水里。对不会游泳的人来说，应当保持步行者的笔直的姿势，头完全后仰浸在水中，只让鼻子和嘴巴露出水面。这样一来，我们就能毫不费力地漂浮了。然而，人体的比重与其排开的水的比重很难保持平衡，一不小心平衡就会打破。举个例子，从水里伸出一条胳膊，那条胳膊就会失去水的支撑，身体的重量就会增加，增加出来的重量足以浸没整个头部；如果这时摸到一块小小的木头，那么脑袋就又可以冒出水面四下张望。不识水性者在水里挣扎时总不免举起双臂，同时还努力像平常一样直挺着脖子，结果嘴巴和鼻孔就浸在水里了。在水面下挣扎着呼吸时，水就进入了肺部。胃部里也进了很多水，胃和肺里本来装的是空气，现在灌满了水，身体就变重了。一般说来，这种变化足以使身体下沉，但对于骨架小脂肪多的个体来说却是个例外。这种人就算淹死，还是会浮在水上。

"假设尸沉河底，只有当尸体的比重又小于被它排开的水的比重时，它才会浮起来。尸体腐烂便是其中一种原因。尸体腐烂分解会产生气体，把细胞组织和五脏六腑都胀得鼓鼓的，使全身呈现出一种令人恐惧的肿胀。在此过程中，尸体的体积明显变大，但重量并未相应增加，如此一来，它的比重就会小于被它排开的水的比重，随即浮出水面。但尸体的腐烂分解会受到无数因素的影响——这些多得数不清的因素可以加快或减缓腐烂的速度。譬如季节的冷暖，水的纯度和矿物质的含量，水的深浅，水的流动或停滞，尸体的温度以及生前有无罹患疾病等。因此，很明显，我们无法准确说出尸体需要腐烂分解多久才能浮出水面。在某些情形下，可能一个小时就能浮上来，而在另一些条件下，可能根本就浮不上来。有些化学注射剂可以使动物躯体永不腐烂，二氯化汞就是其中之一。但尸体除了腐烂分解之外，胃里往往因植物性物质酸性发酵而产生气体，别的脏器里也会因为其他原因而产生气体，这样也足以使尸体浮出水面。朝尸体开炮只能起到振动的作用。一方面，让已经做好上浮准备的尸体从松软的烂泥里挣脱出来；另一方面，震掉正在腐烂的细胞组织的黏性，使五脏六腑都充气膨胀。

"我们把这个问题的全部道理弄清楚后，就能轻松地检验《星报》的论断了。该报说：'所有的经验都已表明，溺亡者或被杀后立即抛入水中的人，其尸体需要六到十天才能腐烂分解到能浮出水面的程度。就算用大炮轰尸体，至少也要浸泡个五六天才能浮上来，而如果任其漂浮，它又会沉下去。'

"整段话现在看来前后矛盾且条理不清。所有的经验并没有告诉我们'溺亡者的尸体'需要六到十天才能腐烂分解到能浮出水面的程度。科学和经验都告诉我们，尸体浮上来的时间是不确定的，而且必然如此。此外，假如尸体是被大炮轰上水面的，它也不会因'任其漂浮而沉下去'，而是要等到尸体严重腐烂，气体全逸出来才会沉。不过请你们注意，'溺亡者的尸体'和'刚遇害就被扔进河里的尸体'之间是有区别的。尽管作者承认这一区别，但他仍将二者混为一谈。我刚才跟你讲过溺水者是如何让身体变得比他排开的水量更重的，而且我讲过他根本不会沉下去，除非在水里挣扎时胳膊伸出水面，在水下大口喘气，导致原本装着空气的肺进了水。但'刚遇害就被扔进河里的尸体'既不会挣扎也不会喘气，所以这种尸体通常不会下沉——《星报》显然对这一事实一无所知。等到尸体腐烂到很严重的程度，肉都快脱离骨头了，尸体才会从水面消失。

"他们的另一个论调是尸体不是玛丽·罗热的，因为才过了三天就浮上水面了，现在我们该怎么理解这个论调呢？假如淹死的是一个女人，那她可能永远沉不下去；或者即使沉下去了，也有可能在二十四小时内或更短的时间内重新浮上来。可是没有人认为她是淹死的；如果她是遇害后扔进河里的，那随时都可能看到她浮在水面。

"《星报》还说：'如果这具血肉模糊的尸体在岸上一直放到周二晚上，那么在岸上就能发现凶手的蛛丝马迹。'乍看之下，很难理解推理者的意图。其实他是预料到一种不利于他的论断的可能性，即尸体在岸上放了两天，迅速腐烂，比浸泡在水里腐烂得还要快。他认为如果是这样的话，尸体就可能在周三浮出水

面，而且只有在这种情况下，尸体才会浮出水面。于是他赶紧表明尸体并没有放在岸上，因为要是这样的话，'在岸上就能发现凶手的蛛丝马迹'。我想你会对这个推论一笑置之。你可能理解不了，怎么尸体在岸上搁得久了，凶手的踪迹就大大增加了。我也理解不了。

"该报继续写道：'何况，假定这是桩谋杀案，那凶手不可能不给尸体缚上重物就扔进河里，这种沉尸灭迹的方式又不难做到。'你看，思维多么混乱可笑！没有谁对那具女尸死于谋杀提出异议，甚至连《星报》都没有，因为暴力留下的痕迹太过明显。这位推理者不过是想证明这具尸体不是玛丽的。他想证明玛丽并未遇害，而不是想证明那名死者不是死于谋杀。然而他的一番评述却只证明了后者。尸体身上没有缚着重物，而凶手抛尸时不会不系上重物。所以尸体不是凶手抛入水中的。作者到头来只证明了这一点。死者究竟是谁连提都没提，而他前面还言之凿凿，'我们确信打捞上来的尸体是一名被谋杀的女性'，后面就被他自己煞费苦心地否定掉了。

"这位推理者不能自圆其说的地方绝不止这一处，甚至在他的主论点上，他都会不知不觉地反驳起自己来。我前面说过，他的目的很明显，就是要将从玛丽失踪到找着浮尸之间的那段时间缩到最短。可我们却发现他极力强调玛丽离家后就没有人看到过她。他说：'我们没有证据证明六月二十二日星期日九点以后玛丽·罗热还活在人世。'由于他的论据显然是片面的，他至少应该把这件事撇开，因为如果有人看到过玛丽，比如说在星期一或星期二，那么那段时间也就大大缩短了，而根据他自己的推理，尸体是女店员的可能性也就大大减少了。真是令人发笑啊，看到《星报》坚持己见，相信这一点能加强它的总论据。

"我们再把文中关于博韦认尸的那部分细读一遍。就胳膊上汗毛的描写而言，《星报》显然不够诚实。博韦先生又不是傻瓜，怎么可能仅仅凭胳膊上有汗毛就认定尸体是玛丽的。每个人的胳膊上都有汗毛。《星报》的笼统表达不过是曲解证人的用词。他一定提到了汗毛的特殊之处。准是在颜色、数量、长短或状态上有特殊之处。

"《星报》说：'她的脚太小，可脚小的女人何止千万。她的吊袜带没什么特别的，她的鞋也没什么特别，它们在市场上都成批地出售。她帽子上的饰花也是一样。博韦先生一再坚称她吊袜带上的扣子朝后移了。这说明不了什么，大多数女人都不愿意在商店里试吊带袜，而是买回家后按自己大腿的尺寸调节松紧长短。'已经很难再说作者是在认真推理了。如果博韦先生在寻找玛丽的尸体时发现一具尸首，个头和外形与玛丽相似，那他用不着考虑死者的穿戴就可以认为玛丽的尸体已经找到。要是除了个子和轮廓相似，他还在死者的胳膊上看到有特殊之处的汗毛，与玛丽生前胳膊上的汗毛一样，那他对自己的判断就更加有把握；其汗毛越具特殊性，他的把握就越大。要是玛丽的脚小，尸体的脚也小，那么死者即玛丽的可能性便不仅仅是算术级增长，而是呈几何级增长。再加上死者的鞋子跟玛丽失踪那天穿的是同款（尽管这款鞋子可能是'成批地出售'的），你大可以认定死者就是玛丽了。本身不足以成为证据的东西，由于可以作为佐证，便成了更为确凿的证据。就拿帽子上的饰花来说，如果和失踪那位姑娘戴的相同，就不用

再找别的证据。只要有一朵花，就不用再找别的证据——如果有
两朵、三朵或更多的花呢？每增加一朵，证据就增长一倍。证据
的增长不是相加，而是几百几千地相乘。死者腿上的吊带袜和玛
丽生前穿的是同款——再追究下去近乎荒唐。但是这副吊袜带因
扣子后移而缩短了，而玛丽出门前就是以这种方式缩短了吊袜
带。要是还有人怀疑尸体不是玛丽的，那他不是装疯就是卖傻。
《星报》说缩短吊带袜是稀松平常的事，这只能说明它在执拗地
坚持自己的错误观点。吊袜带本身的伸缩性证明了将其缩短并非
常事。自身就有伸缩性，当然不需要借助外力来调节松紧长短。
从严格意义上讲，玛丽缩紧吊袜带是偶然为之。单是那副吊袜袜
就足以证明死者是玛丽。可人们在尸体上看到的不光是失踪姑娘
的吊袜带，还有失踪姑娘的鞋子、帽子和帽子上的饰花；小巧的
双脚、胳膊上的汗毛、个头、外形、轮廓，每一样都那么相像，所
有特征一应俱全。到了这个份上，如果《星报》的这名记者还怀
疑尸体不是玛丽的，那送他去做精神鉴定都是多此一举。他认为
附和律师的闲言碎语是明智之举，而多数律师只满足于做法庭准
则的应声虫。在此我想声明一下，在聪明人眼里，被法庭驳回的
证据往往是最好的证据。因为法庭只遵循证据的一般原则，即公
认的或记录在案的原则，而不愿意在特定情况下作出变通。坚定
地恪守原则，对例外状况彻底无视，倒是一种可靠的做法，能在
任意长的时间里最大程度地还原真相。这种做法在总体上故而
是明智的；但可以肯定的是，它仍会在个别事例上酿成大错（"一个
基于物体特性的理论，会因物体之不同而无法展开；一个根据起因安排论题的人，将不再根据结果来
评价它们。因此各国法学都表明，当法律成为一门科学或一种制度时，它就不再具有公正性。对分类

原则的盲从已导致普通法出错，这从立法机构经常被迫出面挽回其失去的公正便能看出。"——沃尔特·兰多——原注)。

"至于影射博韦有嫌疑的部分，想必你会嗤之以鼻。你已经摸清了这位好好先生的脾性。他好管闲事，浪漫有余，智慧不足。这类人遇到令人兴奋的事情难免热心过度，让神经过敏或不安好心者陡生疑心。根据你的摘记来看，博韦先生接受过《星报》那名记者的采访，他无视记者那套理论，大胆提出自己的看法，说尸体肯定是玛丽的，结果惹恼了记者。《星报》说：'他坚称那是玛丽的尸体，可除了本报加以评述的事实外，他又拿不出令人信服的证据。'咱们也不必提什么拿不出'令人信服'的有力证据，一个人可以对某件事深信不疑，但却不见得能说出叫人相信的理由。这世上最模糊的就是对个人身份的印象。每个人都认识自己的邻居，然而很少有人能说出一番认识的理由。《星报》记者无权因博韦先生说不出令人信服的理由就大为恼火。

"推理者硬要把嫌疑推到博韦先生头上，然而博韦的可疑之处更吻合我所说的'浪漫而好管闲事'。一旦接受这种更仁慈的解释，我们就不难理解钥匙孔里插着的玫瑰、小黑板上的'玛丽'二字、'将死者的男性亲属挤出案子'、'不愿让他们看到尸体'、'告诫B夫人在他回来之前绝不能跟警察交谈'，以及他决意'除他自己外不让任何人插手此事'。在我看来，博韦无疑是玛丽的追求者之一，而玛丽也跟他卖弄过风情；他一心想让别人认为玛丽和他最亲密知心。这一点我不再赘述。《星报》声称玛丽的母亲和亲友对玛丽之死反应冷漠——这已经被事实彻底推翻——他们认为尸体是香水女郎的，因而反应并不冷漠。我们姑且认为死者身份的问题已经圆满解决，然后继续往下分析。"

"那么，"我询问道，"你怎么看《商报》的观点？"

"从本质上讲，《商报》的观点远比其他报纸值得重视。它从前提推出的结论既哲理又敏锐，不过前提中至少有两处不够准确。《商报》暗示玛丽出门不久就被一群卑鄙的流氓挟持。它坚称道：'这位年轻的女死者无人不识，不可能走过三个街区都没有一个人看见。'持这种看法的想必是一个久居巴黎的男子——一个公职人员——一个活动区域基本局限在政府机关那一带的公职人员。他知道自己从办公室出来走上十来个街区，很少有不被人认出和搭话的时候。他知道自己认识多少人，也知道有多少人认识他，于是便拿自己的知名度和声名远扬的香水女郎作了比较，发现两者之间没有多大区别，便马上认定她走在街上也会像他一样容易被人认出。这一结论若要成立，前提是玛丽要像他一样走得一成不变、有条不紊，且只限于一个特定区域内。他有规律地出没于一个特定的区域，此区域里的许多人跟他是同行，所以才去注意他。但总的来说，玛丽的散步方式是随性随意的。在这个特例中，她十有八九没有按照惯常的路线走。《商报》的那种对比只适用于两人都横穿全城的情况。在这种情况下，假如两个人的熟人一样多，那么他们撞见熟人的机会就一样多。我个人认为，不管玛丽何时出发去姑妈家，也不管她从众多路线中选择哪一条走，她都有可能，而且大有可能没碰上一个认识她或她认识的人。要全面而恰当地看待这个问题，就必须牢牢铭记，就算他是全巴黎最有名的人，能认出他的人与巴黎总人口比起来，也是小巫见大巫。

　　"但是，不管《商报》的观点看上去多有说服力，一旦考虑到那姑娘出门的时间，这种说服力就大打折扣了。《商报》说：'她出门的时候，街上人流如织。'事实并非如此。那是早上九点。没错，每天早上九点，巴黎的街道上都挤满了人。但是星期天例外。星期天早上九点，巴黎人多半还在家里为去教堂做准备。善于观察的人不难注意到，每周日早上八点到十点，巴黎城里都格外冷清。十点到十一点，街上就人山人海了，但八九点钟时绝不是这样的。

　　"《商报》在洞察力方面存在欠缺，这从另一处地方可以看出。它说：'凶手从这个不幸的姑娘的衬裙上撕下一条两英尺长、一英尺宽的长带，绑在她下巴下面，绕过脑后，可能是为了防止她尖叫。案子是身上没带手帕的家伙犯下的。'这个看法到底有没有根据，我们回头再努力分析；不过《商报》记者说的'身上没带手帕的家伙'，指的就是那群卑鄙的流氓。然而那群人即使不穿衬衫也不会忘带手帕。你一定已经注意到，近年来，手帕已经成为地痞流氓身上必不可少的标配。"

　　"咱们怎么看《太阳报》那篇文章？"我问。

　　"真可惜啊，这位作者生来不是鹦鹉，如果是的话，他将成为最会学舌的那一只。他不过是把已经见报的观点重复一遍而已。他那东抄西摘的勤奋劲儿倒是令人钦佩。他说：'这些物品显然已在那里躺了至少三四个礼拜……所以毫无疑问，这桩骇人听闻的惨案的发生地已被发现。'《太阳报》重新表述的事实完全无法打消我对这个问题的怀疑，以后咱们将结合另一件事情来专门研究它。

"眼下咱们得好好探究另外一个问题。你不会没注意到验尸进行得非常马虎。死者的身份一下子就确认了，或者说本来就不难确认；但还有其他问题需要厘清。死者有没有遭到洗劫？她出门时有没有佩戴珠宝首饰？如果戴了，尸体发现时还在吗？这些都是重要的问题，然而证人只字未提；还有一些同样重要的问题没有引起注意。咱们得亲自调查一番才能够安心。圣·厄斯塔什的自杀案得重新调查。我不怀疑这个人，不过我们还是得井然有序地把事情弄清楚。我们必须确认他那份关于星期天行踪的书面口供是否属实。这种书面口供往往在故弄玄虚。但如果圣·厄斯塔什没有在口供中撒谎，我们就可以把他从调查中排除。如果他撒谎了，自杀就坐实了他的嫌疑；如果他没撒谎，自杀也绝非莫名其妙，我们不必因此而脱离正常分析的思路。

"我的想法是，我们应该摒弃这场惨剧的内在因素，而把注意力集中在它的外围。办这类案子的过程中，最常犯的错误就是只调查直接的事件，而全然无视间接的或偶然的事件。法庭也往往渎职，将证据和辩论限制在明显关联的范围内。而经验已经证明，一种真正的哲学也始终表明，大部分，也许是绝大部分真相都产生于看似无关的事情。正是借由这种原则的精神（虽然说不上严格按照），现代科学才决意期望意料之外的事情。不过你也许不理解我的意思。人类知识的历史不断表明，受惠于间接的、偶然的或意外的事件，才有无数最有价值的发现，所以从发展提高的眼光来看，已经有必要充分考虑到，许多发明创造都事出偶然，来自意外。以对未来的远见卓识为依据不再富有哲理。意外已被公认为根基的一部分。偶然很可能成为必然，推断的时候得把偶然考虑进去。我们还把那些出乎意料和想象不到的东西放进了学校里的数学公式。

"我再重申一遍，真相大多产生于间接因素是明摆着的事实；在这个案子上，我要本着这一原则的精神，先不去调查人们已经调查过但毫无结果的事件本身，而是去查究与其相关的周遭情况。当你在确认书面口供的真实性时，我却打算像你一样把报纸上的资料研读一番，且比你读得更加广泛。到目前为止，我们只是弄清了该调查的范围。说真的，如果如我所言，把所有报道都详读之后，仍然确定不了调查的方向，那这事就怪了。"

遵照杜平的建议，我对那份书面口供进行了一丝不苟的核查。结果证明圣·厄斯塔什的口供千真万确，由此也还了他一个清白。与此同时，我的朋友埋头查看着各色报纸，在我看来是又细致入微又缺乏目的。一个星期后，他给我拿来这样一份摘记：

"大约三年半前，同一位玛丽·罗热从勒布朗先生位于王宫地下室的香水店里突然失踪，那次失踪和这次一样引起了轩然大波。但过了一周，她又跟往常一样出现在她通常站的柜台后面，只是脸色有些苍白。据勒布朗先生和她母亲说，她只是去乡下看了一位朋友。这件事很快就平息了。本报认为，这次离奇的失踪跟上回是一个性质，再过一个星期，了不得再过一个月，她就又会回到我们中间。"——《晚报》(原型是纽约《快报》。——原注)，六月二十三日，星期一。

"昨天一家晚报提到罗热小姐上次神秘失踪的事。众所周知，在她离开勒布朗的香水店的那一周里，她和一位以放荡闻名的年轻海军军官厮混在一起。据猜测，她能够幸运地回到家里，是缘于一场争吵。本报已掌握这个登徒子的名字，他目前驻扎在巴黎，但出于显而易见的原因，我们不能把名字公布出来。——《信使报》(原型是纽约《先驱报》。——原注)，六月二十四日，星期二晨版。

"前天，本市近郊发生一桩骇人听闻的暴行。黄昏时分，有位拖妻带女的先生见六名青年在塞纳河近岸处悠闲地划船，便雇他们送他家过河。到了对岸，三位乘客下船上岸，走得看不见船影了，女儿才发现阳伞忘在船上。她回去取伞，结果被那伙歹徒劫持到河中央，堵住嘴野蛮糟蹋，最后弃于岸边，离她与父母上船的地方不远。这些恶棍目前尚逍遥法外，不过警察正在加紧追踪，其中几名很快就将归案。"——《晨报》(原型是纽约《信使与问询报》。——原注)，六月二十五日。

"本报收到一两封来信，指控最近那桩暴行是门奈斯(门奈斯是最早被捕的嫌犯之一，但由于证据不足而获释。——原注)犯下的，不过这位先生经审讯后已被宣布无罪，且来信热情有余而证据不足，故本报认为不宜发表。"——《晨报》(原型是纽约《信使与问询报》。——原注)，六月二十八日。

"本报收到几封颇具说服力的来信，这些明显来自不同渠道的信件足以证明不幸的玛丽·罗热已经惨遭一伙流氓的毒手。星期天总有多伙歹徒横行于近郊，这是其中一伙。本报完全赞同这种说法。我们会尽力腾出版面，刊载这类文章。"——《晚报》(原型是纽约《晚邮报》。——原注)，六月三十日。

"星期一，一名与税务局有关联的驳船船员看到塞纳河上漂来一艘空船，船帆收在船底。这名船员便把它拖到驳船管理处。

翌日早上，那条船在管理处的人员不知情的情况下被人取走。船舵目前还在驳船管理处。"——《勤奋报》（原型是纽约《标准报》。——原注），六月二十六日，星期四。

读完这些多种多样的摘记，我不仅觉得它们无关痛痒，而且我也看不出有哪一则与本案有关。我等着杜平解释。

"第一则和第二则摘记我不打算细究，"杜平说，"我摘抄下来就是让你看看，那些警察有多么疏忽大意，据我从警察局长那里了解的情况，他们竟然都没费神去调查那位海军军官。若是认为玛丽的第一次失踪和第二次失踪之间没有关联，那未免太愚蠢了。我们不妨承认第一次私奔的结果是一对恋人大吵一架后，遭遇背叛的姑娘回了家。现在我们可以把第二次私奔（如果那又是私奔的话）看作是背叛者在重新发动攻势，而不是看作跟新欢跑了，换句话说，就是要看成旧情重温，而非另结新欢。十有八九是曾经和玛丽私奔过的人再次提出私奔，而不是又冒出一个新人向她提出私奔。请你注意这个事实，从第一次私奔到假定的第二次私奔之间的时间间隔，比军舰通常的出海时间要多几个月。难道她的情人第一次就想下毒手，结果由于出海而中断？他是不是刚一回国，就抓紧机会重新实现那个尚未实现，或者说尚未被他实现的下流计划？所有这些我们一无所知。

"但你也许会说，她第二次失踪并不是跟人私奔去了。当然不是——不过我们能说那个尚未实现的计划不存在吗？除了圣·厄斯塔什，或许还有博韦，我们就再找不到一个公认的、公开的、有德行的玛丽的追求者。就没听说过其他人。那么这个秘密情人是谁呢？她的亲戚们（至少大多数亲戚）都不知道此人，可是玛丽却在星期天上午与他相会，而且她非常信任他，以至于毫不犹豫地跟他在鲁尔门的偏僻小林里一直待到夜幕降临。请问，至少一大半亲戚都不知道的那个秘密情人到底是谁？罗热夫人在玛丽离家那天早上说了一句奇怪的预言——'我恐怕再也见不到玛丽了。'这句话究竟是什么意思呢？

"不过，即使我们无从得知罗热夫人对私奔之事知情，难道我们不能假设这位姑娘心怀私奔之意吗？她出门时说她要去德龙街看她姑妈，还叫圣·厄斯塔什天黑时去接她。乍一看，这个事实与我的看法相左，不过咱们不妨好好想想。她确实去会了伴侣，和他一起过了河，等他们抵达鲁尔门时，已经是下午三点了。但她既然答应陪他（不管出于什么目的，也不管她母亲是否知情），她就一定想到她离家时说过到哪儿去，也一定想到她的未婚夫圣·厄斯塔什按时去德龙街接她，却发现她根本没来这里时，心中会涌起怎样的惊诧。再者，当他带着这个令人惊恐的消息回到小旅馆，发现她依然不见踪影时，心中又会涌起怎样的狐疑。她必然想到过这些事情。她必然预见到圣·厄斯塔什的懊恼，必然预见到所有人的怀疑。她不敢回去面对人们的怀疑。但要是她没打算回来，这种怀疑对她来说就无关紧要了。

"咱们不妨揣测下她当时的心理活动——'我要去会一个男人，为了同他一起私奔，或为了一个只有我自己才知道的目的。不能让人打乱计划——必须有足够的时间让我们逃开追踪——我要让他们以为我这一天是去德龙街看姑妈了——我要让圣·厄斯塔什等天黑了再来接我——这样我就能尽可能长地待在外面，不会引发怀疑和担心，这比其他法子争取到的时间都要多。我叮嘱圣·厄斯塔什天黑来接我，那他肯定不会没等天黑就过来；可要是我根本不叫他来接，我逃跑的时间就少了，因为他们以为我会提早回来，早就在那儿急得不可开交了。再说，如果我真打算回来——如果我只想和那个人散散步——那我就不必叫圣·厄斯塔什来接我了，因为他一来接我，就会发现我骗了他——我是可以永远把他蒙在鼓里的，只要我出门前不告知我的去向，天黑前就赶回来，然后才告诉他我去德龙街看姑妈了。但既然我打算永远不回来，或者几个星期后再回来，或者躲一阵后再回来，那我的当务之急就是争取时间了。'

"你从你的摘记中已经注意到，公众对这桩悲剧的看法始终如一，即那姑娘成了一帮歹徒的牺牲品。在一定情况下，公众舆论是不容忽视的。当公众完全自发地形成某种看法时，应该视其为类似直觉的东西——这种直觉是天赋异禀者的特质。在一百起案子里，九十九起我都跟着公众舆论走，只是有个重要的前提，就是舆论没有受到诱导。得是如假包换的公众自己的意见，然而个中区别极难察觉和把握。在目前这个例子中，我觉得关于歹徒的'公众舆论'被我的第三则摘记详述的附属案件诱导了。年轻貌美、声名狼藉的玛丽的尸体一经发现，便闹得巴黎满城风雨。尸体伤痕累累，漂浮在河面上。这时人们得知，在玛丽遇害的同一时间，或者说几乎是同一时间，一伙歹徒对另一位姑娘实施了类似恶行，尽管程度没有那么严重。一桩已知的暴行会影响公众对另一桩未知的暴行的判断，你说这妙不妙？公众的判断需要加以引导，而那桩已知的强奸案适逢其时地引导了它！玛丽的尸体

是在塞纳河上发现的，而那桩已知的强奸案也发生在这条河上。这两件案子之间的联系显而易见，公众若看不出这种联系，抓不住这种联系，那才真叫怪呢。可事实上，那桩已知是如何犯下的暴行，恰好证明了另一桩几乎与它同时发生的暴行不是那样犯下的。当一帮歹徒在某处犯下令人发指的暴行时，竟然还有一帮相似的歹徒在同一座城市、同一个地区、同样的情况下，以同样的工具和手段，在同样的时间段，犯下同样的暴行！这简直就是奇迹！然而，那个意外受到诱导的公众舆论要我们相信的，不就是那一连串惊人的巧合吗？

"在进一步探讨之前，我们先把鲁尔门灌木丛中的所谓凶杀现场研究一下。这片灌木丛虽说密密匝匝，却紧挨着一条公路。里面有三四块大石头，堆得像有靠背和脚踏的椅子。上面那块石头上有一条白色的衬裙，第二块石头上有一条丝围巾。还见到一把阳伞、一副手套和一块绣有'玛丽·罗热'字样的手帕。周围的荆棘上有连衣裙的碎片。地上有踩踏的痕迹，有些灌木被折断了，种种迹象都表明这里发生过一场激烈的搏斗。

"尽管灌木丛中的发现博得报界一片喝彩，舆论一致认为那里就是行凶的确切地点，但是必须承认，我们仍有充分的理由对其进行怀疑。说那是凶杀现场，我可以相信，也可以不相信——但我有充分的理由怀疑。如果真如《商报》所说，行凶的确切地点是在圣安德烈街附近，那么凶手（假设他们人还在巴黎）自然会因公众找准了方向而感到恐慌。碰到这种情况，某一类人下意识的想法是花心思转移公众的注意力。既然鲁尔门的那片灌木丛林已经遭人怀疑，那么将玛丽的衣物放在那里的念头就会在凶手心中油然而生。虽然《太阳报》认为那些物品在灌木丛里躺了蛮多天，但是并没有确凿的证据能证明这一点；相反，有许多间接证据表明，从出事的星期天到孩子们发现衣物那天之间相隔二十天，放那里那么久绝不会一直没人看见。《太阳报》鹦鹉学舌地说道：'这些物品因为淋雨而严重发霉，又因发霉而粘在一起。有几样物品的周围和上边长出了草。阳伞的绸面很结实，但里头的丝线都缠一块了。被折叠起来的伞顶已经发霉腐烂，一撑就破。'至于'有几样物品的周围和上边长出了草'，那显然出自两个小男孩之口，是他俩凭记忆说的，因为他俩没等第三个人看到就把衣物拿回家了。不过野草一天能长两三英寸，尤其是在温暖潮湿的天气里（这起凶杀案就发生在这样的天气）。一把阳伞躺在新铺的草坪上，不到一周就会被猛长的草完全遮住。再来看《太阳报》记者一再强调的'发霉'吧，短短一段他就至少提到三次，他难道真不知道这种霉菌的特性？难道要别人告诉他，这是众多真菌中的一种，其最普通不过的特性是在二十四小时之内就会由盛而衰？

"所以我们一眼就能看出，该报欢欣鼓舞地用来引证这些物品在灌木丛里躺了'至少三四个礼拜'的那些话极其荒谬，毫无依据。另一方面，很难相信那些物品能在那片灌木丛里躺上一个星期——能从一个星期天躺到下一个星期天。对巴黎近郊稍有了解的人都知道，除非是在远郊，否则压根别想找到一处僻静之地。想在近郊的大小树林里找到一个无人涉足或人迹罕至的隐秘之处，那根本就是在痴人说梦。假设有这么一个人，打心底里热爱大自然，却因工作被拴在了大都市，受困于尘土和喧嚣。假设他为了满足独处的渴望，于一个工作日走入了近郊的自然美景中。他眼前的景致越来越美，然而很快就被狂饮欢闹的地痞流氓煞了风景。到密林深处寻觅清静的希望化为了泡影。那些隐蔽的角落是底层恶棍最爱去的地方，那里便是最被亵渎的庙宇。这位漫游者怀着厌恶的心情逃回污秽的巴黎，跟藏污纳垢的林子一比，脏兮兮的都市都没那么令人生厌了。平日里近郊都乱成这样，就更别提星期天了！到了安息日，城里的恶棍用不着干活，又被剥夺了胡作非为的机会，便争先恐后地赶赴近郊——倒不是出于喜欢乡村（他们才看不上呢），而是以此来逃避约束和习俗。他们要的不是新鲜的空气和绿色的树木，而是可以恣意妄为的环境。无论是在路边酒馆里还是在林荫之下，这些自由和朗姆酒的混种后代毫不拘束地寻欢作乐，沉溺于虚假的欢声笑语，不会有任何人投来异样的目光。我重申一遍，玛丽的衣物在巴黎近郊的灌木丛林里放了那么久都没被人注意到，这简直就是奇迹！我所说的不过是每一个冷静的观察者都明白的事实。

"除此之外，还有理由让人怀疑，这些物品放在灌木丛中是为了把人们的注意力从真正的行凶地点转移开。首先请你注意那些东西发现的日期。再把这个日期同我的第五则摘记的日期比较一下。这样你就可以看出，刚有人寄信给《晚报》，那些物品就见天日了。这些信件尽管来源各异，却指向同一个目的，即引导人们相信作案者是一伙流氓，作案地点在鲁尔门附近。由于读者来信转移了公众的视线，这里头可疑的地方不是这些物品被那两个男孩发现了，而是这些物品之前没有被那两个男孩发现——因为它们之前根本就不在那片灌木丛里——是嫌犯在写信当天或当天前不久，亲手放进灌木丛中的。

　　"这片灌木丛林非常奇怪，怪到出奇。它异常浓密。在其天然屏障中，有三块离奇的石头，堆得像有靠背和脚踏的椅子。这片奇妙的灌木丛就在德鲁克夫人家附近，相距不过几杆（一杆为五码半。——译注），她的两个儿子经常去里头搜寻黄樟树的树皮。我敢以一比一千的赔率打赌，这两个小家伙每天至少有一个会躲进这阴翳的大殿，坐到那天然的王位上。犹豫着不敢打这个赌的，不是从来没做过孩子，就是已经忘记了孩子的天性。我再说一遍——这些东西在灌木丛里躺了一两天后还没被孩子们发现，根本就是无法想象的事情。因此，尽管《太阳报》无知又自以为是，我们仍有充分的理由怀疑，这些物品是在事后很久才放进灌木丛的。

　　"除了上述这些，我还有更有力的理由相信那些物品是事后放进林中的。你注意看下，人为摆放的痕迹太明显了。上面那块石头上有一条白色的衬裙，第二块石头上有一条丝围巾。还看到一把阳伞、一副手套和一块绣有'玛丽·罗热'字样的手帕。从摆放方式来看，这不过是一个不太精明的人有意想让它们显得自然一些。然而这种摆放一点也不自然。还不如全扔在地上，用脚踩两下呢。树荫下那么窄小，一帮子人在里面打斗，来来回回推搡，衬裙和围巾几乎不可能还留在石头上。该报说：'地上有踩踏的痕迹，有些灌木被折断了，表明这里发生过一场搏斗。'——可衬裙和围巾就跟搁在架子上似的。'被荆棘从连衣裙上撕下来的布带一般为三英寸宽六英寸长。其中一条是连衣裙的褶边，缝补过。它们看上去像是一条条撕下来的。'不经意间，《太阳报》用了一个非常可疑的短语。正如它所描述的那样，这些布带确实'看上去像是一条条撕下来的'；是被一双手故意撕下来的。被荆棘从连衣裙上撕下一条长带？这种情况也太罕见了。从裙子的质地来看，扎进去的荆棘或钉子会撕出一个直角——撕出两道纵向的裂缝，彼此成直角，在扎入处会合——但绝不会'撕下来'一条长带。这种情况我从未见过，你也一样。要从这种织物上撕下一条来，几乎都需要两股方向不同的力量。唯一的例外是织物有两道边时，比如手帕，这时候凭一股力量就能做到。目前我们讨论的是一条连衣裙，它只有一道边。若要从当中没边的地方撕下一条长带，那只有通过几根荆棘才能创造奇迹，光靠一根可做不到。但即使有一道边，也需要两根荆棘，一根作用于两个方向，另一根作用于一个方向。这还得是在底边没有镶褶边的情况下。如果镶褶边了，那就撕不下来了。由此可见，单靠'荆棘'来'撕下'长带是如何障碍重重；可该报却要我们相信，这样撕下来的不是一条而已，而是很多条。'一条是连衣裙的褶边！''另一条来自裙体，不是褶边。'——也就是说，完全是借荆棘的力，从没有边的裙体撕下来的！我说，别人不相信这个情有可原，但冷静地看，更有说服力的怀疑理由是凶手既然能够谨慎地将尸体搬走，却叫人吃惊地把这些物品留在了林子里。不过，如果你认为我意在否认那片灌木丛是行凶地点，那你就没有正确领会我的话。灌木丛里说不定发生过邪恶之事，或者更可能是德鲁克夫人的酒馆里出过事，但事实上这无关紧要。咱们不是在寻找犯罪现场，而是要查出杀人凶手。我所引证的内容尽管琐细入微，但目的只有两个：第一，证明《太阳报》那番断然而轻率的断言是何等荒唐；第二，也是主要的一点，就是让你顺着一条再自然不过的思路去思索，这起凶杀案到底是不是一伙流氓所为。

"咱们稍微提一下验尸报告里令人讨厌的细节，以此来谈谈这个问题。我唯一有必要说的就是法医关于流氓人数的推论被巴黎解剖学界一致嘲笑，认为其毫不合理，毫无根据。倒不是这件事不可以这样推论，而是他的推论并无依据——难道没有理由做另一种推论吗？

"我们来研究一下'搏斗的痕迹'；这些痕迹表明了什么呢？表明有一伙流氓。可转念一想，它不也表明并没有一伙流氓吗？一个弱不禁风的姑娘和一伙流氓之间能发生什么样的搏斗？一场殊死搏斗的持久战，搞得到处都留下'痕迹'？三四条粗壮的胳膊悄然发力，一切就都完结了。受害者一定任凭他们摆布。你要记住，我不是否定灌木丛是行凶地点，而是否定灌木丛是超过一个人的行凶地点。如果凶手只有一个人，那我们就可以想象，也只有这样才能想象，当时的搏斗激烈而持久，以至于留下了明显的'痕迹'。

"再有，我已经提到那些物品全留在灌木丛中令人生疑。看上去那些罪证不可能是偶然留在那里的。凶手从容不迫地移走尸体，却让一件比尸体更确凿的证据（尸体的特征会随着腐烂而消除）醒目地躺在犯罪现场——我指的是绣有死者名字的手帕。如果这是个偶然，那么这种偶然不会发生在一伙人身上。在我们的想象中，这种偶然只可能发生在一个人身上。让我们看看，有个人杀了玛丽，与她的鬼魂单独待在一起。尸体躺在他眼前一动不动，令他心惊肉跳。他的满腔怒火已经消退，恐惧的心理油然而生。人多必然胆壮，反之就会胆寒。他独自守着一具女尸，浑身发抖，手足无措。但尸体必须得处理掉。他把尸体拖到河边，却把其他罪证留下了，因为一下子都弄走虽然不是做不到，但是做起来相当困难，而处理完尸体再回去取则很容易。然而，在他费力地走向河边时，他的恐惧变得愈发强烈。一路都被人声包围。有那么十几次，他听到或幻听到了脚步声。连城里的灯火都把他弄糊涂了。他内心极度痛苦，一路上走走停停，一停就是老半天，但总算及时抵达岸边，也许是借助一条小船，处理掉了可怕的女尸。但是此时此刻，天底下还有什么金银财宝，还有什么血海深仇，能驱使那孤独的杀人犯重新踏上那条艰难而危险的小径，重返那片灌木丛，重返那段恐怖的记忆？他不会回去的，管他后果如何。就是想回去也不能回去。他心里只有一个念头，就是立即逃跑。他转身背对糟糕透顶的灌木丛，像逃避天谴般逃之夭夭。

"可如果凶手是一伙流氓呢？他们人多势众，必然胆气大壮。如果十足的流氓真的缺乏胆量，那假定这伙人就由十足的流氓组成。由于他们人数多，所以不会像孤身一人的作案者那样吓得不知所措，惊恐莫名。要是一两个人或三个人有什么疏忽，第四个人就会纠正过来。他们不会落下任何物品，因为他们人手多，可以一股脑儿地把所有东西都带走。用不着折回那片灌木丛。

"再来看尸体发现时外衣的情况，'连衣裙上被撕出一条一英尺宽的长带，从下摆褶边往上撕到腰间，但没有撕下来。它在腰部绕了三圈，在背后打了个结'。这分明是为了弄出一个拎尸体的提手。要是有一伙人的话，还用采取这种权宜之计？三四个人就足以拎着她的手脚把她提起来，而且方便至极。那种法子只有在一个人的情况下才采用；这不由得令我们想起这样一个事实，'灌木丛与塞纳河之间的篱笆也被推倒了，地上有重物拖过的印记！'如果凶手是一伙人，把一具尸体抬过篱笆不过是一秒钟的事情，又何必多此一举把篱笆推倒？又何必将尸体拖着走，留下那么明显的拖痕？

"说到这儿，我们必须参看《商报》的一段评述，这段评述我多少已经置评过。该报说：'凶手从这个不幸的姑娘的衬裙上撕下一条两英尺长、一英尺宽的长带，绑在她下巴下面，绕过脑后，可能是为了防止她尖叫。案子是身上没带手帕的家伙犯下的。'

"我刚才已经说过，一个十足的流氓绝不会不带手帕。但我现在要说的不是这个。我要说的是，掉在林子里的手帕足以说明事情并非像《商报》猜测的那样，凶手是因为没有手帕才使用布带，而且凶手使用布带的目的也不是'防止她尖叫'，因为要防止她尖叫本就有更好的办法。然而证人的措辞是这样的：'撕下的长带松垮垮地缠在死者的脖子上，打了一个活索结。'这话虽然说得含混，但与《商报》的说法出入很大。这条长带虽说是平纹细布质地，但足有十八英寸宽，纵向叠起来或卷起来仍是一条结实的带子。它发现时就是这样卷着的。我的推断是：孤身一人的作案者把带子系在尸体腰间，提着走了一段路（从林子里或别处出发），发觉太沉了，有点提不动，于是改为拖拽。证据也显示尸体是给拖走的。要想拖着走，就有必要在尸体末端系上一根绳子之类的东西，而系在脖子上再合适不过，可以防止绳子滑脱。凶手准会想到尸体腰间那条布带。要不是那条带子在尸体腰际绕了几圈，还打了一个活索结，要不是他思量到那条带子没从连衣裙上完全撕下来，他就用它了。从衬裙上另撕一条要省事得多。他撕下一条系在死者脖子上，将尸体拖到河边。凶手使用这条得来费事又不顶事的布带，只能说明当时没有手帕可用，也就是说，正如我们所设想的，彼时他已经离开灌木丛林了（如果灌木丛是犯罪现场的话），正处在从林子去塞纳河的路上。

"可你要说了，德鲁克夫人(!)的证词特别指出，在谋杀案发生时或发生前后，林子附近出现过一帮流氓。这一点我承认。依我看，这场悲剧发生时或发生前后，流窜在鲁尔门附近一带，像德鲁克夫人描述的那种流氓不下十帮。不过，虽然德鲁克夫人的证词来得稍晚且很不可靠，但被这位诚实谨慎的老太太非难的却只有一帮，即吃了她的糕饼，喝了她的白兰地，却不费心向她付账的那一帮流氓。所以她很气愤？（原句是拉丁文。——译注）

"可德鲁克夫人的证词具体怎么说来着：'他俩刚走，店里就来了一伙流氓，他们吵吵嚷嚷地大吃大喝一通，没付账就循着那对年轻人离去的方向走去，天快黑了才回到小酒馆，然后急匆匆地渡河而去。'

"在德鲁克夫人眼里，那种'急匆匆'简直就是'急急忙忙'，因为她正在没完没了地悲叹自己的饼和酒被人白吃了——她还心存一丝希望，以为他们会回来付账。否则的话，既然天快黑了，又何必强调急匆匆？说真的，这根本不足为奇：一帮人准备划小船渡大河时，眼看夜晚将临，暴雨将至——这时候就算是一帮流氓，也是急着想赶紧回家的。

"我说夜晚将临，是指夜晚尚未来临。那帮恶棍不体面地匆忙冒犯德鲁克夫人冷静的目光的时候，天还只是快黑了。但是据说当晚德鲁克夫人和她大儿子'听到小酒馆附近传来女人的尖叫声'。德鲁克夫人如何形容她听到尖叫声的时间的呢？'天色刚黑'。但'天色刚黑'说明天已经黑了，而'天快黑了'说明天还亮着。所以事实一清二楚，德鲁克夫人听到尖叫声是在这伙流氓离开鲁尔门之后。尽管各报登载出来的相关证词都明确不变地表达了我所说的措词差异，可是到目前为止，还没有一家报纸或一名警察注意到这一点。

"我再补充一个论据，来证明凶手并非一伙流氓。据我自己的理解，这个论据极具分量。既然警方悬有重赏，还承诺对告发同伙的凶犯免罪，那不用想也知道，凶手若是一伙卑鄙的流氓，没几天就会有人站出来出卖自己的同伙。这位出卖者与其说是贪图赏金或急于脱罪，倒不如说是害怕自己被同伙出卖。他要趁早地出卖别人，免得自己被别人出卖。可这个秘密至少尚未泄露，这足以证明它确实是个秘密。这场凶杀案的秘密只有一个人或两个人知情，此外就只有上帝知道了。

"现在咱们把这番冗长的分析总结一下，收获虽然微薄，但肯定没错。我们已经得出这样一个结论：行凶地点要么是在德鲁克夫人的小酒馆，要么是在鲁尔门的灌木丛林，而凶手则是死者的一位情人，或至少是死者的一位秘密相好。此人皮肤黝黑。这种黝黑的肤色，加上布带打的'活索结'以及帽带上的'水手结'，都指向凶手是一个海员。死者风流但不卑贱，足见他不是普通海员。他写给报社的那些文笔上佳的紧急信件也证实了这一点。从《信使报》提到的第一次私奔来看，我们很容易产生一种念头：这位海员就是早先勾引那不幸姑娘私奔的'海军军官'。

"说到这里，我们不禁想起，这位黑皮肤的人已经很久不见踪影了。我们注意一下，此人的肤色非常之黑，以至于瓦朗斯和德鲁克夫人唯一记住的他的特征就是黝黑。可他为何不见踪影了？他被那伙流氓杀害了吗？如果是这样的话，为何现场只见遇害姑娘的痕迹？这两人自然是在同一地点遇害。可他的尸体呢？凶手很可能会以同样的方式处理这两具尸体。但也可以说这人还活着，他害怕被指控谋杀而不敢露面。这种说法现在看来很合情理，因为有人看到他和玛丽在一起——但在凶案发生期间，这种说法就没有说服力了。一个无辜的人的第一反应是报警，并协助警方指认那伙恶棍。这是上策。有人看见他和姑娘在一起，看见他俩同乘渡船过的塞纳河，所以连白痴都能看出，要想洗脱嫌疑，告发凶手是最可靠也是唯一的途径。在出事的那个星期天晚上，他不可能既清白无辜，又不知晓这起命案。如果他还活着，那只有在这种情况下，我们才能想象他为何不告发凶手。

"那我们该用什么方法来获得真相呢？一路分析下去，就会发现方法越来越多，而且越来越清楚。咱们先把第一次私奔的经过一查到底。把'海军军官'的老底、现况以及凶杀案发生时他的行踪一一查明。再逐一比较寄给《晚报》的那些旨在指控凶手系一伙流氓的信件。然后，按照文风和笔迹，同早些时候寄给《晨报》的那些旨在指控凶手系门奈斯的信件来一番对照。等对照完了，再将这些信件与海军军官的手迹进行比较。咱们还得盘问德鲁克夫人母子及公共马车车夫瓦朗斯，进一步弄清那个'肤色黝黑的小伙子'的长相和举止。只要问得巧妙，就一定能套出这方面或那方面的线索——甚至是他们自己都没意识到的线索。接着再去追查六月二十三日星期一上午驳船船员捡到的小船。这条小船于尸体被发现之前被人从驳船管理处取走，当时管理处的人并不知情，船舵也没有带走。只要我们细心谨慎，坚持不懈，就一定能找到这条小船，因为不仅捡到船的驳船船员能认出它来，而且船舵还在我们手里。一个心里没鬼的人不会连问都不问，就把船舵给遗弃了。这里我插一句，驳船管理处没有登过该船的招领广告，它被悄无声息地拖到管理处，又被悄无声息地给取走了。可这条小船的船主也好，雇主也好，既然没有招领广告，他怎么会在星期二一大早就知道船被拖哪去了呢？除非此人与海军方面有关联——甚至本人就是海军的一员，否则他获取不到这类琐碎的信息。

"刚才说到孤身一人的凶手把尸体拖到岸边，我就暗示他很可能利用一条小船。现在我们可以得出结论，玛丽·罗热是从小船上扔下去的。就是这么一回事。把尸体丢弃在岸边的浅水区可靠不住。死者背部和肩部的怪印子是船底肋骨硌的。尸身未缚重物也佐证了这一看法。如果尸体是从岸上抛下去的，那么尸身肯定缚有重物。至于尸身为何未缚重物，我们只能假设凶手划船离岸时准备不够充分，忘记带重物了。抛尸入水时，他无疑注意到了自己的疏忽，但这时已经没有补救的办法。他甘冒一切风险，也不愿回到该死的对岸。摆脱掉可怕的负担后，他就赶紧回城去了。他在一个不起眼的码头弃船上岸。但是那条船呢？他会将其系在码头上吗？他都仓促成那样了，哪还顾得上系船。再说了，在他看来，把船系在码头上，无异于留下一个对他不利的证据。他本能地想把与自己的罪行有关的一切都抛得远远的。他不但要逃离码头，而且也不能让船留在那儿。他肯定由着小船随波漂流。咱们接着想下去：第二天早上，这个可怜虫惊恐万状地得知小船已被人捡到，而且就扣留在一个他因公每天都要去的地方。当天晚上，他把船悄悄划走，都没敢索要船舵。那条无舵的小船现在哪里？这是我们首先要去查明的问题。看到这条小船，就等于看到了曙光。有了这条船的指引，我们很快就能找到在那个致命的星期天午夜划过它的人，可能快得连我们自己都不敢相信。证据一环套着一环，凶手无处遁形。"

[本刊擅自从作者手稿中删去一部分，原因不拟加以说明，多数读者一看便知。那一部分详细叙述了杜平根据获得的一点蛛丝马迹的线索往下追查的经过。本刊认为只需简短交代两点：我们所期望的结果已经实现；局长大人虽说很不情愿，但仍然如期履行了他与杜平爵士达成的条款。下文是坡先生这篇小说的结尾。——编者按（这段按语由最初发表本小说的杂志所加。——原注）]

读者自会理解，我讲的不过是巧合罢了。上文就这一论题谈得够多了。我打心眼里不相信什么超自然的力量。自然和上帝是两码事，有脑子的人都不会否认。上帝创造了自然，可以随心所欲地支配或改造自然，这同样不容置疑。我说'随心所欲'，因为这是意志的问题，而不是逻辑狂所想象的权力的问题。并不是说上帝不能修改他的法则，而是我们在想象修改的必要性时亵渎了他。上帝的法则在创造之初就包括了未来的一切意外。在上帝面前，一切都是现在。

我再说一遍，我讲述的这些事情只是巧合而已。此外，从我的叙述中可以看到，薄命的玛丽·塞西莉亚·罗杰斯的命运与玛丽·罗热生命中某一阶段的命运之间有相似之处。细想一下，两者相似得出奇，这很难用道理来解释。这一切都会被看到。但在看到身处那一阶段的玛丽的悲惨故事时，在看到包裹着她的层层迷雾逐渐拨开时，读者千万别以为我是在存心暗示这种相似性，在存心暗示搬用侦破巴黎女店员被害的方法，或者搬用类似的推理方法，就会得到类似的结果。

因为，就拿这种推测的后半部分来说，我们应该考虑到两个案子的事实中最微小的变化都会彻底改变两件事情的发展，从而造成最严重的谬误。就跟做算术题一样，一个小错误，就其本身而言可能微不足道，但在运算过程中与其他所有数字相乘，就会算出一个与正确答案相距十万八千里的结果。至于这种推测的前半部分，我们务必记住，我在上文中提到过的概率演算法不容许相似性的扩大——绝不容许与已被放大到极致的相似性成正比。这是一条不规则的定理，看似跟数学毫无干系，可实际上只有数学家才能充分理解。举个例子，最难的事莫过于让普通读者相信，一个掷骰子的人，连续两次掷出六点，别人就足以押下大赌注，赌他第三次掷不出六点。打这种赌通常会被聪明人一口回绝。在他们看来，前两次掷出六点已经属于过去，不会对只存在于未来的第三掷产生影响。掷出六点的概率就跟平时一样多，也就是说，只受骰子可能掷出的其他点数的影响。这种见解是明摆着的，试图驳倒它只会引来嘲笑，不会有人肃然起敬。这里谈到的谬误，是带有恶作剧味道的严重的谬误，现在碍于篇幅，我不能将其揭穿，而从哲学角度讲，它也用不着揭穿。就说这一句怕是已经足够：它是推理过程中由于不厌其详地追求真相而产生的一连串谬误中的一个。

陷坑与钟摆

　　邪恶的暴徒疯闹不已

　　无辜的鲜血不足填饥

　　死亡的巢穴已被摧毁

　　安康的生机重回大地

【为巴黎雅各宾乐部俱乐部遗址所建之市场大门而作的四行诗】

　　我难受极了，被漫长的痛楚折磨得生不如死；当他们终于将我松绑，并准许我坐下来时，我觉得我的知觉正在离我而去。那声宣判，那声可怕的死刑宣判，是最后一句我听清楚的话。在那之后，宗教法官们的嗓音就成了恍惚模糊的嗡嗡声。我的脑子里突然有了旋转的概念——或许是我联想到了水车的声音。这个念头转瞬即逝，因为我很快就听不见了。但我暂时还能看见，只是我所看到的东西夸张得可怕！我看到了黑袍法官们的嘴唇。它们在我看来是白色的——比我写字的这纸还要白——而且薄得近乎离奇；薄虽薄，却又显得斩钉截铁，作出不容更改的判决，展现着对他人苦难的轻蔑。我看到死亡的判决还在从那两片嘴唇中发出来。我看到它们在剧烈地嚅动。从口型看，它们在吐出我的名字，但没有任何声音传来，我禁不住浑身颤栗。惊惧交加之下，我一度神志混乱，看到四壁的黑色帷幔在难以觉察地轻轻摆动。然后，我的视线落在了桌上的七根长蜡烛上。它们白皙纤细，一副慈悲的样子，像七位前来拯救我的天使；可转瞬之间，我就感到一阵致命的恶心，像触到了伽伐尼电池的导线，身上的每根纤维都在颤抖。与此同时，天使们变成了头顶火苗的毫无意义的鬼影，看样子是救不了了了。接着一个念头如低沉浑厚的音符一般悄悄地溜进我的脑海：在坟墓里安眠一定很香甜。那念头来得鬼鬼祟祟，似乎溜进来许久我方才察觉；而当我终于觉察到它并接受它时，那些法官的身影竟像变戏法似的从我面前消失了；高高的蜡烛也不翼而飞，烛火也全熄灭了；伸手不见五指的黑暗接踵而至；所有的感觉都被吞噬了，我只觉得自己在坠入深渊，犹如正在急速坠入阴曹地府的鬼魂。然后是寂静，死寂，无边的夜。

我昏倒了过去，但还不能说完全没了知觉。还剩下哪种知觉，我无意下定义，甚至不想加以描述；但并非完全没了知觉。在沉睡中——不是！在谵妄中——不是！在昏迷中——不是！在死亡中——不是！连长眠在坟墓中都不见得完全没了知觉。否则人类就没有永生可言。我们从最深的睡眠中醒来，打破了薄如蛛丝的梦境。可转眼工夫，我们就不记得自己做过梦了（也许是蛛网过于薄弱）。从昏死中苏醒过来有两个阶段：先是思想上或精神上的知觉，再是身体上的知觉。如果到了第二阶段尚能对第一阶段有印象，那么这些印象很可能形象地显示了坠入深渊的情况。那个深渊是怎么回事？至少该如何区分深渊的阴影和坟墓的阴影？但就算我所说的第一阶段的印象一时不能回想起来，难道在时隔多年之后，它们不会意想不到地出现，尽管我们会惊于它们从何而来？从没昏死过的人，不可能见到炭火映照下的奇异的宫殿和熟悉的面孔；不可能见到飘浮在半空中的凄惨景象；不可能琢磨奇花的芬芳；不可能被从未引起过他注意的音律弄得云里雾里。

我昏迷过去之后，就陷入了表面上的虚无状态，我努力地回想那种状态，有那么短暂的片刻，我还真的回想起来了。在极为短暂的片刻里，我的脑海里浮现出一些记忆的碎片，而事后清醒的理性使我确信，这些碎片只可能与那种表面上的无意识状态有关。它们隐隐约约地告诉我，一些高大的身影将我抬起来，默默无言地往下走——往下走——再往下走——直到我意识到那下降没有止境，从而感到一阵可怕的眩晕。它们还告诉我，当时我心中有一种莫名的恐惧，因为心脏静得出奇。接着一切都骤然静止了，仿佛那些抬我的人（一群可怕的家伙！）下降得过了界，累得精疲力竭，才停下来歇会儿。在这之后，我还回想起了平坦与潮湿，然后一切都变得疯狂——一种忙着冲破记忆禁区的疯狂。

突然间，我的灵魂里又有动静（动作和声音）了——心脏一阵猛跳，耳朵里听到了怦怦声。而后是短暂的停顿，脑子里一片空白。接着又是动作和声音，还有了触觉——一种刺痛感传遍全身。然后我感觉到了自己的存在，但没有思想——这种状态持续了很长时间。再后来，思想猛地恢复了，令人毛骨悚然的恐惧感卷土重来，而且还郑重其事地想要了解自身的真实处境。之后是一种强烈的渴望，渴望重新陷入不省人事的境地。然后心灵一下子苏醒过来，身体也能动弹了。这才完整地回想起审判、法官、黑幔、判决、虚弱、昏厥。接着这一切就忘得一干二净，我日后拼了老命才依稀回忆起来。

目前为止我都没睁开双眼。我感觉自己是仰面平躺，手脚没被捆住。我伸出一只手，它重重地落在一个湿漉漉、硬邦邦的东西上。我耐着性子让手在那上面搁了好几分钟，绞尽脑汁地猜想自己身在何处，是何处境。我很想睁开眼睛看个究竟，可就是不敢睁。我害怕向周遭看第一眼——不是害怕看到可怕的东西，而是害怕什么都看不见。最后我彻底豁出去了，猛地一下睁开双眼。我最担心的事情果然得到了证实。没有尽头的漆黑的夜包围着我。我拼命地呼吸。无边的黑暗压得我喘不过气，空气闷热得令人窒息。我仍然静静地躺着，竭力运用自己的理性。我回想起审判的过程，打算从这一点上推断出我的真实处境。判决结果早已宣布，对我来说像是老早以前的事情，但我一刻都没认为自己已经死去。不管小说中怎么写，这种猜测都与真实情况完全不符；但我身在何处？是何处境？我知道，被宗教裁判所处以极刑的异教徒通常是用火刑处决，我接受审判那一晚，就有一个死囚被活活烧死。难道我已被押回地牢，等待数月后的下一次火刑？我一眼看出这不可能。死囚都是立即执行。再说了，关押我的那间地牢，和托莱多城的所有死牢一样，都是石头地面，且不至于一点光线都没有。

我脑子里突然闪过一个可怕的念头，令血液瞬间咆哮着奔向心脏，有那么几秒钟，我又不省人事了。再度苏醒后，我一跃而起，全身的每一根纤维都在痉挛发抖。我伸出双臂，向四下一顿乱挥，什么也没碰到。但我还是不敢挪动一步，生怕被墓穴的墙壁挡住去路。全身的每一个毛孔都在往外渗冷汗，额头上挂满了豆大的汗珠。最终我再也受不了那份提心吊胆的折磨，就双臂前伸，小心翼翼地往前走。我的眼珠子瞪得都要掉出来了，希望能捕捉到一丝微光。我走了好几步，可四下依然是黑暗与空虚。我的呼吸顺畅点了。不管怎样，我的厄运至少不是最可怕的那一种。

当我如履薄冰地继续往前走时，心里不由得涌现出无数关于托莱多城的恐怖传说。其中也有关于地牢的奇谈怪事，我一直视之为无稽之谈，但它们终究蹊跷而又惊悚，只能在私下里悄悄流传。难道他们想让我在这漆黑一团的地下世界里饿死？或者还有什么更恐怖的厄运在等着我？反正横竖都是死，而且是某种残忍痛苦的死法，因为我太了解那帮法官的脾性了。死法和死期占据了我的脑海，令我心烦意乱。

我伸出的双手终于碰到了坚实的阻碍物。那是一堵墙，好像是用石头砌成的，摸起来光溜溜、黏糊糊、冷冰冰。我小心翼翼地顺着墙走，心里充满着戒备，那是古老的故事赋予我的启示。可这么走并不能弄清这间地牢的大小，因为墙壁摸起来都是一个样，我弄不好是在绕圈子，说不定过会儿又回到原处。于是我伸手去掏那把小刀，想把它插进墙上的细缝，以确定我出发的位置。我被押上裁判所时小刀还在兜里，可现在它不见了——我的衣服被换成了一身粗哔叽长袍。尽管在心神慌乱之中，这个困难看似无法克服，但它其实不足挂齿。我从长袍上撕下一条褶边，将其平铺在地上，与墙面成直角。这样的话，在摸索着绕地牢走时，如果绕了一圈，就不可能不踩到这块破布。我当时就是这么想的，但我没有去考虑地牢的大小，也没有顾及自己的虚弱程度。地面又湿又滑，我跟跟跄跄地向前走了一阵，突然失足摔了个跟头。过度的疲乏使我卧地不起，不过片刻工夫，我就被睡意征服了。

醒过来时，我伸出一只胳膊，在身边摸到一块面包和一壶水。我实在是累坏了，也不管这是怎么回事，就狼吞虎咽地将它们一扫而空。不久之后，我又绕着地牢走了起来，费了好大劲才终于踩到那块破布。摔倒前我已经数了五十二步，重新再走之后，我又数了四十八步。总共走了一百步。两步为一码，于是我推测地牢的周长为五十码。但中途我摸到不少拐角，因此我判断不出墓穴的形状——我不由得认为这是个墓穴。

我这番探究并没有什么目的，当然也不抱任何希望，不过是出于某种朦胧的好奇心。我决定不再沿着墙走，而是从地牢中央横穿过去。一开始我走得万分谨慎，因为地面看似坚固，却很容易滑倒。最后我鼓起勇气，毫不犹豫地迈出了坚定的步伐，想尽可能笔直地走到对面。这样走了十来步，不料长袍上撕破的褶边缠在了我两腿之间。我一脚踩了上去，结结实实地摔了一个嘴啃泥。

我跌倒的时候一头雾水，没有马上意识到一件咄咄怪事，但仅仅过了几秒钟，这件事就被依然趴在地上的我注意到了。当时的情况是这样的：我的下巴搁在地牢的地面上，嘴唇和上半个脑袋所处的位置虽然比下巴要低，却什么也没有碰到。我的前额仿佛浸在湿冷的水蒸气中，一股霉菌的怪味直往鼻孔里钻。我伸出一只胳膊，发现自己摔倒在一个圆坑的边沿上，不禁吓得浑身一哆嗦。当然，当时我无法确定那圆坑有多大。我在坑沿下方的石壁上摸索了一阵，成功地抠出一小块碎片，随手丢进那个深渊。有那么一会儿，我听到的是它下落时碰撞坑壁发出的回响，最终它阴沉沉地掉进水里，继而传来一声巨大的回音。与此同时，头顶也传来一道声响，像一扇门被快速地拉开又关上；就在这当儿，一丝微光倏地划破黑暗，接着又突然消散。

他们为我准备的死法已经不言而喻，我不由得庆幸自己摔得正是时候，逃过了致命一劫。摔倒前再多走一步，我就一命呜呼了。被我刚刚逃过的这种死法在关于宗教裁判所的民间传说中出现过，我一向斥为荒诞不经、纯属虚构。宗教裁判所暴虐下的受难者有两种死法，一种是死于残酷的肉体折磨，另一种是死于更加令人恐惧的精神折磨。他们为我准备的是后者。长久的痛楚早已使我神经衰弱，连听到自己的声音都不寒而栗，无论从哪方面看，这种死法用在我身上都再合适不过。

我四肢发抖，摸索着退回墙边，决定宁死也要远离陷坑带来的恐怖——我开始想象地牢里散落着多个陷坑。换成另外一种心境，我说不定会鼓起勇气跳进这种深渊，瞬间终结我的痛苦；可眼下我是个十足的胆小鬼。我也忘不了读过的关于这些陷坑的描写，它们最可怕的地方在于：并不会让你死得那么痛快。

焦虑不安的心绪使我一连几个小时都保持着清醒的状态，但最后我还是酣然入梦了。当我醒来时，我又在身边摸到一块面包和一壶水，和上次一样。我口渴得要命，将壶里的水一饮而尽。水里准下了药，刚一进肚，我就不可抑止地昏昏欲睡。我睡得特别沉，跟死了一样。睡了多久我无从得知，但当我再次睁开眼睛时，周围的一切竟然变得清晰可见。借着一道一时无法确定从哪里射来的硫黄色光亮，我得以看清牢房的大小和形状。

我把牢房的大小完全估算错了。周长至多二十五码。我枉费心机了，真是枉费心机！身陷如此可怕的境地，还有什么比地牢的大小更无关紧要的？可我偏偏对无关紧要的琐事饶有兴趣，一心想找出量错的原因。最后我终于茅塞顿开。第一次丈量时，我数到五十二步就摔倒了，当时我离破布肯定只差一两步；其实我差不多已经绕地牢走完一圈了！然后我就睡着了。醒来后我准是走了回头路，这样就把地牢的周长多算了一倍。当时我脑子里一团乱麻，根本没留意到出发时墙在左手边，而走完时墙却在右手边。

至于牢房的形状，我也上了当。我沿着墙壁一路摸索时，碰触到不少拐角，于是我就断定其形状极不规则。由此可见，对一个刚从昏睡中醒来的人来说，伸手不见五指的黑暗有着多么强烈的影响！那些拐角只是一些间隔不等的浅凹槽或壁龛罢了。这间地牢大致上呈四方形。墙也不是我先前以为的石墙，如今看来是用巨大的铁板之类的金属板拼接而成，其间的接缝便形成了凹槽。这金属牢笼的墙上胡乱涂满了丑恶无比的宗教图案，是僧侣可怕的迷信行为的产物。狰狞的骷髅怪以及其他种种阴森恐怖的形象布满四壁，将墙壁糟蹋得不成样子。我注意到这些妖魔鬼怪的轮廓倒很清晰，只是色彩似乎因褪色而变得模糊，应该是受到空气潮湿的影响。我还注意到地面是用石头铺成的。地面中央有一个张着血盆大口的圆坑，我刚才就是从它嘴里逃了出来。但地牢里只有这一个圆坑。

我费了好大劲才模模糊糊地看到这一切，因为当我陷入昏睡之时，我的状况发生了很大的变化。我现在直挺挺地仰面躺在一个低矮的木架上，身子被一条类似马肚带的长皮带死死缚住。它在我的四肢和身体上绕了一圈又一圈，我只有脑袋可以转动，还有左手能够伸出，勉强够到旁边地上一个瓦盘里的食物。我惊骇万分地发现水壶不见了。我说惊骇万分，是因为我都快渴死了。这种难忍的焦渴显然是迫害我的人有意施予我的，因为盘中的食物是加了辛辣调味料的肉块。

我抬头打量起天花板。它距离我大约三四十英尺，构造和四壁几乎一样。其中一块镶板上有个奇异的人像，把我的注意力全部吸引了过去。那是一幅时间老人的画像，跟一般的画法没有两样，只是时间老人手里拿着的不是一把镰刀，而是一个巨大的钟摆，就是古董时钟上的那种。钟摆的外观有些不同寻常，我不由得看得更加仔细。它的位置在我的正上方，当我目不转睛地直视它时，我感觉它动起来了。这个感觉片刻后就得到了证实。钟摆摆动的幅度不大，当然也很缓慢。我盯着它看了好一会儿，心里有点儿害怕，但更多的是好奇。最后我终于看腻了那单调的摆动，转而把目光投向牢里的其他东西。

一阵窸窸窣窣的声音引起了我的注意，我朝地上望去，几只硕大的老鼠正横穿而过。它们是从位于我右边的陷坑里钻出来的。即便是在我的注视之下，它们照样抵挡不住肉香的诱惑，成群结队地匆匆赶来，眼睛里透着贪婪。我费了好大的劲儿才将它们吓退。

大概过了半个钟头，甚至可能是一个小时（我估不准时间），我再度将目光投向天花板。眼前所见令我大惊失色。钟摆摆动的幅度已增大到将近一码，其摆动的速度自然也快了许多。但最让我六神无主的还是钟摆明显下降了。我现在看到——我心里有多恐惧无需多言——钟摆下端是一柄闪着寒光的新月形钢刀，长约一英尺，两角向上翘起，刀刃像剃刀一样锋利。样子也像剃刀，看起来又大又重，从刀口往上逐渐变窄，形成坚实的宽边锥形结构。它悬挂在一根沉甸甸的铜棒上，左右摆动时发出嘶嘶的声响。

再也用不着怀疑了，这就是酷爱折磨人的僧侣为我安排的死法，真是别出心裁啊！宗教法官已经知道我发现了陷坑（陷坑的恐怖滋味，注定要让胆敢与国教作对的异端者来尝），它是地狱的象征，据说是宗教裁判所里最狠毒的惩罚。我极为偶然地摔了一跤，才没有坠入那陷坑。我知道，让犯人猝不及防地掉入陷坑遭受折磨，是地牢里千奇百怪的杀人方法中颇具代表性的一种。既然我没有自己掉进陷坑，他们也没打算把我扔进去，那他们就别无选择，只好采用一种更为平和的死法。更为平和！想到自己居然用了这样一个字眼，我不禁苦笑起来。

钢刀在上方剧烈地摆动着，我在无休无止的时间里数着它来回摆动的次数，简直比丧命还要恐怖。但说这个又有何用！钟摆一寸一寸、一点一点地下降，下降的速度很慢，过个老半天才能察觉到，但它在下降，还在下降！几天过去了，也许很多天过去了，钟摆才终于降到离我近在咫尺的地方。我闻到了它拂来的阵阵腥味，还有一股利刃的味道直往我鼻孔里钻。我祈祷着——祈求着上苍让它下降得快一点。我变得丧心病狂，挣扎着往那摆来摆去的骇人的新月形钢刀上凑。然后我突然平静下来，平躺在那里，冲着那寒光闪闪的死神之刃笑了，像一个孩子在看一件稀罕的饰物。

我又晕厥了过去，这次时间很短，因为当我恢复知觉后，丝毫没有看出钟摆有所下降。但也许时间很长，因为那些行刑的恶魔见我失去了知觉，大可让钟摆停止摆动。这次醒来我还是感到虚弱无力，无法形容的虚弱无力，仿佛经历了长时间的营养不良。身心哪怕再痛苦，渴望食物依然是天性。我强忍着痛楚伸出左臂，皮带容我伸多远就伸多远，总算拿到一小块老鼠吃剩的肉。当我把那一丁点肉往嘴里塞时，脑子里倏地闪出一个半成形的念头，包含着喜悦，蕴藏着希望。可希望与我有什么关系？如我所说，那个念头尚未成形。人们有许多这样的永远不会成形的念头。我觉得那个念头包含着喜悦，蕴藏着希望，但我又觉得它还没成形就化为泡影了。我拼命想去抓住它，去完善它，可终究还是枉然。长久的折磨几乎摧毁了我的思维能力。我成了一个低能儿，一个白痴。

钟摆的摆动方向与我的身体正好成直角。我看出那柄钢刀旨在划过我的心脏。它即将划破我的粗哔叽长袍——它将一遍又一遍地在我的长袍上划来划去。尽管钟摆的摆幅大得惊人（三十英尺甚至更多），尽管其嘶嘶下降的冲力足以劈开四周的铁壁，但要划破我的囚袍，还是得花上好几分钟的。想到这儿我就打住了。我没敢再往下想。我执拗地抓住这个念头不放，似乎只要这样做，就能阻止刀刃下降。我强迫自己去想象新月形钢刀划过长袍的声音，想象那摩擦声给神经带来的惊悚感。我想象着这些无聊的细节，心里愈发地烦乱。

下来了——钟摆缓慢而平稳地下来了。我比较着它的摆动速度和下降速度，感到一种疯狂的快感。向右——向左——幅度真大——伴着该死的鬼哭狼嚎；像一只偷偷摸摸的老虎，一步一步地潜近我的心脏！不同的念头轮流占上风，我时而大笑，时而咆哮。

下来了——钟摆冷酷无情地下来了！在离我胸口不到三英寸的地方摆动！我拼命地挣扎，激烈地挣扎，想把左臂挣脱出来。现在只有左胳膊肘以下可以活动。我拼了老命才能将左手伸到旁边的盘子，把食物送进嘴里，但再远就不行了。如果我能挣断胳膊肘上面的皮带，那我就可以抓住钟摆，阻止它的摆动。说不定我能阻止一场雪崩！

下来了——钟摆持续不断地、不可避免地下来了！它每摆动一次，都会让我止不住地喘息、挣扎、抽搐。我的目光随着它忽左忽右，忽上忽下，当它向上摆去时，我的心里会升起毫无意义的只会带来绝望的渴望，当它向下摆来时，我又吓得赶紧闭上眼睛；尽管死亡是一种解脱，哦，一种难以言表的解脱！一想到钟摆再下降一点儿，那闪着寒光的利刃就会划破我的胸膛，我的每一根神经便颤抖不已。正是因为心存希望，神经才会颤抖，身体才会痉挛。是希望——在刑台上逃生的希望——即使是在宗教裁判所的地牢里，它也会在死囚耳边窃窃私语。

看得出，那钟摆再摆动十一二下，钢刀就会触到我的囚袍。观察到这一事实后，我竟然从强烈的绝望中平复过来。好几个钟头以来，兴许是好几天以来，我头一遭开始思考了。我突然意识到，将我五花大绑的那根长皮带，或者说马肚带，是完整的一根，此外再没有其他绳子捆住我。那剃刀般的新月形钢刀划过皮带的任何部分都会将其割断，这样我就可以用左手解开皮带挣脱束缚。但那种情况多可怕啊，刀刃都紧挨着胸口了！稍作挣扎就会命丧黄泉！再说了，那些行刑人怎会没预见到这种可能性！怎会不加以防范！钟摆是否能恰好划到绕过我胸口的那部分皮带？我害怕这线微弱的、似乎也是最后的希望破灭，便尽力抬起头，仔细打量皮带绕过胸口的情形。那根长皮带将我的四肢和躯体缠绕得严严实实——唯独避开了那柄夺命钢刀将要划过的地方。

我的脑袋还没落回原位，脑子里就冒出一个念头，其实就是我先前提到的那个半成形的脱身之念的另一半——也就是我把食物往焦渴的嘴里塞时，脑子里飘过的那个无法确定的念头的另一半。现在整个念头都出来了——虽然微弱、疯狂、模糊，但却完整。挟着一股从绝望中迸发的力量，我立刻将这个念头付诸实践。

几个钟头以来，我躺在上面的那个矮木架四周挤满了老鼠。它们疯狂、放肆而贪食，血红的眼睛死死地瞪着我，似乎在等待我静止不动，然后蜂拥而上将我生吞活剥。"它们在陷坑里一般吃什么呢？"我心里暗想。

尽管我竭尽全力去阻挠，它们还是把盘子里的肉一扫而光，只留下一丁点肉屑。我的手下意识地在盘子周围挥舞着，机械地重复着相同的动作，最后再也起不了任何作用。这些可恶的害人精贪吃得要命，尖利的牙齿频频咬到我的手指。我把剩下那一丁点油渍渍火辣辣的肉屑全部抹在长皮带上，手能伸到的地方都抹遍了；然后我从地上缩回左手，屏住呼吸，一动不动地躺着。

见我一动不动了，这群狼吞虎咽的动物先是感到惊惧交加，全都惶恐地往后退却，有好些甚至逃回陷坑去了。但这种情况稍纵即逝。老鼠是贪食的，我没有料错。见我始终一动不动，其中一两只最胆大妄为的老鼠跳上矮木架，在长皮带上嗅来嗅去。这像是发动总攻的信号。就见它们成群结队、急急匆匆地涌出陷坑，跳上木架，木架上很快就鼠患成灾，接着它们又成百上千地跳到我身上。钟摆缓慢而平稳的摆动没有让它们感到一丝不安。

它们一边闪避着钟摆，一边忙着啃咬抹了肉屑的皮带。它们压在我身上——成堆成堆地挤在我身上，在我的喉咙口剧烈地扭动，用冰冷的嘴巴触碰我的嘴唇。蜂拥而至的硕鼠压得我喘不过气来，无以名状的嫌恶充斥了我的胸膛，一种冷冰冰黏糊糊的感觉让我心底寒意丛生。但我已经感到这番辛苦就要结束。我明显感觉到了马肚带的松动。我知道它被老鼠咬断的地方不止一处。我以超人的毅力继续纹丝不动地躺着。

我没有盘算错，也没有白白遭罪。我终于感到自由了。马肚带断成一截一截地挂在我身上。但锋利的刀刃已经划到了胸口。它划破了我的粗哔叽囚袍，划破了里面的亚麻衬衣。它又摆动了两个来回，剧烈的疼痛传遍了每一根神经。但脱身的时刻已到。我手一扬，救了我一命的老鼠们便作鸟兽散。我小心翼翼地往边上一缩，动作缓慢而平稳——我从皮带的束缚中挣脱出来了，新月形钢刀再也碰不到我了。至少这一刻我自由了。

我自由了！可我还没逃出宗教裁判所的魔掌！我刚从恐怖的矮木架移步到石头地面上，那地狱般的机器就停止了摆动。我看到它被一股无形的力量拉到了天花板上。这个教训值得我深刻铭记！我的一举一动无疑都受到监视。还自由了呢！我只不过是逃过了一种痛苦的死法，后面还有比死亡更痛苦的折磨在等着我。想到这里，我心惊肉跳地打量起四周的铜墙铁壁。地牢里显然发生了不同寻常的变化——一开始我还没回过神来。我恍恍惚惚、战战兢兢了好一阵子，徒劳地进行毫无关联的猜想。就在这个当儿，我第一次看到照亮地牢的硫黄光来自何方。它是从一道宽约半英寸的裂缝里射进来的，这道裂缝沿着地牢的墙根绕了一整圈，如此看来，墙壁和地面是完全分离的——事实也是如此。我力图透过缝隙往外看，不过当然是白费力气。

当我放弃这一企图，从地上站起身来时，我瞬间看到了那不同寻常的变化。先前我提到过，墙上那些妖魔鬼怪的轮廓虽然清晰，但色彩却模糊不清。而现在这些色彩正呈现出惊人的变化，变得鲜艳耀眼起来。如此一来，那些妖魔鬼怪就显得更加阴森瘆人，连比我神经强健的人见了都会浑身筛糠。转眼之间，墙壁上冒出一双双狂乱、骇人又生气勃勃的魔鬼之眼，它们从四面八方冲着我怒目而视，眼里闪烁着令人毛骨悚然的红光，我无法迫使自己相信那是幻觉。

幻觉！连呼吸时都有烧热的铁板的热气往鼻孔里钻！地牢里弥漫着令人窒息的气味！那些盯着我受难的眼睛变得越来越红！一种浓烈的猩红色在那些恐怖的壁画上弥漫开来。我气喘吁吁！呼吸急促！毫无疑问，这是行刑人的阴谋。哦！最冷酷的家伙！哦！最邪恶的恶魔！我避开烧得通红的铁壁，退到地牢中央。想到马上就要被活活烤死，陷坑里的凉意倒成了安慰剂。我冲向那致命的坑边，瞪大眼睛往下张望。燃烧的牢顶发出耀眼的强光，照亮了陷坑的最深处。我一时间吓得六神无主，拒绝领悟眼前所见的含义。最后它强行闯进我的内心，在我颤抖的理智上烙下深印。哦！无法言述！哦！无比恐怖！哦！没有比这更恐怖的了！我尖叫着逃离坑边，双手掩面失声痛哭。

温度急剧升高。我再度抬眼望去，不由得浑身发冷直打颤，跟得了疟疾似的。地牢里起了第二次变化——这一次明显是形状上的变化。跟上次一样，一开始我绞尽脑汁也没弄明白发生了什么事情。但这一次我很快就解开了疑团。我两度死里逃生，宗教裁判所急于对我报复。这些魔鬼没时间陪你玩下去了。地牢原本是四方形的，现在其中两个铁角变成了锐角，另外两个便成了钝角。伴着一阵低沉的隆隆声或萧萧声，这骇人的变化在迅速加剧。顷刻之间，地牢就变成了菱形。但变形并没有就此打住——我既不希望也不渴望它就此打住。我宁可紧紧地抱住烧红的墙壁，直到被活活烤死。"死亡，"我说，"只要不是命丧陷坑，任何死法都可以接受！"蠢货！火烧铁壁不就是为了把我逼进陷坑？这一点我难道不知道？难道我抵挡得住铁壁的炽热？难道我承受得了铁壁的压力？菱形变得越来越扁，速度快得根本不容我思考。菱形的中央，也就是它最宽的地方，刚好是那张着血盆大口的深渊。我往后退缩着，可步步紧逼的墙壁不由分说地推着我向前走。我被烤焦了，痛苦地扭动着，最后，地牢坚实的地面上已无我的立锥之地。我不再挣扎，但我心头的痛楚在一声响亮的、悠长的、绝望的、最终的尖叫中得以发泄。我感觉自己在陷坑边摇摇欲坠——我把目光移开——

耳边传来一阵乱糟糟的说话声！一阵像是万千喇叭的合奏声！一阵天雷滚滚般的轰鸣声！烧得火红的墙壁往后急退！当快要晕厥过去的我就要跌进深渊之际，斜刺里突然伸出一只手来，一把抓住我的胳膊。是拉萨尔将军 [Antoine Lasalle (1775—1809)，法国大革命战争与拿破仑战争时期法国轻骑兵将领，法兰西民族英雄。——译注] 的手。法国军队已经开进托莱多城。宗教裁判所已落入它的敌人之手。

泄　　　密　　　的　　　　心

没错！我神经过敏，非常过敏，极其过敏，过去如此，现在依然如此。可你干吗说我疯了呢？这种病非但没有使我的感觉失灵或迟钝，反倒使它们更加敏锐。尤其是听觉。我听见了天地万物的一切声音，我听见了阴曹地府的许多事情。所以我怎么会疯了呢？听着！我要把这个故事讲给你听，你会看到我的心智是多么健康，多么镇定。

说不清这念头是怎么闯进我脑子里的，但自打它闯进去后，就日夜萦绕在我的脑海。没有原因，也没有怨恨。我甚至爱那个老头。他从来没有伤害过我，也从来没有侮辱过我。我也不贪图他的钱财。我想是因为他的眼睛！是的，就是因为这个！他长了一只秃鹫的眼睛，淡蓝色的，蒙着层薄膜。每当它落在我身上，我就不寒而栗。于是，渐渐地，慢慢地，我打定主意要杀了他，好永远摆脱那只眼睛。

现在重点来了。你以为我疯了。疯子啥都不懂。可惜你没有看到我是怎么对他下手的。可惜你没有看我干得何等聪明，何等谨慎，何等深谋远虑，何等瞒天过海！在杀死这个老头的前一个星期里，我对他从来没有那么亲切过。每天晚上午夜时分，我转动他的门闩将门推开，噢，推得多轻！把门推到足以探进脑袋时，我就先伸进一盏遮得严严实实、不漏一丝光亮的提灯，接着再把头探进去。嘿，你要是看到我探得有多巧妙，准会哈哈大笑！我慢慢地探着头，一点一点地缓缓朝里伸，免得惊醒老头。我花了一个小时才把整个脑袋探进门缝，看到他躺在床上。哈！疯子能有这么聪明吗？我头一伸进房里，就小心翼翼地打开提灯——噢，小心得不得了——小心得不得了，因为铰链吱吱作响——我将提灯掀开一条缝，让细细一缕光线落在那只秃鹫眼上。我连续干了七个晚上，都是在午夜时分行动；我发现那只眼睛总是闭着，这就使得我下不了手，因为让我起杀心的不是老头本人，而是他那只邪恶的眼睛。每天早晨天一亮，我便大胆地走进他的房间，勇敢地跟他说话，热络地叫他的名字，问他昨天晚上睡得如何。所以你瞧，他决不会怀疑我每晚十二点趁他睡着时偷偷窥视他，除非他的城府深不可测。

到了第八天晚上，我比往日更加小心翼翼地推开门。表上的分针都比我的手移动得快。直到那天晚上，我才第一次发现自己是何等地精明能干。我简直按捺不住成功的喜悦。试想一下，我就在他门外，一点一点地开门，而他做梦都想不到我暗地里的举动和图谋。想到这儿，我不禁咯咯地笑了起来；他大概听到了我的声音，因为他仿佛吃了一惊，在床上翻了个身。你恐怕以为我会退缩——我才不会呢。他害怕窃贼，百叶窗关得死死的，屋里黑灯瞎火一团漆黑，所以我知道他看不见门开了个缝，我照旧一点一点地、稳稳当当地推着门。

我将脑袋探了进去，正要打开提灯，这时我的大拇指在铁皮扣上滑了一下，就见老人蓦地从床上坐起来，大声喊道："谁在那里？"

我一动不动，一声不吭。整整一个钟头我纹丝不动，与此同时我也没听到他躺下去。他依旧坐在床上听动静，就跟我夜复一夜地倾听墙缝里报死虫的叫声一样。

我很快听到一声轻微的呻吟，我知道那是极度恐惧的呻吟，而非痛苦或悲伤的呻吟。噢，不！只有吓得魂飞魄散时，才会从灵魂深处发出这种低沉压抑的声音。这声音我熟悉。多少个夜晚，就在午夜时分，当全世界都在沉睡时，它从我的心底涌起，以它可怕的回响加剧那使我心神不宁的恐惧。我说这声音我熟悉。我清楚老人的感受，也同情他，尽管我心里在暗自窃笑。我知道，自从他听到微微一声响，在床上翻了个身后，就一直睁眼躺着。他内心的恐惧感越来越强。他竭力想把这当做是一场虚惊，但就是做不到。他一直在自言自语："不过是烟囱里的风罢了，不过是一只老鼠穿堂而过罢了，不过是一只蟋蟀唧唧叫唤罢了……"是的，他试图用这些猜测来安慰自己，结果发现那是白费力气，完全就是白费力气，因为死神正在一步步地向他逼近，黑色的阴影已经将他笼罩。尽管他既没看到也没听见，但正是那未被察觉的阴影使他心中陡生悲凉，使他觉得我的脑袋进了房间。

我很耐心地等了好长时间，没有听到他躺下，便决定将提灯打开一条小缝，一条非常狭小、非常狭小的缝。我打开了——你想象不出我有多鬼鬼祟祟、偷偷摸摸——最后，一道细若蜘丝的微光从缝里射了出来，照到那只秃鹫眼上。

那只眼睛睁着呢，睁得大大的。我凝视着它，不禁怒火中烧。我把它看得一清二楚，一团暗淡的蓝色，蒙着一层可怕的薄翳，叫我骨髓发凉；但我看不见老人的脸庞和躯体，因为仿佛是出于本能似的，我将那道微光精确无误地照在那只该死的眼睛上。

瞧，我不是告诉你了吗，你错把我当成疯子，其实我只是感觉过于敏锐罢了。现在，跟你说吧，我的耳边传来一阵低沉的、沉闷的、急促的声音，像裹在棉花里的怀表发出来的。这声音我也很熟悉。是老头的心跳声。它让我的怒火烧得更旺了，像咚咚的战鼓声激发了士兵的士气。

即使如此，我还是抑制住内心的火气，依旧纹丝不动。我连大气都不喘。我牢牢地持着灯，尽可能让光线稳稳地照在那只眼睛上。地狱般的敲击声愈发强烈了。愈来愈快，愈来愈响。那老头一定吓得魂不附体啦！这么跟你说吧，一下比一下快，一下比一下响！明白了吗？我跟你说过我神经过敏：的确如此。此时正是夜阑人静，老房子里一片死寂，听着这种奇怪的声音，我感到了无法抑制的恐惧。但我依旧沉住气，纹丝不动地站了好几分钟。不料心跳声愈来愈响，愈来愈响！我想那颗心脏肯定要炸开了。这时一种新的焦虑攫住了我——这声音会被邻居听到！老东西的死期到了！我大吼一声，打开提灯，一个箭步冲进房间。他尖叫了一声，就一声。转眼之间，我已把他拽到地上，并将沉重的大床推倒压在他身上。眼看大功告成，我开心地笑了。可接下来的好几分钟，那心脏还在闷声闷气地跳动。但我并不恼怒，这声音隔着墙听不到。最后心跳声终于停止了。老头死了。我搬开床，检查尸体。是的，他咽气了，彻底咽气了。我伸手按住他的胸口，按了好几分钟。没有心跳。他完全断了气。那只眼睛再也不会困扰我了。

你要是还认为我是疯子，那等我讲完我藏尸灭迹的妙法，你就不会这么想了。夜色渐深，我悄然无声地赶紧动手。我先是肢解尸体，砍下脑袋，卸下手脚。

接着我撬起房里的三块木板，把大卸八块的尸体藏在里面，再将木板放回原处，巧妙至极，精妙至极，任何人的眼睛都看不出一丝破绽，包括他那只秃鹫眼在内。没什么要冲洗的，没有任何污点，没有任何血迹。我干得多谨慎啊，全接在浴盆里了——哈！哈！

干完这一切，已是凌晨四点——天依旧跟午夜时一般黑。钟敲了四下，这时大门外传来敲门声。我怀着愉快的心情下去开门——现在我有什么好害怕的呢？进来三个人，他们彬彬有礼地自我介绍是警察。有个邻居半夜里听到一声尖叫，怀疑发生了命案，便报告了警察局，这三位警官就奉命前来搜查房子。

我满脸堆笑——现在我有什么好害怕的呢？我向三位绅士表示欢迎。那声尖叫，我说，是我自己在梦里发出的。我提到那位老人，说他到乡下去了。我领着三位来访者把房子走了个遍，请他们搜查——好好搜查。最后我把他们领到老头的卧室，给他们看他的金银财宝，全都安然无恙，没人动过。我兴奋得有些忘乎所以，往卧室里搬进几张椅子，请他们在这里歇歇脚，而我自己呢，则由于干得神不知鬼不觉而胆大妄为起来，将自己的椅子就放在下面藏着尸体的位置。

警官们很满意。我的举止令他们信服。我格外地放松。他们坐着聊起了家常，我愉快地一一作答。但是没过多久，我就觉得自己脸色发白，巴不得他们快走。接着头也疼了起来，耳朵开始鸣叫，可他们仍然坐在那里说个不停。耳鸣声越来越清晰，连绵不绝，越发清晰。为了摆脱这种感觉，我越发无所顾忌地说话，可那声音还是不断响着，而且越来越明确——最后，我发现那声音并非我的耳鸣。

不消说，我的脸色变得惨白——但我说得更快了，嗓门也扯高了。然而那声音也愈来愈响——我该怎么办？那是一种低沉的、沉闷的、急促的声音，像裹在棉花里的怀表发出来的。我喘不过气来，可警官们没有听到。我说得更急促、更激烈了，不料那声音还在一个劲地增强。我站起身，手舞足蹈地为鸡毛蒜皮的小事高声争辩，不料那声音还在一个劲地增强。他们怎么就不走呢？我迈着沉重的步伐在地板上来回踱步，仿佛被他们的看法激怒了，不料那声音还在一个劲地增强。噢，上帝！我该怎么办？我唾沫四溅——我语无伦次——我爆起粗口！我摇晃我坐的那把椅子，在木板上弄出刺耳的摩擦声，可那声音盖过了一切，没完没了地一个劲地增强。愈来愈响，愈来愈响，愈来愈响！而那三个人还在愉快地交谈，有说有笑。他们难道没听见？全能的上帝！——不，不！他们听到了！——他们起疑心了！——他们知道了！——他们在嘲笑我的恐惧！——我当时这么想，现在也一样。但无论什么都比这种痛苦来得好受多了！无论什么都比这种讥笑来得好受多了！我再也受不了那些假惺惺的微笑了！我不喊出来就要死了！瞧——又来了！听！愈来愈响！愈来愈响！愈来愈响！愈来愈响！

"恶棍们！"我尖叫道，"我不藏着掖着了！我招供！撬开这几块地板！这里，这里！啊，这可恶的心怎么还在跳动！"

金　　　甲　　　虫

瞧！瞧！这家伙在手舞足蹈！

他遭到狼蛛叮咬。

——《一切皆错》

多年以前，我与一位名叫威廉·勒格朗的先生曾经亲密无间。他出身于一个古老的胡格诺教派家庭，原本家财万贯，但一连串的不幸使他变得穷困潦倒。为了避开家道败落带来的屈辱，他离开祖辈居住的新奥尔良，在南卡罗来纳州查尔斯顿附近的沙利文岛定居下来。这座岛非常奇特，差不多全由海沙堆积而成，长约三英里，最宽的地方不过四分之一英里。一条不易发觉的小海湾贯穿小岛和大陆之间，缓缓淌过一大片芦苇丛生的烂泥塘，那是秧鸡最爱流连的地方。正如人们所料想的那样，岛上草木稀疏，而且都长得矮小。根本看不到参天大树。小岛最西端矗立着毛特烈堡（以毛特烈将军命名的军事堡垒，爱伦·坡服役期间曾于此驻守。——译注），还有一些简陋的框架建筑，每到夏天，便有人逃离查尔斯顿城的尘嚣和酷热，前来租住一阵；那一片还能见到全身布满刚毛的美洲蒲葵。除了最西端和海边那一片坚硬的白色海滩，全岛都被一种名为桃金娘的灌木所覆盖。这种灌木深受英国园艺家的青睐，在当地通常长到十五或二十英尺，连成一片几乎密不透风的灌木林，散发出扑鼻的芳香。

在这片灌木林的深处，靠近小岛东端，比较偏僻的那一头，勒格朗盖了一间小屋。我跟他萍水相逢的时候，他就住在那间屋里了。这位隐士身上有许多引人注目且让人敬重的地方，所以我俩很快就成了朋友。我发现他受过良好的教育，拥有超常的思维，只是性情有些孤僻，时而充满热忱，时而又郁郁寡欢，动辄就在两种情绪之间转换。他手头有很多书籍，就是很少翻看。他的主要消遣是打猎和钓鱼，或是漫步走过海滩，穿过桃金娘，一路采集贝壳和昆虫标本——他收集的昆虫标本连斯瓦默丹〔Jan Swammerdam（1637—1680），荷兰生物学家。——译注〕都会眼红。勒格朗漫步时身边总有一个名叫丘比特的老黑人陪同，丘比特在勒格朗家道中落前就已获得自由身，但他把侍候年轻的"威廉少爷"当作自己的天职，怎么威逼利诱都撵不走。想必是勒格朗的亲戚们觉得这位漂泊者心智不够稳定，才设法把这种固执灌输给丘比特，好对他进行监督和保护。

在沙利文岛所在的纬度上，冬天少有严寒天气，秋天也根本没必要生火。然而，一八××年十月中旬的一天，天突然冷得要命。太阳下山前，我深一脚浅一脚地迈过四季常青的桃金娘，朝我朋友的小屋走去。我已经好几个星期没去探望他了，当时我住在查尔斯顿，离沙利文岛有九英里远，那时候交通远没有今天这样便捷。到了屋前，我照例敲了几下，没人应声。我知道钥匙藏在哪儿，就取了打开门，径自走了进去。壁炉里的火烧得正旺。这是件稀罕事，倒也正中我下怀。我脱下外套，在一张单人沙发上坐下，挨近噼啪作响的柴火，耐心地等待主人归来。

天刚黑下来，他们就回来了，对我表示了最诚挚的欢迎。丘比特笑得合不拢嘴，忙着宰秧鸡做晚饭。勒格朗过度热情的毛病（不然称作什么病呢？）又犯了，他说他找到了一个不知名的新品种双壳贝；此外，在丘比特的鼎力相助下，他还捉到一只圣甲虫（屎壳郎），在他看来，那可是前所未见的新品种。他希望能在明天听听我的看法。

"何不就在今晚呢？"我一边问，一边凑近柴火烤了烤手，心里却巴不得整个圣甲虫科统统见鬼去。

"唉，早知道你来就好了！"勒格朗说，"我都好久没见到你了，我哪料得到你偏偏今晚过来？刚才回家的路上，我遇见了毛特烈堡的G中尉，一时糊涂把虫子借给了他，所以你得等明天早上才能看到。就在这儿过夜吧，明天太阳一出，我就让丘比特去取回来。那是造物主的杰作！"

"什么？日出吗？"

"胡说！扯什么呢！我是说虫子。它浑身泛着金光，有山核桃那么大，背上一端有两个漆黑的斑点，另一端还有一个，稍微长些。触角呢——"

"他身上是纯金的，威廉少爷，我还是这句话，"丘比特插进来说，"那是一只金甲虫，纯金的，除了翅膀，全身上下、里里外外都是金子。我长这么大还没见过那么重的虫子。"

"好吧，就算是吧，丘比特，"勒格朗答道，依我看，他不必说得那么郑重其事，"难道你就有理由把秧鸡烧焦？那颜色——"这时他转过来对我说话了，"足以证明丘比特的说法。它的外壳呈金属光泽，准是你见过最璀璨的。但你要等到明天才能作出评判。我可以先给你看个大概的样子。"他说着坐到一张小桌前，桌上有笔墨，就是没有纸。他拉开一个抽屉翻了翻，也没有找到纸。

"不要紧，"勒格朗最后说，"用这个也行。"他从背心口袋里掏出一小片东西，看着像脏兮兮的书写纸，拿笔在上面画起草图来。他画的时候，我还是觉得冷飕飕的，就继续坐在炉火边。他画完后也没起身，直接把画递给我。我刚接过来，就听到一阵狗吠，紧接着是抓门声。丘比特打开门，勒格朗那条纽芬兰大狗冲了进来，跳到我肩膀上，跟我好一番亲热；因为我以前来访时对它关心备至。等它嬉闹完了，我朝纸上看去，说实话，我被他画的东西弄糊涂了。

"好吧！"我凝视了一会儿，说，"我必须承认，这是一只奇怪的圣甲虫。前所未见，对我来说非常陌生，除非它是头颅骨，或者说骷髅头——在我看来，没有比这更像骷髅头的了。"

"骷髅头！"勒格朗重复道，"哦，是的，嗯，还别说，画在纸上是有几分相像。上面两个黑点像眼睛，嗯？底下长一点的像嘴巴，整个形状是椭圆形的。"

"也许是吧，"我说，"不过，勒格朗，你毕竟不是画家。我得亲眼见到才知道它长什么模样。"

"哦，是吗，"他有点儿生气地说，"我画得尚可——至少说得过去——跟大师学过，也自认为自己不是笨蛋。"

"我亲爱的朋友，你是在开玩笑吧，"我说，"这多像头颅骨啊，依照一般人对这种生理学标本的看法，我可以说这是一个绝佳的头颅骨。如果那只圣甲虫长这个样子，那它肯定是世界上最怪异的圣甲虫。哎呀，我们可能会对此产生恐怖的迷信。我看你不妨给它取个名字，叫做人头骨圣甲虫，或者诸如此类的名称——博物学中有许多类似的名称。对了，你刚才说的触角在哪儿？"

"触角！"这个问题让勒格朗莫名地激动起来，"我相信你一定看到触角了。我把它画得和真身一样清晰。我想我画得足够清晰了。"

"噢，好吧，"我说，"也许你画得是很清楚，但我还是没看见。"我不想惹毛他，便没再说什么，只是把那张纸递给他；但事情发展成这样让我感到非常惊讶，他的不悦令我感到大惑不解。至于他画的那只甲虫，上面明明看不到触角，而且整个形状也跟骷髅头非常相似。

勒格朗怒气冲冲地接过书写纸，正要揉成一团扔进火里，却不经意间瞄到了什么，注意力一下子就被吸引了过去。他的脸瞬间涨得通红，随后又变得惨白。他坐在那里细细地端详那幅草图，过了好一会儿才站起身来，从桌上拿了支蜡烛，踱到房间远端一角，在一只从海底捞起的箱子上坐下。接着他又焦躁不安地审视起那张书写纸，翻来覆去地看了一遍又一遍。但他自始至终一言不发。他的行为令我惊愕万分，不过啥也别说或许是一种慎重的做法，免得给气头上的他火上浇油。转眼间，他从上衣口袋里掏出个皮夹，小心翼翼地把纸夹在里面，再把皮夹放进写字台锁上。这时他显得镇定了许多，刚才的热忱已经烟消云散。与其说他闷闷不乐，倒不如说他心不在焉。夜色渐浓，他愈发沉浸在幻想中，我说什么俏皮话都引不起他的兴趣。我本打算像以前一样留下来过夜，可眼见主人心事重重，我觉得还是告辞为妙。他没有硬留我，但在我离开时，他比往常更亲切地握了握我的手。

大约一个月后（其间我没见到过勒格朗），他的老黑仆丘比特来查尔斯顿找我。我还是头一回见他那么沮丧，不由得担心勒格朗遭了什么不幸。

"喂，丘比特，"我问，"出了什么事吗？你家主人还好吧？"

212

"唉，先生，说实话，他不怎么好。"

"不好！听到这个消息我真的很难过。他说哪里不舒服了吗？"

"瞧！问题就在这儿！他就是不说哪里不舒服，但他又病得很重。"

"病得很重！丘比特！你干吗不早说？他卧病在床吗？"

"不，他没有卧病在床！这才叫人担心。我都快为可怜的威廉老爷担心死了。"

"丘比特，我不明白你在说什么。你说你家少爷病了。难道他没告诉过你他哪儿不舒服？"

"唉，先生，为这事光火不值得。威廉少爷只字未提他哪儿不舒服，可他为什么要这副样子走来走去，垂着脑袋，耸着肩膀，脸白得跟鬼一样？还有他老是拿着虹吸管——"

"拿着什么，丘比特？"

"拿着虹吸管吸石板上的画像。那些稀奇古怪的画像，我从来没有见过。我整个人都吓坏了，我跟您说。我不得不密切注视他的一举一动。可那天太阳还没出来他就偷偷溜了，在外头晃荡了一整天。我砍了根大木棍，打算等他回来狠狠地揍他一顿。可我真是个大傻瓜，到头来又不忍心打他，他看上去糟透了。"

"嗯？什么？啊，是的！总的来说，你别对这个可怜的家伙太凶了。别打他，丘比特，他受不了的。你知道他的病是怎么引起的么，或者说是什么让他变成现在这样？我上次走后发生过什么不愉快的事吗？"

"没有啊，先生，您走后没有发生过不愉快的事。恐怕是在那之前，也就是您来访的那天。"

"此话怎样？你的意思是？"

"哎呀，先生，我是说那只虫子。"

"什么？"

"那只金甲虫。我敢说威廉少爷的头上肯定被那金甲虫咬了一口。"

"丘比特，你为什么这么认为？"

"先生，它有爪子，还有嘴巴。我从没见过如此厉害的虫子——一旦有谁靠近它，它就又是踢又是咬。威廉少爷一开始捉住了它，但又不得不马上放它跑，我跟你说，他准是在那个时候被咬的。我自己不喜欢那虫子嘴巴的模样，所以没用手指去抓，而是找了张纸把它逮住。我将它包在纸里，把嘴巴也用纸塞住。就这么着。"

"所以，你认为你家少爷真被金甲虫咬了，而且这一咬就咬出病来了？"

"我不是认为，而是知道这事。他要不是给金甲虫咬了，怎么会梦到金子？我以前听说过金甲虫的事。"

"可你怎么知道他梦到金子了？"

"我怎么知道？他梦里都在谈论金子，所以我就知道了。"

"好吧，丘比特，也许你是对的；可我今天为何如此荣幸，能迎来你大驾光临？"

"怎么啦，先生？"

"勒格朗先生有没有托你给我捎口信？"

"没有，先生，他只让我把这个交给您。"丘比特说着递给我一张便条，内容如下：

尊敬的——

我怎么好久没见到你了？希望你还不至于那么愚蠢，竟因我的无礼而感到生气；你不至于的，这不大可能发生。上次分别后，我有很大的理由感到焦虑。我有话要对你说，可又不知从何说起，也不知该不该说。

前些天我状态不大好，可怜的老丘惹得我差点忍无可忍，虽然他是出于好意。你相信吗？有天我趁他不备悄悄溜走，独自一人在大陆那边的山上待了一天，他竟找了根大木棍，打算责罚我。我敢打包票，多亏了这副病容，我才逃脱了一顿打。

自上次一别后，我的柜里没添新的标本。

如果你时间上方便，那无论如何请随丘比特来一趟。来吧。我希望今晚就能见到你，兹事体大。我向你保证，它至关重要。

你永远的朋友

威廉·勒格朗

这张便条里的语气让我深感不安，因为勒格朗以前的行文风格不是这样的。他梦到了什么？他那容易激动的脑子里又冒出了什么怪念头？他有什么"至关重要"的事要处理？丘比特对他的描述不是什么好兆头。我担心勒格朗被持续不断的压力压垮，因此当场决定陪那黑人去一趟。

到了码头上，就见我们将要乘坐的小船里放着一把长柄大镰刀和三把铁锹，看上去簇新簇新的。

"这些是干吗用的，丘比特？"我问。

"这是镰刀和铁锹，先生。"

"我当然知道，可放在这儿干什么？"

"这是威廉少爷一再要我去城里给他买的，我花了一大笔钱才买到手的。"

"可是，你家威廉少爷究竟要用它们去干吗？"

"这我就搞不清楚了。我发誓他也搞不清楚。但这都是那只虫子惹的祸。"

丘比特似乎满脑子都是"那只虫子"，看来我是没法从他那里得到满意的答复了。于是我登上船，扬帆起航。乘着一阵强劲有力的和风，我们很快就驶入毛特烈堡北边的小海湾。下船走了大约两英里，便到了勒格朗的小屋，当时是下午三点左右。勒格朗在急切地等待我们。他一把攥住我的手，热忱的神情中夹杂着紧张，吓了我一跳，也加深了我的怀疑。他惨白的脸色已经到了骇人的地步，深陷的眼睛闪烁着反常的光泽。我问了几句他的健康状况，一时不知该说什么好，便问他有没有从G中尉那里取回圣甲虫。

"哦，是的，"他答道，脸上猛然有了血色，"第二天一早就取回来了。现在谁都别想把我和它分开。你知道吗，丘比特的看法很对呢。"

"什么看法？"我问道，心里涌起一股不祥的预兆。

"他认为那是一只纯金的甲虫。"他说得非常严肃，我震惊到无以言表。

"这只虫子能让我发财，"他的脸上露出一丝洋洋得意的微笑，"它将助我重振家业。那么，我看重它有什么奇怪吗？既然命运之神认为应该把它赐予我，那我可得好好地利用它，通过它来找到财宝。丘比特，把圣甲虫给我拿来！"

"什么！那虫子，少爷？我可不想招惹那只虫子。您还是自己拿吧。"于是勒格朗一脸庄重地起身，从一个玻璃盒里取了甲虫给我。那是一只美丽的圣甲虫，当时尚不为博物学家所知——从科学的角度来看，这当然是个珍品。背上一端有两个圆溜溜的黑色斑点，另一端还有一个稍长的黑点。甲壳极为坚硬光滑，看上去金光闪闪。重量相当惊人。考虑到所有这一切，也难怪丘比特会有这样的看法；可勒格朗怎么也这么认为呢，这我就想不通了。

"我派人把你请来，"待我把那只甲虫端详完后，勒格朗以一种浮夸的口气对我说，"我派人把你请来，就是希望你能给我一些建议和帮助，好进一步认清命运之神和那只虫子——"

"亲爱的勒格朗，"我打断他的话头，大声说道，"你身体肯定有恙，最好采取点预防措施。你该上床休息了，我在这儿陪你几天，等你康复了再走。你发烧了，而且——"

"摸摸我的脉搏。"他说。

我摸了摸，说真的，一点发烧的迹象都没有。

"没发烧不代表你没生病。就听我一回吧，先躺床上去。然后——"

"你弄错了，"他插嘴道，"我身体好得很，只是情绪过于激动。你要真为我着想，就帮我缓解激动的情绪吧。"

"我该怎么做呢？"

"非常简单。我和丘比特要去大陆那边的山里探险，我们需要一个信得过的帮手。而你是我们唯一信得过的人。不管这次探险成败与否，你目前在我身上看到的这种激动都会得到缓解。"

"我非常乐意为你效劳，"我回答说，"不过，你的意思是说这次探险和这只可恶的甲虫有关？"

"没错。"

"那么，勒格朗，我不能加入这种荒谬的行动。"

"我很遗憾。非常遗憾。我们只好自己过去一探究竟了。"

"你们自己过去一探究竟！你一定是疯了！慢着！你们打算去多久？"

"大概一整晚吧。马上就出发，无论如何也要在天亮前赶回来。"

"那你能否以你的名誉向我保证，等你这个着了魔的阶段过去，虫子的事（天哪！）得到满意的解决，你就回家并绝对听从我的吩咐，就像你听从医生的吩咐一样？"

"好，我保证。我们现在就动身吧，没时间再耽搁了。"

下午四点左右，我怀着沉重的心情出发了，同行的还有勒格朗、丘比特和那条狗。丘比特扛着镰刀和铁锹——他坚持由他来扛——依我看，他并非出于勤快或献殷勤，而是生怕它们落到他主人手上。他是个极其固执的家伙，一路上嘴里只嘀咕着"该死的虫子"这几个字。我负责掌管两盏遮光提灯，勒格朗则满足于守着那只圣甲虫，他把它拴在一根鞭绳的末端，边走边让它滴溜溜地来回转动，像个魔术师似的。看到老友明摆着脑子出了问题，我忍不住流下泪来。可我最好还是迎合一下他的奇思怪想，至少现在应该这样，直到我想出有望成功的对策。与此同时，我拼命地向他打听此番探险的目的，结果总是徒劳无功。他既然已经把我哄诱来了，就不愿再谈次要话题，随便我问什么，他都是一句："让我们拭目以待！"

我们乘小船渡过岛尖的小海湾，登上大陆海岸的高地，朝西北方向穿过一大片不见人烟的荒野。勒格朗果断地在前面开路，偶尔走走停停，驻足查看他上次留下来的路标。

我们就这样徒步行走了大约两个小时，太阳刚刚落山的时候，我们走进一处前所未见的萧瑟之地。这是一块台地，靠近一座几乎无法攀登的山顶，从山脚到山顶树木繁茂，巨大的峭壁散布其间，已呈松动之态，如果没有树木的支撑，它们多半已经掉进深谷。纵横交错的沟壑给这幅景象平添了几分肃穆。

我们登上的这块天然平台荆棘丛生；我们很快发现，如果不用镰刀开道，我们根本没法前行。丘比特遵从主人的指示，为我们开出一条小径，直通到一棵参天而立的郁金香树下。这棵郁金香树与八九棵橡树并肩矗立，但其枝叶之秀美，枝丫之伸展，外表之威严不仅远远超过那几棵橡树，也把我们一路上所见的其他所有树木都比了下去。我们走到这棵树前，勒格朗转头问丘比特能不能爬上去。那黑人老头似乎被这个问题问蒙了，老半天没有作答。最后他凑近巨大的树干，慢悠悠地绕着转圈，细微微地上下打量。审视完毕，他只说了一句：

"没问题，少爷，老丘这辈子见过的树都爬得上去。"

"那你赶紧爬吧，天马上就要黑了，我们就看不清周围了。"

"得爬多高，少爷？"丘比特问。

"先沿着树干往上爬，然后我再告诉你往哪儿爬。喂，停下！把这只甲虫带上。"

"那只虫子！威廉少爷，金甲虫！"黑人老头惊愕地直往后退，"干吗要把那虫子带上树？我死也不干！"

"老丘你这老黑鬼，块头那么大，竟然害怕一只小小的伤不了人的死虫子，你要是害怕的话，何不用这根绳子把它弄上去？你要是不想法子把它弄上去，我就用这把铁锹敲破你脑袋。"

"这是怎么一回事，少爷？"丘比特羞愧得只好从命，"您总是对我这个老黑鬼大惊小怪的。不过是说笑罢了。我怕那虫子！我干吗怕那虫子？"他小心翼翼地抓住绳子的一端，尽量让自己离虫子远远的，接着就准备攀爬。

这种郁金香树学名叫北美鹅掌楸，是美洲森林里最挺拔的树种，幼年时树干特别光滑，往往长得很高，且没有侧枝；但进入成熟期后，树皮逐渐变得粗糙多节，树干也长出许多短枝。所以看着难以攀爬，其实倒没那么难。丘比特用胳膊和膝盖紧紧贴住巨大的树身，两手抓住表面的凸起，光着脚趾踩着这些凸起往上爬，有一两次险些失手坠落，最后终于一扭一扭地爬到第一个大分杈。看样子他觉得自己已经稳操胜券。事实上，尽管距离地面大约六七十英尺，这位攀爬者的危险已然过去。

"现在得往哪儿去，威廉少爷？"他问。

"顺着最大那根树枝往上爬——这边，这一根。"勒格朗答道。黑人马上遵命，这一次爬得毫不费力；他越爬越高，直到繁密的枝叶完全遮住了他矮胖的身躯。不一会儿，上面传来一声叫喊。

"还得爬多高？"

"你现在爬多高了？"勒格朗问。

"不能再高了，"那黑人答道，"都能从树顶看见天了。"

"别去管天，仔细听我说。顺着树干往下看，数数这边有几根大枝。你现在爬过多少根了？"

"一、二、三、四、五——我身下有五根大枝，少爷。"

"那就再往上爬一根。"

过了几分钟，上面又传来声音，说已经爬到第七根大枝了。

"听着，丘比特，"勒格朗大声叫道，情绪非常激动，"现在，我要你尽可能地沿着那根树枝往外爬。如果看到什么奇怪的东西，马上告诉我。"至此，我对我可怜的朋友的精神错乱还抱有的一丝怀疑彻底打消。我只能断定他已经疯了，于是急着想把他送回家。当我正在琢磨该怎么办时，丘比特的声音再次响起。

"太吓人了，我不敢再往外爬了，这根枯枝从头到尾都枯死了。"

"你说那是一根枯枝，丘比特？"勒格朗用颤抖的声音喊道。

"是的，少爷，完全死了，完全枯死了，完全死掉了。"

"我的天哪，我该怎么办？"勒格朗看上去痛不欲生。

"怎么办！"我暗自窃喜能插上嘴了，"回家睡觉去吧。走吧！这才是我的好伙计。时间不早了。况且，你跟我保证过的。"

"丘比特，"他兀自喊道，对我的话置若罔闻，"能听到吗？"

"听得到，威廉少爷，听得一清二楚。"

"那么，用你的刀戳戳那树枝，看看它是不是已经朽烂透了。"

"是烂了，没错，少爷，"过了片刻，黑人答道，"不过还没烂透，我自己一个人还能壮着胆子再往外爬一截。"

"你自己一个人！——你什么意思？"

"嗯，我指的是那只虫子。它太重了，如果我把它抛下去，以我一个黑鬼的重量，还不至于把枯枝压断。"

"你这个可恶的无赖！"勒格朗吼道，显然是松了一口气，"你这么跟我胡说八道是什么意思？你胆敢把那只甲虫抛下去，我就拧断你的脖子。喂，丘比特，听到了没有？"

"听到了，少爷，您犯不着对一个可怜的黑鬼大吼大叫。"

"好吧！你给我听着！你要是不把虫子抛下来，大胆地继续往外爬，爬到有危险再停下来。那你下来后我就赏你一块银币。"

"我在爬呢，威廉少爷，这不正爬着么，"黑人连忙应道，"都快爬到头了。"

"快爬到头了！"勒格朗失声尖叫起来，"你是说快爬到树枝的末梢了？"

"马上就要到了，少爷，啊——啊——啊——啊——哎呀！我的上帝啊！这树上是什么玩意儿？"

"好！"勒格朗心花怒放地叫道，"那是什么？"

"就是一颗骷髅头，有人把自己的脑袋留在树上，乌鸦把脑袋上的肉全啃光了。"

"你说那是一颗骷髅头！太棒了！它是怎么固定在树梢的？用什么拴的？"

"当然，少爷，我来瞧瞧。我发誓，真的太怪了！骷髅头上有颗大钉子，就是它把骷髅头钉在树枝上。"

"好的，丘比特，你就照我说的去做。听到了没有？"

"听到了，少爷。"

"那你听仔细了！先找到骷髅头的左眼。"

"哼！呼！很好！压根就没有眼睛啊。"

"你真是蠢到家了！你分得出你的左手和右手吧？"

"分得出，完全分得出。这是我的左手，我劈柴用这只手。"

"当然！你是左撇子，而你的左眼和左手在同一边。现在，我想你能找到骷髅头的左眼，或是左眼所在的窟窿了吧。你找到了没？"

黑人老半天没吭声，最后他发问道：

"这骷髅头的左眼也和它的左手在同一边吧？这骷髅头压根就没有手，没关系！我找到左眼了。我找到它的左眼了！接下来我该怎么做？"

"把甲虫放进左眼眶，把绳子尽量往下放，让甲虫垂下来。小心别松开绳子。"

"都照做了，威廉少爷，把虫子放进那窟窿真是轻而易举。在下面看好，它垂下去了！"

我们只闻其声不见其人，但他费心劳神放下来的甲虫已经能看见了，它拴在绳子末端，在落日的最后一抹余晖中熠熠闪光，像一颗光滑锃亮的金球。那抹余晖仍隐约照着我们所处的这块高地。这只圣甲虫下方已没有任何枝叶遮挡，如果松开绳子，它就会掉在我们脚下。勒格朗立刻拿起镰刀，在甲虫正下方清理出一块直径三四码的圆形空地。随后，他命令丘比特松开绳子，爬下树来。

　　我朋友在甲虫坠地的确切位置打进一根木桩，接着从口袋里掏出一个卷尺，把一端固定在树干离木桩最近一点，然后将其展开至木桩，再沿着树干和木桩这两点形成的直线继续拉了五十英尺（丘比特用镰刀砍掉了这一范围内的荆棘）。勒格朗在那儿又打下一根木桩，以此为圆心画出一个直径约四英尺的圆圈。勒格朗自己抓起一把铁锹，给我和丘比特也各递一把，恳求我们尽快开挖。

　　老实说，我在任何时候都不喜欢这种消遣，而在这个特殊的时刻，我更会欣然拒绝；一来天色已黑，二来一路奔波已让我感到精疲力倦；可我想不到脱身之法，又怕开口拒绝会扰乱我可怜的朋友的心境。要是丘比特愿意帮忙，那我一定毫不犹豫地把这个疯子强行送回家；然而我太了解这个老黑鬼的脾性了，在任何情况下，我都不能指望他站在我这边跟他的主人唱反调。南方人中流传着许多关于地下埋着宝藏的传说，我毫不怀疑勒格朗受到了那些鬼话的影响。由于他找到了那只圣甲虫，抑或是因为丘比特一口咬定那是"一只纯金的虫子"，他便以为自己的异想天开得到了证实。神经错乱的大脑很容易被这类暗示左右——尤其是当这类暗示与其先入之见碰巧吻合时——我不由得想起这可怜的家伙曾经说过，"这只虫子能让我发财"。我心里烦透了，又感到迷惑不解，最后我干脆决定，既然非做不可，不如装成出于好心而做——好心好意地开挖，这样就能更快拿出铁证，让这位空想家相信自己是在痴人说梦。

　　两盏提灯都点上了，我们热火朝天地挖了起来——这股劲头更值得用在一件理性的事情上；当耀眼的灯光投射在我们身上和工具上时，我忍不住暗自思量，这是一幅多么生动的画面啊，如果这时有人不小心闯了进来，一定会由衷地觉得我们在干的活儿太吊诡，太可疑了！

我们持续不断地挖了两个小时。其间大家都没怎么吭声，倒是那条狗对我们的举动大感兴趣，汪汪叫个不停，平添了许多尴尬。后来它越叫越凶，我们开始忧心忡忡，担心它会惊动周围的流浪汉——准确地说，这是勒格朗的担心；至于我自己，我还巴不得有人闯进来，这样我就能把这疯子送回家去。最后是丘比特有效地制止了狗叫，他从容且坚定地爬出土坑，拿自己的一根吊裤带绑住那畜生的嘴，然后一本正经地偷笑了一声，继续埋头干活。

两个小时过后，我们已经挖了五英尺深，可连宝藏的影子都没见到。大家停了下来，我开始希望这场闹剧到此结束。然而，勒格朗虽说看起来心乱如麻，但他若有所思地擦了擦额头，又动手挖了起来。直径四英尺的圆坑已经挖好，我们稍微扩大范围，又往深里挖了两英尺。依然连宝藏的影子都没见到。那位让我心生怜悯的淘金者终于从坑里爬了出来，整个五官都透着愤愤不平的失望，极不情愿地慢慢穿上干活前脱下的外套。我自始至终都没有吭声。在勒格朗的示意下，丘比特开始收拾工具，完了再取下狗嘴上的吊裤带。接着我们便默不作声地打道回府。

约莫走了十几步，勒格朗突然大骂一声，一个箭步冲到丘比特跟前，一把揪住他的衣领。那黑人惊得目瞪口呆，扔掉铁锹，扑通一声跪在地上。

"你这个无赖，"勒格朗咬牙切齿地说道，声音仿若从齿缝间迸出，"你这个可恶的黑鬼！说吧，我告诉你！马上回答我，别支支吾吾！哪只——哪一只是你的左眼？"

"哎呀，我的天哪，威廉少爷！难道这一只不是我的左眼？"丘比特一边惊恐地吼叫着，一边把手放到他的右眼上，死死地捂住，仿佛生怕他的主人把它剜掉。

"我早料到了！我就知道！好哇！"勒格朗大呼小叫地松开丘比特，手舞足蹈地腾跃旋转起来，那黑人惊愕不已地爬起身，一言不发地在他主人和我之间看来看去。

"喂！我们得回去，"勒格朗说，"这事还没结束呢。"他说着又带领我们朝郁金香树走去。

"丘比特，"我们走到树下时，他说，"过来！那个骷髅头是脸朝外钉在树枝上，还是脸朝着树枝？"

"脸朝外，少爷，所以乌鸦才能毫不费力地啄掉眼珠子。"

"好，那么，你刚才是从哪只眼睛里放下甲虫的？是这一只，还是这一只？"勒格朗边说边分别摸了摸丘比特的双眼。

"是这一只，少爷，左眼，按您的吩咐。"那黑人指的恰恰是右眼。

"行了，我们还得试一次。"

彼时我才发现，尽管我朋友看着像是疯了，但思考还是很有条理。他拔出标志甲虫坠落地点的木桩，往西挪了大约三英寸。接着他像之前一样将卷尺从树干最近一点拉至木桩，再顺着这条直线往前拉了五十英尺，定下一个新的落点。这一落点距离我们方才开挖的地点有好几码远。

勒格朗以此落点为圆心，画出一个比先前那个多少大些的圆圈。我们又拿起铁锹开始挖土。当时我累到了极点，然而我的想法不知怎的起了变化，对强加给我的重活不再感到厌恶。我莫名其妙地来了兴致，甚至变得很兴奋。或许是勒格朗不切实际的举手投足间有什么东西吸引了我——某种深谋远虑或深思熟虑的态度。我迫不及待地挖着，时不时地发现自己也在心荡神驰地渴望找到那凭空想象出来的宝藏，而正是这一愿景使我不幸的同伴发了疯。一个半小时过去了，我满脑子都已被奇思遐想所占据，这时我们又被狗的狂吠声打断了。它刚才的局促不安显然是因为嬉闹或任性，可这一次它的叫声却透着不快和严肃。丘比特又想绑住它的嘴巴，它奋力反抗，跳进坑里，疯了似的用爪子刨土。不一会儿，它就刨出一堆尸骨，构成两具完整的人体骨骼，混杂着几颗金属纽扣和一件腐烂成灰的羊毛衣服。接下来，我们才挖了一两铲，便挖出一把西班牙大刀，再往下挖，三四枚散落的金币和银币又重见天日。

目睹此景，丘比特开心得无法自持，可他主人却满脸都是失望之色。他敦促我们继续往下挖，结果他话还没说完，我的靴尖就被一个半埋在松土里的大铁环钩住，整个人一个踉跄向前跌去。

我们劲头十足地挖了起来，接下来的十分钟可谓是我这辈子最激动不已的十分钟。就在那短短的十分钟里，我们挖掘出一只长方形木箱。它保存完好，质地坚硬，显然进行过矿化处理（也许是二氧化汞）。木箱长三英尺半，宽三英尺，高两英尺半。它被熟铁条箍得严严实实，上面钉有铆钉，整体形成一种棚架结构。左右两边靠近箱盖处各有三个铁环，凭借这六个铁环，六个人可以稳稳地将其抬起。我们三个使出全力，箱子也只是挪动了一点点。这箱子也太笨重了，我们马上意识到不可能搬得动。幸运的是，锁住箱子的仅仅是箱盖上的两个插销。我们浑身颤抖着拉开插销，个个紧张得直喘气。一刹那工夫，一整箱价值连城的珍宝就在我们眼前隐约闪烁了。提灯的光线泻进坑里，乱七八糟纠缠在一起的黄金珠宝反射出耀眼的光芒，照得我们头晕目眩。

我形容不出盯着那箱珠宝看时的感受。当然，肯定是以惊愕为主。勒格朗兴奋得全身无力，话都说不出来。丘比特一时间面色惨白，黑人这种人种的脸能变得多白，他的脸就有多白。他似乎惊呆了，一副瞠目结舌的样子。过了一会儿，他在坑里跪了下来，把两条裸着的胳膊插进金银财宝，久久地保持不动，仿佛在享受一次奢侈的沐浴。最后他长叹了一口气，像是在自言自语似的叫道：

"全亏了那只金甲虫！多么漂亮的金甲虫！可怜的小金甲虫，我竟然对您出言不逊！你不觉得丢脸吗，黑鬼？回答我！"

后来我不得不提醒这主仆二人，该把这些财宝搬走了。天色已晚，我们理应使出浑身解数，趁天亮之前将它们搬回家里。该怎么搬我们莫衷一是，商议了老半天，大家脑子里都是一团乱麻。最后我们先将箱子里的财宝取出三分之二，接着又费了好大的劲，才总算把变轻了的箱子抬出洞来。取出来的财宝就藏在荆棘丛中，那条狗留下来看守，丘比特还严厉地叮嘱了它一番，在我们回来之前，不得找借口擅自离开，也不准张嘴乱叫。然后我们便匆匆抬着箱子回家，艰难而缓慢地走了好久，于凌晨一点平安到达勒格朗的小屋。我们都已筋疲力尽，马上就接着干可不符合人性。我们休息到两点，吃过晚饭，再度往山里进发。屋里正好有三只结实的麻袋，我们也随身带上了。将近四点，我们抵达坑边，把剩下的财宝尽可能地均分为三份，坑也不填就踏上了归途。当我们再次将金银财宝放进屋里时，最初的几缕淡淡的晨光刚刚爬上东边的树梢。

这下我们彻底累瘫了，但是大脑又无比亢奋，根本无法安睡。辗转反侧地睡了三四个小时后，我们就跟早有预谋似的一道起身，开始查看这批宝藏。

这只大箱子装得满满当当，我们花了一整天和大半个晚上才把里面的财宝彻查完毕。箱子里毫无秩序可言，每样东西都杂乱无章地堆在一起。我们对之进行了仔细的分门别类，结果发现宝藏的价值比一开始想象的还要多。单是钱币就值四十五万美元——我们尽可能准确地按当时的牌价来估值。没有一枚是银币。统统都是年代久远且各式各样的金币，有我们从未见过的，也有法国的、西班牙的、德国的，以及几枚英国的金几尼。还有几枚又大又沉的钱币，表面磨损得厉害，看不出上边刻的字。没有一枚是美国的钱币。珠宝的价值更难估算。钻石有一百一十颗，没有一颗是小的，有些又大又精美；红宝石有十八颗，闪耀着璀璨的光芒；绿宝石有三百一十颗，全都漂亮极了；蓝宝石有二十一颗，外加一颗蛋白石。这些宝石散落在箱子里，其镶托全被拆了下来，而且似乎都被锤子敲过，看来是为了防止被人认出。此外还有大量的纯金饰品；将近两百枚沉甸甸的戒指和耳环；如果我没记错的话，还有三十根华丽的金项链；八十三个又大又沉的金十字架；五只十分贵重的金香炉；一只雕有葡萄叶和酒神图案的硕大的金酒钵；两把饰有精美浮雕图案的剑柄，以及许多我实在记不起来的小物件。这些金器的重量超过了三百五十磅，这还没把一百九十七块上等金表算进去（其中有三块每块价值五百美元）。金表大多是老古董，作为计时器来说毫无价值，机件或多或少也已生锈，不过它们都镶满钻石，装在价值不菲的表盒里。当晚据我们估算，那一整箱宝贝的价值高达一百五十万美金；到后来卖掉它们时（有几件我们留着自用了），我们才发现其价值被我们极大地低估了。

我们终于查点完毕，亢奋的心情稍微平息了几分，勒格朗见我急不可耐地想解开这个非同寻常的谜团，便巨细无遗地讲述事情的来龙去脉。

"你应该记得，"他说，"那天晚上，我把我画的圣甲虫的草图递给你。你还记得吧，当时你坚持说我画得像骷髅头，把我气得够呛。刚开始我以为你在开玩笑，但后来我想起昆虫背上那三个奇怪的斑点，这才承认你的断言有那么一点事实根据。但你嘲笑我的画技还是惹恼了我——我在别人眼里可是一位出色的画家——因此，当你把羊皮纸递给我时，我打算把它揉成一团，愤然扔进火里。"

"你是在说那张书写纸吧。"我说。

"不，它看着像普通书写纸，一开始我也以为那是一张普通书写纸，但当我开始在上面画画时，我马上看出那是一张很薄的羊皮纸。它脏兮兮的，这你记得吧。对了，就在我把它揉成一团的时候，我的目光落在了你看过的草图上，你可以想象我当时的惊讶之情，因为我明明画的是一只甲虫，可映入眼帘的却是一个骷髅头。我一时间惊得六神无主。虽然两者的轮廓颇为相似，但我知道它们在细节上截然不同。我拿了支蜡烛，坐到房间的另一头，更加仔细地打量那张羊皮纸。当我把它翻过来时，在背面看到的又是我画的那只甲虫。我的第一反应是惊奇，惊奇于两者的轮廓竟然完全一致——这个巧合也太吊诡了，羊皮纸的一面画着个骷髅头，另一面则是一只圣甲虫，且两者在轮廓、大小和位置对应上惊人地相像。这个不可思议的巧合把我惊得呆若木鸡。这类巧合通常会产生这种效果。脑子极力想理出个头绪——找出因果关系——可就是做不到，脑子一时间一片空白。但当我回过神来时，我明白了一个真相，这个真相甚至比那个巧合还要让我震惊。我清清楚楚、明明白白地记起来了，我画那只圣甲虫时，羊皮纸上没有其他图案。我对这一点深信不疑，因为我记得自己把羊皮纸翻过来又翻过去，就为了找块干净的地方落笔。如果上面画着一个骷髅头，我当然不会注意不到。对我来说，这实在是个无法解释的谜团；不过，早在最开始的时候，我心灵最隐秘的深处就如萤火虫般隐约闪过一个念头——这个念头真的就被昨晚的冒险之旅印证了。我立刻起身，把羊皮纸收好，打算独自一人时再细细思索。

"等你走了，等丘比特也睡得死死的，我开始有条不紊地分析起来。首先我回想了一下羊皮纸是如何落到我手上的。我们在小岛以东大约一英里远，大陆岸边比水位线略高的地方发现了圣甲虫。我刚抓住它，它就狠狠地咬了我一口，我不得不松了手。丘比特一向小心谨慎，眼见那昆虫朝他飞来，便四下寻找叶子之类的东西来捉它。就在那一瞬间，他的目光和我的目光同时落在那张羊皮纸上——当时我以为那是一张普通的书写纸。那羊皮纸半埋在沙子里，一个角向上翘起。我看到不远处有船体的残骸，似乎是一艘船载小艇。看样子它在那儿有些年头了，因为船木早已腐朽，难辨真容。

"嗯，丘比特捡起羊皮纸，把甲虫包在里面交给我。我们打道回府，在路上遇到了G中尉。我拿出虫子给他看，他恳求我让他带回堡里。我刚表示同意，他就径直把虫子塞进背心口袋，而没有再包上羊皮纸——他查看虫子时，羊皮纸一直捏在我手里。也许他害怕我改变主意，认为最好还是马上把那宝贝揽入怀中。你知道他对与博物学有关的一切有多热衷。我能肯定，就是在那个时候，我下意识地把羊皮纸放进了自己的口袋。

"你还记得吧，我走到桌子前，想找张纸把甲虫画下来，结果发现通常放纸的地方没有纸。抽屉里一张纸都没有。我在自己的口袋里翻了翻，想找到一封旧信，这时我的手摸到了羊皮纸。我之所以把羊皮纸落到我手里的经过说得那么详细，是因为整个情形给我留下了特别深刻的印象。

"你一定觉得我太会想入非非了——但我已经找到了某种关联。我把同一个链条上的两个环节连接起来了。一艘小艇搁在海岸边，不远处还埋了一张画着骷髅头的羊皮纸——不是普通纸。你当然会问，关联在哪里？我回答你，头颅骨，或者说骷髅头，众所周知是海盗的象征。海盗船在交战时都会升海盗旗。

"我说过那是张羊皮纸，不是普通纸。羊皮纸经久耐用，几乎可以永久保存。鸡毛蒜皮的小事难得会记在羊皮纸上，寻常的写写画画用普通纸更适合。这就暗示了骷髅头具有某种意义，某种关联性。我也没有忽略羊皮纸的形状。虽然它的一角意外受损，但仍可以看出原来是长方形的。事实上，人们用来记备忘录，记需要永久铭记并小心保存的事情，用的就是这种羊皮纸。"

"可是，"我插嘴道，"你不是说画甲虫时羊皮纸上没有骷髅头吗。那你怎么能将小艇和骷髅串在一起呢？因为照你的说法，骷髅头准是在你画完圣甲虫后才画上去的（只有天知道是怎么画的，谁画的）？"

"啊，这就是整个谜团的症结所在；不过它轻易就被我破解了。我的每一步思路都走得很扎实，因此答案只有一个。譬如说，我是这样推论的：我在画圣甲虫时，羊皮纸上没有骷髅头。画完后我把羊皮纸递给你，一直仔细地打量你，直到你把它还给我。因此骷髅头不是出自你的手笔，而且当时也没有其他人在场，没有别人画。那就不是人力所为了。尽管如此，骷髅头还是出现了。

"思路走到这一步，我就拼命去回想当时发生的每一个细枝末节，结果全都清清楚楚地回想起来了。那天天气很冷（真是难得的幸事！），壁炉里的火熊熊燃烧。我走热了，坐在桌子旁。你则拖了把椅子坐到炉边。我把羊皮纸递到你手里，你正打算细看，我那条纽芬兰大狗冲了进来，跳到你肩膀上。你用左手抚摸它，不让它靠近，而你捏着羊皮纸的右手懒懒地垂在双膝间，离炉火近在咫尺。我一度以为火苗把纸给点着了，正要提醒你，可还没等得及我开口，你就已经把手缩回，仔仔细细地看起画来。当我把所有这些细节都在脑子里过了一遍后，我一刻也不怀疑那骷髅头是由于加热而显现出来的。我想你也很清楚，自古以来就有种化学制剂，用它在普通纸或羊皮纸上写字，写的什么内容只有在经过火烤后才会显现。人们将钴蓝釉溶解在王水里，再用四倍水稀释，就能调出绿色溶液；将钴渣溶解在硝酸钾里，就能调出红色溶液。这类化学制剂冷却后，颜色会渐渐消失（时间长短不一），但若是再次加热，颜色又会重新显现。

　　"我仔细地审视那颗骷髅头。它的外缘，就是靠近纸边的外缘，比其他部分要清楚得多。这显然是受热不均匀造成的。我马上点燃一堆火，把羊皮纸的每一寸地方都烤到炙热的程度。起初的效果只是骷髅头里的模糊的线条变清晰了，继续烤下去，就见羊皮纸一角，与骷髅头成对角线的地方，显露出一个图形。刚开始我以为那是一只山羊，但细细端详之下，我确信那是一只小山羊。"

　　"哈！哈！"我说，"我当然没资格嘲笑你——一百五十万美金呢，那可不是闹着玩的——你不会想在你的链条上建立第三个环节吧——你不可能在你的海盗和山羊之间寻找到什么特别的关联——你知道，海盗与山羊毫无关联；山羊只跟畜牧业有关。"

　　"我刚才说了，那不是山羊。"

　　"好吧，那就是小山羊，差不多一样。"

　　"差不多，但不是完全一样，"勒格朗说，"你也许听说过基德船长 (Captain Kidd)。我马上就把小山羊 (Kid) 看做是某种双关，或者是象形文字的签名。之所以说是签名，是因为它的位置就在羊皮纸的右下角。而位于羊皮纸左上角的骷髅头则像是邮票或邮戳。但这两者之间没有其他东西，没有我想象中的正文，这让我感到非常恼火。"

　　"你大概是想在邮票和签名之间找到一封信吧。"

　　"差不多吧。说真的，我不可遏止地预感到我要发横财了。我也说不出为什么。毕竟，与其说我真的相信，倒不如说我想发财想昏了头。可你知道吗，丘比特硬说甲虫是纯金的，这蠢得要命的话还更加让我想入非非呢！然后就是一连串的意外和巧合，离奇得不可思议。你注意到了吗，这些事情全发生在同一天，而且那一天刚好冷得需要生火，若是没有生火，纽芬兰大狗就不会恰好在那一刻闯进屋，那我就永远不会看到骷髅头，因此永远不会拥有那箱财宝？"

"快往下说，我等不及啦。"

"好。你当然听过许多传说——关于基德船长那伙人在大西洋海岸某处埋了金银财宝的传闻满天乱飞。这些传闻肯定不是空穴来风，而且在我看来，它们能经年累月地一直流传至今，只是因为宝藏还未被发掘。如果基德船长把他的赃物埋了一阵后就取走，那我们就不会听到那些千篇一律的传闻。你会发现这些传说都是关于寻宝的人，而不是关于获宝的人。财宝若已被海盗取走，那这件事早就尘埃落定了。我认为是发生了某种意外——比方说指示藏宝地点的备忘便笺给弄丢了——他无法找回那批宝藏，而这件事又被他的手下所知，否则他们永远也不会听说藏宝之事。他的手下们忙着四处寻宝，但由于没有藏宝图的指示，最后只能是白忙一场，他们就是今天那些家喻户晓的传闻的始作俑者。你有没有听说大西洋沿岸发掘过什么大宝藏？"

"从没听说过。"

"但是众所周知，基德船长积聚了数量惊人的财宝。所以我想当然地认为那批宝藏尚未出土；你知道吗，我心里升起一股希望，那张离奇出现的羊皮纸，应该就是丢失的宝藏图，我对此几乎有了一定把握——我想这番话不会让你感到惊讶。"

"接下来你怎么做的？"

"我再度把羊皮纸放到火上烘烤，还增加了火焰的温度，但什么也没显露出来。我寻思可能是因为羊皮纸表面有层污垢，于是我小心地浇上温水冲洗，完了再将羊皮纸放进平底锅，有骷髅头那一面朝下，接着把锅子放在烧旺的炭炉上。几分钟后，等平底锅完全加热了，我取下羊皮纸，发现好几个地方都冒出了一行行的数字。我喜不自胜地又把它放回锅里烤了一分钟。当我再次取下羊皮纸时，它就是你现在看到的模样了。"

勒格朗将重新烘烤后的羊皮纸递给我。就见骷髅头和小山羊之间，简陋地画着红色的字符：

"53‡‡†305))6*;4826)4‡)4‡;806*;48†8¶60))85;1-(;:*8-83
(88)5*‡;46(;88*96*?;8)*‡(;485);5*†2:*‡(;4956*2(5*-4
8¶8*;4069285);)6†8)4;1(‡9;48081;8:8‡1;48†85;4)
485†528806*81(‡9;48;(88;4(‡?34;48)4‡;161;:188;‡?;"

"可我还是蒙在鼓里，"我说着把羊皮纸递还给他，"就算解开这个谜能获得一座金山，我肯定还是会与它失之交臂。"

"这些字符乍一看令人头疼，"勒格朗说，"但这个谜绝对没有你想象的那么难破解。任何人都能马上猜到，这些字符构成了一组密码，换句话说，它们传达了某种含义；不过，以我对基德船长的了解，他不见得编得出什么深奥的密码。我立刻认定，这是一组简单的密码——但就算简单，以水手们的智商还是休想破解。"

"真被你破解了？"

"轻而易举。比这难解万倍的谜都被我破解过。受环境影响，加上心智上的偏好，我对这类谜团向来很感兴趣。人类的聪明才智编得出一个凭人类的聪明才智无法解决的谜团吗？对此我深表怀疑。事实上，只要字符连贯清楚，我根本不觉得推究出其含义有什么困难。

"就拿这个例子来说——其实对所有的密码都一样——首先是弄清其采用哪种语言；因为破解密码的原则，尤其是比较简单的密码，通常视其独特的语言特征而定，且随特征的不同而变化。总的来说，解谜者唯一的办法就是以概率为指导，拿自己懂得的语言一一试验，直到试中为止。但我们面前这份密码是有签名的，所有的困难就此迎刃而解。'基德'这个词的双关意义只有在英语中才能体会。没考虑到这一层的话，我会先试西班牙语和法语，因为出没于南美洲北岸的海盗多半是用这两种语言编写密码。我假定这份密码用的是英语。

"你看，这些字符之间没有任何间隔。要是有的话，破解起来就容易得多。在那种情况下，我会先从较短的字眼着手，对它们进行整理和分析，要是找得到只有一个字母的单词（多半能找到），比如a或I，那谜底肯定就能解开。可由于它们全连在一起，我第一步就得找出出现次数最多和最少的符号。经过统计，我列出了下表：

符号	出现次数
8	33
;	26
4	19

)	15
‡	14
*	13
5	12
6	11
(	10
†	8
1	8
0	6
9	5
2	5
:	4
?	3
¶	2
I	1
.	1

"对了，英语中出现频率最高的字母是e。接下来依次是：aoidhnrstuycfglmwbkpqxz。e出现的频率太高了，不管句子长短都最常见到。

"这样，我们从一开始就有了根据，不纯粹是猜测了。这张表显然具有通用性，不过就这份密码而言，我们只需稍微借助它的帮助。既然密码里最常出现的符号是8，我们不妨假设8代表字母表里的e。为了证实这个假设，我们来看看8是否经常成双出

现——因为在英语中e经常成双出现——例如'meet''fleet'
'speed''seen''been''agree'等。眼前这份密码虽然简短，
但8成双出现的次数少说也有5次。

"假设8就是e。英语里最常见的词是'the'，所以我们要看
看有没有三个末尾是8的字符一再以相同的顺序出现。如果有此
情形，那这三个字符十有八九就代表'the'。经过查看，我们发
现';48'这个组合出现了不下七次。我们假设;代表t，4代表h，
8代表e——最后一个字符已经得到了充分的证实。如此一来，我
们就向前迈了一大步。

"一旦确认了一个单词，我们就能确认极其重要的一点，换
句话说，我们就能确认其他单词的首字母和尾字母了。以离密码
末尾不远的倒数第二个';48'组合为例。我们知道紧随其后的，
是一个单词的首字母，而接在这个'the'后面的六个符号我们
至少认识五个。不妨把这些符号变成我们已知的它们所代表的字
母，为那个未知的字母空下一格——

t eeth.

"我们把字母表里的全部字母逐一填入空格，还是拼不出一
个以'th'结尾的单词。既然这个以t开始的单词不是以th结尾，
那我们马上就可以抛开这两个字母，把它缩短成

t ee,

如果我们像先前一样将二十六个字母逐一试填在空格里，就
会发现只有'tree'拼得通。这样就有了'the tree'这两个并列
的单词，而且我们也得到了(所代表的字母r。

"就在the tree后面不远处，我们又看到了';48'这个组

合。就用它来作为这一小段字符的结尾吧。于是我们得出了这个排列：

the tree;4(‡?34 the,

用已知字母替换的话，就是

the tree thr‡?3h the.

"若是把未知的符号空着，或者用圆点代替，看到的就是这个：

the tree thr...h the,

这时'through'一词就显露了出来。这一发现揭晓了三个新的字母，o、u和g，分别由‡、?和3所代表。

"把密码从头到尾仔细看一遍，找找看有没有已知符号的组合。在离开头不远的地方，我们发现了这个排列，

83(88, 即egree,

显而易见，这是'degree'一词的后半部分，于是我们得到了†所代表的字母d。

"在'degree'后面隔着四个符号，我们看到了这个组合

;46(;88*

"把已知符号译出来，未知的照旧用空格代替，它就成了Th_rtee_。这个排列马上让人联想到'thirteen'，这下我们又得到两个字母，由6代表的i和由*代表的n。

"咱们再来看下密码的开头，是这一组合

53‡‡†.

"像刚才一样译出来，得出的是

_good

　　"我们可以肯定第一个字母是A，那么密码开头的两个字就是'A good'。

　　"为了避免混淆，是时候把已经破译的符号列成一张表了。"

5 代表 a

† 代表 d

8 代表 e

3 代表 g

4 代表 h

6 代表 i

* 代表 n

‡ 代表 o

(代表 r

; 代表 t

　　"已经有十个重要的字母被我们破译了出来，破译的详细过程没必要再往下说了。你听我说了么多，一定已经相信这类密码并不难破译，而且你对破译的理论也有了几分了解。放心吧，摆在我们面前的密码属于最简单的一类。现在唯一要做的就是把羊皮纸上的符号全部替换成字母。请看：

　　"一面好镜在毕肖普客栈魔鬼之椅四十一度十三分东北偏北主枝第七根大枝东侧从骷髅头左眼射出从树前拉一直线经子弹到五十英尺外。"

　　"可这个谜还是一如既往地费解，"我说，"怎样才知道诸

如‘魔鬼之椅’‘骷髅头’‘毕肖普客栈’之类的暗语指的是什
么呢？”

“我承认，”勒格朗说，“乍一看是让人摸不着头脑。我们首先
得摸清编密码的人原本是怎么断句的。”

“你是说加标点？”

“差不多吧。”

“这怎么做得到呢？”

“编密码的人把这些字符不加标点空格地连在一起，就是为
了增加破解的难度。一个头脑不够灵活的人若想这么做，十有
八九会做过了头。在编写密码的过程中，碰到需要停顿或加句点
的地方，他往往把字符连得更紧。你把这张羊皮纸手稿细看一
番，很容易就能发现有五个地方挨得特别紧。

根据这种暗示，我试着断句如下：

“一面好镜在毕肖普客栈魔鬼之椅——四十一度十三分——
东北偏北——主枝第七根大枝东侧——从骷髅头左眼射出——
从树前拉一直线经子弹到五十英尺外。”

“就算这么断句，我还是不明就里。”我说。

“头几天我也不明就里，”勒格朗答道，“那几天，我在沙利文
岛附近一带四处打听，寻找名为‘毕肖普客栈’的房子；当然，我
去掉了‘客栈’这个过时的字眼。一天早晨，就在我因为打听不
到任何信息，打算扩大寻找范围，更有系统地进行调查时，我陡
然想起‘毕肖普客栈’可能与古老的贝索普家族有关。很久以前，

该家族在沙利文岛北面约四英里处拥有过一座古庄园。于是我去了那里，向上了年纪的黑人打听。最后是年纪最大的那位老妪告诉我，她听说过一个叫贝索普城堡的地方，她可以带我过去，但那地方既不是城堡也非客栈，而是一座高高的岩壁。

"我希望老妪带我过去，提出愿意付她一笔丰厚的酬金，她犹豫了一下才答应。我们没费多大力气就找到了，我把她打发走，开始仔细勘察。那'城堡'是一堆不规则的岩石峭壁，其中一块峭壁尤其突兀，独自高高耸立，不像自然天成。我爬到它的顶端，一时间茫然无措，不知道下一步该怎么办。

"就在我苦思冥想的时候，我的目光扫到峭壁东面一个窄窄的岩架。它在我脚下一码处，向外突出约十八英寸，宽度不超过一英尺。它上方的峭壁上有个凹处，使得它看上去就像我们的祖辈坐的那种凹背椅。我敢肯定那就是密码中提到的'魔鬼之椅'，看来这份密码已被我全部破解。

"我知道，'好镜'只能是指望远镜，因为在水手的用语里，'镜'难得指其他东西。我顿时明白得用望远镜看一下，而且得在一个确定的观测点，不允许有任何变动。我对'四十一度十三分'和'东北偏北'是指望远镜对准的方向同样深信不疑。这些发现使我激动万分，我急忙回家取了望远镜，重新回到峭壁之上。

"我往下爬到岩架上，发现只有以一种独特的坐姿才能坐在上面。这一事实证实了我的先入之见。我用望远镜观看起来。当然了，'四十一度十三分'只可能指地平线以上的仰角，因为'东北偏北'已清楚地指示了地平线的方向。我立刻用袖珍罗盘确定'东北偏北'的方向，再举起望远镜，尽量成四十一度仰角，小心翼翼地上下移动，直到注意力被远处一棵参天大树树叶之间的一个圆形缝隙或空隙所吸引。这棵树长得比附近其他大树都高。在那圆形缝隙的中央，我瞅见一个白点，但一开始没能看清是什么。我调整焦距，定睛一看，才看出那是颗骷髅头。

"这一发现使我大为乐观，确信谜团已被全部解开，因为'主枝第七根大枝东侧'只能是指骷髅头在树上的位置，而'从骷髅头左眼射出'也只有一种解释，就是寻找宝藏的方法。我看出方法是从骷髅头的左眼抛下一颗子弹，然后从树干离子弹最近一点拉一直线到'子弹'(或者说子弹坠地的落点)，再向外延伸五十英尺，就会指示出一个确切的位置，依我看，那就是藏宝的地点。"

"所有这些都一清二楚，虽说极为巧妙，倒也简单明了，"我说，"那么，你离开'毕肖普客栈'之后呢？"

"哎呀，把那棵大树的方位记牢后，我就打道回府了。说来也怪，我刚离开'魔鬼之椅'，那圆形缝隙就没了踪影——再怎么调整望远镜的角度都看不到。在我看来，整个寻宝过程中最巧妙的地方莫过于此——唯有坐在那个窄窄的岩架上，才能看到树叶之间的圆形缝隙。经过一再试验，我深信这是个事实。

"我那次去'毕肖普客栈'探险，丘比特也一道前往，他准是注意到我几周以来一直心不在焉，所以格外留神不让我独自外出。不过第二天我起了个大早，趁丘比特不备溜了出去，单枪匹马进山去找那棵树。我费了九牛二虎之力才终于找到。晚上回到家，我的贴身男仆竟打算狠狠揍我一顿。至于后来的寻宝之旅，我相信你和我一样熟悉。"

"我想，"我说，"你第一次挖的时候挖错地方，就是因为愚蠢的丘比特将甲虫放进骷髅头的右眼眶垂下来，而不是放进左眼眶往下垂。"

"确实如此。这一错就使得落点偏差了大约两英寸半，也就是说，甲虫坠地的落点与子弹坠地的落点差了两英寸半；如果宝藏就埋在'子弹'下面，那这个错误可以说无关紧要；但树干最近一点与'子弹'仅仅是确定一条直线方向的两点；这一错误在开头是微不足道，不过随着直线越拉越长，错误就越来越大，等向前拉出五十英尺，我们与宝藏就'差之千尺'了。要不是我坚定地认为宝藏就埋在这块地方，我们多半会白忙活一场。"

"但是你的夸张之言，还有你来回转动甲虫的举动——真是古怪至极！我觉得你一定是疯了。还有，你为什么坚持要用甲虫穿过骷髅头的眼眶垂下来，而不是用子弹？"

"坦白说，你怀疑我脑子有病可把我气坏了，于是我决定以我的方式故弄玄虚，暗中对你进行惩罚。出于这个原因，我滴溜溜地转起了甲虫，还将它从树上垂了下来。你说甲虫很重，我才有了后一个念头。"

"原来如此。现在只剩下一件事让我困惑不解。坑里那两具人体骨骼该怎么解释？"

"这个问题我跟你一样没法回答。但似乎只有一种说法讲得通——如果我假设的暴行真的成立，那就太骇人听闻了。事情很清楚，如果这箱宝藏确系基德船长所藏匿（对此我深信不疑），那他准有帮手帮他埋。等宝藏掩埋妥当，他或许认为最好把知道这个秘密的人全部灭口。趁他的手下们在坑里忙活着，他抄起一把鹤嘴锄，也许两下就能解决问题，也许十来下才能解决问题——这谁说得清？"

黑　　　　　　　　　　猫

我要讲的这个故事诞妄不经却又平凡之至，我既不期待也不恳求你们相信。我都不敢相信自己的眼睛，还指望别人能相信，那我一定是疯了。然而我没有疯，也确定自己不是在做梦。可是明天就是我的死期，我得在今天一吐为快。我急切地想把这一连串家常琐事直截了当、言简意赅，且不多加解释地公之于世。这些事情让我担惊受怕、备受折磨，最终毁掉了我的一生。但我不打算详加阐述。它们对我来说太过恐怖，虽然在别人看来没那么可怕，就是个怪异的故事而已。也许在将来的某一天，有些智者会将我的这番讲述视为老生常谈。他们比我更冷静，更有逻辑，更不易激动，在他们看来，我惶恐不安地讲述的这件奇事，不过是一连串因果相承的寻常事件罢了。

我打小就以善良温顺而闻名。我的心肠软得出奇，以至于成了小伙伴们的笑柄。我特别爱动物，父母纵容我的爱好，送给我各种各样的宠物。我大部分时间都和宠物们厮混在一起，没什么比喂养和抚弄它们更让我开心的了。这个癖好随着年龄的增长逐渐发展，待我成年之后，它成了我快乐的主要源泉。对那些疼爱忠诚而聪慧的狗的人们来说，我不必费力去解释那种强烈的快乐。你若经常品尝到人类薄情寡义的滋味，那么对于动物那种自我牺牲的无私之爱定会镂骨铭心。

我结婚比较早，并心满意足地发现妻子与我性情相投。她见我喜欢养宠物，便不放过任何能弄到优良品种的机会。我们养了小鸟、金鱼、兔子、一条良种狗、一只小猴和一只猫。

那只猫块头奇大，非常漂亮，浑身乌黑，聪明绝顶。我妻子是个迷信的主儿，一说到它的聪慧，就要扯上古老的说法，说所有的黑猫都是女巫伪装的。我倒不是说她笃信这一点，我提到这个就是正好想到而已。

那只猫名叫普鲁托（普鲁托是罗马神话中的死亡之神、冥王。——译注），是我最心爱的宠物和玩伴。我单独喂它，我在家里走到哪它就跟到哪，连我上街它也跟着，赶都赶不走。

我们之间的友谊就这样持续了好几年。这段时间里（我都不好意思承认），由于喝酒成瘾，我的脾性变得糟透了。日子一天天过去，我越来越喜怒无常，越来越暴躁易怒，越来越不顾别人的感受。我居然对自己的妻子恶语相向，后来甚至对她饱以老拳。不消说，我的宠物们也感觉到我的脾气变坏了。我不但不照顾它们，而且还虐待它们。我会肆无忌惮地虐待那些兔子，那只猴子，甚至那条狗，不管它们是无意中跑到我跟前还是有意来和我亲热。唯有对普鲁托，我还保持着足够的关心，忍住了不对它施暴。但我的病日趋严重，有哪种病比得上酗酒！最后，连由于衰老而变得暴躁的普鲁托也开始领教到我的坏脾气。

一天晚上，我在城里一家经常光顾的酒馆喝得大醉，回到家中，我以为那只猫在躲避我。我一把将它抓住，它被我的怒气吓坏了，不由得在我手上咬了一口，留下一个小伤口。我勃然大怒，连自己都不认识自己了。我的灵魂似乎瞬间飞出了躯壳，一种由杜松子酒滋长的令人发指的恶毒刺激着我身上的每一根纤维。我从背心口袋里掏出一把小刀，打开来，攥住那可怜畜生的喉咙，从容不迫地剜去了它的一只眼睛！写到这一可恶的暴行时，我不禁面红耳赤，浑身战栗。

当理智随着清晨回来时——当我一觉醒来，昨夜的酒劲消失殆尽时，我的心里是悔惧交加。我竟犯下如此罪孽。但这充其量只是一种微弱而模糊的感觉，我的灵魂依旧没有一点儿触动。我又开怀痛饮起来，很快就把自己的所作所为忘了个精光。

　　与此同时，黑猫慢慢康复了。剜掉眼珠子的那只眼窝看起来十分惊悚，但它似乎已不再感到疼痛。它像往常一样在屋里走来走去，不出我所料，我一走近，它就惊恐万分地逃之夭夭。一开始我还念及旧情，眼见这只曾经如此爱我的动物嫌恶我了，心里不免伤心。但这种伤心转眼间就被恼怒所取代。接着，仿佛是要让我万劫不复似的，那股邪念涌上来了。哲学没法解释这种念头。就像我相信灵魂的存在一样，我相信那股邪念是人性的一种原始冲动，是一种不可分割的原始机能或情感，人的性格就由它决定。我们一次又一次地干下坏事或蠢事，难道不就是因为我们知道自己不该为之？难道我们没有一种永恒的倾向，明知这么做犯法，却还是想以身试法？唉，这股邪念让我万劫不复。正是这种难以理解的对自毁的渴望——想对自己的人格施以破坏的渴望——为作恶而作恶的渴望，驱使我继续残害那个无害的畜生，最后亲手了结了它的小命。一天早晨，我冷血地用套索勒住猫脖子，将它吊在树枝上。吊死它时我泪如泉涌，痛悔不已。我吊死它，是因为我知道它爱我，而且它从未得罪我；我吊死它，是因为我知道这是在犯罪——罪大恶极，会危及我那不灭的灵魂——就连最仁慈、最可畏的上帝也会送我下地狱。

　　在我干下那桩残忍勾当的当天晚上，一阵大呼失火的叫声将我从睡梦中惊醒。床头的帷幔着火了，整幢房子都在熊熊燃烧。我和妻子以及一个仆人费了好大劲才从大火中逃了出来。毁灭得彻彻底底，我的全部家财都被烈火吞噬，从此我就陷入了绝望的深渊。

我倒不至于那么迷信，试图在那场灾难和我的暴行之间找到因果关系。但我要详述一连串事实，但愿不漏掉任何环节。失火的次日，我回去查看那片废墟。墙壁都倒塌了，只有一堵例外。那是一堵不太厚的隔墙，位于房子中央，靠着我的床头。应该是墙上的灰泥挡住了火势，我将其归因为刚粉刷过。这堵墙的周围聚集了一大群人，不少人正在热切地仔细观察墙上的一块地方，"好奇怪啊！""好奇特啊！"之类的惊叹声此起彼伏。我不由感到好奇，走近一看，见白色的墙面上有一个硕大的猫的图案，看起来像一幅浅浮雕。那猫雕得惟妙惟肖，脖子上套着一根绳子。

我第一眼看到那猫，就惊惧到了极点，以为看到鬼了。但转念一寻思，我又放下心来。我记得那只猫是被吊死在房子旁边的花园里。火警一响，花园里就挤满了人，一定有人砍断树枝，将猫从开着的窗户扔进我的卧室。他这么做可能是想唤醒我。另外几堵墙倒下来，把被我残忍杀死的猫压进刚粉好的灰泥里。石灰、火焰加上尸体产生的氨气，共同完成了我所看到的画像。

刚才我详述了那个骇人的事实，并进行了一番解释，尽管我对自己的解释感到满意，但整件事情依然让我良心不安，在我的心头久久萦绕。一连好几个月我都摆脱不了那猫的鬼影。我的心里滋生出一股仿佛是悔恨又不是悔恨的情绪。我甚至后悔失去了它，开始在我经常光顾的肮脏场所物色一只外貌多少有些相似的黑猫，来填补它的位置。

一天晚上，我迷迷糊糊地坐在一家声名狼藉的酒馆里时，突然注意到一个装杜松子酒或朗姆酒的大酒桶上躺着个黑乎乎的东西。那酒桶是屋里最显眼的家什。我大吃了一惊，因为我盯着桶顶看了好一会儿了，才倏然发现上面有个东西。我走近它，用手摸了摸。是一只黑猫，个头很大，和普鲁托一般大。除了一处地方外，其他各方面都酷似普鲁托。普鲁托浑身上下没有一根白毛，但是这只猫胸前有一大片白毛，模模糊糊的，几乎覆盖了整个胸部。

我一摸它，它就蓦地直起身子，咕噜咕噜直叫唤，还用身子在我手上磨蹭，似乎对我注意到它感到非常满意。看来它就是我要找的那只猫。我当场向店主提出要买下它，不料店主说这猫不是他的——他对它一无所知，以前从未见过。

我继续抚摸着这只黑猫，当我准备回家的时候，它流露出想跟我走的意思。我就让它跟着，一路上时不时地俯身拍拍它。这猫一到我家就变得非常乖顺，片刻工夫就博取了我妻子的欢心。

至于我自己，没多久我就对它厌恶起来。这与我预料的恰好相反，我不知道这是怎么回事，也不知道原因何在。它分明喜欢我，而我却嫌恶它，生它的气。渐渐地，这种厌恶生气的情绪变成了深恶痛绝。我有意识地躲着它。一种羞耻感，加上摧残普鲁托的那一幕难以忘怀，阻止了我对它施暴。几个星期过去了，我一直没有揍它，也没有用别的方式戕害它。但久而久之，我渐渐生出一种说不出的憎恶，一看到它那副可憎的样子，我就悄然逃走，如同躲避瘟疫一般。

毫无疑问，我之所以更加憎恨这畜生，是因为把它带回家的翌日早上，我发现它和普鲁托一样，也被剜掉了一只眼睛。我妻子见此情形，反倒越发关爱它了。我前面说过，她是个慈悲为怀的人，以前我也具有这种品质，它曾带给我最简单最纯粹的快乐。

尽管我对这只猫百般嫌恶，可它对我却愈加依恋。它寸步不离地跟着我，那份执拗恐怕读者很难想象。只要我一坐下，它就会蹲在椅子下，或是跳到我膝上，在我身上烦人地蹭来蹭去。如果我起身走路，它会缠到我两腿间，每每几乎把我绊倒。再不就用又长又尖的爪子钩住我的衣服，顺势爬到我胸口。这种时候，我巴不得一拳把它打死，可我还是未敢造次，一来是想起了我早先犯下的罪过，二来——我就明说吧，主要是因为我怕它怕得要死。

我不是害怕被它咬伤——我讲不清我害怕什么。是的，即使现在身陷重犯监狱，我也为自己如此惧怕它感到羞愧。这只动物在我心中引发的恐惧，竟在妄想的作用下日益加剧。我妻子不止一次地要我留心那片白斑，我上面提到过，这只怪猫跟我杀死的那只猫唯一的不同，就是胸前那片白斑。想必读者还记得，白斑虽然很大，原来是很模糊的，但是不经意间，它竟然慢慢呈现出一个清晰的轮廓！很长一段时间里，我的理智都拒绝承认，而是视之为幻觉。那轮廓很像一样东西，我一想到那东西就不寒而栗。我因此而厌恶它，惧怕它，我要是有胆子，早就把它除之而后快了。哎呀，那东西太可怕了，是一个绞刑架！啊，多么悲惨而骇人的刑罚！恐怖的刑具，正法的刑具，叫你痛不欲生，叫你一命归西的刑具！

我成了全天下最不幸的人。我傲慢不恭地杀害了一个畜牲，结果它的同类、另一个畜牲，竟然给我——一个按照上帝的形象创造出来的人，带来了那么多令人无法忍受的痛苦！哎呀！无论是白天还是黑夜，我再也得不到安宁了！白天，我没有一刻不被它打扰；晚上，我不断地从说不出有多惊悚的噩梦中惊醒，一睁眼就看到它在往我脸上喷热气，而它沉甸甸的身体正一如既往地压在我的胸口！我竟没有丝毫力气来摆脱这一梦魇。

百般煎熬之下，我心里仅存的些许善良被消耗殆尽。我满脑子都是邪恶的念头，最阴暗、最恶毒的那种念头。我平素就喜怒无常，如今更变本加厉到憎恨所有人和所有事。我控制不了自己，完全受怒气左右，经常突如其来地大动肝火。哎呀！首当其冲的受害者就是我那毫无怨言、逆来顺受的妻子。

家里失火后，穷困潦倒的我们只得住在一座老房子里。一天，为了点家务事，她陪我一起去那座房子的地窖。那只猫也跟着我走下陡峭的楼梯，差点儿把我绊了个倒栽葱，把我给气疯了。我抡起斧头，盛怒之下忘了自己对这猫一直怀有幼稚的恐惧，对准它就是一斧，当然，要是斧头按我的意愿落下去，这畜牲当场就会毙命。但这一斧被我妻子伸手拦住了。这一拦无异于火上浇油，将我的愤怒激化为疯狂。我把胳膊从她手中挣脱出来，一斧子劈在她脑壳上。她哼都没哼一声，就当场送了命。

这桩丑恶的谋杀刚一完成，我就琢磨起藏匿尸体的事宜。我知道无论是白天还是晚上，我都不能将尸体搬出那房子，因为邻居可能会看见。我设想了不少计划。一会儿想把尸体剁成碎块烧掉，一会儿又决意在地窖里挖个墓穴埋掉。我还仔细考虑过把它扔进院里那口井，或是把它装进箱子，像运货一样雇个搬运工运出去。最后我灵光一闪，想到一个比所有这些都要高明得多的权宜之计。我决定把尸首砌进地窖的墙里。据记载，中世纪的僧侣们就是这样把殉道者砌进墙里去的。

这个地窖派这个用场再合适不过了。墙壁结构很松，最近刚用粗灰泥全部粉刷了一遍，因为地窖里空气潮湿，灰泥还未硬化。而且有堵墙因为有一个烟囱或壁炉而突出一块，突出的部分也用砖头砌好，表面看起来与地窖的其他墙壁毫无二致。我能轻而易举地拆下部分砖头，把尸体塞进去，再把墙按原样砌好，保管谁都看不出一丝破绽。

这个算计没有让我失望。我用一根铁撬棍轻松撬开墙砖，接着小心翼翼地把尸体靠在内墙上，然后没费半点事就把外墙砌成原样。为了以防万一，我弄来了灰浆、沙子和头发，搅拌出一种跟原来的差不离的灰泥，仔细地涂抹在新砌的墙上。干完之后，我对一切都很满意。那堵墙看不出任何被动过的痕迹，地上的垃圾也被我小心谨慎地清扫干净。我得意地环顾四周，自言自语道："这番辛苦没有白费啊。"

下一步就是寻找那只制造了那么多不幸的畜牲，因为我终于铁了心要处死它。如果当时被我撞上，那它必死无疑。可这只狡猾的畜牲目击了我的狂暴之举，早已经溜之大吉，眼下冲我这心情，它自然不敢露面。这只令人痛恨的猫终于不见了，我如释重负，那种幸福的感觉简直无法形容，也难以想象。它一整夜都没有出现。自从这猫到我家以来，我第一次睡了个安稳觉，这一觉酣畅又香甜，尽管我还背负着杀人凶手的重担！

第二天和第三天过去了，这个害人精还是没有出现。我重获自由了！这妖怪吓得逃走了，再也不会回来了！我再也见不到它啦！我心花怒放！我虽然犯下恶行，但几乎没有负罪感。有人询问过她的下落，被我找理由搪塞了过去。甚至还有警察来家里搜查过，结果当然是一无所获。我想我的未来可以高枕无忧了。

万万没想到，我弑妻后的第四天，一群警察不期而至，对那座老房子进行了一番严密的搜查。我自恃藏尸之处隐蔽莫测，所以丝毫不觉慌乱。警察命令我陪同他们搜查，连犄角旮旯也没放过。最后，他们第三次或是第四次走下地窖。我面不改色心不跳，心率跟清白无辜的人睡觉时一样平稳。我从地窖这头走到那头，双臂交叉抱在胸前，若无其事地来回踱步。警察们完全放下心来，准备转身离去。我按捺不住兴奋，恨不得说些什么，哪怕说一句也好，一来表达我的得意之情，二来让他们更加确信我是清白的。

"先生们，"他们走上阶梯时，我终于开口道，"我很高兴能消除你们的疑虑。祝各位身体健康，还望多多关照。先生们，顺便说一句，这——这房子结构很坚固。"（我的注意力全部集中在让语气听起来更自然，所以几乎没注意到自己说了些什么。）"我希望你们知道这座房子建得非常坚固。先生们，你们要走了？这些墙壁真的非常牢固。"说到这里，仅仅是为了逞能，我竟然头脑发狂，抓起手杖，重重地敲打那堵背后就站着我爱妻尸骸的砖墙。

主啊，保护我吧，把我从恶魔的尖牙下救出来吧！我敲墙的回响余音未落，墓穴里就传出一个声音！是哭声，起初瓮声瓮气，时断时续，像孩子在抽泣，随即很快就变成一声长长的、响亮的、连续不断的尖叫，极为怪异而骇人——那是一声哀叫，一声尖噪，半是恐怖，半是得意，唯有地狱里才有这种声音——由为被打入地狱而痛苦不已的冤魂和为被打入地狱而欢腾不已的魔鬼共同发出。

谈我当时的想法是愚蠢的。我晕晕乎乎，摇摇晃晃地走到那堵墙边。阶梯上那帮警察惊惧交加，一个个吓得呆若木鸡。不一会儿，十来条粗壮的胳膊开始拆起墙来。那堵墙轰然倒塌。那具腐烂不堪、凝满血块的尸体，赫然直立在众人眼前。尸体头上就坐着那只丑恶的畜牲，它张着血盆大口，独眼里喷着怒火。就是它暗中捣鬼，诱导我杀了发妻，再用叫声告密，把我送上绞刑架。我把这怪物砌进墓墙里了！

凹凸山的传说

　　一八二七年秋天，我住在弗吉尼亚州夏洛茨维尔附近时，偶然认识了奥古斯都·贝德罗伊先生。这位年轻的绅士各方面都很怪异，引起了我极大的兴趣和好奇。无论是在精神上还是肉体上，我都无法理解他。关于他的家庭，我听不到令人信服的叙述。他来自何方，我也无从稽考。就连他的年龄——尽管我称他为年轻的绅士——也令我大为困惑。他看上去很年轻——他还特意强调自己年轻——然而有时我会不由自主地想象他已经活了一百岁。但最怪异的莫过于他的外貌。他高得出奇，瘦得惊人，背驼得厉害，四肢又长又细，额头又宽又低，脸上没有一丝血色。一张大嘴富有弹性，牙齿完好却参差不齐，我从没见过这种牙齿。他的笑容决不令人生厌，只是没有任何变化。那是一种深深的阴郁，一种无相位的、无休止的阴郁。他的眼睛大得反常，圆得像猫眼。其瞳孔也像猫科动物一样，随着光线的明暗而收缩扩张。逢到激动的时候，那对眼珠会亮到不可思议的程度，仿佛在熠熠闪光，那光不是反射的，而是像蜡烛或太阳一样自己发射出来。可在通常情况下，它们又是那么朦胧暗淡、毫无生气，足以让人联想到一具埋葬已久的尸体的眼睛。

　　他的奇异形貌似乎给他带来不少烦恼，他总是用一种半是解释半是歉意的口吻暗指它们，我第一次听到时深感痛苦，但很快就习惯了，不安感渐渐消失。看起来他宁愿旁敲侧击，而非直截了当地告诉我，他的身体原来不是这样的——是长期的神经病痛使他从一位出众的美男子变成了我看到的那副模样。多年以来，他一直由一位名叫坦普尔顿的医生照料，那是一位年约七十岁的老绅士——他第一次遇到坦普尔顿医生是在萨拉托加，在那里的时候，他从坦普尔顿的治疗中获益颇多 (或者说他自以为获益颇多)。所以富有的贝德罗伊便与坦普尔顿医生达成了一个协议，鉴于一笔丰厚的年薪，医生答应奉献他的全部时间和经验专门照顾这位病人。

坦普尔顿医生年轻时是个旅行家，在巴黎逗留期间，他很大程度上成了麦斯麦 [Franz Anton Mesmer(1734—1815)，奥地利医生，催眠疗法的鼻祖。——译注] 的信徒。坦普尔顿完全是靠催眠疗法减轻了贝德罗伊的剧痛，这一成功很自然地鼓舞了后者，使他对这种疗法背后的理论产生了一定的信任。然而医生就跟所有的狂热分子一样，竭尽全力要让他的病人彻底信任这套理论，最终他达到了目的，诱导病人接受了很多实验。反复的实验产生了一个结果，这个结果现在已经屡见不鲜，引不起人们的注意，但在故事发生的年代，在美国还鲜有人知。我的意思是说，在坦普尔顿医生和贝德罗伊之间，逐渐产生一种显著的融洽关系，或者说催眠关系。我不能断言这种融洽关系越过了纯粹催眠力的界限，不过这种力量本身变得极为强大。第一次施行催眠时，麦斯麦的信徒完全失败了。经过锲而不舍的努力，到第五次、第六次时，他取得了部分成功，到第十二次时，他终于大获全胜。在这之后，病人的意志很快就屈从于医生的意志，到我认识他俩的时候，只要医生一动意念，病人瞬间就能睡着，甚至于当病人不知道医生在场时也是一样。只有在一八四五年的今天，在相似的奇迹每天都被成千上万人目睹的今天，我才敢将这件看似不可能的事当作严肃的事实记录下来。

贝德罗伊高度敏感、易于激动、充满热情。他的想象力异常活跃，富有创造力，毫无疑问，这是由于他长期大量吞食吗啡所致，如果没有吗啡，他会觉得活不下去。他习惯于每天早餐后立即服用大剂量的吗啡（确切地说是在一杯浓咖啡之后，因为他早上什么也不吃），然后独自出发，或只带着一条狗，去夏洛茨维尔西面和南面荒芜的群山中久久漫步，那片山峦有一个冠冕堂皇的名字，叫凹凸山。

十一月底一个昏暗、温暖、多雾的日子，正值在美国被称为"印第安之夏"的季节反常期，贝德罗伊先生像往常一样动身前往山里。一天过去了，他还没有回来。

晚上八点钟左右，我们对他的久久不归感到恐慌起来，正要出发去找，他却突然现身，气色比平常好，兴致也比平常高。他讲述了这一天的远足之旅，以及造成他耽搁的事件，听起来十分吊诡。

"你们应该记得，"他说，"我是上午九点左右离开夏洛茨维尔的。我向山中走去，大约十点钟的样子，我走进了一个之前从未见到过的峡谷。我饶有兴趣地穿行于蜿蜒的山道之间，周围的景色虽然称不上壮丽，却有一种难以形容的凄凉之美。像处女地一般清净，我不禁觉得脚下的绿草和灰岩从未被人踩踏过。峡谷的入口隐蔽至极，事实上无法进入，除非出现一连串的偶然，所以我完全可能是第一位也是唯一一位进入峡谷深处的探险家。

"印地安之夏特有的那种浓雾，或者说是浓烟，笼罩着峡谷中的一切，把原本就朦胧的它们变得更加朦胧。这令人欢喜的雾是如此浓厚，我只能看见前面十二码的路。这条路弯弯曲曲，加之看不见太阳，我很快就迷失了方向。与此同时，吗啡也在习惯性地发挥作用了——它让我兴味盎然地感受外界事物。一片树叶的颤动，一株小草的色调，一棵三叶草的形状，一只蜜蜂的嗡嗡，一滴露珠的闪烁，一阵微风的吹拂，以及林中飘来的淡淡香气，无不让我浮想联翩，进入一个欢愉兴奋、形形色色、杂乱无序的狂想世界。

"就这样狂想着走了好几个钟头，四周的雾气越来越浓，最后我只能靠着摸索前进。走着走着，我突然感到难以名状的不安，一种神经质的犹豫和颤抖攫住了我。我不敢再朝前走，生怕自己掉进深渊。我还想起了关于凹凸山的那些奇怪的传说，诸如小树林和大洞穴里住着凶残的野人。无数模糊不清的幻想压迫着我，令我惶惶不可终日——正因为模糊不清，才更叫我苦不堪言。猛然间，一阵响亮的鼓声吸引了我的注意力。

"我当然感到极度惊讶。山里的鼓声可谓闻所未闻。就算听到的是大天使的号角（源自《圣经·新约·启示录》。据传，在世界末日来临前，上帝的七个大天使将吹响宣告世界末日的"七号角"。——译注），我也不会惊讶到这种程度。然而，一件让人更加惊骇困惑的事又接踵而至。一阵咣当咣当、叮呤当啷的响声由远及近，像是一大串钥匙在撞来撞去，紧接着一个面色黝黑的半裸男人尖叫着从我身边冲过，距离近得我脸上都感到了他喷出的热气。他有只手里拿着一个用钢圈做的玩意儿，一边跑一边使劲摇晃。他刚一消失在雾中，一头巨兽就张嘴瞪眼地蹿了出来，气喘吁吁地追着他而去。我不可能看错，那是一条鬣狗。

"看到这头怪物，我的恐惧不但没有加剧，反而减轻了，因为我确信自己是在做梦，于是便试图从梦中醒来。我勇敢而轻快地向前走去，揉揉眼睛，掐掐四肢，大声叫喊。一汪清泉映入眼帘，我俯身洗了洗手、脸和脖子。一直困扰我的那种含糊的感觉似乎就此消释。我站起身，仿佛换了一个人。于是我迈着稳健的步伐，自鸣得意地继续走那条陌生的路。

"最后，由于空气沉闷压抑，加上人困马乏，我坐到了一棵树下。不一会儿投来一道微弱的阳光，树叶的影子无力却清晰地映在草地上。我凝视了树影好久，它的形状惊得我目瞪口呆。我抬头一看，是棵棕榈树。

"我一骨碌爬了起来，处于惶恐不安的状态，因为我发觉自己并非在做梦。我看到，也感到自己已经完全驾驭了自己的感官，而这些感官正给我的灵魂带来一个全新而奇异的世界。天气一下子酷热难忍，微风中飘来一股怪味。一阵低沉而持续的潺潺声传入我耳中，像来自一条涨满了水、缓缓流过的河流，其中还夹杂着许多人发出的嘈杂怪声。

"当我在无需赘述的极度震惊中聆听之时，一阵来得快去得也快的疾风吹散了眼前的浓雾，仿佛有一位魔法师挥舞了魔杖。

"我发现自己站在一座高山脚下，俯瞰着一片辽阔的平原。一条雄伟的大河蜿蜒穿过平原，河滨坐落着一座东方风情的城市，就像我们在《一千零一夜》中读到的那样，但它甚至比书里描写的还要奇异。我所站的位置远高于那座城市，能看到它的每个犄角旮旯，像画在地图上似的。不可胜数的街道不规则地纵横交错，说是街道，其实都是曲折的长巷，里面挤满了居民。房子极其美丽古雅，阳台、游廊、尖塔、圣祠和雕刻得奇形怪状的凸肚窗随处可见。集市俯拾皆是，陈列着琳琅满目的商品，丝绸、平纹细布、最耀眼的刀具、最华丽的珠宝。此外触目皆是旗帜、轿子、锣鼓、标枪、蒙着面纱的贵妇、穿戴华丽的大象，怪诞丑陋的神像以及镀金镀银的狼牙棒。在人群中，在喧嚣中，在错综复杂的混乱中，在上百万包着头巾、身披长袍、长须飘拂的黑种人和黄种人中，无数扎着束带的圣牛在漫步。与此同时，成千上万只脏兮兮、吱吱叫的圣猿在清真寺的飞檐上攀爬，或是死抱尖塔和凸肚窗不放。从熙熙攘攘的街道到岸边，有无数段台阶向下延伸，通往一个浴场。河面布满负载重物的船只，反倒是河水像是从它们中奋力挤出一条路来。城外频见壮观的棕榈树群和可可树丛，以及其他怪形怪状的参天古树；随处可见一块稻田、一间农舍、一方水塘、一座隐寺、一个吉普赛营地，或是一个头顶水罐的婀娜少女，孤身走向那条大河的岸边。

"你当然会说我是在做梦，然而事实并非如此。我的所见、所闻、所感、所思，都不具有梦境的特质。自始至终高度一致。起初我不信自己真的醒着，于是进行了一系列试验，结果立刻证明我确实醒着。当一个人在梦中怀疑自己在做梦时，他的怀疑总能得到证实，而且这位做梦者几乎马上就能醒来。所以诺瓦利斯[Novalis(1772—1801)，德国浪漫主义诗人。——译注]说得对：'当我们梦见自己做梦时，我们就快要醒了。'假如我产生了我所描述的那种幻觉，而并不怀疑它是一场梦，那么它肯定是一场梦，可如果我怀疑了，还进行了一番试验，那我就不得不把它归为其他现象。"

"在这一点上我不能确定你是错的，"坦普尔顿医生说，"说下去。你起身，朝下边那座城市走去。"

"我起身了，"贝德罗伊一脸错愕地望了望医生，接着说道，"如你所说，朝下边那座城市走去。半路上我遇到一大群民众，他们拥过每一条街道，拥向同一个方向，一个个都兴奋得忘乎所以。突然之间，我被一种不可思议的冲动所驱使，对周遭发生的一切产生了强烈的兴趣。我感觉自己有一个重要的角色要扮演，可又不清楚那是什么。然而，面对包围着我的人群，我感到了深深的敌意。我从他们中退了出来，大步流星地抄小路进到城里。全城已陷入一片混乱。一小队半印度半欧洲装束的男人在一个半英国装束的绅士指挥下，正与蜂拥的乌合之众打得不可开交。我加入处于弱势的一方，拿起一个倒下的军官的武器，发了疯似的跟素不相识的敌人展开殊死搏斗。我们很快就寡不敌众，被迫退守进一个凉亭。我们筑起路障，暂时没有危险。透过凉亭顶部的一个窥视孔，我看到一大群愤怒的暴民正在围攻一座悬于河上的华丽宫殿。不一会儿，就见一个女里女气的男人抓住一根用随扈的头巾做的绳子，从宫殿上层的窗户里爬了下来。下面有一条船在等，他乘船逃到了对岸。

"我心里陡然升起一个念头。我急促有力地对同伴嚷了几句，赢得了几个人的支持后，一场疯狂的突围开启了。我们冲进包围凉亭的人群中，他们先是后退，接着就重整旗鼓、疯狂反扑，然后又往后撤退。来回拉锯之中，我们离凉亭越来越远，被困在两旁悬垂着高大房屋、幽深处终年不见阳光的窄巷里。暴民们急不可耐地向我们逼近，用标枪反复刺向我们，用一阵阵箭雨压得我们抬不起头来。这些箭矢非同小可，有些像马来人的蛇形短剑。它们是模仿扭动的蛇身制成，箭杆又长又黑，箭头有淬过毒的倒钩。这样的一支毒箭正中我的右太阳穴，我眼前天旋地转，一下子摔倒在地上。一股可怕的恶心感瞬间涌上心头。我挣扎着、喘息着、一命呜呼。"

"现在你不会还认为这次探险之旅不是一场梦吧。你不至于说你已经死了吧？"我微笑着说。

说这番话的时候，我满以为贝德罗伊会来句俏皮话作为回答。但令我大吃一惊的是，他迟疑了，浑身发抖，脸色煞白，不发一言。我朝坦普尔顿望去，他笔直而僵硬地坐在椅子上，牙齿咯咯作响，眼睛惊得快要从眼窝里掉出来。"继续讲！"他终于嘶哑着嗓子对贝德罗伊说。

"有好一会儿，"贝德罗伊接着说道，"我唯一的情绪，唯一的感觉，就是黑暗和虚无，还有死亡的意识。最后，我的灵魂猝然遭到一记猛击，像是电击一般。随之而来的是一种轻灵而又明亮之感。后者是我感觉到，而不是看到的。刹那间，我似乎从地上升起来了。但我没有肉体，别人看不到，听不到，也触不到我的存在。人群离开了，骚乱已经平息，城市相对平静。我的下方躺着我的尸体，太阳穴上中了箭，脑袋肿得都变形了。这些都是我感觉到，而不是看到的。我对一切都不感兴趣，就连我的尸体也好像与我无关。我没有决断力，但又被什么东西驱策着动了起来。我轻快地掠过这座城市，顺着进城时绕行的路线返回。当我到达山谷中遇到鬣狗的那个地方时，我再一次遭到强电流窜过一般的猛击，体重感、决断力和实在感又回来了。我变成了原来的自己，急切地向家走去，可是刚才发生的一切依旧活灵活现地印在脑子里。就是放到现在，我也一刻都没法视其为一场梦。"

"那不是一场梦，"坦普尔顿神情肃穆地说，"不过也很难找到一个词来称呼它。我们不妨假设当代人的灵魂已接近于一些惊人的精神发现。就让我们满足于这个假设吧。至于其他，我倒有一个解释。这是一幅水彩画，我早该拿给你们看的，可出于一种莫名的恐惧，我一直没敢拿出来。"

我们打量着他展示的画。在我看来，那幅画并无特别之处，但它对贝德罗伊的影响却是惊人的。他盯着看的时候差点儿晕厥过去。那就是张小肖像画而已，不过画中人的相貌酷似贝德罗伊，至少我看的时候这么觉得。

"你们可以看到，"坦普尔顿说，"这幅画创作于——在这儿，勉强能看见，在这个角上——一七八〇年。就是在这一年画的，它是我的亡友奥尔德布先生的肖像。沃伦·黑斯廷斯担任印度总督期间，我在加尔各答与奥尔德布结下不解之缘，那时我才二十岁。贝德罗伊先生，我在萨拉托加邂逅你时，正是你和这幅肖像的惊人相似促使我上前与你攀谈，和你建立友谊，进而达成协议，使我一直陪伴在你左右。我之所以这么做，一半是 (也许主要是) 出于对逝者的惋惜和怀念，另一半是出于对你这个人的一种不安而又略带恐惧的好奇。

"从你对山中那番景象的详细描述来看，你已经精准地描绘了恒河边的印度城市贝拿勒斯。那些暴乱、战斗、屠杀，都是一七八〇年切伊特·辛格叛乱的真实事件，当时黑斯廷斯差点把命给丢了，用头巾做成绳子逃走那位就是切伊特·辛格本人。凉亭里那伙人是以黑斯廷斯为首的英国军官和印度士兵，我就是他们中的一员。我竭力阻止那名英国军官冒着送命的危险鲁莽突围，最后他中了孟加拉人的毒箭，倒在拥挤的巷子里。那名军官是我最要好的朋友，他就是奥尔德布。你们从这些手稿中可以看出，"说着他拿出一个笔记本，上面有几页似乎是刚写的，"当你在山中幻想这些事情的时候，我恰巧就在家中把它们详细地记录在纸上。"

这次谈话过后大约一周，夏洛茨维尔的一家报纸刊载了这样一段话：

"我们沉痛地宣告奥古斯都·贝德罗先生与世长辞，贝德罗先生和蔼可亲、德高望重，深受夏洛茨维尔市民爱戴。

"贝先生多年来罹患神经痛，经常命悬一线，但这只能视作他死亡的间接原因。直接原因极为离奇。几天前他去凹凸山远足，途中得了轻感冒，引起发烧，脑部严重充血。为了缓解充血，坦普尔顿医生采用了局部放血疗法。他将水蛭固定在病人的太阳穴上，然而转眼之间病人就死于非命，因为装水蛭的罐子里钻进一只有毒的水蛭，这种毒水蛭偶尔出没在附近的池塘里。它紧紧吸住右太阳穴上的一条小动脉，由于它与医用水蛭非常相似，所以没被注意到，等到发现时已为时过晚。

"注意：夏洛茨维尔的毒水蛭与医用水蛭可以区别开来，一来它通体发黑，二来它扭动或蠕动的样子和蛇如出一辙。"

我和这家报纸的编辑谈起这桩诡异的事故时，突然想到问他报上怎么把死者的姓氏拼成了贝德罗。

"我想，"我说道，"你这样拼写肯定有你的根据，但我一直以为这个姓氏的末尾有个伊。"

"根据？不，"他回答说，"这只是一个印刷错误。这个姓氏拼作贝德罗伊，全世界都是这么拼的，我从来没听说过其他拼法。"

"那么，"我转过身来，喃喃自语道，"那么，现实果然比小说更离奇——因为去掉伊后，贝德罗（Bedlo）倒过来拼正好就是奥尔德布（Oldeb）！而这个人却说这是一个印刷错误。"

活　　　　　　　　　　　　　　　　葬

有些主题引人入胜，但对于正统小说来说却过于恐怖。纯粹的浪漫主义者若不想犯众怒或招人厌，就必须回避这类主题。只有在得到权威事实认可的情况下，它们方能被处理得当。比如说，当我们读到关于别列津纳之战、里斯本大地震、伦敦黑死病、圣巴托罗缪惨案，以及加尔各答黑牢里一百二十三名囚犯窒息而死的报道时，总会感到强烈至极的"令人愉悦的痛苦"。但在这些报道中，引人入胜之处正是事实——正是真相——正是历史。至于其中虚构的部分，只会让我们深恶痛绝。

刚才我列出了几场有史记载的令人敬畏的大灾难；不过，在这些史例中，灾难的规模给人留下的深刻印象并不逊于灾难的性质。我无须提醒读者，从人类漫长而怪异的苦难目录中，我可以列出许多比这些大灾大难更具本质性痛苦的个人苦难。其实真正的苦难——终极的悲哀——是属于个体而非普遍的。可怕的、极端的苦难总是由个体的人，而非群体的人来承受——为此，让我们感谢仁慈的上帝！

毋庸置疑，被活着埋葬是降临到芸芸众生身上的极端苦难中最恐怖的一种。这种事屡屡发生，层见迭出，爱思考的人几乎都不会否认。生与死之间的界线模糊不清。谁能说得清生命在哪里终结，死亡又从哪里开始？我们知道，有些疾病使得患者表面上的生命机能完全终止，但准确地说，这一终止只能称之为暂停，只是我们所无法理解的机能运作的暂时停顿。一段时间过后，某种无形的神秘原理会再次启动神奇小齿轮和魔力大飞轮。银链并没有折断得彻彻底底，金罐也没有破裂到不可修复（典出《旧约·传道书》

第十二章："银链折断，金罐破裂，瓶子在泉旁损坏，水轮在井口破烂。""银链"和"金罐"为脊椎和大种了什么因就会有什么果，我们能得出一个不可避免的推论——那些众所周知的假死病例必然不时导致活葬的发生——但除了这一推论，医学和日常经验也能提供直接证据，证明的确发生过大量的活葬。如果有必要，我马上可以举出上百个证据确凿的实例。其中一例极不寻常，相关细节有些读者可能还记忆犹新，这件事前不久发生在邻近的巴尔的摩，在那里引发了一场痛苦、强烈而广泛的骚动。一位备受尊敬的大律师和国会议员的夫人突患怪病，医生对此束手无策。她在饱受病痛折磨之后死去，或者说人们认为她死了。确实没有人怀疑，也没有人有理由怀疑她实际上并没有死。她具有死亡的所有一般特征。面部皱缩，轮廓凹陷。嘴唇像大理石一样苍白。眼睛毫无光泽。身上没有体温。脉搏停止跳动。尸体停放了三天，变得跟石头一样僵硬。总之，鉴于尸体很快就会腐烂，丧事匆匆地办完了。

这位女士的遗体被安葬在家族的墓窖里，此后三年都无人打搅。三年过后，因为要放进一口石棺，墓窖才又被打开。啊，天哪！当丈夫亲自推开墓门，等待他的是多么可怕的场景！墓门向外打开时，一个穿白衣的东西嘎嘎作响地跌进他的怀里。那是他妻子的骷髅，身着一件变了形的尸衣。

经过一番细心的调查，人们发现她在下葬两天后活了过来。她在棺材里拼命挣扎，弄得棺材从壁架或搁板上掉了下来，摔得四分五裂，使她得以钻出来。一盏无意间留在墓窖里的灯已经空了，本来盛满的油可能是挥发掉了。在通往恐怖墓窖的台阶的最顶上一级，有一大块棺材碎片，看来她曾用它使劲敲击铁门，试图引起外面人的注意。也许就在她敲打之际，她因为极度恐惧而昏厥或死亡。在她倒下的时候，她的尸衣缠在一个向内突出的铁器上。她就这样直挺挺地挂在那里，直到腐烂风干。

一八一〇年，法国发生了一起活葬事件，个中细节足以证明现实比小说更离奇。故事的女主人公是一位名叫维多利亚·拉福加德的年轻小姐，她出身名门，家财万贯，又生得貌美如花。在她众多的追求者中，有一位巴黎的穷书生，或者说穷记者，名叫朱利安·博苏埃。那位女继承人欣赏他的才华与和善，他似乎已经俘虏了她的芳心，但最终，她生来的骄傲促使她拒绝了他。她嫁给了雷内尔先生，一位杰出的银行家和外交家。可这位先生婚后对她漠不关心，甚至还对她施以虐待。凄凄惨惨地跟他生活了几年后，她死了，至少看上去是死了，足以蒙蔽每一个前来看她的人。她被下葬了，但不是葬在墓窖里，而是葬在她出生的村子里一座普通的坟墓中。那位痴情的记者万念俱灰，被深深的依恋折磨得痛不欲生，从巴黎一路奔赴村子所在的偏远的外省，浪漫地想要掘出心上人的尸体，获取一缕她的秀发。他找到那座坟墓，于午夜时分挖出棺材，打开棺盖。就在他伸手去剪心上人的头发时，他猛然发现她睁开了眼睛。事实上，这位小姐遭到了活埋。她的生命尚未完全消失，恋人的爱抚将她从被误认为是死亡的昏睡中唤醒。他疯了似的把她抱到他在村里的住处，凭借丰富的医学知识给她服用了一些有效的补药。总之她苏醒了过来，认出了她的守护天使。她继续和他待在一起，直到身体渐渐完全康复。她的妇人心肠并非硬得像铁石，这爱的最后一课足以将其变得柔软。她把自己的心交给了博苏埃。她没有再回到丈夫身边，也没有让他知道她已经复活，而是与情人一道远走美国。二十年后他俩回到法国，满以为岁月已令她容貌大改，她的朋友们不会认出她来。但是他俩错了，雷内尔先生一眼就认出了妻子，并要求将她领回。这一要求遭到了她的拒绝，法官也对她的抗诉予以支持。判决书称，鉴于情况特殊，夫妻分离已久，雷内尔先生于理于法都已丧失做丈夫的权利。

莱比锡的《外科杂志》是一份很具有权威和价值的期刊（有美国书商将其翻译后重新出版）。最近的一期上，刊载了一起非常悲惨的事件，性质上与活葬相似。

一位身材魁梧、体格健壮的炮兵军官从烈马上摔下，头部严重挫伤，当场失去知觉。他的颅骨轻度骨折，不过暂时没有生命危险。颅骨穿孔术完成得很成功，医生给他做了放血治疗，并采取了许多常规的镇痛措施。然而，他渐渐陷入了越来越不可救药的昏迷状态，最后人们都认为他死了。

由于天气暖和，他被匆匆埋进一座公墓。葬礼于周四举行。接下来的那个周日，墓地照常挤满了访客，中午时分，一个农夫的话掀起一阵骚动，他声称当他坐在军官的坟头时，分明感到地面在颤动，像地底下有人在挣扎。起先大家把他的断言当耳边风，但他一副胆战心惊的样子，而且毫不动摇地坚持己见，最终引起了人们的重视。众人急忙拿来铁锹，那坟墓浅得令人汗颜，没过几分钟就被挖开，被埋者的头部露了出来。他看上去像是已经死了，可他几乎是笔直地坐在棺材里，棺盖在他的拼命挣扎下已被掀开一半。

他被立即送往最近的医院，医生宣布他还活着，尽管处于窒息状态。几个小时后，他苏醒过来，认出了他的朋友，并断断续续地讲起他在坟墓里遭受到的极度痛苦。

根据他的叙述，有一点很清楚，他在被活埋后的一个多小时内肯定还有意识，之后才陷入昏迷。坟墓是用透气的泥土草草填上的，所以透进了必要的空气。他听到头顶上人群的脚步声，于是极力挣扎起来，想让他们也听见地底下的动静。他说，是上面的喧嚣声把他从沉睡中唤醒，但他刚一苏醒，就充分意识到自己的处境有多么可怖。

据记载，这名病人的情况已经大为好转，看起来有望完全康复，不料却沦为庸医的医学实验的牺牲品。他们对他用上了电击疗法，结果他因兴奋过度猝死——这种疗法偶尔会诱发这种意外。

说到电击疗法，我倒想起一个众所周知的离奇案例：伦敦一位年轻律师下葬两天后，被电击疗法起死回生。这件事发生在一八三一年，消息所到之处都引发了巨大的轰动。

这位名叫爱德华·斯泰普尔顿的病人看起来死于斑疹伤寒，伴随有一些激起医生好奇心的异常症状。在他貌似猝然长逝的时候，医生请求他的朋友准许尸检，但遭到拒绝。这种拒绝之后的故事大同小异，医生决定悄悄挖出尸体，私下慢慢解剖。伦敦的盗尸团伙不计其数，那些医生不费吹灰之力就找到了一个。葬礼后的第三天晚上，这具所谓的尸体从一个八英尺深的坟墓里被挖了出来，放进一家私立医院的解剖室。

他们在他的腹部切开一道长长的口子，见皮肉未有腐烂迹象，便想到了使用伽伐尼电池。他们一次接一次地对他进行电击，并未产生特别的效果，但有那么一两次，尸体的抽搐比一般情况剧烈，显露出生命的迹象。

夜已深，天将拂晓。他们终于决定马上进行解剖。可一位医学生想要检验自己的理论，坚持要电击死者的某一块胸肌。于是他们粗粗划了一刀，匆匆接上电线。突然间，病人从台上一跃而起，动作急促却很流畅。他走到房间中央，不安地四下张望片刻，然后开口说话了。他说的话晦涩难懂，但确实是在吐字，音节划分得很清楚。话音刚落，他就重重地跌倒在地上。

医生们一时间吓得呆若木鸡，但紧迫的情势使他们很快镇定下来。原来斯泰普尔顿先生还活着，只是陷于昏迷之中。用了乙醚后，他醒了过来，并且迅速恢复了健康，重新回到朋友们中间——刚开始的时候，他没有跟他们透露自己死而复生的事，直到他不再担心旧病复发。他们的惊叹之情，他们的惊喜交加可想而知。

不过，这个事例最扣人心弦之处还在于斯泰普尔顿先生的自述。他宣称自己一刻都未失去意识——他迷迷糊糊、恍恍惚惚地知道自己所遭遇的一切，从医生宣布他死亡，直到他昏倒在医院的地板上。当他辨认出自己身处解剖室后，竭尽全力说出的那句没人听懂的话，原来是："我还活着。"

诸如此类的事例不胜枚举，我还是就此打住吧，因为我们实在没必要以此来证明活葬的确存在。这种事例由于性质特殊，被我们觉察到的可能性微乎其微，所以我们必须承认，它们曾在我们不知情的情况下频频发生。事实上，不管目的何在，规模多大，当人们侵占一块墓地时，几乎都能发现保持着叫人疑惧不已的姿势的骷髅。

这种怀疑着实可怕，但更可怕的是劫数难逃！可以毫不犹豫地断言，没有一件事能像被活活埋葬那样，将身心的痛苦激发到极致。难以忍受的肺部的压迫，令人窒息的湿土的气味，紧缠的尸衣，逼仄的棺材，长夜般的幽黑，深海般的死寂，以及那些看不见但摸得着的征服一切的蠕虫，凡此种种，加上想到头顶上的空气和青草，忆起那些一旦得知我的厄运便会赶来驰援的亲爱的朋友，再意识到这一厄运他们永远也不可能知道，我只有绝望地坐以待毙。这些思绪给尚在跳动的心带来骇人听闻、无法忍受的恐怖，足以吓退最大胆的想象力。我不知道人世间还有什么比这更痛苦，地狱最深处的恐怖与它比起来也是小巫见大巫。也因此，关于这一话题的故事总能大大勾起人们的兴趣；不过，由于人们对这个话题充满敬畏，这种兴趣就理所当然地取决于故事情节的真实性。我现在要讲的是我自己的真实见闻，是我自己的亲身经历。

多年来我一直怪病缠身，因为没有权威的病名，医生们一般称之为强直性晕厥。尽管这种疾病的直接病因和间接病因乃至诊断标准尚不明确，但人们对其鲜明的表面特征已非常了解。主要的差异就是病情程度的深浅。有时病人仅在一天或更短的时间内处于一种嗜睡状态。他没有知觉，看上去一动不动，但依稀能感觉到心脏的搏动。身上尚有余温，面颊中央还泛着一抹淡淡的红晕。如果把镜子凑到他唇边，就能察觉到迟钝的、不规则的、摇摆不定的肺部活动。而有时这种嗜睡状态会持续几周甚至几个月，最细致的观察和最严格的医学检查都无法分辨出他是活着还是死了。他被免于活葬，往往是因为朋友们知道他患有强直性晕厥，故而产生怀疑；而首要因素还是身体毫无腐烂的迹象。幸运的是，这种疾病的发展是渐进式的。第一次发病虽然症状明显，但不会被误认为猝死。之后的发作一次比一次明确，昏迷的时间也越来越长。这就确保了他免遭活葬。如果有哪个倒霉蛋第一次发作就呈现出极端症状，那他几乎不可避免地会被活着送进坟墓。

我的病情与医学书上讲的没有多大出入。有时我会无缘无故地渐渐陷入半晕厥或半昏迷状态。这种状态下没有痛苦，不能动弹，严格说来也不能思考，却能模模糊糊地意识到生命和床边那些人的存在。我保持着这种状态，直到病症骤然消退，身体完全恢复知觉。另一些时候，我又会猝不及防地被病情击倒，恶心、麻木、发冷、眩晕，瞬间倒地不起。接着是一连几个星期的空白、黑暗和死寂，整个世界一片虚无，湮灭的感觉无以复加。但在后一种昏迷中，苏醒之缓慢与发作之突然恰成反比。就像一个孤苦伶仃、无家可归的乞丐在漫长荒凉的冬夜的街头游荡，然后黎明缓慢地、慵懒地降临到他的身上——就那么欣悦地，灵魂的光芒重回我的身上。

除了有昏睡的倾向外，我总体还算健康。我也看不出这种普遍的疾病对我的健康有什么影响——除非将我平时睡眠中的一个怪癖视为该病的并发症。我从睡眠中醒来时，从来不能马上恢复意识，而总是一连好几分钟陷于茫然和困惑之中；思维完全中断，记忆一片空白。

我并未经受肉体上的痛苦，但精神上的痛苦却无穷无尽。我脑子里尽是阴森恐怖的想法，诸如"蠕虫、坟墓和墓志铭"。我沉浸在死亡的幻想中，被活葬的念头占据着我的脑海。令人惊悚的危险不分昼夜地缠扰着我。过度的沉思让我在大白天饱受折磨，到了晚上更是令我无法消受。当凶险的黑暗笼罩大地，那些可怕的念头会吓得令我瑟瑟发抖，就像灵车上瑟瑟抖动的羽毛。当睡意不可抑制地袭来时，我总要做一番思想斗争才肯睡觉——一想到醒来时我可能已经被埋在坟墓里，我就不寒而栗。当我终于进入梦乡，那也不过是蓦地冲进一个幻象的世界，而被活葬的念头正张开它巨大的、乌黑的、遮天蔽日的、凌驾于一切之上的翅膀，在那个世界的上空翱翔。

梦里压得我喘不过气来的阴森森的幻象不胜枚举，我只挑了其中一个记录于此。我觉得我陷入了比平常更持久、更深沉的强直性晕厥中，突然一只冰冷的手放到了我的额头上，一个急促不清的声音在我耳边轻声响起："起来！"

我坐直身子。周围一团漆黑。看不见唤醒我的那个人的身影。我既想不起何时陷入昏迷，也记不得此刻置身何处。在我一动不动地坐着，竭力集中思想之际，那只冰冷的手一把攥住我的手腕，暴躁地使劲摇晃，同时急促不清的声音再次响起：

"起来！没听见我叫你起来吗？"

"你，"我问道，"你是谁？"

"在我居住的地方，我没有名字，"那个声音凄楚地答道，"我过去是人，现在是鬼。我过去残忍，现在可悲。你能感觉到我在颤抖。我一说话牙齿就打颤，这不是因为漫漫长夜寒冷刺骨，而是因为这种恐怖让人不堪忍受。你哪睡得安稳？痛不欲生的哀号使我夜不能寐，惨绝人寰的悲景令我难以承受。起来！与我一同进入外面的黑夜，让我为你揭开那些坟墓。这难道不是一幅凄惨的景象？看哪！"

我抬眼望去，那个依然攥着我手腕的看不见的人影已经揭开了全人类的坟墓。每一座坟墓都散发出微弱而腐朽的磷光，使得我能够看到墓穴最深处，那些悲伤而肃穆地与虫同眠的裹着尸衣的尸体。可是，哎呀！假死的人要比真死的人多百万千万，他们在无力地挣扎，到处是凄哀的骚动；无数个墓穴的深处，传来尸衣窸窸窣窣的哀响。即便是许多看上去已经安息的尸体，都或多或少改变了下葬时那种僵硬不安的姿势。在我凝望的时候，那个声音又对我说道：

"这难道不是——哎呀！这难道不是一幅悲惨的景象？"我还没来得及找到合适的字眼，那鬼影就松开了我的手腕。磷光熄灭了，所有的坟墓猛然关上，同时从里面传出一阵绝望的哭喊，还是那句："天呐，这难道不是一幅悲惨的景象？"

这类幻象虽然是在夜晚出现，但其可怕的影响延伸到了我醒着的时候。我的神经变得极为衰弱，终日饱受恐惧的折磨。我不愿骑马、散步，不愿出门进行任何运动。说真的，我寸步不敢离开那些知道我易犯强直性昏厥的亲友，生怕自己突然发病，被不明真相的人送进坟墓。我对最亲密的朋友的关心和忠诚都持怀疑态度。我担心在某次比平素更持久的昏迷中，他们被别人说服，认为我不会苏醒过来。我甚至担心，由于我平添了许多麻烦，他们会乐意于将我的某次持久的昏迷视为彻底甩掉我的充分理由。他们试图打消我的疑虑，郑重其事地向我保证，但还是徒劳无功。我逼着他们许下最神圣的誓言，除非我的身体腐烂到无法保存的地步，否则决不能将我埋葬。即使这样，极度恐惧的我仍听不进一点道理，也不接受任何安慰。我采取了一系列周密的预防措施，其中一条是改造了家族的墓窖，让我能轻松地从里面打开墓门。只需轻按一根伸入墓窖的长杆，铁门就会轰然敞开。为了能够透气透光，我也做了相关处理。装食物和水的容器就摆在棺材边触手可及的地方。棺材里的衬垫柔软暖和，棺盖和墓门的设计原理一样，加装了弹簧，身体微微一动就足以将它开启。此外，墓窖顶上还悬挂着一个大铃铛，按照设计，铃绳应该穿过棺材上的一个洞眼，牢牢拴在尸体的一只手上。可是，哎呀！命该如此，警惕性再高又有何用？即使是这些设计精妙的预防措施，也不足以免除遭到活葬的极端痛苦！一个注定要遭受这些痛苦的可怜虫！

一个新纪元来临了——就像以前经常发生的那样——我发现自己从完全的无意识状态中浮出，对自己的存在有了微弱而模糊的感觉。慢慢地，就像乌龟爬行那般慢慢地冲开黑暗，见到一缕黯淡的晨曦。一种迟钝的心神不宁，一种对钝痛的麻木忍受。没有在意，没有希望，也没有努力。接着，在一段漫长的间隔之后，耳朵开始鸣叫；然后，在一段更漫长的间歇之后，身体末梢有了刺痛感；再然后，是一阵似乎无休无止的愉悦的沉寂，同时清醒的感觉挣扎着进入意识；接着又陷入短暂的虚无，随后蓦然醒来。眼皮终于微微颤动，随之而来的是一种莫名强烈的恐惧感，像触了电一般，使血液从太阳穴激涌到心脏。我第一次试图努力思考，第一次试图努力回忆，然后是部分的、转瞬即逝的成功。然后记忆席卷而归，让我多少意识到了自己的处境。我觉得我不是从普通的睡眠中醒来。我回忆起我患过强直性晕厥。最后，像是一股汹涌的海浪突然袭来，我战栗的灵魂被那个可怕的危险——那个幽灵般无处不在的念头吞没了。

被那个念头攫住后的几分钟里，我一动不动地躺着。为什么呢？我鼓不起勇气挪动一下。我不敢做出努力去证实自己的命运——但我心里深处却有一个声音轻轻对我说的确如此。绝望——其他任何不幸都唤不起此等绝望——犹豫不决了老半天之后，是它促使我抬起了沉重的眼帘。我睁开双眼。黑漆漆的——一团漆黑。我知道这次发作已经结束，我知道疾病的危险期也已经过去，我知道我的视力已经完全恢复正常——然而眼前黑漆漆的——一团漆黑——是永恒长夜的漆黑，黑得极致，黑得彻底。

我使劲尖叫着，嘴唇和干裂的舌头痉挛地抖动，可洞穴般的肺部却发不出一点声音，仿佛被一座大山压迫着，随着心脏而急促地悸动，拼命挣扎着想透过气来。

在我使劲尖叫的过程中，下颌的运动告诉我它们被固定住了，就像人们通常对死者所做的那样。我还感觉到自己是躺在某种坚硬的物质上，而我的两侧也被类似的物质紧紧挤压着。到目前为止，我还没敢动弹一下，两只手腕一直交叉平放着——可这时我猛地举起了胳膊。我的胳膊撞上了一块坚实的木板，它在我身体上方延伸，距我的脸不超过六英寸。我再也不用怀疑自己终于躺进了棺材里。

就在我陷入无尽的痛苦之中时，希望天使翩然而至——我想起了我的预防措施。我剧烈地扭动身体，断断续续地竭力想打开棺盖，可它就是纹丝不动。我在手腕上摸索着寻找钟绳，可它已经不知去向。希望天使永远地逃之夭夭，绝望之魔重新主宰一切——棺材里也没有我精心准备的衬垫，而且一股潮湿泥土所特有的浓烈怪味突然飘进我的鼻孔里。结论无可辩驳。我不在家族的墓窖里。我是在出远门的时候陷入了昏迷——周围是一群陌生人——这一切是何时发生，又是如何发生的，我已经想不起来——正是他们把我像狗一样给埋了——他们把我钉进一口普通的棺材——深深地、深深地、永远地埋进一座寂寂无名的坟墓。

当这一可怕的结论闯进我灵魂的最深处时，我再一次挣扎着大喊大叫。这一次的努力成功了。一阵持久而狂乱的痛苦的尖叫声，或者说是哀号，在幽黑的阴曹地府里回荡。

"喂！喂！你！"一个生硬的声音回答道。

"到底出了什么事！"第二个声音说。

"出来！"第三个声音说。

"你干吗发出那种怪叫，跟只山猫似的？"第四个声音说，接着我就被一群相貌粗野的家伙抓住，毫无礼貌地摇晃了好几分钟。他们没有把我从昏睡中唤醒——因为我尖叫的时候就已经完全醒了——但他们使我彻底恢复了记忆。

这桩奇遇发生在弗吉尼亚州的里士满周边。我在一位友人的陪伴下去打猎，我们沿着詹姆斯河岸往下游走了几英里。夜幕降临时，我们遭遇了一场暴风雨。有条装满果园腐殖土的单桅小帆船停泊在河边，成了我们唯一的栖身之所。我俩充分利用了它，在船上过了一夜。我睡的是船上仅有的两个铺位中的一个——一条六七十吨的单桅帆船上的铺位没什么值得说的。压根没有被褥。宽度至多十八英寸。铺面到头顶甲板的距离恰好也是这么多。挤进去可以说是困难至极。不过我睡得很香甜，因为没有做梦，更没有做噩梦，我的全部幻象自然是产生于我当时所处的环境，产生于我一贯的偏见，产生于我前面提及的当我从睡梦中醒来后好长时间都难以恢复神志，尤其是难以恢复记忆。摇晃我的人是单桅帆船上的水手和雇来卸货的工人。那股泥土味是船上装的果园腐殖土散发出来的。绑住下巴的布带其实是一条丝绸手帕，我把它扎在头上，临时代替用惯了的睡帽。

然而，当时我所遭受的痛苦与被活活埋葬毫无二致。太恐怖了，恐怖得令人发指。但过多的痛苦不可避免地激起了我的嫌恶，我因祸而得福。我的灵魂恢复了健康，获得了安宁。我出国旅行。我积极锻炼。我呼吸天空的自由空气。我思考死亡以外的其他问题。我扔掉了医学书籍。我把巴肯的书 (指苏格兰医学家威廉·巴肯的著作《家庭医学》。——译注) 付之一炬。我不再读《夜思》，不再读关于教堂墓地的浮夸文章，不再读鬼怪故事——例如本文。总之，我成了一个全新的人，过上了人的生活。自那个难忘的夜晚起，我永远消除了那些阴森恐怖的恐惧，而强直性晕厥也随之消失无踪。或许，恐惧是我昏迷的诱因，而并非结果。

有些时候，纵使在理性清醒的眼光看来，我们悲惨的人类世界都与地狱毫无二致——但人类的想象力决非卡拉西斯 (阿巴斯王朝第九任哈里发瓦赛克的母亲。——译注)，可以探索每一个洞穴而不受惩处。哎呀！那些个阴森恐怖不完全是空想出来的——但是，就像陪着阿夫拉西阿卜在奥克苏斯河航行的那些魔鬼，它们必须睡去，否则就会把我们吞噬——它们必须陷入昏睡，否则我们就会罹难。

长　方　形　箱　子

几年前，我订了从南卡罗来纳州的查尔斯顿到纽约市的船票，那是艘漂亮的邮轮，叫做"独立号"，船长名叫哈迪。如果天气许可，邮轮将于当月(六月)十五日起航；十四日那天，我上船整理了一下自己订的客房。

我发现同船的乘客非常之多，其中女士也比平常要多。乘客名单上有几位老相识的名字，我欣喜万分地看到科尼利厄斯·怀亚特先生也位列其中，他是一位年轻的画家，我对他怀有真挚的情谊。他是我在C大学时的同学，当时我俩经常待在一起。他具有天才身上那种普遍的气质，愤世嫉俗、敏感细腻又激情四溢。除此之外，他的胸腔里还跳动着一颗最温暖真诚的心。

我看到有三间客房门上的卡片写着他的大名，对照乘客名单，我发现那是他为自己、妻子和他的两个妹妹订的。客房足够宽敞，每间有两个铺位，是上下铺。不用说，铺位窄得只够躺一个人，可我还是想不通为什么四个人要订三间房。那段时间我情绪多变，对琐碎小事也异常好奇。如今我羞愧地承认，当时我对他多订的那间房进行了种种无礼而荒唐的臆测。这当然不关我的事，但我仍然坚持不懈地试图解开这个谜。最后我得出一个结论——我惊异于自己怎么早没有想到。"一定是仆人，"我说，"我真是个白痴，这么显而易见的答案，我居然没有想到！"然后我又看了下乘客名单，可上面白纸黑字地告诉我这家子没带仆人。事实上他们本来打算带一个的，因为名单上原先有"仆人"字样，后来又被划掉了。"噢，那一定是额外有行李，"我自言自语道，"某件他不想放在行李舱里的东西——某件他想放在眼皮底下的东西——啊，我知道了，应该是一幅画——就是他一直在和那个意大利犹太人尼科利诺讨价还价的那幅。这个结论令我感到满意，我暂时打消了好奇心。

怀亚特的两个妹妹我很熟，都是冰雪聪明的好姑娘。我与他的新婚妻子还未曾谋面，不过他经常在我面前以他一贯热情的口吻谈到她。他把她形容成才智兼备的绝色美人。所以我很想结识她。

在我上船那天（十四日），船长特意告知我怀亚特一家也要来，因此我在船上多逗留了一个钟头，期望能见到新娘，结果却等来一声歉意。"怀亚特夫人有点儿不舒服，要到明天开船时才能登船。"

翌日，我从旅馆赶赴码头，遇到了哈迪船长。他对我说，"由于一些状况"（一个愚蠢但却省事的托辞），他认为"独立号"得推迟一两天起航，等一切就绪了，他会派人来通知我。这让我觉得很蹊跷，因为当时正刮着强劲的南风；可无论我怎么追问，他都不肯透露"一些状况"是什么，我无计可施，只得回到旅馆，慢悠悠地开解内心的烦躁。

快一个星期过去了，还是没有等到船长的消息。当消息终于姗姗来迟时，我立刻动身上了船。船上挤满了乘客，一幅远航前的忙乱景象。我登船约莫十分钟后，怀亚特一家子也到了，两个妹妹、新娘和画家本人——还是那副愤世嫉俗的样子。我早就习惯了他的这种风格，所以没有放在心上。他甚至没把我介绍给他的妻子——这一礼节势必落到他妹妹玛丽安的头上。这位聪慧可爱的姑娘匆匆说了几句，介绍我们认识。

怀亚特夫人被面纱蒙得严严实实。当她掀开面纱向我还礼时，我承认我非常震惊。要不是多年的经验早已告诉我，不能完全相信画家朋友对女性容貌的热烈赞美，我还会更加震惊的。我非常清楚，一旦谈及女人的美丽，他总是很轻易地就飞入纯粹的理想世界。

事实上，我不得不说怀亚特夫人实在是姿色平平。虽然不能用长得真丑来形容，但依我看也相差不远。不过她的衣着十分高雅，于是我断定她是凭着更持久的思想和灵魂的魅力俘获了我朋友的心。她简单寒暄了两句，就和怀亚特先生一道进了客房。

我最初的好奇心又被勾起来了。没有仆人，这是明摆着的事实。所以我找起了额外的行李。过了一会儿，一辆马车驶抵码头，运来一只长方形的松木箱子，这似乎就是我所期待的东西。箱子一到，邮轮就起航了。我们很快就安全地驶过港口的暗礁，向大海驶去。

如我刚才所说，那只箱子是长方形的，长约六英尺，宽两英尺半；我观察得很仔细，想说得更精确些。箱子的形状很奇怪，我第一眼看见它，就暗暗得意自己猜得准。你们应该记得，我推断我画家朋友的额外行李可能是几幅画，或至少是一幅画，因为我知道他已经和尼科利诺商谈了几个星期；而从这只箱子的形状来看，里面装的只能是达·芬奇《最后的晚餐》的仿品，据我所知，这件仿品由小鲁比尼在佛罗伦萨仿绘，目前为尼科利诺所收藏。我认为这个问题已经圆满解决。想到自己如此聪明，我禁不住窃笑不已。我还是第一次发现怀亚特对我隐瞒他的艺术秘密。他显然是想抢在我前面，从我眼皮底下把一幅好画偷运去纽约，还指望我完全蒙在鼓里。我决定一有机会就好好戏弄他一番。

然而，有件事让我心里很不痛快。箱子没有抬进多余的那间客房，而是存放在怀亚特自己的房间里，几乎把整个地板都占满了——这无疑会让画家和他的妻感到极为不适，尤其箱盖上还用沥青或油漆写着潦草的大写字母，散发出一股刺鼻难闻，依我看来特别恶心的异味。盖子上写道："阿德莱德·柯蒂斯夫人，纽约州奥尔巴尼市。科尼利厄斯·怀亚特先生托运。此面向上，小心轻放。"

我知道奥尔巴尼的阿德莱德·柯蒂斯夫人是画家的岳母，不过在我看来，上面的地址姓名不过是为了迷惑我而故弄玄虚。我敢打包票，箱子和里面的东西到了我这位厌世的朋友位于纽约钱伯斯大街的画室后，绝不会再向北行。

起初的三四天天气很好，只是逆风而行，因为海岸刚从视线里消失，我们就转向正北方行驶了。好天气使得乘客们情绪高涨，乐于进行社交。但我必须得把怀亚特和他的两个妹妹排除在外。他们态度生硬，我没法不觉得他们对其他乘客缺乏礼貌。怀亚特的行为令我不敢恭维。他甚至比平常还要沮丧，事实上他一直闷闷不乐——不过我对他早就见怪不怪了。让我捉摸不透的倒是他的两个妹妹，她们大部分时间都把自己关在屋里，虽然我再三相劝，她们仍断然拒绝与船上的任何人展开聊天。

怀亚特夫人则要招人喜欢得多。换句话说，她喜欢闲聊；在邮轮上喜欢闲聊可是一个大优点，她很快就跟大多数女士打成一片，而且令我大跌眼镜的是，她还毫不避讳地向男人们卖弄风情。她把我们都逗乐了。我用了"逗乐"这个词——我不知道该怎么说清我的意思。实际上我很快发现，人们更多是在嘲笑她，而非和她一起欢笑。男士们很少谈及她，而女士们没多久就宣称她"心地善良，但相貌平庸，毫无教养，俗不可耐"。太令人费解了，怀亚特先生居然会陷入这样一场婚姻。通常的解释是冲着钱去的，但我知道根本不是这么回事，因为怀亚特告诉过我，她既没有带给他一个子儿，他也不指望从她那里得到什么。他说他是冲着爱情结的婚，仅仅是为了爱情，他的新娘太值得他爱了。我承认，一想到他的这些话语，我就感到难以名状的困惑。他或许是哪根筋搭错了？我还能怎么想呢？他是如此优雅，如此聪明，如此挑剔，对缺点极为敏感，对美丽无比热衷！诚然，这位女士看上去特别喜欢他——尤其是他不在场的时候——她张口闭口都在引用她"亲爱的丈夫怀亚特先生"说过的话，显得很可笑。"丈夫"这个字眼似乎总是——用她本人的一句妙语来说——总是"挂在她的嘴边"。与此同时，船上所有人都注意到，他以一种再明确不过的方式在躲避她，大多数时候都把自己关在客房里——甚至可以说他整天都待在里面，任由妻子在主舱的乘客中间随心所欲地消遣。

根据我的所见所闻，我得出的结论是，画家由于命运阴差阳错的安排，抑或是被一阵突如其来的虚无缥缈的激情左右，娶了个根本配不上他的女人。其结果自然是对她彻底生厌。我打心眼里同情他，却无法因此而原谅他在《最后的晚餐》一事上对我隐瞒。我打定主意要进行报复。

一天，他来到了甲板上，我像往常一样挽起他的胳膊，在甲板上来回溜达。他的愁绪丝毫未减（我觉得在那种情况下很正常）。他很少开口，即使勉强挤出几句来，也是一副郁郁寡欢的口吻。我试探性地开了一两个玩笑，他竭力挤出一丝微笑，可笑得比哭还难看。可怜的家伙！想到他的妻子，我纳闷他竟然还有心情强装笑颜。我决定针对长方形箱子来一番冷嘲热讽或旁敲侧击，好让他渐渐明白，我可不会上他的当，被他的小把戏给骗了。我像隐蔽的炮台般开起火来。我说起"那只箱子奇怪的形状——"，同时冲他会意地笑了笑，眨了眨眼，然后用食指轻轻戳了戳他的肋骨。

怀亚特对这个无伤大雅的玩笑做出了惊人的反应，使我一下子确信他疯了。他先是盯着我看，好像听不懂我的俏皮话；但随着他渐渐听出了我的弦外之音，他的眼睛越睁越大，像从眼窝里突了出来。然后他的脸涨得通红，接着又变得惨白，再接着，他好像被我的含沙射影逗得乐不可支，突然放声狂笑起来，且以渐强的力道持续了十分钟甚至更久，令我万分惊诧。最后，他重重地摔倒在甲板上。我跑过去扶他起来时，他已经和死人无异。

我赶紧叫人帮忙，大家好不容易才把他弄醒过来。他苏醒过来后一度语无伦次，前言不搭后语。后来我们对他施行了放血疗法，并把他抬到床上。次日他就完全恢复了，不过这只是就他的身体而言。至于他的心智，我当然什么也不用说。我听从船长的劝告，在之后的航行中避免与他见面。船长似乎和我看法一致，认为他精神错乱，不过他告诫我不要对船上的人说起此事。

怀亚特突发意外之后，紧接着又发生了几件事，让我的好奇心愈发强烈起来。其中一件是这样的：我焦虑不安，喝了太多浓茶，晚上睡得不好，有两个晚上可以说是彻夜未眠。同船上其他单身男子的房间一样，我的房门对着主舱，也就是餐厅。怀亚特订的三间客房都在后舱，与主舱之间隔着一道小滑门，这道门连夜里都从不上锁。由于我们一直是顶着风行驶，而且风还不小，所以船向下风方向倾斜得厉害。每当右舷朝向下风方向，两舱之间的滑门便会自动滑开，然后就这么开在那里，因为谁都怕麻烦，不愿意爬起来把它关上。但我的铺位的位置很巧，当我的房门和那道滑门同时开着时（因为天热，我自己的房门总是敞开着），我能清楚地看到后舱里的情况，而且恰好就是怀亚特先生那三间客房所处的位置。在我翻来覆去睡不着的那两个晚上（不是连续的），我分明看到怀亚特夫人在十一点钟左右蹑手蹑脚地溜出怀亚特先生的房间，走进那间空着的客房，一直待到拂晓时分，等丈夫前来叫她才回去。很显然，他们实际上是分居的。他们各住各的房间，毫无疑问正在考虑离婚。原来这就是他多订一间房的奥秘。

还有一件事也让我很感兴趣。在那两个不眠之夜，怀亚特夫人刚溜进那间空屋，我就被她丈夫房间传出的某种奇怪的、小心翼翼的、压得很低的声响吸引住了。我凝神听了一会儿，终于听明白了是怎么回事。画家在用凿刀和木槌撬那只长方形的箱子——木槌的响声沉闷模糊，显然是用棉花或羊毛材质的东西包住了槌头。

照这样听下去，我相信我准能听出他何时把盖子撬开，何时把盖子取下，以及何时把它放到下铺。譬如说这最后一点，我是从箱盖与木头床沿的轻微碰撞声听出来的。他放得非常小心——地板上没处可放。之后是一片死寂，直到天亮我再也没有听到任何动静。不过我好像听到了轻声的啜泣或窃窃的细语，声音压得很低，几乎听不见——当然，这也许只是我的幻觉。我说它像是啜泣或叹息——当然了，它可能两者都不是。我宁愿相信那是我的耳鸣。毫无疑问，那仅仅是怀亚特先生出于习惯放纵自己的嗜好——沉浸于对艺术的狂热之中。他打开长方形箱子是为了一饱眼福，尽情地欣赏里面那幅珍贵的画作。可这件事没理由使他啜泣。因此我得再说一遍，那啜泣声一定是我的幻觉，是体贴的哈迪船长的绿茶引发的精神紊乱型幻觉。那两晚天快亮时，我清楚地听到怀亚特先生重新盖好盖子，用包了什么东西的木槌把钉子钉回原处。做完这些，他就穿戴整齐地走出房间，去把怀亚特夫人叫回来。

在大海上航行了七天后，"独立号"驶至哈特勒斯海角附近，这时从西南边刮来一阵狂风。好在我们多少有所准备，因为天气早已显露征兆。从甲板到桅杆，船上的每样东西都能抵风挡雨。由于风越刮越大，我们最终收起后桅纵帆和前桅中桅帆，顶风停驶。

我们安然无恙地随波漂流了四十八个小时——这艘船在许多方面都证明了它是一艘性能极佳的海船，始终没有灌进海水。但在那四十八个小时行将结束时，狂风增强为飓风，船上的后帆被撕成布条，使得我们被抛进波谷，一连几个巨浪向我们袭来。这次意外事故中，有三个人连同厨房一起被卷入大海，几乎整个左舷的舷墙都不见了。还没等我们回过神来，前桅中桅帆又裂成了碎片。我们撑起防风暴的支索帆，邮轮得以顺利地航行了几个小时，比先前稳当多了。

然而大风仍然刮个不停，看不到丝毫减弱的迹象。索具不合适，绷得太紧。起大风的第三天，下午五点左右，后桅迎着风向剧烈倾斜，越过了船舷。我们试图把它清除掉，但由于船身颠簸得厉害，折腾了一个多小时也无济于事。我们忙得焦头烂额的时候，船上的木工奔到船尾，宣称船舱里进了四英尺深的水。真是屋漏偏逢连夜雨，我们发现水泵又被堵住了，几乎没法使用。

整艘船都陷入了混乱与绝望。为了减轻船的重量，我们把所有能够抓到的货物都抛进大海，并砍掉了剩下的两根桅杆。这一切我们终于完成了——然而我们对水泵还是束手无策，与此同时，漏进船舱的水正飞快地逼近我们。

日落时分，风力明显减弱，海面也随之平静了下来，我们仍然抱着乘救生艇逃生的一线希望。晚上八点，上风方向云层蓦地散开，一轮满月映入眼帘——这是个好兆头，我们低落的情绪为之一振。

经过一番令人难以置信的努力后，我们终于成功地把大救生艇放入水中，然后全体船员和大部分乘客都挤了进去。他们即刻出发，历经诸多磨难，终于在沉船后第三天平安抵达奥克拉科克水湾。

船长和十四名乘客留在船上，决心将命运托付给船尾的小艇。我们轻而易举地将它放下水——小艇碰到海面的时候，我们没让它被海水吞没，这堪称奇迹。小艇上载的是船长夫妇、怀亚特先生一家、一位墨西哥军官和他的妻子以及四个孩子，另外就是我和一个黑人男仆。

当然，除了一些必要的装备、口粮和身上的衣服外，小艇里再装不下任何东西了。也没有人想过还要再带什么东西。谁料刚划出几英寻远，怀亚特先生倏地从船尾的座位上站了起来，冷冷地要求哈迪船长把小艇划回去，他要去取他的长方形箱子！所有人的惊讶不言而喻！

"坐下，怀亚特先生，"船长声色俱厉地答道，"你不坐稳船会翻的。舷边都快浸水里了。"

"那只箱子！"怀亚特先生站在那儿大叫大嚷，"那只箱子，我说！哈迪船长，你不能，也不会拒绝我。很轻的，一点也不重，完全不重。看在您母亲的分上，看在上帝的分上，看在您灵魂得救的分上，我乞求您让我回去取那只箱子！"

有那么一会儿，船长似乎被画家真诚的恳求打动了，但他很快又恢复了镇定，依旧严厉地说道："怀亚特先生，你疯了。我不能听你的。坐下，快坐下，不然你会把小艇弄翻的。别动——抱住他——抓住他！他要跳船！瞧——我就知道——他跳下去了！"

船长说话的当儿，怀亚特真从小艇上一跃而下。由于我们还处在沉船背风的一面，他使出近乎超人的力气，成功抓住一根从前链上垂下的绳子，只片刻工夫，他就已经爬上甲板，发疯般地朝船舱冲去。

与此同时，我们被刮到了沉船船尾，远远出了避风区，只能任凭依旧风急浪高的海面摆布。我们竭尽全力往回划，可小艇就像暴风雨中的一片羽毛。我们一眼看出那位不幸的画家已经在劫难逃。

小艇与沉船之间的距离迅速增大，我们看到那个疯子（我们只能把他看做疯子）出现在甲板梯口，用惊人的力量将长方形箱子拖了出来。就在我们看得目瞪口呆时，他飞快地用一根三英寸粗的绳子在箱子上绕了几圈，接着又在自己身上绕了几圈。转眼之间，他连人带箱都在海里了——一下子就消失了，永远地消失不见了。

我们悲哀地停止划桨，目不转睛地盯着他沉没的地方。最后我们划着小艇离开了。沉默持续了足足一个小时，我终于冒昧地问道：

"船长，你有没有注意到他们下沉得很快？你不觉得这很奇怪吗？我承认，当我看到他把自己和箱子绑在一起跳海时，我还以为他有一线生还的希望呢。"

"他们当然会沉下去，"船长答道，"而且会一下子沉下去。不过他们很快就会浮上来——但得等到盐化掉之后。"

"盐！"我失声叫道。

"嘘！"船长指着死者的妻子和两个妹妹说，"这个得等到合适的时候再谈。"

我们吃了大苦头，九死一生，幸好命运之神眷顾了我们，像她眷顾了大救生艇上的伙计们一样。经历了四天的痛苦煎熬后，我们半死不活地抵达了罗阿诺克岛对面的海滩。我们在那儿待了一周，没有受到救援者的苛待，最后我们搭船去了纽约。

"独立号"失事大约一个月后，我在百老汇偶遇哈迪船长。我们的谈话顺理成章地转到了那场灾难，尤其是可怜的怀亚特的悲惨命运。于是我知悉了以下详情。

画家给他自己和妻子、两个妹妹以及一个仆人买了船票。他的妻子诚如他所言，是个花容玉貌、才华横溢的女子。六月十四日上午（我第一次登船那天），这位女士突然生病离世。年轻的丈夫悲痛欲绝，但当时的情况又比较急，不允许他推迟去纽约。他必须把心爱的妻子的尸体送交他的母亲，另一方面，他又深知世人的偏见不容他公开这么做。绝大多数乘客宁可不乘那条船，也不愿意与一具女尸同行。

进退维谷之时，哈迪船长做出安排，用香料对尸体进行局部防腐处理，再同大量的盐一道装入一只尺寸合适的箱子，然后当作货物运上了船。女士的死讯一点都没泄露。由于大家都知道怀亚特先生给妻子买了船票，所以必须找个人在旅途中假扮她。亡妻的女仆二话没说就答应下来。女主人活着时为女仆订的客房依然保留。当然，假冒的妻子晚上就睡在那间客房里。白天，她尽其所能地扮演她的女主人——经过仔细核查，没有一位乘客见过女主人的庐山真面目。

我错就错在自己太粗心、太好奇、太冲动了。最近我很少能睡个安稳觉。无论怎样翻来覆去，总有一张面孔在我眼前晃动，总有一阵歇斯底里的笑声在我耳边回响，回响不绝。

汝　　即　　真　　凶

现在我要扮一回俄狄浦斯，来解开拉特尔镇之谜。我将向你们阐述 (只有我能阐述) 拉特尔镇奇事背后的秘密——这是一桩真正的、公认的、无可争辩的、不容置疑的奇事，它明确终止了拉特尔镇民没有信仰的历史，使那些胆敢对宗教持怀疑态度的凡夫俗子全都皈依了老祖母们信奉的东正教。

这桩奇事，很遗憾，我要用一种不适宜的轻率口吻来谈论。故事发生在一八××年夏天。拉特尔镇上最富有且最受尊敬的巴纳巴斯·沙特尔沃西先生失踪了好几天，人们不禁怀疑他遭到了谋杀。沙特尔沃西先生于周六大清早骑马从拉特尔镇出发，声称他要去十五英里外的某城，当天晚上返回。然而在他出发两小时后，他的马却独自跑了回来，出发时绑在马背上的鞍囊也不知去向。那匹马还挂了彩，身上满是污泥。这些情况当然在失踪者的朋友中引起了巨大的恐慌。当周日上午发现他仍未现身时，镇民们倾城而出去寻找他的尸首。

搜寻时冲在前头，表现最为卖力的是沙特尔沃西先生的心腹之交，一位名叫查尔斯·古德费罗的先生，大家一般叫他查理·古德费罗或老查理·古德费罗。到底是一个惊人的巧合，还是名字 [查尔斯有男人、自由的男人之意，古德费罗（Goodfellow）有好汉之意。——译注] 本身对性格有着潜移默化的影响，我从来就没弄清楚过；但有一点毫无疑问，那就是从来没有哪个叫查尔斯的人不是诚实善良、胸无城府、有男子气概的好汉，他们的嗓音低沉清亮，听得你身心舒畅，他们的眼睛总是直视你的脸，仿佛在说："我问心无愧。我不做亏心事，不怕鬼叫门。"所以戏台上所有热情友好、无忧无虑的男配角都叫查尔斯。

尽管老查理·古德费罗来到拉特尔镇才不过半年左右，尽管全镇上下对他的来历一无所知，但是他轻而易举就结识了镇上所有受人尊敬的人物。男人们在任何时候都相信他说的话，女人们更是对他有求必应。这一切都是因为他名叫查尔斯，因为他因此而拥有的那张坦诚率直、被公认为是"最佳推荐信"的脸。

我前面已经说过，沙特尔沃西先生是拉特尔镇上最受尊敬、而且无疑也是最有钱的人，而老查理·古德费罗与他热络得就像是亲兄弟。两位老先生是隔壁邻居，虽然沙特尔沃西先生很少拜访老查理，而且据说从没在他家吃过一顿饭，但这不妨碍这一对朋友像我刚才所说的那样，关系到了亲密无间的程度；因为老查理从来没有哪一天不登门个三四次，看他的邻居过得怎么样，而且时常留下来吃早餐或用下午茶，并总是在他家吃晚餐。至于两位密友每次见面喝多少酒，那可就说不清了。每每看到老友一夸脱一夸脱地开怀畅饮（老查理的最爱是玛歌庄园），沙特尔沃西先生都不禁心情大悦；于是有一天，当几杯好酒下肚，思维自然而然地变得更加活跃时，他拍着老友的背说："让我告诉你吧，老查理，你肯定是我这辈子遇到过的最热情友好的老兄弟，既然你这么喜欢以这种方式痛饮，那我要是不送你一大箱玛歌庄园，就让我不得好死！他妈的。"（沙特尔沃西先生有说粗话的坏习惯，但他也仅仅限于"他妈的""去你的"或"天杀的"）"他妈的，"他说，"我今天下午要是不向城里订一箱双层装的最上好的葡萄酒，作为送给你的礼物，就让我不得好死！我会的！你现在什么也别说。我跟你讲，就到此为止。你就等着吧——它会在一个好日子送到你手上，恰恰是你最意想不到的时候！"我略微提及沙特尔沃西先生的慷慨大方，只是为了让你们看到这两位朋友是何等亲密无间。

好吧，周日早上，当人们清楚地意识到沙特尔沃西先生可能已经遇害时，我从未看见有谁像老查理·古德费罗那样如丧考妣。当他得知那匹马是独自跑回来的，主人的鞍囊也不见了，得知可怜的马儿浑身是血，被一发手枪子弹射穿胸膛，差点就此丧命——当他得知这一切时，脸色顿时煞白，像生了疟疾热一样浑身直打哆嗦，仿佛失踪者是他至亲的父兄。

起初他完全被悲伤压垮，采取不了任何行动，也制订不出任何行动计划；所以他苦口婆心地劝说沙特尔沃西先生的其他朋友不要大动干戈，最好先等一阵子，一两个星期，或者一两个月，看这起事件是否会出现转机——说不定沙特尔沃西先生会自动出现，解释他为何先让马儿回家。我敢说你们经常注意到被悲伤压垮的人有拖延倾向。他们的思维似乎变得迟钝，因此非常惧怕采取行动，只想静静地躺在床上，像老妇人所说的那样"疗伤"，也就是说，反刍内心的伤痛。

拉特尔镇的百姓一向对老查理的智慧和审慎推崇备至，他们大多赞同这位诚实的老先生的意见，认为"在这起事件出现转机"前不宜大动干戈。我相信，若非沙特尔沃西先生的外甥、一个沉迷酒色、品行不端的年轻人非常蹊跷地出面干涉，老先生的意见会成为全体镇民的一致决定。这位名叫彭尼费瑟的外甥把"静候其变"的理由当耳边风，要求立即着手搜寻"遇害男子的尸体"。这是他所使用的措词，古德费罗先生就此尖锐地评论道："这种措词非常奇怪。"老查理的这句话一石激起千层浪，当时就有人意味深长地发问："年轻的彭尼费瑟先生何以对富翁舅舅失踪的情况了如指掌，居然毫不含糊地一口咬定他已经遇害身亡。"于是一连串的争吵在各色人等中间爆发，其中吵得最厉害的当属老查理和彭尼费瑟先生。他们两个吵起来不是什么新鲜事，实际上他俩不对付已有三四个月。最后事情发展到彭尼费瑟先生将舅舅的好友打倒在地，理由是老查理在他舅舅家里过于放肆，而他就寄居在舅舅家里。据说老查理表现出了楷模般的克制和基督徒的仁慈。他挨打后从地上爬起来，整了整衣服，一点没有反击的意思，只是咕哝了一句："等我逮到机会，我会报仇雪恨的！"——这是盛怒之下自然而然、情有可原的发泄，没有任何意义，而且毫无疑问，发泄完就过去了。

这些事情暂且不去管它（与眼下的问题无关），可以肯定的是，主要是经过彭尼费瑟先生的劝说，镇上的人们终于决定分头去周边乡村寻找失踪的沙特尔沃西先生。他们先是做出了分头行动的决定——他们一致决定着手搜寻之后，便理所当然地认为应该分头去找，也就是兵分几路，以便更加彻底地搜查周围地区。我已记不清老查理用了什么巧妙的理由，竟让大家相信分头去找是最不明智的做法。不过大家的确被他说服了，除了彭尼费瑟先生外。最后镇民们决定集体出动，由老查理本人亲自带队，进行一番细致彻底的搜寻。

对于这种事情，再没有比老查理更好的领路人了，因为谁都知道他有一双山猫的眼睛；但是，尽管他领着队伍沿着前所未闻的僻径走过各种人迹罕至的洞穴和角落，尽管这场搜索日以继夜地持续了将近一个礼拜，可还是未能发现沙特尔沃西先生的踪迹。我说没发现踪迹，千万不能从字面上理解，因为从某种意义上说，踪迹无疑是存在的。人们曾循着独特的马蹄印，顺着通往城里的大道追踪这位可怜的先生的下落，最后来到镇子东边大约三英里的一个地方。

马蹄印从那里拐进一条林间小路——小路的另一头又是大道，抄了大约半英里的近路。一行人循着小路上的马蹄印，走到一个被小路右边的荆棘丛半遮半掩的死水塘，而马蹄印在死水塘对面全然消失。这里看样子发生过打斗，似乎有个比人的身体大得多也重得多的东西被从小路上拖到了塘边。他们在水塘里仔细打捞了两次，但是一无所获。大家失望透顶，正打算离开，古德费罗突然灵光乍现，想到把塘里的水全部排干的权宜之计。这一方案博得一片喝彩，人们对老查理的英明睿智赞不绝口。考虑到可能要挖掘尸体，许多镇民都随身带了铁锹，所以塘里的水没多久就排干了；水塘刚一见底，人们就看到淤泥正中有一件黑色丝绒背心——几乎所有人都一眼认出那是彭尼费瑟先生的东西。这件背心被撕得破破烂烂，上面血迹斑斑，好几个人都清楚地记得沙特尔沃西先生进城的那天早晨，彭尼费瑟先生身上穿的正是这件；还有几个人表示，如果有需要的话，他们愿意亲口作证，彭先生在那个令人难忘的日子的剩余时间里再没有穿过这件背心；而且现场没有一个人在沙特尔沃西先生失踪后看见彭先生穿过这件背心。

局面对彭尼费瑟先生来说变得非常严峻。当所有人都明确无疑地将怀疑的矛头指向他时，他的脸色一下子变得惨白；问他有什么要为自己辩解的，他一个字也说不出来。他放纵的生活方式留给他的寥寥几个狐朋狗友立刻将他抛弃，甚至比他公开的宿敌更为起劲地要求当场将他逮捕。

对比之下，古德费罗先生的宽宏大量散发出更加夺目的光泽。他热情洋溢、滔滔不绝地为彭尼费瑟先生辩护，言谈中不止一次地提到他本人真心实意地原谅那位放荡的年轻绅士，那位"值得尊敬的沙特尔沃西先生的继承人"，原谅他 (年轻绅士) 无疑是因为一时冲动才侮辱了他 (古德费罗先生)。"他从心底里原谅了彭尼费瑟先生，"古德费罗先生说，"他非但不会拼命把怀疑的矛头指向彭尼费瑟先生 (很遗憾，人们对彭尼费瑟先生产生了怀疑)，反而会尽他所有的力量，运用他所拥有的那么一点口才，煞费苦心地去缓解这一令人困惑的事件的最坏局面。"古德费罗先生用这种口吻讲了半个多小时，他的智慧和善心都令人称道，然而这种热心人的陈词很少能恰如其分——他们被为朋友两肋插刀的热忱冲昏了头脑，以至于陷入窘境，犯下五花八门的错误——他们往往怀着世界上最良好的意愿，最后却落得个成事不足败事有余。

就看目前这个例子，它证明了老查理的一番雄辩适得其反；尽管他郑重其事地竭诚为嫌犯辩护，但不知怎的，他发出的每一个音节都无意间削弱了听众对演讲者的好感，这反倒更加深了他为之辩护的那人的嫌疑，激起了民众对嫌犯的愤恨。

演说者犯下的最莫名其妙的错误是他间接提到嫌犯为"值得尊敬的沙特尔沃西先生的继承人"。人们之前根本没有想到这点。他们只记得一两年前那位舅舅 (他就剩下外甥一个亲戚) 威胁说要剥夺外甥的继承权，所以他们一直以为这份继承权已经被剥夺了——拉特尔镇的百姓就是这么一根筋；但是老查理的话立刻使他们开始考虑这一问题，并由此看出沙特尔沃西先生可能只是威胁一下而已。于是"何人受益"这个问题就冒出来了。这个问题甚至比那件背心还要易于把可怕的罪名加在年轻人头上。

在此，为了避免误解，请允许我说几句题外话。我刚才所使用的那个极为简短的拉丁短语老是遭到误译和误解。"Cui Bono？"在所有一流小说中及其他地方都被误译，比如在《塞西尔》作者戈尔夫人的书里。戈尔夫人喜欢引用从迦勒底语到契卡索语的各种语言，曾师从贝克福德先生，"按需"进行系统性的学习。是的，在所有一流的小说中——从布尔沃和狄更斯到特纳彭尼和安斯沃斯——"Cui Bono"这两个小小的拉丁字都被译成"有何目的"，或是被当成"Quo Bono"译作"有何好处"。而它真正的意思是"何人受益"。Cui，何人；Bono，受益。这是一个纯粹的法律用语，恰恰适用于我们正在考虑的案例，即某人做某事的可能性取决于此人受益或通过该事受益的可能性。在这个案例中，"何人受益"明显指向彭尼费瑟先生。他舅舅立下对他有利的遗嘱之后，曾威胁说要剥夺他的继承权。但那个威胁并未付诸实施，遗嘱看起来没有改过。如果遗嘱已经修改过，那杀人的动机就只能是普通的报复；而报复的念头也会因为有望重新讨得舅舅欢心而消除。现在遗嘱没有改过，更改遗嘱的威胁仍然悬在外甥头上，那最有说服力的动机就浮出水面了——拉特尔镇值得尊敬的镇民们睿智地得出这一结论。

于是彭尼费瑟先生被当场拘捕。人们继续搜寻了一阵子，便押着他打道回府。然而返回途中又发生了一件事，更加证实了人们的怀疑。古德费罗先生劲头十足，一直走在队伍前面一点点，就见他突然朝前跑了几步，弯下腰，从草丛里捡起一个小物件。

他匆匆查看了一下，便试图藏进外衣口袋。这一举动没能逃过大伙的眼睛，随即遭到阻止。人们发现那是一把西班牙折刀，与此同时，有十来号人一下子认出那是彭尼费瑟先生的，刀柄上还刻着他姓名的首字母。刀刃张开着，上面沾有血迹。

这下外甥的罪行确凿无疑了。一回到镇上，他就被带到地方法官跟前受审。

案情急转直下。询问嫌犯在沙特尔沃西先生失踪那天早上的去向时，他竟然厚颜无耻地承认那天早上他带着步枪外出猎鹿，地点就在那个死水塘附近。就是在那里，古德费罗先生凭着自己的聪明才智发现了那件血迹斑斑的背心。

这时古德费罗先生走上前来，眼里含着泪水，请求对他进行查问。他说他对上帝以及自己的同胞怀有深厚的责任感，这份责任感不允许他继续保持沉默。到目前为止，古德费罗先生对这位年轻人所怀有的最真挚的爱（尽管彭尼费瑟先生曾经无礼地对待过他）促使他绞尽脑汁地作出各种假设，意在为彭尼费瑟先生的种种疑点寻找说得过去的理由。但是现在看来，这些事实太令人信服了——太足以定罪了，他再也不犹豫了——他要将他知道的一切和盘托出，尽管这么做让他心如刀绞。他接着陈述道，在沙特尔沃西先生动身去城里的前一天下午，他听到那位可敬的老先生向外甥提起明天进城的目的，说是要把一笔巨款存入"农场主与机械工银行"，当时沙特尔沃西先生还明白无误地向外甥宣称，他已经铁了心要废除原先立的遗嘱，剥夺他的继承权。古德费罗先生（证人）郑重地要求被告回答，他刚才所说的是否句句属实。令在场所有人大为惊奇的是，彭尼费瑟先生坦承证词属实。

　　听到这里，地方法官认为有责任派两个警察去搜查被告在他舅舅家里的房间。他们没一会儿就回来了，手里拿着大家都很熟悉的那个赤褐色钢面皮夹，老先生多年来一直随身携带着它。

　　但皮夹子里的贵重东西已被取出。法官白费了许多口舌，试图从犯人嘴里审出它们用哪儿去了，或是藏匿在什么地方。事实上他一口咬定对此事一无所知。警察还在这个不幸的人的床铺和被褥之间发现一件衬衫和一条围巾，上面都标有他姓名的首字母，而且都令人惊骇地沾着受害者的鲜血。

　　在这个节骨眼上，有人宣称被杀的马匹因伤势过重死在了马厩里。古德费罗先生提议火速进行尸检，看能否找到子弹。他们听从了这个建议；仿佛是为了证明被告的罪行板上钉钉，古德费罗先生在对死马的胸腔进行了细致的探寻后，发现并取出一颗超大号的子弹。经检验，子弹与彭尼费瑟先生那支步枪的口径完全一致，而它对镇上及周边百姓的步枪来说都太大了。让这件事更加确凿的是，子弹上与焊口成直角的地方还发现一道瑕疵或接缝，经验证，这道接缝与被告亲口承认为他所有的一副模具上的一道凸起或隆起完全契合。发现这颗子弹后，预审法官便拒绝再听任何进一步的证词，并立即将犯人交付审判，决不容许保释，尽管这个严厉的决定遭到古德费罗先生的强烈抗议——他愿意为他交保，不管金额多大。

　　老查理的慷慨与他迁居拉特尔镇以来所表现出的和善、仗义的行为完全一致。在目前的情况下，这位值得钦佩的先生被过度的同情心冲昏了头脑——在他提出愿意为他那位年轻的朋友交保时，居然忘了自己在这个地球上一文不名。

彭尼费瑟先生被收监了，这是意料之中的结果。在全镇百姓的唾骂声中，彭尼费瑟先生第二次上庭接受审判，由于间接证据令人信服，形成了完整的证据链（事实上古德费罗先生又提供了一些确凿的证据，进一步加强了证据链，因为他敏感的良心不容许他在法庭上隐瞒事实），陪审团甚至没有离席就做出了一级谋杀罪的裁决。这个不幸的家伙很快就被判处死刑，押回郡监狱，等待他的将是法律的严惩。

与此同时，老查理·古德费罗的高尚行为使他更加受到诚实的拉特尔镇镇民的爱戴。他的受欢迎度较之以前增加了十倍，所有人都把他当作上宾款待，这就必然带来一个结果，即他放宽了自己因贫穷而养成的极度节俭的习惯。他开始隔三差五地在自己家里举办小型聚会，妙语欢声经久不息，唯有在宾客偶尔想起悲伤的厄运正在向慷慨的主人那位亡友的外甥一步步逼近时，气氛才会有点儿压抑。

在一个晴朗的日子，这位宽宏大量的老绅士惊喜地收到如下来信：

拉特尔镇查尔斯·古德费罗先生收
寄自H.F.B公司
羚羊牌玛歌庄园葡萄酒 一号 6×12瓶（6打）

"亲爱的先生：

遵照我们尊敬的客户巴纳巴斯·沙特尔沃西先生约两个月前寄至本公司的一份订单，我们荣幸地于今天上午向您的地址寄去一大箱贴紫色封条的羚羊牌玛歌庄园葡萄酒。编号及标志见页边。

　　　　　　您永远忠实的仆人谨上 霍格思·弗罗格斯·博格斯公司

　　　　　　　　　　　　　　　　　18××年6月21日×城

　　又及：箱子将于您收到信后次日由马车运抵。向沙特尔沃西
先生致以敬意。

　　　　　　　　　　　　　　　　　　H.F.B公司"

　　其实自从沙特尔沃西先生过世后，古德费罗先生便不再指望
能收到沙特尔沃西先生许诺要送的玛歌庄园葡萄酒；所以他视之
为上帝对他的恩赐。他自然是欣喜若狂，在这种狂喜之下，他邀
请一大帮朋友次日前来参加晚宴，见证他开启善良的老沙特尔沃
西先生的礼物。这并不是说他在发出邀请时提到了"善良的老沙
特尔沃西先生"。事实上他思索再三，最终决定只字不提。如果我
没记错的话，他没有对任何人提起他收到了别人赠送的玛歌庄
园，而只是请朋友们来帮他喝一种香味浓郁的上乘葡萄酒，酒是
他两个月前从城里订购的，明天就会送抵。我常常苦思冥想，为
何老查理会对老友送酒一事绝口不提，但我始终未能想出个所以
然，虽然他这么做肯定有某种充足且大度的理由。

　　第二天终于来了，一大批受人尊敬的镇民聚到了古德费罗先
生家里，事实上半个镇的人都来了，我本人也在场。令主人大为
恼火的是，玛歌庄园直到很晚才送抵，当时客人们已经在津津有
味地大吃古德费罗先生准备的丰盛晚餐。不过它总算来了，而且
是一个大得出奇的箱子。在场所有人兴致高涨，一致决定将它抬
上餐桌，立即取出美酒。

说做就做，我也助了一臂之力，转眼之间，我们已把箱子抬上餐桌，放在一大堆喝光的酒瓶和酒杯中间，忙乱中还打碎不少。喝得酩酊大醉、满面红光的老查理在主位坐下，故作威严之态，手执酒瓶猛敲桌面，呼吁大家"在掘宝仪式上"保持秩序。一阵喧嚷过后，众人总算安静下来，而且就像类似情况下经常发生的那样，继而就是一片非同寻常的死寂。主人点名要我撬开箱盖，我自然"喜不自胜地"一口应允。我插进一把凿子，用榔头轻轻敲了几下，突然间，那箱盖猛地弹开，与此同时，遇害者沙特尔沃西先生那血淋淋的、浑身瘀青的，几近腐烂的尸体倏地弹坐起来，直挺挺地面对着主人。它用那双腐烂的死鱼眼死死地、悲凄地盯着古德费罗先生的脸；缓慢地，但又清晰有力地吐出几个字："汝即真凶！"然后就从箱沿翻落下来，四肢颤抖着趴伏在桌上，仿佛终于了却一桩心愿。

接下来的场面根本无法形容。宾客们慌不择路地冲向门窗，许多孔武有力的壮汉吓得当场晕倒。但在最初那阵惊恐的尖叫声过后，所有人的目光都转向了古德费罗先生。我再活一千年都忘不了他惨白的脸上那副极度痛苦的表情，而这张脸刚才还因为狂喜和美酒而容光焕发。他像大理石雕像一样僵直地坐了好几分钟，茫然若失的眼神似乎转向了内心，全神贯注地审视起自己卑劣而凶残的灵魂。终于，他的目光又突然射向外部世界，就见他猛地从椅子上一跃而起，接着脑袋和肩膀重重地落在桌子上，和尸体碰在了一起。然后他语速飞快、情绪激动地交代了那桩令彭尼费瑟先生打入死牢的可怕罪行。

他的叙述大致如下：他尾随被害人来到死水塘附近，举起手枪击中他的坐骑，抡起枪托打死马的主人，把钱包占为己有。他以为马死了，用力将它拖至塘边的荆棘丛中。然后他把沙特尔沃西先生的尸体扔在自己的马背上，穿过林子驮到远处一个隐蔽的地方。

背心、折刀、钱包和子弹都是他亲手放在那里的，目的是报复彭尼费瑟先生。发现血迹斑斑的围巾和衬衫也是他精心策划的。

这段令人反胃的供述快要结束的时候，这位犯了罪的可怜虫突然结巴起来，声音也变得干巴巴的。当他终于详尽无遗地讲完时，他站起身，踉踉跄跄地往后退了几步，然后一头栽倒在地上，死了。

让他乖乖招供的方法很简单，但是十分奏效。古德费罗先生的过分坦率令我反感，从一开始就引起了我的怀疑。彭尼费瑟先生揍他那次我也在场，当时他曾经面露凶相，虽说转瞬即逝，但我确信他一旦扬言报复就一定会兑现。因此我是用一种与善良的拉特尔镇百姓截然不同的眼光去看老查理的伎俩。我一眼看出所有罪证都是直接或间接地由他自己发现的。但真正让我看清真相的还是他从马尸里找到子弹一事。尽管镇上的百姓们全都忘记了，但我仍然记得马尸上有一个子弹穿进去的小洞，还有一个子弹穿出来的小洞。如果子弹穿出后又在马的身体里找到，那我当然能断定这是发现子弹的人故意放进去的。血迹斑斑的衬衫和围巾也证实了我对子弹的看法，因为经过检验，那些血迹原来只是上等的波尔多红葡萄酒而已。当我开始思考这些情况，包括联想到古德费罗先生近来出手阔绰时，就不由得对他产生起怀疑——这份怀疑被我藏在心底，所以变得愈发强烈。

与此同时，我在严格保密的情况下开始寻找沙特尔沃西先生的遗体。我有充分的理由与古德费罗先生指引我们寻找的方向背道而驰。几天后我偶然发现一口干涸的老井，井口几乎被荆棘完全遮住；在井底，我发现了我要找的东西。

事有凑巧，就在古德费罗先生想方设法哄骗主人送他一箱玛歌庄园时，我无意中听到这两位老友之间的对话。于是我将计就计，弄来一块硬邦邦的鲸鱼骨，塞进死者的喉咙，再把尸体放进一个旧酒箱，小心翼翼地使尸体和鲸鱼骨对折弯曲。这样的话，我钉钉子时就得用力压住箱盖，当然我也可以预见，一旦钉子被拔除，箱盖就会弹飞出去，尸体就会弹坐起来。

我钉好箱子，照前面叙述的那样加上标志、编号和地址。然后我以沙特尔沃西先生的酒商朋友的名义写了封信，吩咐我的仆人按我发出的信号用手推车将箱子推到古德费罗先生门口。对于我想让尸体说的话，我完全信赖我的腹语术；其效果如何，就全看那个凶残的可怜虫的良知了。

该解释的我都解释了。彭尼费瑟先生立即获释。他继承了舅舅的财产，从这次经历中获取了教训，自此翻开新的一页，过上了幸福的新生活。

失　　窃　　的　　信

精明过头，乃智者大忌。

——塞内加

一八××年秋天，巴黎，一个狂风大作的傍晚，夜幕降临后，在市郊圣日耳曼多瑙街三十三号那间小小的后书房或者说书斋里，我享受着沉思冥想和海泡石烟斗的双重愉悦，身旁是屋主、我的友人C.奥古斯特·杜平。至少有一个钟头，我们完全沉默，此时若有人碰巧来访，就会看到我俩沉浸在吞云吐雾中，屋里的气氛被缭绕的烟雾弄得十分压抑。不过我正在思忖天刚黑时我俩谈论的话题，我指的是莫格街谋杀案和玛丽·罗热被害之谜。所以，当房门被推开，我们的老友、巴黎警察局长G先生走进来时，我认为这是一个巧合。

我们热情地迎接了他，这人虽然可鄙，但也委实有趣，而且我俩已经有好几年没见到他了。我们原本坐在一团漆黑中，这时杜平起身想去点灯，可一听G的来意又重新坐下。G说碰到一件麻烦透顶的公事，故来征求我们的意见，更确切地说是征求我朋友的意见。

"如果是需要仔细考虑的问题，"杜平忍住了没点燃灯芯，说，"那还是在黑暗中琢磨为好。"

"又是你的一个怪念头。"警察局长说。他把自己没法理解的事统称为"怪事"，因此他就生活在层出叠现的"怪事"之中。

"对极了。"杜平边说边递给客人一只烟斗，还推了张舒适的椅子给他坐。

"这次遇到什么难题了？"我问，"别又是凶杀案吧？"

"哦，不是，不是那一类的。实际上这件事很简单，我毫不怀疑我们自己能处理得很好，不过我认为杜平会愿意听听这件事的细节，因为它太奇怪了。"

"又简单又奇怪。"杜平说。

"嗯，是的，不过也不尽然。事实上我们都大惑不解，因为它看着是很简单，可就是把我们给难倒了。"

"也许正因为太简单，才把你们弄糊涂了。"我的朋友说。

"你胡说些什么呢！"警察局长开怀大笑地作答。

"也许这个疑案有点儿一目了然。"杜平说。

"噢，天哪！谁听说过这种高论？"

"有点儿不言自明。"

"哈！哈！哈！——哈！哈！哈！——嗬！嗬！嗬！"客人被逗得乐坏了，狂笑不止，"哎呀，杜平，你要把我乐死了！"

"所以到底是什么事情？"我问。

"嗨，我会告诉你们的。"警察局长答道。他若有所思、慢条斯理地长吐了一口烟，在椅子上坐定。"我会简述这件事。但在我说之前，请允许我提醒你们，这件事需要绝对保密，要是给人知道我跟别人透露过，那我的官位就不保了。"

"接着说。"我说。

"要么别说。"杜平说。

"好吧，是这样，我从高层听到个秘密消息，说皇宫里丢失了一份至关重要的文件。毫无疑问，窃件人的身份已经确认，有人亲眼看见他偷的。另外我们也知道那份文件还在他手上。"

"怎么会知道的？"杜平问。

"从文件的性质可以清楚地推断出来，"警察局长答道，"而且文件一旦转手，马上就会引起某些后果，这后果目前还未出现。换句话说，窃件人在利用这份文件要挟某人。"

"说得再明白点。"我说。

"好吧，我可以冒昧地说，这份文件使窃件人获得了某种权力，而这种权力之大难以估量。"这位警察局长爱用外交辞令。

"我还是不大明白。"杜平说。

"不明白？好吧，这份文件若是到了第三者（我不便透露他的姓名）手上，就会影响到一位要人的名誉。这就使得窃件人能随意摆布那位名誉和安宁岌岌可危的要人。"

"但是这种摆布，"我插话道，"得取决于窃贼是否知道失主晓得是他偷的。谁敢——"

"这位窃贼就是D大臣，"G说，"他什么都敢做，体面的不体面的都做。他的偷法与其说是巧妙，不如说是大胆。那份文件——坦率地说是一封信——是失窃的那位要人独守皇室闺房时收到的。她正仔细读着这封信，突然被另一位要人的出现所打断，而这封信她最怕的就是让他看到。慌乱中她没能把信塞进抽屉，只得将它摊放在桌上。好在最上面是地址，信的内容没露出来，从而逃过了那位要人的注意。在这个关头，D大臣闯了进来。目光犀利的他一眼就看到那封信，认出了地址的笔迹，觉察到收信人的张皇，并看透了她的秘密。他像平常一样匆匆办完几件公事，接着就掏出一封跟桌上那封信有几分相似的信，将其拆开佯装看了一会儿，然后将它和那封信并排放在一起。他又谈了一刻钟公事才起身告辞，走之前顺手从桌上拿走了那封不属于他的信。那信的合法拥有者看到了这一幕，可当着站在身边的第三者的面，她当然没敢声张。大臣匆匆逃走，把他自己的信——一封无关痛痒的信——留在了桌上。"

"那么，"杜平对我说，"你想知道失主为何会受窃贼摆布，现在全明白了吧——窃贼晓得失主知道是他偷的。"

"是的，"警察局长答道，"几个月来，为了达到自己的政治目的，D大臣操弄着如此得来的那份权力，已经到了非常危险的程度。遭窃的要人日益深信非收回这封信不可。但这件事当然不能公开去做。好吧，她被逼得走投无路，只好委托我来处理。"

"依我看，"被一团袅袅升腾的烟雾所环绕的杜平说，"找不到，甚至都想不到比你更精明的探员了。"

"您太恭维我了，"警察局长回答说，"不过他们可能是这么看。"

"很清楚，"我说，"正如你所观察到的，这封信仍然在大臣手里，因为在他手里，他才拥有这份权力。信一旦转手，这份权力就消失了。"

"是的，"G说，"我着手此事就是基于确信这一点。我首先考虑的是彻底搜查大臣的宅邸，可令我为难的是必须在他不知情的情况下进行搜查。他们提醒过我，要是被他察觉到我们的意图，就会吃不了兜着走。"

"但你对这种调查再熟悉不过，"我说，"巴黎警方以前经常这样做。"

"哦，是的，因此我没有灰心。D大臣的某些习惯也让我有空子可钻。他经常整宿不归家。他的仆人绝对不算多。他们睡觉的地方离主人房间有一些距离，而且大多是那不勒斯人，很容易喝醉。你们也知道，我的钥匙可以打开巴黎的每一间房屋和每一个橱柜。三个月来，没有一天晚上我不是亲自出马，花上大半夜时间将D大臣的宅邸搜了个底朝天。这件事关系到我的声誉，而且不瞒你们说，报酬也相当丰厚。所以，在我完全确信这窃贼比我还要精明之前，我是不会放弃搜查的。我想我已经搜遍了宅子里能藏信的每一个角落。"

"有没有这种可能，"我提醒说，"虽然这封信或许在大臣手里，事实上就在他手里，可他说不定把它藏匿在别处，而不是藏在自己家中？"

"这种可能性几乎没有，"杜平说，"根据目前宫里的特殊情况，尤其从D大臣的图谋来看，这封信需要随时都能拿出来——需要伸手即得——这一点几乎和持有这封信一样重要。"

"便于随时可取？"我说。

"换言之，便于随时毁掉。"杜平说。

"的确如此，"我说，"信显然在他家里。至于他是否随时携带，我认为绝无可能。"

"完全正确，"警察局长说，"他被拦路抢劫过两次，似乎是拦路贼干的，我亲眼看到他浑身上下都被搜了一遍。"

"你不必自找麻烦，"杜平说，"D大臣又不是傻子，既然不是，他一定料到会碰上劫道的。"

"他肯定不是傻子，"G说，"不过他是个诗人，照我看，诗人和傻子之间只有一步之遥。"

"没错，"杜平拿起海泡石烟斗，若有所思地深吸了一口，说，"很惭愧，我自己也写过打油诗。"

"详细说说搜查的经过吧。"我说。

"事实上，我们搜得很慢，犄角旮旯都搜遍了。这种事我是老手了。整座房子逐间搜查，每一间都花七个晚上。首先检查家具，所有抽屉统统打开，我想你也知道，对一个训练有素的警察来说，所谓秘密抽屉是不存在的。只有蠢货才发现不了秘密抽屉。这很简单。每个柜子体积多大，占多大空间都计算过了，而且我们有精确的尺子，一厘一毫都逃不过我们的眼睛。搜完柜子再检查椅子，椅垫都用长针一一戳过，就是你们见我用过的那种细细的长针。桌面我们也卸下来了。"

"干吗要卸桌面？"

"想藏匿东西的人会把桌面或其他家具的板面卸下，然后凿空桌腿，把物品放进去，再把桌面重新装上。床柱头和床柱腿也可这般加以利用。"

"难道空心听不出来吗？"我问。

"物品放进去后，在其周围填满棉花，那就听不出来。再说了，这次搜查必须在悄然无声中进行。"

"你说家具可以用来藏匿东西，但你总不能把所有的家具都搬开拆开啊。比方说，一封信可以卷成细细的螺旋条，形状大小跟大号编织针差不多，这样它就能嵌进椅子的横档。你们没把所有的椅子悉数拆散吧？"

"当然没有。不过我们干得更高明。借助一台最强大的显微镜，我们检查了房子里每一张椅子的横档，甚至每一样家具的接榫。要是有最近动过的迹象，一下子就能查出来。举个例子，一粒木屑就跟一个苹果一样显眼。粘胶的地方有异样了，接榫的地方有反常的裂缝了，都躲不过我们的眼睛。"

"想必你们注意到镜子了吧，镜面和底板之间，另外床铺、被褥、窗帘和地毯也都探查过了吧。"

"那是当然，我们用这种方法将每件家具都彻底搜查一遍后，就开始仔细检查房子本身了。我们把整座房子的表面都分成一格一格，编上号码，以免出现疏漏，然后，我们照旧是用显微镜细察房子里的每一寸地方，甚至包括毗邻的两座房子。"

"毗邻的两座房子！"我惊呼道，"你们一定费了大力气。"

"是这样。可报酬也高得惊人呢！"

"你们检查过房子周围的地面吗？"

"地面铺的全是地砖，给我们带来的麻烦相对较少。我们检查了砖缝间的苔藓，没有发现动过的痕迹。"

"他的文件和书房里的书一定也查过啰？"

"当然，大包小包都打开看了。不仅打开了每一本书，而且每一本还逐页翻过。我们可不像有些警官，拿起书抖抖就算完事。我们还非常精确地测量了每本书封面的厚度，并用显微镜万分仔细地审视过。要是有哪本书的装帧新近动过，那必然逃不过我们的法眼。有五六本书刚装订不久，我们用探针小心翼翼地探查过。"

"你们检查过地毯下面的地板吗？"

"毋庸置疑。每块地毯都移开过，每块地板都用显微镜查看过。"

"那么墙纸呢？"

"查过。"

"查过地窖了？"

"查过。"

"那么，"我说，"你判断有误，那封信并不如你料想的那样藏在宅邸里。"

"恐怕你是对的，"警察局长说，"哎，杜平，你看我该怎么办？"

"再把那宅子彻底搜查一遍。"

"绝无必要，"G答道，"我无比确信，那封信绝对不在宅邸里。"

"那我就没有更好的建议了，"杜平说，"你一定能准确描述那封信的样子吧？"

"哦，能！"警察局长说着掏出一本备忘录，大声念起那封信的特征，尤其是外观的详细特征。他念完这段就垂头丧气地走了，与我印象中那位开朗的绅士判若两人。

大约过了一个月，他再度来访，见我们就跟上次一样忙碌。他拿了支烟斗，在椅子上坐下，和我们闲聊起来。最后我问道：

"对了，G，那封失窃的信有下文吗？你终于认定斗不过他了？"

"该死，是啊。我按照杜平的意思，又把那宅子彻底搜查了一遍，然而一切都是徒劳，这我早就料到了。"

"酬金是多少来着，你说过？"杜平问。

"噢，一笔大钱，非常之丰厚，我不想说出具体金额，不过有一点我可以说，谁能帮我弄到那封信，我不惜自掏腰包，给他开一张五万法郎的支票。实际上这件事的严重性与日俱增，报酬最近也增加了一倍。可就算增加两倍，我也没辙了。"

"哦，是吗，"杜平一边吸他的海泡石烟斗，一边慢吞吞地说，"我倒是——认为，G——就这件事而论——你尚未竭尽全力。我看，你还可以——再尽一点力，嗯？"

"怎么尽？用什么法子？"

"哎呀，噗，噗——你可以——噗，噗——你可以向人讨教，嗯？——噗，噗，噗。你还记得阿伯内西大夫的故事吗？"

"不记得。让阿伯内西见鬼去吧！"

"当然！你大可以让阿伯内西见鬼去吧。可从前有个腰缠万贯的守财奴，为了让阿伯内西白给他看病，还生出一计来。在一个私人场合，他趁着和阿伯内西闲聊之机，虚构了一个病人，把自己的病情安在他头上讲给这位医生听。

"'假定他的症状是如此这般……'守财奴说，'那么，医生，您会让他吃什么药？'

"'让他吃什么药？'阿伯内西说，'嗨，让他向医生讨教。'"

"可是，"警察局长有点心绪不宁，"我非常乐意向人讨教，而且很愿意付钱。谁能在这件事上助我一臂之力，我就真地给他五万法郎。"

"如果是那样的话，"杜平说着打开抽屉，拿出一本支票簿，"你不妨照你说的金额填张支票给我。签好字，我就把信交给你。"

我大吃一惊。警察局长更是惊得目瞪口呆，好几分钟一声不吭、一动不动，只是嘴巴大张、满腹狐疑地瞪着我的朋友，眼珠子都快从眼窝里掉出来了。接着他似乎回过神来，抓起一支笔，踌躇再三，茫然四顾，终于填好五万法郎的支票，签上名，递给桌子对面的杜平。杜平仔细看了一遍，将其放入皮夹，然后打开小写字台，从里面拿出一封信交给警察局长。这位官员欣喜若狂地一把抓住信，用颤抖的手将它打开，匆匆瞥了一眼内容，紧接着就奋力奔向门口，全然不顾礼节地冲出房间和那座房子，打从杜平要他填支票起，他就没再说过一个字。

他一走，我的朋友就对我解释起来。

"巴黎的警察很擅长他们自己那套，"他说，"他们锲而不舍、足智多谋、精明狡诈，对本领域的业务知识了如指掌。因此，当G向我们详述他在D公馆的搜查情况时，我完全相信他已经完成了一次令人满意的调查——就他所作的努力而言。"

"就他所作的努力而言？"我问。

"是的，"杜平说，"他们采用了他们最拿得出手的方法，而且执行得也非常完美。如果这封信藏在他们搜查的范围内，那毫无疑问会被找到。"

我一笑置之，他倒是说得一本正经。

"那么，"他接着说道，"这些方法固然好，执行得也到位，问题就出在它们不适用于此案和此人。警察局长不过是在削足适履，把巧妙的方法生搬硬套到自己的计划中。对于眼前这件事，他不是想得太深就是想得太浅，所以一错再错。许多小学生都比他会推理。我认识一个八岁上下的学童，他玩'猜奇偶'的游戏几乎百猜百中，赢得了所有人的钦佩。这个游戏很简单，是用弹珠玩的。一个玩家手里捏着一把弹珠，要对方猜奇数还是偶数。猜对了，猜的人就赢一颗，猜错了就输一颗。我提到的那个男孩把全校的弹珠都赢到了手。他当然自有一套猜法，而它们仅仅基于观察和揣测对方的机灵程度。譬如对方是个大傻瓜，举起紧握的手发问，奇还是偶？这位学童回答说奇，结果输了，可他第二次猜就赢了，因为他心想，这傻瓜第一次出的是偶，我看他没什么机灵劲儿，第二次准是出奇，所以我得猜奇——他猜奇，果然赢了。好，如果第二个傻瓜比第一个傻瓜机灵一点儿，他就会这样推理：'这家伙见我第一次猜的是奇，那第二次就会心血来潮来个简单的变化，从偶变到奇，就像第一个傻瓜一样。可他转念一想，又觉得这么变未免太简单了，于是还是决定出偶。所以我要猜偶。'——他猜偶，又赢了。这位学童被他的小伙伴们称之为幸运儿，那他的推理模式归根结底是怎么回事呢？"

"不过是推理者把自己的智力等同于对手的智力罢了。"我说。

"是的，"杜平说，"我问过那孩子，他是如何把自己的智力等同于对手的智力，因而赢下他们的，他的回答是：'当我想知道一个人有多聪明或多愚蠢，有多善良或多邪恶，或者他脑子里在想什么时，我就尽可能准确地摆出跟他一样的神情，再等着看自己的脑里或心里升起什么样的念头或情绪，仿佛要与那副神情吻合或对应似的。'这学童的回应就是罗什福柯、拉·布吉夫、马基雅维利和康帕内拉所共有的假深奥的根源。"

"如果我理解对了的话，"我说，"推理者若要把自己的智力等同于对手的智力，就得准确估计对手的智力。"

"就实用性而言，是取决于能否准确估计对方的智力，"杜平答道，"警察局长和他的同僚屡屡失败，首先是缺乏这种思维，其次是错误地估计了对方的智力，或者根本就没去估计。他们只相信自己的高招，在搜查藏匿起来的东西时，只考虑他们自己会怎么藏。这一点也没错——他们忠实代表了绝大多数人的智力，但遇到性格更为狡诈的罪犯时，他们就会遭到挫败。对手智高一筹，那挫败在所难免，对手智逊一筹，挫败同样常见。他们的侦查原则一成不变，就算遇到不一般的紧急情况，有高额赏金驱策，他们也只是把老模式延展一下，而不会去触及他们的原则。比如在D大臣这件案子中，他们的侦查法则可曾有过变化？凿孔、探针、测深，用显微镜细察，把建筑物的表面划成网格编上号，这些不就是一套搜索法则的扩大运用吗？这些法则是根据他们对人类心智的认知定出来的，警察局长常年例行公事，早已习惯这一套。你难道没看出来，他想当然地认为，任何人要藏一封信，就算不是藏在凳子腿上钻出的孔眼里，至少也是藏在什么小洞或角落里（这跟想把信藏在凳子腿上钻出的孔眼里是同一个思维）。你难道没看出来，藏在那些生僻的地方只适用于一般情况下，而且只有智力一般的人才会采用，因为就藏匿案而言，这种藏法总是最先被推测出来。搜的人根本不需要有多精明，只需具备细心、耐心和决心就行了。碰上要案，或者因为有重赏而被警察视为要案，那他们必定具备细心、耐心和决心。你明白我的意思了吧，如果那封失窃的信藏在局长的搜查范围内，换句话说，如果藏法在局长的理解范围内，那它毫无疑问会被搜到。可这位长官完全给弄糊涂了，他失败的根源就在于他认为D大臣是个傻子，因为该大臣享有诗人的声望。警察局长认为所有的傻子都是诗人，并由此推断所有的诗人都是傻子。他错在犯了因果倒置的逻辑错误。"

"可这位大臣真是诗人吗？"我问，"我知道他家是兄弟俩，两人都以博学多才而闻名。他写过微积分方面的学术著作。他是数学家，不是诗人。"

"你弄错了，我很了解他，他两者都是。身为诗人兼数学家，他一定擅长推理，若仅仅是数学家，那他压根就不会推理，只能听任警察局长的摆布。"

"你真叫我吃惊，"我说，"这种看法与世人的观点相悖。你不至于看不上千百年来举世公认的观点吧。数学推理早就被视为最完善的推理方法。"

"'可以打赌，任何公开的想法，以及惯例习俗都是愚蠢的，因为它们已被大多数人同意，'"杜平引用尚福尔的话答道，"我承认，数学家们一直在尽心尽力地传播你所提到的那种流行的谬论，它虽然被当作真理来传播，但仍然是个谬论。比方说，他们将'解析'这一术语巧妙地引入到代数的应用中——把心思花在这儿真是犯不着，而法国人是这种欺骗行为的始作俑者。但如果这个术语有其重要性，应用起来能衍生出什么含义，那么'解析'就含有'代数'之意，就像拉丁文中的'ambitus'含有'野心'之意，'religio'含有'宗教'之意，'homes honesti'含有'体面人'之意一样。"

"我明白了，你在同巴黎的几位代数学家争论，"我说，"不过你还是继续说下去吧。"

"如果一个道理是由抽象逻辑以外的任何形式推断而来，我对其有效性及价值都表示怀疑。我尤其怀疑由数学研究推断出的道理。数学是形式和数量的科学，数学推理用来观察形式和数量才合乎逻辑。最大的错误在于把纯代数的真理视为抽象真理或普遍真理。这样一个荒谬透顶的错误竟被普罗大众所接受，真让我感到大惑不解。数学公理不是普遍真理的公理。比方说，形式和数量关系的真理在伦理学上往往就是谬误。在伦理学中，各部分相加等于整体就并不一定成立。在化学中，这条公理也不能成立。在考虑动机时，它同样不能成立，因为两个动机各有其意义，加起来未必等于二者意义之和。还有许多数学真理只在二元关系的范围内才是真理。可是数学家们出于习惯，把一些有适用范围的真理论证为放之四海皆准，正如世人所以为的那样。布莱恩特 [指十八世纪的英国神话学者雅各布·布莱恩特（Jacob Bryant）。——译注] 在其博大精深的著作《神话学》中提到一种类似的谬误来源，他说：'虽然我们不相信异教徒的神话，但我们经常记性不好，把它们当成客观存在的事实，并从中作出推论。'但对本身就是异教徒的代数学家来说，'异教徒的神话'是可信的，他们从中作出推论与其说是记性不好，不如说是大脑不可解释的昏聩。总而言之，我遇到过的每一位数学家都只在等根上才信得过，都暗地里把X2+PX绝对无条件等于Q奉为自己的信仰。如果你愿意，你不妨对其中一位先生说，你认为有些情况下X2+PX不等于Q，一旦让他明白你的意思，你就得尽快逃之夭夭，因为他会竭力把你击倒。"

我对杜平最后的评述一笑置之，他兀自接着说道："我的意思是，如果大臣仅仅是位数学家，那么警察局长就用不着给我这张支票了。但我知道他既是数学家又是诗人，我根据他的能耐和他所处的环境制定了相应的措施。我也知道他是个朝臣，是个胆大妄为的阴谋家。我想，这样的人，不可能不知道普通警察的行事方式，不可能预料不到会遭到拦路抢劫，事实证明他的确预料到了。我想，他一定也预料到了会对他的宅邸进行秘密调查。他夜里经常不在家，警察局长自以为有了可乘之机，而我却认为这是一个诡计——给警察提供了彻底搜查的机会，以便趁早让他们相信那封信不在宅子里——结果G果然上了当。我还觉得，刚才我煞费苦心对你细讲的那一连串想法，也就是警察搜查藏匿物品的那套一成不变的原则，肯定都在大臣的头脑中闪过。这必然使他藐视所有那些隐蔽的藏匿处。他不至于那么蠢，意识不到在局长的眼睛、探针、手钻和显微镜面前，他家里最隐秘、最冷僻的角落就像最普通的柜子一样醒目。总之我看出，即使不是出于深思熟虑的结果，他也会理所当然地选择简单的对策。你大概还记得我们和警察局长的第一次谈话吧，当时我提出这案子之所以把他弄糊涂了，是因为谜底不言自明，结果他笑得前仰后合。"

"是的，"我说，"我记得他乐不可支的样子，我真以为他会笑晕过去。"

"物质世界与非物质世界有很多相似之处，"杜平继续说道，"因此，修辞手法被赋予了某种真实性，暗喻或明喻既可以用来加强论点，也可以用来修饰描述。例如，惯性的原理在物理学和形而上学中似乎是一回事。在物理学中，质量大的物体比质量小的物体更难启动，而启动后的动量与启动的难度相当；在形而上学看来，智力高的人虽然在运转中比智力低的人更为有力、持久和强大，但在最开始那几步，他们却显得更加困难、窘迫和犹豫。还有，你留意过商店门头的招牌没，哪一种最为醒目？"

"我从来没想过这事。"我说。

"有一种在地图上玩的益智游戏，"杜平接着说，"一方说出一个特定的名称，要另一方在地图上找出来。城镇名、河流名、州名、国名，简言之，就是杂七杂八、错综复杂的地图上的任何名称。玩这个游戏的新手为了难倒对方，通常是找些字体极小的名称，但老手却偏挑从地图一端伸到另一端的大号字体。就跟街上的大字招牌或广告一样，太显眼了反而不引人注意。这种视觉上的疏忽跟精神上的疏忽完全相似，那些过分显眼、不言而喻的东西会被智力高的人所忽略。不过，这一点警察局长似乎难以理解或不屑理解。他从来没有想过D大臣会把这封信直接放在世人眼皮底下，以这种最好的方式来防止世人注意到。

"我想到D大臣的胆量、气魄和独到的机智；想到他既然打算充分利用这封信，就会始终将它放在手边；想到警察局长获得的确凿证据，即信没有藏在他的常规搜查范围内。我越这么想，就越是确信D大臣为了藏好这封信，玩了个明智的权宜之计，根本就没有费心藏信。

"胸有成竹后，我准备了一副绿色镜片的眼镜，于一个晴朗的早晨来到D大臣的府邸。D在家，像往常一样打着哈欠，懒洋洋，慢吞吞，装出一副无聊透顶的样子。他或许是当今世上精力最为旺盛的人——不过只有在他身边没人的时候才是如此。

"为了和他扯平，我抱怨自己眼睛不好，悲叹着不得不佩戴眼镜。在眼镜的掩护下，我故作专注地跟主人谈话，暗地里已将整个房间彻彻底底地观察了一遍。

"我特别留意了他座位旁边的一张大写字台，台上乱七八糟地放着几封各式各样的信和一些文件，另外还有一两件乐器和几本书籍。然而，经过长时间的仔细审视，我并未看到什么令人生疑的东西。

"最终，当我再一次环顾全屋时，我的目光落在一个中看不中用的纸板卡片架上。卡片架饰有金银细丝，由一条脏兮兮的蓝丝带系着，挂在壁炉架中央的一个小铜球上。架子上有三到四格，插着五六张名片和一封孤零零的信。这封信又脏又皱，几乎从中撕成两半，仿佛开头当它没用，打算撕个粉碎，但是一转念又改变了主意，将它留了下来。信封上有个大黑印章，惹眼地印着D大臣的花押字，收信者是D本人，姓名地址是女性的小巧笔迹。这封信被粗枝大叶地，甚至是不屑一顾地塞进架子的最上面一格。

"我刚瞥到这封信，就断定它就是我在找的那一封。当然，从外表上看，它和警察局长细致入微地描述给我们听的那封信截然不同。这封信上的印章又大又黑，印着D大臣的花押字，那封信上的印章又小又红，印着S家族的公爵纹章。这封信是寄给大臣的，笔迹娟秀娇柔，那封信是寄给某位王室成员的，笔迹粗犷有力。两封信唯有大小相当。不过，那些不同之处未免也太过分了，那脏兮兮、皱巴巴且被撕破的样子，与D实际上有条不紊的习惯大不一致，分明是要欺骗旁观者，使他们认为这封信毫无价值。这些情况，加上信又摆在过分显眼、每个访客都能看得一清二楚的地方，这就完全符合我先前得出的结论。对一个心存怀疑的访客来说，所有这些都有力地坐实了他的怀疑。

"我尽可能久地赖着不走，与他就一个我深知他必定感兴趣的话题展开热烈的讨论，而我的注意力却牢牢集中在这封信上。

在这一次的观察中，我记住了信的外表和在架上的位置。最终我还得到一个新发现，解开了心头残存的最后一点疑团。我细看信的四边时，发现它们似乎不该磨损得那么厉害。一张硬纸用折叠器折过、压过，再翻过来按先前的折痕重新折过，才会是这种破损样子。发现这点就够了。我很清楚，这封信已经像手套一样翻了个里朝外，然后重新写了地址姓名，重新盖上印章。我向大臣道过早安，马上起身离去，将一个金鼻烟壶留在桌上。

"第二天早上，我去取鼻烟壶，我们又热火朝天地聊起前一天的话题。可就在这时，窗外楼下突然传来一声巨响，像手枪开火的声音，接着是一连串可怕的尖叫声和呼喊声。D连忙冲到窗前，打开窗向外张望。与此同时，我走到卡片架前，把信放进口袋，再将一封看起来一模一样的赝信插进原来的位置，那是我在家里精心仿造的，我用面包做假印，轻而易举地仿出了D大臣的花押字。

"街上那阵骚乱是一个拿着滑膛枪的人制造出来的，他发了疯，在一堆妇女儿童中开了枪。但后来证实枪里没装弹药，人们就把这家伙当成疯子或酒鬼放走了。他走后，D才离开窗口，而信一落到我手里，我就跟着他站到了窗边。没过多久我就向他告辞了。那个装疯的人是我出钱雇来的。"

"可你为何要拿封赝信去掉包？"我问，"你头一回去拜访他，就把信明目张胆地拿走，岂不是更好？"

"D大臣是个不惜铤而走险的人，"杜平答道，"他有的是胆量。而且他府上也不是没有对其忠心耿耿的随从。我要是照你建议的那样莽撞行事，那我就休想活着离开D府。善良的巴黎人可能再也听不到我的消息了。不过除了这些考虑外，我还有一个目的。我的政治倾向你是知道的。在这件事上，我是王后的坚定支持者。她已经被D摆布了十八个月，现在轮到她来摆布他了——他不知道这封信已经不在他手上，所以还是照旧对她进行讹诈。如此一来，他在政治上就必然快速走向覆灭。他的垮台也不会比尴尬来得更突然。坠入地狱轻而易举（原句为拉丁文，引自维吉尔《埃涅阿斯纪》。——译注），这话说得妙极了，不过在往上爬这方面，就像卡塔拉尼谈及唱歌时说的那样，上来容易下去难。就目前这个例子来说，我对他坠下去并不同情，至少并不怜悯。他是一个骇人听闻的怪物，一个不讲道德的天才。不过我承认我很想知道，当警察局长口中的'那位要人'对D大臣的讹诈嗤之以鼻，致使D不得不拆开我留在卡片架上的赝品时，他心里到底是什么想法。"

"怎么？你在信里写了什么特别的东西？"

"当然——在信封里放张白纸似乎很不像话——那是一种侮辱。D在维也纳时曾经坑害过我，当时我心平气和地告诉他，我会记住这笔账的。我知道他会对这位比他智高一筹的人的身份感到好奇，所以不给他留条线索未免可惜。他认得我的字迹，于是我在白纸当中抄了这样一句话——

"如此毒计，若比不过阿特柔斯，也配得上堤厄斯特斯。"

这句话引自克雷比雍的《阿特柔斯》。

与 木 乃 伊 的 一 席 谈

前一天晚上的酒会让我的神经有点吃不消。我头痛欲裂，昏昏欲睡。因此，我打消了出门过夜的计划。我觉得还是吃口晚饭就上床睡觉比较明智些。

当然是一顿清淡的晚餐。我特别爱吃威尔士干酪，不过一顿吃上一磅在任何时候都不可取。话说回来，来上两磅也不会出问题。而两磅和三磅之间其实只差一个单位。我或许还冒险吃过四磅——妻子说我吃了五磅，但她显然把两个截然不同的东西搞混了。我乐于承认五这个抽象数字，可它具体指的是黑啤酒的瓶数。没有黑啤酒做调味料，威尔士奶酪是咽不下去的。

就这样吃完一顿节俭的晚餐，我戴上睡帽，暗自希望能顺畅地把它戴到翌日中午。我把头放在枕头上，由于问心无愧，转眼就酣然入睡。

可人类的愿望什么时候实现过呢？没等我打完第三声呼噜，临街大门上的门铃便急促地响了起来，接着是一阵急躁的捶门声，一下子把我吵醒了。过了一会儿，我还在揉着眼睛，我妻子把一张便条往我手里一塞，是我的老友庞诺纳医生写来的。上面写道：

我亲爱的朋友，收到此条后务必速来我处。来吧，和我们一起庆祝。经过坚持不懈的周旋努力，市博物馆馆长终于同意我检查那具木乃伊——你知道我说的是哪一具。我获准解开裹尸布，如果有必要还能进行解剖。只有几位朋友出席，当然包括你。木乃伊现在在我家，我们将于今晚十一点开棺。

你永远的朋友

庞诺纳

当我看到"庞诺纳"的时候，我突然意识到自己已经完全醒了。我欣喜若狂地从床上一跃而起，把挡道的东西都掀到一边，以惊人的速度穿好衣服，然后健步如飞地直奔医生家里。

庞诺纳家已经聚集了一群人，他们心情迫切，等我等得焦躁不安。木乃伊就放在餐桌上，我刚一进去，检查就开始了。

这是几年前庞诺纳的表兄亚瑟·萨布雷塔什上尉带回来的两具木乃伊中的一具。它们原来埋在利比亚山埃利提亚斯附近一座墓穴里，那里距尼罗河畔的底比斯古城很远。埃利提亚斯那一带的石窟墓虽不及底比斯的那么宏伟，但由于提供了大量关于埃及人生活的实证，因而更为引人注目。据说这具木乃伊所在的墓穴就有许多这样的实证，墙上布满了壁画和浅浮雕，还有雕像、花瓶和图案丰富的镶嵌工艺品，表明死者生前腰缠万贯。

这件宝藏原封不动地存放在博物馆里，和萨布雷塔什上尉当初发现它时一模一样；也就是说，棺材从未被人动过。八年来它就这么放在那里，人们只能打量其外表。所以，现在供我们支配的是一具完整的木乃伊。这种古物能毫发无损地到达我们的海岸是何其难得，了解这一点的人会立刻明白我们有充分的理由为自己的好运气感到高兴。

我走近餐桌，上面搁着一个大盒子，或者说箱子，大约七英尺长，三英尺宽，两英尺半高。它呈长方形，而不是棺材的形状。我们起初以为它是悬铃木的，切开后才发现是硬纸板，更确切地说是用纸莎草做的纸浆板。棺材上绘满了展现葬礼场景和其他哀痛主题的图画，其间多个方位都写着一组象形文字，无疑是逝者的姓名。幸好格利登先生也在场，他毫不费力地翻译了出来。原来它们是表音的象形文字符号，代表"阿尔密斯塔克"。

在不损坏箱子的情况下打开它是件棘手的事情，等到好不容易打开后，我们发现里面还有一个箱子，这一个是棺材形状，尺寸比外面的小很多，但其他方面都如出一辙。两个箱子之间的空隙填满了树脂，一定程度上污损了里面箱子的颜色。

打开第二个箱子（这次很轻松），里面又是一个箱子，也是棺材形状。它与第二个箱子大同小异，只是木料用的是雪松，仍然散发着雪松特有的浓香。第二个和第三个箱子之间没有间隙，两只箱子斗榫合缝地套在一起。

打开第三个箱子，我们看到了那具木乃伊，并把它取了出来。我们原以为它会像通常那样周身缠裹着亚麻布带或绷带，可结果却发现它是被一个护套裹着。护套是用纸莎草做的，上面涂了石灰，镀了厚厚一层金，还绘满了图画。图画表现了其灵魂的所谓义务及它被引见给诸神的场景，还有许多相同的人像，很可能就是这位尸体被做了防腐处理的人的肖像。护套从头到脚有一条柱形或竖形的铭文，用音形一致的象形文字写成，再次给出了死者的姓名头衔，以及他的亲属的姓名头衔。

死者脖子上佩戴着一个由玻璃念珠串成的圆柱形项圈，这些念珠五颜六色，排列成诸神、屎壳郎（古埃及人的护身符和图腾。——译注）等图案，还有一个带翅膀的圆球。腰部也围着一个相似的项圈，或者叫腰带。

剥去纸莎草，我们发现肉身保存完好，察觉不到异味。肤色微红。皮肤坚韧、光滑，富有光泽。牙齿和头发完好无损。双眼（似乎）被剜去，换成了玻璃的，显得非常漂亮且足以乱真，只是看上去像在死死盯着什么。手指和指甲都镀得金光闪闪。

在格利登先生看来，皮肤发红是采用沥青防腐所致。可当我们用钢具刮拭尸体表层，将得到的粉末丢进火里时，闻到的显然却是樟脑和其他芳香树胶的气味。

我们一丝不苟地在尸体上寻找取出内脏的切口，却意外地一无所获。完整的或没有刀口的木乃伊并不少见，但当时在场的人并不了解这一点。惯常的做法是从鼻孔挖出脑髓，从身上开个切口取出内脏，接着刮净毛发，清洗尸体，抹上盐，搁上几个星期，直到最后用香料对尸体进行防腐处理。

由于找不到切口，庞诺纳医生开始准备器具施行解剖，这时我注意到时间已经是深夜两点多。大家一致同意把剖尸推迟到次日晚上进行。我们正要离去，有人突然提议用伏打电池做一两次实验。

给一具至少已有三四千年历史的木乃伊通电，这主意即使不够明智也足够新颖，我们都欣然应允。于是乎，我们一分当真九分玩笑地在医生书房里接好电池，把古埃及人抬了进去。

我们费了很大劲才将尸体太阳穴处的肌肉裸露出来，它们看上去不如尸体其他部分那么僵硬，但不出我们所料，通电之后尸体对电流没有丝毫反应。第一次实验的结果已经一目了然，我们为自己的荒唐之举大笑一通，互道晚安准备离去。这时，我的目光无意中落在那具木乃伊的眼睛上，顿时惊得目瞪口呆。事实上，那短短的一瞥足以让我相信，那双我们都认为是玻璃做的眼睛，原来像是死死盯着什么，现在已基本被眼皮盖住，只能看见一小部分白膜。

我大叫一声，提醒所有人注意。他们马上就注意到了。

我不能说我被这个现象吓坏了，因为"吓坏"用在我身上不确切。不过要不是先前喝了黑啤酒，我可能会有点害怕。至于在场的其他人，他们完全没有试图掩饰内心的极度恐惧。

庞诺纳医生一副可怜兮兮的样子。格利登先生以奇怪的方式消失得无影无踪。至于西尔克·白金汉先生嘛，我想他还不至于厚颜无耻到否认自己手脚并用钻到桌子下面的事实。

但在最初的震惊过后，我们马上决定继续进行实验。这一次的接线点选在右脚的大拇趾。我们在拇指籽骨的外侧切了个口子，开到外展肌的根部。然后我们重新调整了电池组，将液体抹在交叉神经上。突然间，木乃伊活灵活现地动了起来，先是抬起右膝，差点碰到肚皮，然后便以不可思议的力量猛地一蹬，一脚踢中庞诺纳医生，就见那位绅士像离弦之箭一样飞出窗户，掉在下面的大街上。

我们一同冲了出去，想把那位受害者面目全非的遗体抬回来，谁料却大喜过望地在楼梯上撞见了他。他正急匆匆地往楼上爬，步伐急促得难以解释，脸上洋溢着热切的求知欲，比先前更加认识到了满怀热忱地继续实验的必要性。

正是按照庞诺纳医生的建议，我们立刻在实验对象的鼻尖切开一道很深的口子。他亲自上阵，粗暴地揪住木乃伊的鼻子，猛地接上电线。

无论是精神上还是肉体上，无论是比喻上还是字面上，其结果都是充满刺激的。首先，尸体的眼睛睁开了，飞快地眨了几分钟，跟哑剧里的巴恩斯先生似的；其次，他打了个喷嚏；其三，他坐了起来；其四，他冲着庞诺纳医生的脸挥了挥拳头；其五，他转向格利登先生和白金汉先生，用地道的古埃及语对他俩说道：

"我必须要说，先生们，我对你们的行为感到既惊讶又难堪。庞诺纳医生这么做一点也不意外，他是个又胖又矬的小傻瓜，我可怜他，原谅他。可是你，格利登先生，还有你，西尔克，你们俩常年旅居埃及，别人都以为你们是土生土长的埃及人了——你们在我们中间生活了那么长时间，我认为你们说埃及话就跟你们用母语写作一样流畅——我一直把你们看作是木乃伊忠实的朋友——我满以为你们会表现出绅士风度。我被如此粗野地对待，你们却袖手旁观，这叫我作何感想？天气冷成这样，你们竟由着汤姆、迪克和哈利把我从棺材里拖出来，剥光我的衣服，这叫我作何感想？（说到要点）你们唆使并协助那个可悲的小流氓庞诺纳医生揪我的鼻子，这又叫我作何感想？"

一般人无疑会想当然地认为，在当时那种情况下听到这一番话，我们要么夺门而逃，要么陷入歇斯底里，要么统统晕倒在地。三者必居其一。事实上，这三种行为都很有可能发生。但说句实在话，我至今都不明白这三种行为为何都没发生。真正的原因也许该到时代精神中寻找，这种精神是按相反的规律发展的，现在凡是自相矛盾和不可能的事，一般都用它来解释。或许仅仅是因为木乃伊那副极其自然的神态，使他的话听起来不觉可怕。但不管原因是什么，事实是明摆着的，在场诸位没有一个人面露恐惧之色，也没有谁觉得哪里出了大岔子。

就我而言，我确信一切如常，因而只是站到一旁，离开古埃及人拳头能打到的范围。庞诺纳医生双手插进裤兜，眼睛紧紧盯着木乃伊，脸上涨得通红。格利登先生摸摸大胡子，竖起衬衫衣领。白金汉先生耷拉着脑袋，把右手大拇指塞进左边嘴角。

古埃及人一脸严厉地盯着他看了几分钟，最后冷笑一声说：

"你怎么不说话，白金汉先生？没听到我的问话吗？把大拇指从嘴里拿出来！"

白金汉先生吓了一小跳，将右手大拇指从左边嘴角拿了出来。作为补偿，他又把左手大拇指塞进右边嘴角。

由于没能从白金汉先生那里得到答案，木乃伊没好气地转向格利登先生，用命令的口吻质问我们到底想要干吗。

格利登先生用古埃及语作了一番不厌其详的回答。如果不是因为美国的印刷厂缺乏象形文字的铅字，我会非常乐意把他的精彩演说照原文一字不漏地记录下来。

我不妨借此机会说一句，以下有木乃伊参加的一席谈全部用的是古埃及语，至于我和其他未曾旅居埃及的人的发言，则由格利登先生和白金汉先生充当翻译。这两位绅士说起木乃伊的母语来无比优雅流利，然而我还是注意到（无疑是因为涉及一些完全现代的概念，木乃伊显然对它们闻所未闻），两位旅行家有时不得不运用实用的方式来表达某个特别的含义。例如，格利登先生一度没法使埃及人明白"政治"一词，最后他只好用炭笔在墙上画了个衣衫褴褛、酒糟鼻子的矮个子先生，站在一个树桩上，左腿后缩，右臂前挥，拳头紧握，两眼望天，嘴巴张成九十度角；同样，白金汉先生也没法传递现代词语"假发"的意思，直到在庞诺纳医生的建议下，他脸色刷白地同意摘下自己的假发。

很好理解，格利登先生演讲的主要内容是解剖木乃伊之于科学的重大意义。格利登也为因此有可能给他，具体说是给这位名叫阿尔密斯塔克的木乃伊带来的麻烦表示歉意。最后他以一个暗示 (只能被视作暗示) 结束了演讲：既然这些小事情都已经解释清楚了，那不妨按原计划继续进行研究。这边庞诺纳医生已将器械备好。

至于演说家最后的暗示，阿尔密斯塔克似乎问心有愧，我不太清楚他愧在哪里。不过他对我们的道歉表示满意，然后便跳下桌子，与在场的人一一握手。

仪式一结束，我们立刻忙着修补手术刀在实验对象身上造成的损伤。我们缝好了他太阳穴上的伤口，给他的右脚缠上绷带，在他鼻尖上贴了一张一英寸见方的黑膏药。

这时我们看到伯爵 (似乎是阿尔密斯塔克的头衔) 微微打了个哆嗦，无疑是寒冷所致。医生马上走向他的衣橱，很快便取回一件詹宁斯服装店最佳款式的黑色大衣，一条天蓝色格子背带马裤，一件粉红色格子棉布内衣，一件翻盖织缎背心，一件白色宽松外套，一根弯头拐杖，一顶无檐帽，一双漆皮靴，一双淡黄色羔皮手套，一副眼镜，一副胡须，还有一条瀑布领巾。由于伯爵和医生的身材尺寸有所不同 (比例为二比一)，给埃及人穿上衣服颇费了些周折，但把一切弄妥当之后，他可以说是穿戴整齐了。于是格利登先生让他挽着自己的胳膊，把他领到火炉边一张安乐椅上坐下。这时医生摇响铃铛，要了雪茄和葡萄酒。

谈话很快变得热烈起来。阿尔密斯塔克竟然还活在人世，我们对这一非同寻常的事实表示了极大的好奇。

"我本以为，"白金汉先生说，"您早就死了。"

"哎呀，"伯爵大吃一惊地答道，"我才七百岁多一点！我父亲活了一千岁，而且死的时候头脑一点也不昏聩。"

这引起了一系列活跃的提问和计算，结果证明木乃伊的古老程度被严重误判了。他被埋进埃利提亚斯附近的墓穴已有五千零五十年零几个月了。

"我不是说您安葬时的年龄，"白金汉先生继续说道，"事实上我乐于承认您还是个年轻人，我是说您被涂抹沥青后的那段漫长的时间，看上去您身上涂的是沥青。"

"涂的什么？"伯爵问。

"沥青。"白金汉先生重复道。

"啊，是的，我多少明白你的意思了。可在我们那个时候，我们除了二氯化汞几乎不用别的。"

"可有件事让我们完全摸不清头脑，"庞诺纳医生说，"您五千年前就已去世并葬于埃及，怎么可能现在生龙活虎地坐在这里，而且气色看起来那么好。"

"要真像你们说的，我那时候就已经死了，"伯爵答道，"那我现在多半还是死人；因为我发现你还处在加尔文主义的襁褓期，不能完成在我们那个年代看来稀松平常的事情。实际情况是我陷入了强直性昏厥，而我的好友们以为我已经死了或快要死了，于是马上用香料对我进行防腐处理。我想你们知道用防腐香料处理尸体的主要原理吧？"

"这个，不是很清楚。"

"啊，我发现——你们无知得令人震惊！好吧，我现在不便谈细节，但是有必要解释一下，在埃及，用香料对尸体进行防腐处理（确切地说）就是无限期地抑制其一切'肉体的'功能。我指的是最广泛意义上的'肉体的'，不仅包括身体的，还包括精神的和生命的。我再重复一遍，对我们来说，用香料对尸体进行防腐处理的首要原理是立即抑制并永远中止其一切肉体的功能。简单来说，被制作成木乃伊时处于什么状态，就会永远保持那种状态。由于我有幸具有屎壳郎血统，我被制作成木乃伊时还在人世，就跟你们现在见到的一样。"

"屎壳郎血统！"庞诺纳医生惊呼道。

"没错。屎壳郎是一个显赫又罕见的贵族世家的族徽，或者叫'纹章'。具有'屎壳郎血统'只是一个比喻的说法，指的是族徽为屎壳郎的那个家族的成员。"

"可这与您现在活着有什么关系？"

"呃，根据埃及的一般传统，涂抹、填充防腐香料之前，得先将尸体的五脏六腑和脑髓取出来；只有屎壳郎家族不遵循这一传统。所以，如果我不是屎壳郎家族的成员，那我早就没有内脏和大脑了；这两样东西缺一样都活不了。"

"我明白了，"白金汉先生说，"这么说来，所有完整的木乃伊都来自屎壳郎家族。"

"这毋庸置疑。"

"我认为屎壳郎是埃及诸神之一。"格利登先生温顺地说道。

"埃及什么之一？"木乃伊从椅子上惊跳起来，惊呼道。

"诸神。"旅行家重复道。

"格利登先生，我真没料到您会口出此言，"伯爵说着坐回椅子，"地球上没有哪个民族承认有一个以上的神。屎壳郎、朱鹮等等之于我们，就像类似的动物之于其他民族一样，不过是象征或媒介，我们通过它们来敬拜上帝。上帝太过威严，不宜直接接触。"

短暂的沉默过后，庞诺纳医生重新拾起话头。

"那么，从您刚才的解释来看，"他说，"尼罗河附近的地下墓穴里很可能还埋有屎壳郎家族的木乃伊，而且一直到现在还活着？"

"这是毫无疑问的，"伯爵回答说，"所有活着时被意外制作成木乃伊的屎壳郎家族成员，现在仍然活着。甚至还有一些故意被制作成木乃伊的人，由于制作者的疏忽，现在可能还在墓穴里。"

"您可否解释一下，"我说，"您说的'故意被制作成木乃伊'是什么意思？"

"乐意之至！"木乃伊从眼镜后面慢悠悠地把我打量一番，然后答道。因为这是我第一次冒昧地直接向他发问。

"乐意之至，"他说，"我们那时候人的寿命一般是八百年。如果没发生特别意外的事故，很少有人在六百岁以前死去；但也没几个人能活到一千岁；八百岁被视为自然寿命。我刚才提到的用防腐香料处理尸体的原理被发现后，我们的哲学家突发奇想：假如把自然寿命分成几段，就可以满足我们值得称道的好奇心，同时也能大大促进科学的进步。就拿历史学来说，经验证明这种做法不可或缺。举例说，一位历史学家活到五百岁时可以呕心沥血地撰写一部作品，然后让人把他小心地制作成木乃伊，并交代制作者要在多少年后让他复活——比如五六百年后。届时，他铁定会发现他的杰作早已变成一种杂乱无章的笔记本，也就是说，变成一个文学角斗场，一大批气急败坏的评论家们在里面激烈争吵，做出互相矛盾的猜测，或是提出难解之谜。这些以注解或校订的形式出现的推测，已完全覆盖、歪曲和淹没了原文，以至于作者不得不提着灯笼去寻找他自己的书。等终于把书找到，却发现它根本不值得费心去找。历史学家把这本书重写一遍后，觉得自己还有一个义不容辞的责任，就是立刻根据他个人的知识和经验，着手改正后世有关于他那个年代的传说。正因为不时有圣贤进行重写和校正，才有效地阻止了我们的历史沦为十足的无稽之谈。"

"对不起，"这时庞诺纳医生把手轻轻放在埃及人胳膊上，说道，"对不起，我可以打断您一下吗？"

"当然可以，先生。"伯爵停住话头。

"我只想问您一个问题，"医生说，"您提到历史学家亲自改正有关于他那个年代的传说。请问先生，一般说来，这些玄妙的传说中正确的部分占多大比例？"

"玄妙的传说，这个词用得很恰当，先生。通常与未经重写的史书所记载的事实不相上下，也就是说，两者中没有一处不是大错特错。"

"不过，"医生继续说，"既然从您下葬至今已经过去了五千年，我便理所当然地认为，你们那时候的史书（不谈传说）对世人普遍关心的上帝创世这一话题记载得非常明确，我料想你也知道，上帝创世仅仅发生在你们那个时代大约一千年前。"

"先生！"阿尔密斯塔克伯爵说。

医生把他的话复述一遍，并做了好一番解释，埃及人这才听明白了。最后他犹豫不决地说道：

"我承认，您提出的想法对我来说非常新奇。在我那个年代，我从未见过有谁怀有如此奇怪的念头，竟认为'宇宙'（或者说'这个世界'，如果你愿意的话）有开端。我记得有一次，唯一的一次，听到一个善于推测的人隐约暗示过人类的起源；正是他使用了你们所使用的'亚当'（或'红土'）这个字眼。但他是从一般意义上使用这个词，关于从肥沃的土壤里自然萌发（就像上千种低等生物自然萌发一样）——我是说，五大群人的自然萌发，在地球上五个独特又均等的地域同时发生。"

在场的人几乎都耸了耸肩膀，其中一两位还意味深长地摸了摸额头。西尔克·白金汉先生先是漫不经心地瞥了一眼阿尔密斯塔克的枕骨，接着又瞥了一眼他的前额，然后说道：

"你们那时候人的寿命很长，加上您刚才说的有时还可以分段度过，这就必然有助于知识的全面发展和积累。因此在我看来，古埃及人之所以在科学的所有细节上都远逊于现代人，尤其是美国佬，就是因为埃及人的颅骨坚如磐石。"

"我再次承认，"伯爵温文尔雅地答道，"您的话让我感到非常困惑，请问您提到的科学的细节指的是什么？"

我们几个人七嘴八舌、长篇大论地详述起颅相学（通过研究头颅的形状来判断一个人的性格和能力，流行于十九世纪。——译注）的假设和动物磁力说（十八世纪末由奥地利医生、催眠术的发明者麦斯麦提出。——译注）的奇迹。

听我们讲完之后，伯爵说了几则轶事，它们清楚地表明，加尔和斯柏兹姆（法国解剖学家，他俩共同提出了颅相学。——译注）的理论的雏形在古埃及就已出现并由盛而衰，以至于差点被人遗忘；在创造出虱子以及诸多类似之物的底比斯学者面前，麦斯麦的花招根本就是可鄙的雕虫小技。

我问伯爵，他们同时代的人能否计算出日食和月食的具体时间。他轻蔑地微微一笑，说他们做得到。

这让我有点生气。当我向他提出天文学方面的问题时，我们中间的一位一直缄默不语的同伴对我耳语道，关于这个话题，我最好去查阅托勒密（不知这人是谁）的书，以及普鲁塔克的《论月球表面》。

随后我问了木乃伊关于取火镜和透镜的问题，并问他是否了解玻璃的制造方法。还没等我问完，那位一直缄默不语的同伴又悄悄碰了碰我的胳膊肘，恳求我看在上帝的分上，去看一眼狄奥多罗斯·西库路斯的著作。而伯爵却反过来问我，你们现代人拥有能助你们雕出古埃及风浮雕宝石的显微镜吗？就在我思忖着该如何作答时，个子矮小的庞诺纳医生以一种极不寻常的方式开腔了。

"看看我们的建筑！"他失声大叫。两位旅行家气愤不已，把他拧得青一块紫一块也是枉然。

"看看纽约的鲍林格林喷泉！"他激动地高喊，"如果这看起来太大，那就先看看华盛顿的国会大厦！"好心的小个子医生详述起那座建筑物的规模。他说光是柱廊就装饰有不下二十四根圆柱，圆柱直径为五英尺，间距为十英尺。

伯爵说他很遗憾，一时记不清阿兹纳克古城那些主要建筑的准确规模。他说它们修建于远古时期，不过直到他被制作成木乃伊的时候，那些废墟依然屹立在底比斯西边广阔的沙漠中。但是，说到柱廊，他回想起郊外一个叫卡纳克的地方有座小宫殿，其柱廊由一百四十四根圆柱构成，圆柱周长为三十七英尺，间距为二十五英尺。从尼罗河到那个柱廊要穿过一条两英里长的大道，大道两旁矗立着二十英尺高的狮身人面像、六十英尺高的雕像和一百英尺高的方尖塔。据他回忆，宫殿的一面墙就有两英里长，周长约七英里，墙壁内外都绘满了象形文字。他虽然没有一口咬定那座小宫殿里足够建下五六十个国会大厦，不过他显然认为只要努力地挤一挤，两三百个国会大厦都有可能塞得进去。这还只是一座不足挂齿的小宫殿。但伯爵也没法昧着良心否认鲍林格林喷泉的精巧、宏伟和优良。他不得不承认在埃及和其他地方没见过类似的建筑。

我问伯爵对我们的铁路有何看法。

"没什么特别的。"他答道，"不值一提，构想拙劣，笨拙地拼接在一起，当然比不上我们巨大而平直、装有铁槽的堤道，古埃及人能通过这种堤道运送整座庙宇和高达一百五十英尺的方尖塔。"

我提到我们强大的机械实力。

他先是承认我们在机械方面确有所长，但随即就反问我该如何把拱墩放上已经算是很小的卡纳克宫殿的过梁。

我决定对这个问题充耳不闻，转而拼命问他是否知道自流井，可他只是扬起了眉毛。格利登先生使劲朝我使眼色，悄声说受雇在埃及大绿洲钻井取水的工程师们最近刚发现一口。

接着我提到我们的钢铁，但这位外国人翘起鼻子，问我们的钢铁能否刻出方尖塔上那些精致清晰的雕刻，那都是用铜制利器刻成。

这话听得我们如坐针毡，看来还是将攻击的矛头转向形而上学为妙。我们找来一本叫《日晷》(一八四〇年至一八四四年间发行的关于文学、哲学和宗教的杂志，由波士顿的超验主义者发起。——译注)的书，读了一两个晦涩难懂的章节，总之说的是波士顿人所谓的"伟大的进步运动"。

伯爵轻描淡写地说，"伟大的运动"在他所处的年代根本就是家常便饭，至于说"进步"，它一度实在惹人讨厌，反正从来就没有进步过。

然后我们谈到民主的美妙和重要。我们费了很多口舌，试图让伯爵充分认识到我们所享有的优势——我们生活在一个没有君主，有投票权的时代。

他饶有兴趣地听着，甚至都听乐了。我们说完后，他说很久以前发生过类似的事情。埃及的十三个省突然决定同时独立，为人类树立一个光辉的榜样。他们召集一众智者，制定出你能想象得出的最具巧思的宪法。他们一度干得风生水起，但他们吹牛的本事也是了不起的。最终的结果是这十三个省和另外十五到二十个省统一成了一个国家，一个地球上闻所未闻的最令人厌恶和无法容忍的独裁国家。

我问篡权的独裁者叫什么名字。

伯爵记得他叫莫布(Mob, 暴民之意。——译注)。我一时语塞，只好提高嗓门，痛惜古埃及人对蒸汽一无所知。

伯爵惊愕万分地盯着我，但是没有作答。那位一直缄默不语的先生用胳膊肘猛地碰了一下我的肋部——说我这次丢人丢大了——并质问我是真蠢还是假蠢，竟然不知道现代蒸汽机是萨洛蒙·得·高斯根据希罗 [Heron(约10—70)，古希腊数学家和发明家，他早在公元一世纪就发明了一种名叫"汽转球"的装置，为世界上最早的蒸汽机。——译注]的发明造出来的。

我们眼看就要陷入狼狈的境地，幸运的是庞诺纳医生振作起精神，帮我们解了围。他询问古埃及人敢否在至关紧要的服装上与现代人一较高下。

伯爵听罢，低头瞥了一眼马裤上的背带，接着抓起燕尾服的后摆，凑到眼前端详了好一会儿。最后他松开手，慢慢地咧开嘴，笑了，但我不记得他回答与否。

这下我们的士气又回来了，医生一脸庄重地走向木乃伊，期望他以绅士的名誉坦率作答，古埃及人可曾参透庞诺纳的锭剂或布兰德雷思的药丸（指美国庸医本杰明·布兰德雷思发明的一种所谓能治百病的药丸，在美国轰动一时，连《白鲸记》中也提到了这种药丸。——译注）的制造方法。

我们无比急切地等待他的回答，结果白等一场。他被问住了。埃及人难为情地涨红了脸，脑袋耷拉了下来。就没见过比这还要圆满的胜利；就没见过比这还要不甘心的失败。我简直不忍再看可怜的木乃伊那副屈辱的样子，于是我拿起帽子，生硬地朝他鞠了一躬，就告辞离去了。

回到家里，我发现已是凌晨四点多，便立刻上床就寝。现在是上午十点，我七点起的床，为家人和全人类着想而写下这份备忘录。我再也不想见到我的家人了。我的妻子是个悍妇。其实我打心底里厌倦了这种生活，厌倦了整个十九世纪。我确信一切都不对劲，而且我急于知道二〇四五年谁当总统。所以等我刮完胡子，喝下一杯咖啡，我就出发去庞诺纳医生家，请他把我制作成木乃伊，保存个两三百年。

焦油博士和羽毛教授的疗法

一八××年的秋天，我在法国最南边的几个省游历，循着路线来到离一座疗养院或者说私立疯人院不到几英里的地方。我在巴黎时常听医界的朋友讲到这座疯人院。我从未参观过这种地方，不想错失这个良机，所以我向旅伴（一位几天前邂逅的先生）提出建议，不妨偏离路线，花个把小时去一探究竟。对此他表示反对，第一是时间仓促，第二是看到疯子难免心生恐惧。不过他恳切地对我说，不要因为出于对他的礼貌而妨碍了我满足好奇心，并说他会骑着马慢悠悠地走，以便我在当天，实在不行也可以在次日追上他。他向我道别时，我想到那疯人院可能不让外人进，便把这一担忧跟他说了。事实上，他回答说，除非我认识院长梅拉德先生，或是持有信件之类的凭证，否则就很难进去，因为这些私立疯人院的规章制度比公立医院的更加严格。他接着又补充说，虽然他对精神错乱这种事感到惧怕，绝不会进疯人院的大门，但他几年前结识了梅拉德院长，愿意骑着马陪我到疯人院大门口，把我引见给他。

我向他道了谢，然后我俩离开大路，拐进一条杂草丛生的小径，半小时后，小径几乎消失在山脚下的一片密林里。我们策马在阴冷幽暗的林子里穿行了大约两英里，就见到了那座疯人院。那是一座奇形怪状、破败不堪的城堡，因年久失修几乎没法住人。那副模样吓得我魂不附体，我勒住缰绳，差点决定掉转马头，但我马上就为自己的怯懦感到羞愧，于是继续策马前进。

来到疯人院门口，我看到大门微微敞开，一张男人的脸正在向外窥视。顷刻间他就走了出来，直呼我旅伴的名字，亲切地和他握手，恳请他下马。这位就是梅拉德先生。他是个身材魁梧、相貌英俊的老派绅士，举止彬彬有礼，带着一副严肃、庄重、威严的神态，令人印象非常深刻。

我的朋友把我引见给梅拉德先生，说我很想进去参观，在得到梅拉德先生会尽地主之谊的许诺后，我的朋友就告辞离去了，我再也没见到过他。

他走后，院长把我领进一间面积虽小但极其整洁的客厅，里面有许多彰显高雅品味的物件，诸如不少书籍、画作、花瓶和乐器。壁炉里跳动着一团欢快的火焰。钢琴前坐着一位年轻貌美的女人，正在演绎贝利尼的咏叹调，见我进屋，她停下歌唱，优雅地向我表示欢迎。她声音低沉，举手投足郁郁寡欢。我想我还从她脸上捕捉到了悲伤的痕迹，那张脸虽说煞白，却符合我的审美。她身披重孝，在我心里唤起一种混杂着尊敬、好奇和爱慕的感觉。

我在巴黎时曾经听说，梅拉德先生的这家疯人院遵照俗称"抚慰疗法"的体系来管理——避免任何惩罚，连关禁闭也很少诉诸，病人们虽然暗中受到监视，表面上却享有充分的自由，大多数人都可以穿着正常人的衣服在屋前院后漫步。

有了这个先入之见，我在那位年轻女士面前说话便格外谨慎，因为我不能确定她精神是否正常。事实上，她眼睛里闪烁着某种不安的光芒，使我有点怀疑她不正常。于是我仅限于跟她聊一般性的话题，我觉得这些话题无足轻重，疯子听了也不会感到不快，或是被刺激到。她对我的所有提问都回答得极其理智，就连她独到的见解也流露出非凡的理智。但我对疯病相当了解，不会轻信这种神智健全的迹象，所以在整个交谈之中，我始终坚持着一开始的谨慎态度。

不一会儿，一个穿着制服的机灵男仆用盘子端来水果、葡萄酒和茶点。我吃了起来，那位女士旋即离开房间。她刚一走开，我就向主人投去探寻的目光。

"不是！"他说，"噢，不是。她是我的家人，是我的侄女，一位才华横溢的姑娘。"

"请您千万要原谅我的怀疑，"我回答说，"但您当然知道该怎么原谅我。您把这儿管理得有声有色，在巴黎广为人知，我认为有可能，您知道——"

"知道，知道，不要再说了。确切地说，我应该感谢你所表现出的值得称赞的谨慎态度。我们很少在年轻人身上看到这样的先见之明。之前不止一次地因为来访者疏忽而造成不幸的意外事故。在我原先的方法还在施行的时候，我的病人有权随意游荡，他们常常受到不谨慎的参观者的刺激，陷入危险的疯狂状态。因此我不得不强制施行严格的排外制度，凡是在我看来不够谨言慎行的人，都不得进入这家疯人院。"

"在你原先的方法还在施行的时候！"我重复着他的话，"那么，我是否可以这样理解，我老听别人提到的'抚慰疗法'已经不再施行了？"

"说起来，"他回答说，"我们决定永久放弃那种疗法已经有好几个星期了。"

"是吗！您让我大吃一惊！"

"我们发现，先生，"他叹了口气说，"完全有必要恢复以前的惯例。抚慰疗法的危险始终令人恐惧，而它的优点也被大大高估了。我相信，先生，如果说那种疗法曾经接受过试验，那它在这里接受了一次公正的试验。我们做了理性的人们所能建议的每一件事。我很遗憾你没有早一点前来参观，那样你就可以自己做出评判。不过我相信你对抚慰疗法非常熟悉，包括细节在内。"

"不尽然。到我耳朵里已经是三手、四手的信息了。"

"笼统地讲，抚慰疗法是一种迁就病人的疗法。我们从不驳斥病人脑子里冒出来的奇思怪想。相反，我们不仅迁就，而且还鼓励他们。我们就这样治愈了许多病人，永久性地治愈了。没有一种说理能像反证法那样触动疯子软弱无力的理智。比如说，我们这儿有男病人以为自己是小鸡。其疗法就是坚持把这个念头当作事实，并指责病人太愚蠢，不能充分意识到这是一个事实，因此在一个星期内除了鸡饲料不给他任何食物。就这样，我们用一点玉米和沙子就创造了奇迹。"

"光迁就他们就够了吗？"

"当然不够。我们笃信简单的娱乐活动，诸如音乐、舞蹈、体操、扑克，还有某些种类的书籍，等等。我们假装把他们当作普通患者对待，对'精神病'这个词绝口不提。最重要的一点是让每个疯子都去监视其他疯子的行为。信赖一个疯子的理解力和判断力，以便赢得他的身心。这样我们还能省下一大笔雇用看守的开支。"

"你们从不使用任何形式的惩罚？"

"从不。"

"你们从不监禁病人？"

"很少。偶尔有病人病情恶化，或者突然暴跳如雷，我们就把他送进秘密病房，以免他的失控影响到其他病人。我们把他关在那里，直到可以放他回到朋友们中间，因为我们对武疯子束手无策。他通常会被转到公立医院。"

"您已经改变了这一切，您认为改得好？"

"确实如此。抚慰疗法有弊端，甚至有危险。幸好全法国的疯人院都已废除了这种疗法。"

"您的话让我感到非常惊讶，"我说，"我原以为目前国内不存在其他治疯病的方法。"

"我的朋友，你还年轻，"主人答道，"总有一天，你会学会自己评判世界上发生的事情，而不是轻信旁人的闲言碎语。耳听为虚，眼见也不一定为实。拿这家疯人院来说，明显是无知的人误导了你。不过晚餐过后，等你从舟车劳顿中恢复过来，我乐意带你在这里转转，向你介绍一种新的疗法，在我看来，在每一位亲眼目睹过它的运作的人看来，它都是迄今为止最卓有成效、最无可比拟的疗法。"

"您自己的？"我问，"您自己发明的？"

"我很骄傲地承认，"他回答说，"的确如此——至少在某种程度上是。"

就这样，我和梅拉德先生交谈了一两个钟头，其间他带我参观了花园和温室。

"我不能让你看见我的病人，"他说，"暂时还不能。对一个敏感的人来说，看到那样的场面多少会感到错愕。我不想破坏你享用晚餐的胃口。我们将共进晚餐。我要让你尝尝圣梅内霍尔特小牛肉和奶油酱汁花椰菜，接着再来一杯伏旧园红酒，这样你的情绪就足够稳定了。"

六点一到，宣布开饭。主人把我领进一间宽敞的餐厅，那儿已经聚集了一大帮人，共有二十五到三十人之多。他们看上去既有地位又有教养，虽然我认为他们的衣着过于奢华，像旧时宫廷中招摇的华服。我注意客人中至少有三分之二是女士，她们的穿戴绝不会被今天的巴黎人视为有品味，譬如好些看着起码有七十岁的老太浑身珠光宝气，戒指、手镯、耳环等，而且还不要脸地袒胸露臂。我也注意到没几件晚礼服称得上制作精良，或者说没几件是合身的。我环顾四周，看到了梅拉德先生在小客厅里向我介绍的那位有趣的姑娘，可她的打扮令我大吃一惊，她身穿用裙环撑开的裙子，脚蹬高跟鞋，头戴一顶脏兮兮的布鲁塞尔蕾丝帽，那帽子太大了，相形之下，她的脸小得有些滑稽。我第一次见到她时，那一身重孝倒与她十分相配。简言之，所有人的着装都让我感觉怪怪的，一开始我又想到了抚慰疗法，以为梅拉德先生是想等晚餐结束后再告诉我真相，因为如果我知道自己是在和一群疯子共进晚餐，可能会感到不自在。但我又想起在巴黎时听人说过，南部诸省的居民行为古怪，恪守着许多陈旧的观念。我和席上的几个人交谈起来，心中的疑虑顿时一扫而空。

这餐厅虽然宽敞舒适，格调却不怎么高雅。比如说地板上没铺地毯，不过在法国，人们经常不铺地毯。窗户也没挂窗帘，百叶窗紧紧关着，用呈对角线的铁条加固，像一般商店里的百叶窗一样。我观察到餐厅实际上是城堡的侧厅，所以这个平行四边形房间的三面都是窗户，另一面是门。窗户不少于十扇。

餐桌上的摆放蔚为壮观。盘子堆得满满当当，里面盛满了美味佳肴。食物之多令人咋舌，肉食足够亚衲族人（《圣经》中记载的巨人。——译注）大快朵颐。我这辈子从未目睹过如此铺张浪费的用餐场面。然而整个布置却没啥品味；银制枝状烛台见缝插针地摆满了餐桌和整个餐厅，我习惯柔光的眼睛被数不清的蜡烛发出的强光照得很不舒服。好几个殷勤的仆人在一旁服侍，房间远端的一张大桌子上坐着七八个手持小提琴、横笛、长号和鼓的家伙。他们每隔一阵就奏起音乐给大家助兴，然而尽是形式多样的噪音，听得我不胜其烦，但除了我之外，所有人似乎都听得兴致勃勃。

总的说来，我情不自禁地认为眼前这一切都怪里怪气的——但这个世界是由各种各样的人组成的，有着形形色色的思维方式和风俗习惯。我去过天南海北，对什么奇怪的场面都能漠然置之，所以我镇定自若地在主人右手边落座，胃口大开，尽情享用美酒好菜。

席间的交谈热烈而广泛。女士们一如既往地说个没完。我很快发现几乎所有人都受过良好的教育，主人的肚子里则装满了奇闻轶事。他似乎乐于谈到他作为疯人院院长的身份，而令我吃惊不已的是，关于精神错乱的话题最受在场所有人欢迎。他们讲了许多引人发笑的故事，都和精神病人的奇思妙想有关。

"我们这儿曾经有一个家伙，"坐在我右边的一位矮胖绅士说，"以为自己是只茶壶，顺便说一句，你说奇不奇怪？怎么疯子的脑海里老出现这种怪诞的想法。在法国，几乎每家疯人院都能提供一只人形茶壶。我们的这位绅士是一只大不列颠产茶壶，他每天早晨都小心翼翼地用鹿皮和白垩粉擦拭自己的身子。"

"还有，"对面的一个高个子男人说，"就在不久前，我们这儿有个人以为自己是头驴，从比喻的角度来说，你可以说他的确是头驴。他是个麻烦的病人，我们费了很大劲才把他管束住。有很长一段时间，他除了大蓟叶什么也不吃。不过，就是通过坚持让他只吃大蓟叶，我们把他的怪念头去除掉了。后来他又老是踢自己的脚后跟——就是这样——这样——"

"德科克先生，你能不能规矩一点儿！"一位坐在说话者旁边的老太打断了他的话，"请管好你的脚！你踢脏了我的缎袍！我请问你，有必要用如此务实的方式来补充说明吗？你不这样乱蹬乱踢，我们这位朋友也照样能理解你的意思。我发誓，你就是一头大蠢驴，和那个倒霉蛋自认为的一个样。你的表演很自然，的的确确。"

"万分抱歉！小姐！"德科克先生这样称呼那位老太，"万分抱歉！我无意冒犯。拉普拉斯小姐，德科克先生荣幸地邀请您共饮一杯。"

说到这儿，德科克先生深鞠一躬，礼节性地吻了自己的手，然后与拉普拉斯小姐互相祝酒。

"请允许我，我的朋友，"梅拉德先生对我说，"请允许我给您来一块圣梅内霍尔特小牛肉，您会发现它鲜嫩无比。"

转瞬之间，三个健壮的仆人已经把一个巨大的木盘（或者说食盘）稳稳地放到桌上，我瞥了一眼，见里面盛着一个"可怕的、畸形的、巨大的瞎眼怪物"（语出维吉尔的史诗《埃涅阿斯纪》，原文为拉丁文。——译注）。但凑近细看之后，我确信那不过是一整只烤小牛，跪在盘里，嘴里叼着一只苹果，像英国人烤野兔的风格。

"谢谢，不用了，"我答道，"说实话，我对圣——圣什么来着的小牛肉不是特别偏爱，我觉得它不合我的口味。不过我打算换个盘子，尝尝兔肉。"

桌上有好几道配菜，里面的东西看上去像一般的法国兔肉，那是人间至味，我向你们推荐。

"皮埃尔，"主人喊道，"把这位先生的盘子换掉，给他来块兔肉烤猫肉。"

"什么肉？"我问。

"兔肉烤猫肉。"

"哎呀，谢谢了——我又考虑了一下，就不尝它了。我还是自己来点儿火腿吧。"

我心中暗忖，在外省人的餐桌上，真不知道会吃到什么。我不想吃他们的兔肉烤猫肉，也不想吃他们的猫肉烤兔肉。

"还有，"餐桌末端一位面如土色的要人拾起刚才被打断的话头，"除了那些怪人外，我们还有过一个病人，他坚定不移地认为自己是一块科尔多瓦乳酪，拿着一把刀四处转悠，恳求朋友们从他大腿上割下一小片尝尝。"

"毫无疑问，他是个大傻子，"有人插嘴道，"但他和另一个怪人比起来就相形见绌了。这个怪人我们都认识，除了这位陌生的先生。我说的是那个以为自己是一瓶香槟酒的家伙，他总是砰的一声打开瓶盖，嘶嘶地冒泡，就像这样。"

说到这儿，那人十分粗鲁地将右手大拇指戳进左腮帮子，再往后一拔，发出像是软木塞砰地迸出来的声音，然后他用舌头在齿间灵巧地搅动，模仿香槟冒泡的刺耳的嘶嘶声，持续了好几分钟。我清楚地看到梅拉德先生对这番举动不以为然，但他什么也没说，于是话头被一个戴着大假发的精瘦小个子男人接了过去。

"还有一个不学无术的人，"他说，"他把自己错当成一只青蛙，顺便说一句，他长得还真像青蛙。真希望您见过他，先生，"说话者转向我，"看他收放自如的表演对您的心脏有好处。先生，如果那个人不是一只青蛙，那我只能表示非常遗憾。他发出的蛙鸣是这样的——呱呱呱，呱呱呱！那真是世界上最动听的音符，降B调。一两杯红酒下肚之后，他像这样把胳膊肘撑在桌上，像这样鼓起嘴巴，像这样翻起白眼，像这样飞速眨动，噢，先生，我敢打包票，您一定会被他的才情所倾倒。"

"我对此深信不疑。"我说。

"然后，"另一个人说，"还有佩蒂特·盖拉德，他以为自己是一撮鼻烟——他为没法把自己夹在拇指和食指之间而沮丧不已。"

"还有朱尔斯·德苏利埃，真是一个奇异的天才，他着了魔似的一口咬定自己是一只南瓜。他缠着厨师把他做成馅饼，被厨师愤然拒绝。就我而言，我绝对相信德苏利埃南瓜馅饼好吃得要命！

"您真让我吃惊！"我说着向梅拉德先生投以疑问的目光。

"哈！哈！哈！"那位绅士说，"嘿！嘿！嘿！嗨！嗨！嗨！呵！呵！呵！呼！呼！呼！的确好吃极了！您千万别惊讶，我的朋友。我们这位朋友是个风趣的人，是个怪家伙，你不能按字面意思理解他的话。"

"然后，"席间另一个人说，"还有布冯·勒格兰德，另一位异乎寻常的要人。他因爱情而精神错乱，以为自己长着两颗脑袋。他坚称其中一颗是西塞罗的，另一颗则是拼成的，从额头到嘴巴是德摩斯梯尼的，从嘴巴到下巴则是布鲁厄姆勋爵的。他有可能是在胡诌，但他有本事让你相信这是真的，因为他拥有三寸不烂之舌。他对演讲有绝对的热情，总是忍不住要表现出来。比如他经常跳上餐桌，然后——然后——"

这时，说话者旁边的一位朋友伸手摁住他的肩头，在他耳边低语了几句，他随即戛然而止，颓然倒进椅子里。

"然后，"那个低语了几句的朋友说，"还有'手转陀螺'布拉德。我叫他手转陀螺，是因为他被一个古怪有趣但又并不完全荒谬的念头攫住了，以为自己变成了一只手转陀螺。你要是看到他快速旋转的样子，一定会狂笑不已。他能单腿旋转个把钟头，就这样——这样——"

这时，刚才被低语声打断的那位朋友如法炮制，反过来打断了他。

"然而，"一位老太扯着嗓子喊道，"你这位布拉德先生是个疯子，而且充其量是个愚蠢至极的疯子。请允许我问你一句，谁听说过人形陀螺？真是荒谬透顶。如你所知，茹瓦约斯 (Joyeuse, 法语中"快乐"的意思。——译注) 夫人就比较理智。她也有一个怪念头，但那是合乎情理的，而且给所有有幸认识她的人带来了快乐。她经过周密考虑之后，发现自己意外变成了一只公鸡。但作为一只公鸡，她的举止很得体。她扑腾扑腾地拍动翅膀，就像这样——这样——这样，至于她打鸣的声音，真的很动听！喔喔喔——喔喔喔——喔喔喔——喔喔——喔喔——喔！"

"茹瓦约斯夫人，请您放规矩一点儿！"主人怒气冲冲地打断了她，"您要么表现得像个淑女，要么立刻离开桌子，您自己选择。"

那位老太（听到主人称呼她为茹瓦约斯夫人，我不禁惊诧万分，她刚才讲述的就是茹瓦约斯夫人的故事）脸一下子红到脑门上，被主人这么一责备，她似乎感到很羞愧。她耷拉下脑袋，一句话也没说。但另一位年轻的女士重新接过了话题，就是我在小客厅里见到的那位漂亮姑娘。

"噢，茹瓦约斯夫人是个傻瓜！"她惊叫道，"不过尤金妮娅·萨尔萨菲特的念头很合乎情理。他是个极其美丽、非常谦虚的年轻女士，她认为普通的着装方式很不雅观，总想着把身体露在衣服外面，而不是裹在衣服里面。实际上这很容易做到。你只需这样——然后这样——这样——这样——然后这样——这样——这样——然后——"

"我的天哪！萨尔萨菲特小姐！"十来个声音一下子同时喊道，"你想干吗？克制！够了！我们已经看清是怎么回事了！停！停！"已经有几个人从座位上跳下来，试图阻止萨尔萨菲特小姐模仿古希腊雕像"美第奇的维纳斯"，就在这时，从城堡主楼传来一阵阵的尖叫声或是吼叫声，有效地制止了萨尔萨菲特小姐的举动。

我被这些吼叫声搅得心神不宁，不过我真的怜悯在座的其他人。我这辈子从未见过一群心智健全的人被吓得如此丧魂落魄。他们的脸色变得跟尸体一样惨白，全都吓得蜷缩在自己的椅子里，浑身发抖，语无伦次，等待那声音再次响起。它又来了，比之前更响，而且似乎更近。它第三次到来时，简直响得震天动地，第四次则势头明显减弱。随着喊声渐渐消散，他们又变得精神抖擞起来，再度热烈地讨论起趣闻轶事。我冒昧地问起骚乱的原因。

"一个小插曲而已，"梅拉德先生说，"这种事我们早就司空见惯，其实并不在意。那些疯子时不时就会一起号叫，一个人叫起来，其他人跟着叫唤，像夜里一声狗吠引发一群狗齐声狂吠一样。不过，在齐声号叫之后，他们偶尔会试图逃脱。当然了，这时候就有点危险。"

"您负责多少病人？"

"目前不超过十个。"

"大多是女性，是吧？"

"噢，不，他们全都是男人，个个粗壮结实，我可以告诉你。"

"是吗！我一直以为精神病人大多都是女性。"

"一般来说是这样，但也并不尽然。不久前，这里大概有二十七个病人，其中至少有十八个是女人，可如你所见，近来情况有了很大变化。"

"是的，如你所见，情况有了很大变化。"踢断拉普拉斯小姐小腿的先生插进来说。

"是的，如你所见，情况有了很大变化！"所有人异口同声地插进来说。

"你们统统给我闭嘴 (hold your tongues, 字面意思为抓住自己的舌头。——译注)！"主人怒气冲天地说。在座所有人陷入了死一般的沉寂，持续了近一分钟。有位女士不折不扣地遵照梅拉德先生的字面意思，伸出她长得惊人的舌头，然后顺从地用双手将其抓住，直到宴会结束才松开。

"这位女士，"我探过身子，低声对梅拉德先生说，"这位刚发完言，给我们表演'喔喔喔'的善良的女士，我想她是无害的，相当无害，对吧？"

"无害！"他失声叫道，带着毫不掩饰的惊讶，"哎呀，哎呀，你这是什么意思？"

"她只是稍微有点疯癫？"我伸手碰了碰脑袋说，"我想当然地认为她病得并不严重，不会伤人的，对吧？"

"天哪！你想哪去了？这位女士——我的老友茹瓦约斯夫人跟我一样，精神完全正常。诚然，她有她的小怪癖，但你也知道，所有年迈的妇人，所有非常年迈的妇人，或多或少都是古怪的！"

"当然，当然，"我说，"那么其他这些女士们和先生们——"

"都是我的朋友和看守，"梅拉德先生打断我的话，傲慢地直起身子说道，"都是我的好友和助手。"

"什么！全都是？"我问，"那些女人也是？"

"当然，"他说，"没有女人，这家疯人院根本开不下去，她们是世界上最好的精神病护士。她们有自己的一套方法，你知道。她们明亮的眼睛有绝妙的效果，有点像蛇的魅惑，你知道。"

"当然，当然！"我说，"她们的行为有点儿古怪，对吧？她们有点儿奇怪，对吧？您难道不觉得吗？"

"古怪！奇怪！哎呀，你想哪去了？诚然，我们南方人不是很拘谨——我们随心所欲地享受生活，诸如此类，你知道——"

"当然，"我说，"当然。"

"也许这伏旧园红酒有点儿上头，你知道——有点烈，你明白吗？"

"当然，"我说，"当然。顺便问一句，先生，我是否可以这样理解您的意思，您用来取代著名的抚慰疗法的这种疗法非常严苛？"

"绝对算不上。我们是采取了禁闭的手段，但是这种疗法，我是说这种医学疗法，病人更加愿意接受。"

"新疗法是您发明的吗？"

"不完全是。其中一部分可归因于焦油博士，相信你一定听说过他；另外我乐意承认，还有一部分功劳要归功于著名的羽毛教授，他对该疗法进行了修订，如果我没记错的话，你一定有幸与他称兄道弟。"

"说来惭愧，"我答道，"我竟然从未听说过两位先生的名字！"

"我的天哪，"主人突然往椅背上一靠，高举双手，失声叫道，"我肯定是听错了！你该不会是说你从未听说过博学的焦油博士和著名的羽毛教授？"

"我不得不承认我的无知，"我答道，"但是事实高于一切，容不得半点侵犯。这让我情何以堪，我居然没读过他们的著作——他俩无疑都是非凡的人物。我这就去寻找他俩的大作，一丝不苟地仔细拜读。梅拉德先生，您真的——我必须承认——您真的——让我感到羞愧！"

这是事实。

"别说了，我善良正直的年轻朋友，"他亲切地紧紧握住我的手说，"来吧，与我共饮一杯苏特恩白葡萄酒。"

我俩举杯畅饮。其他人效仿我们，毫无节制地喝了起来。他们聊天——打趣——大笑——做出千奇百怪的荒谬举动——小提琴吱吱尖叫——鼓声震耳欲聋——长号像许多头法拉利斯铜牛（西西里岛暴君法拉利斯的铜牛刑，行刑时将犯人塞入铜牛肚子内，点炭火将犯人活烤致死，在犯人被烈火烘烤时，会情不自禁地凑到牛嘴呼吸外面的空气，发出极度痛苦的号叫。——译注）齐声号叫——随着葡萄酒占据了支配地位，整个场面愈发骇人，最后成了群魔乱舞的地狱。与此同时，梅拉德先生和我隔着一堆苏特恩和伏旧园酒瓶，扯着嗓门继续交谈。用普通音量说话根本就听不见，就像你听不见尼亚加拉瀑布下面的鱼发出的声音一样。

"还有，先生，"我对着他的耳朵纵声尖叫，"晚餐前您提到抚慰疗法会带来危险。那是怎么一回事？"

"是的，"他回答说，"有时会带来很大的危险。精神病人的反复无常是无法解释的；依焦油博士、羽毛教授以及我本人之见，允许疯子在无人看管的情况下到处乱跑是绝对不安全的。一个疯子可能会暂时得到所谓'抚慰'，但他最终很容易变得暴烈难驯。他非同寻常的狡猾也是尽人皆知的。如果他心里有一个计划，他会用惊人的智慧来加以掩饰；而他假装神志正常的那种技巧，则向精神病学家们提出了关于精神研究的最奇特的问题。一个疯子看起来神志正常之际，就是给他穿上拘束衣之时。"

"可是，亲爱的先生，您所说的这种危险，以您自己的经历，在您掌管这座城堡期间，您是否有切实的理由认为，自由对精神病人来说是危险的？"

"在这里？以我自己的经历？是的，可以这么说。比如，不是很久之前，在这家疯人院里发生了一件奇事。你知道，当时还在施行抚慰疗法，病人们可以自由走动。他们表现得非常之好，格外循规蹈矩，任何一个有见识的人都能看出某个邪恶的阴谋正从这非同寻常的循规蹈矩中酝酿发酵。果然，在一个晴朗的早晨，看守们发现自己被捆住手脚，扔进禁闭室，被精神病人当作精神病人来看护，而他们的岗位已经被精神病人所篡夺。"

"此话当真！我这辈子从未听说过如此荒唐的事情！"

"千真万确，这事儿之所以成真，全是因为一个愚蠢的家伙，一个疯子，他不知怎的突然冒出一个念头，认为自己发明了一种迄今以来最好的治理体系，我是说治理疯子的体系。他想试一试他的发明，所以说服其他病人参与他的阴谋，共同推翻统治阶层。"

"他真的成功了？"

"毫无疑问。看守和病人很快就交换了位置。这种说法并不完全准确，因为病人的人身是自由的，但是看守们马上就被关进禁闭室，而且我很遗憾地说，他们受到了非常轻蔑的对待。"

"但我料想看守们很快就会起来反抗。这种局面维持不了多久。乡间邻里的村民和远道而来的访客都会发出警报。"

"那你就错了，叛军首领非常狡猾，不会让这种情况发生。访客一律不得入内，只有一次例外——一天，来了一个看上去傻不拉几的年轻绅士，没有任何理由让首领感到担心。他允许年轻人进来参观——只是换个花样，拿他取乐而已。一旦把他戏弄够了，就把他撵出去了事。"

"那么，病人们篡权有多久了？"

"噢，好长一段时间了，肯定有一个月，但具体是多少天我说不上来。在这段时间里，疯子们过得快活极了，这一点非常肯定。他们脱下身上的破烂衣服，恣意妄为地穿戴城堡里的服饰珠宝。地窖里堆满了葡萄酒，这些疯子全是贪杯的魔鬼。我可以告诉你，他们过得快活极了。"

"那么治疗呢？叛军首领施行了哪种特别的疗法？"

"哎呀，至于这个嘛，我曾经说过，疯子不一定是傻瓜。我真心认为他的疗法比其所取代的疗法要好得多。这是一个非常高明的疗法——简单——巧妙——一点儿也不麻烦——事实上它令人愉快——它是——"

这时，又传来一阵叫喊声，打断了主人的评述，这阵叫喊跟之前听得我们焦虑不安的那阵如出一辙，只是这一次似乎是由一群正快速奔向餐厅的人发出来的。

"我的天哪！"我失声惊呼，"肯定是那些疯子逃出来了。"

"跟我担心的一样。"梅拉德先生答道，脸色瞬间变得刷白。他话音未落，窗户下面就传来一阵大嚷大叫和骂骂咧咧。紧接着事情就再清楚不过了，外面有人正试图闯进餐厅。他们似乎在用大铁锤砸门，还有人在死命地拉拽、摇晃百叶窗。

接踵而至的是一幅极其混乱的场景。令我惊讶万分的是，梅拉德先生一头钻进了餐具柜，而我本以为他能展现出一些勇气的。管弦乐团的成员们在刚才的十五分钟里还烂醉到无法履行职责，这时却全都一跃而起地抓住乐器，争先恐后地爬上餐桌，不约而同地齐声奏起《扬基歌》。他们的演奏贯穿了整个骚乱，虽然并不完全在调上，但那股劲头可以说是远超常人。

与此同时，那位一直强忍着没往桌上跳的先生终于跳上餐桌，站在一大堆酒瓶和酒杯之间。他刚站稳脚跟就开始发表演讲——那无疑是一场精彩至极的演讲，如果它能被听到的话。就在这时，偏爱手转陀螺的那个男人在屋里兀自旋转起来，充满力度与激情，他张开双臂与身体成直角，这使他活脱脱就像一只手转陀螺，把挡到他路的人统统撞倒在地。我还听到一阵不可思议的开香槟酒瓶的砰砰声和香槟欢腾冒泡的嘶嘶声，最后我发现，这是晚宴上模仿香槟酒瓶的家伙发出来的。然后那位青蛙人又呱呱呱地叫了起来，仿佛他的灵魂能否得到拯救，就取决于他叫出的每一个音符。在这一切之中，一头毛驴喋喋不休的嘶叫格外醒耳。至于我的老友茹瓦约斯夫人——我真该为这位可怜的女士掉眼泪，她看上去是那么茫然无措，只知道站在壁炉边的一个角落里，扯着嗓子没完没了地高唱："喔喔喔——喔喔——喔！"

随后剧情进入了高潮——灾难性的高潮。除了此起彼伏的呱呱呱和喔喔喔外，攻打餐厅的那伙人没有遭遇到任何抵抗，很快就将窗户冲破——十扇窗户几乎是同时被冲破。接下来那一幕看得我惊惧交加，我一辈子都忘不了当时那种心惊肉跳的感觉——攻入餐厅的竟然是一群非洲黑猩猩（或好望角大狒狒），它们从窗户外面跳了进来，冲到乱糟糟的人群中间，厮打、跺脚、抓挠、嚎叫。

我挨了一顿暴揍，之后滚到一张沙发下面，一动不动地躺着，全神贯注地聆听屋内发生的一切。大约一刻钟后，我对这出悲剧有了令人满意的解释。原来梅拉德先生给我讲述那位煽动病友造反的疯子时，其实就是在讲述他自己的英勇行为。这位先生两三年前的确是这家疯人院的院长，谁料他后来疯了，自个儿也成了一个精神病人。把我介绍给他的旅伴对此并不知情。疯人院的十名看守被揭竿而起的病人迅速制服之后，先是被涂满焦油，再被小心地粘上羽毛，然后关进地底下的禁闭室。他们被囚禁了一个多月，其间梅拉德先生不仅慷慨地给予他们焦油和羽毛（这构成了他的"疗法"），而且还为他们提供面包和充足的水。水每天通过水泵抽给他们。最后，他们中的一位从下水道逃出，继而解救了其他人。

经过重要修改的"抚慰疗法"已经在城堡里重新启用，然而我禁不住赞同梅拉德先生的话："这是一个非常高明的疗法。"正如他理直气壮地说的那样，它"简单——巧妙——一点儿也不麻烦——一点儿也不"。

我只想补充一句，尽管我搜遍了全欧洲的每一家图书馆，想找到焦油博士和羽毛教授的著作，但是迄今为止，我一本也没找到。

一桶阿蒙提拉多白葡萄酒

福图纳托对我百般伤害，我都一忍再忍，可那次他胆敢侮辱我，我就发誓要报仇了。您对我的脾气了如指掌，不会以为我只是在放话吓唬他。总有一天我会报仇雪恨；这仇我报定了——我心意已决，就不再考虑个人安危。我不仅要惩罚他，而且要在惩罚他后免受惩处。报仇的还遭到惩处，那这仇就没有报成。报仇的没让仇家知道是谁干的，那这仇同样没有报成。

不消说，我的一言一行都没有引起福图纳托的怀疑。我照旧对他笑脸相迎，而他丝毫没有察觉到我的微笑里藏着利刃。

福图纳托这人有一个弱点——尽管他在其他方面令人尊敬，甚至让人畏惧。他以自己是品酒行家而自豪。真正懂得鉴赏的意大利人少之又少。他们的热忱多半用来见风使舵，蒙骗英国和奥地利的百万富翁。在名画和珠宝方面，福图纳托和他的同胞一样喜欢冒充内行，但说到陈年老酒，他是真心实意的。这方面我和他相差无几：我自己对意大利精品葡萄酒十分在行，一有机会就大量购买。

歇斯底里的狂欢节期间的一个傍晚，暮色降临之际，我遇到了我的朋友。他异常热情地跟我搭话，因为他已经喝了好多酒。他打扮成小丑，身穿杂色条纹的紧身衣，头戴圆锥帽，上面缀着铃铛。见到他令我喜不自胜，我想我不该死死握住他的手的。

我对他说："亲爱的福图纳托，见到您不胜荣幸。您今天气色真好！对了，我搞到一大桶白葡萄酒，说是阿蒙提拉多，可我有点拿不准。"

"什么？"他说，"阿蒙提拉多白葡萄酒？一大桶？不可能！这可是在狂欢节期间！"

"我拿不准，"我回答说，"我真傻，居然没请教您就照价付了全款。当时我找不到您，而我又生怕错过这笔买卖。"

"阿蒙提拉多！"

"我拿不准。"

"阿蒙提拉多！"

"我得确认一下。"

"阿蒙提拉多！"

"我看您挺忙的，我去找卢切西了。他是品酒的行家里手，他会告诉我——"

"卢切西连阿蒙提拉多和雪利酒都分不清。"

"可有些傻瓜说他的鉴赏力和您不相上下。"

"行了，咱们走吧。"

"去哪儿？"

"你的酒窖。"

"不，我的朋友，我不想利用您的好心。我看出您约了人了。卢切西——"

"我没有约谁。走吧。"

"不，我的朋友，问题不在于您有没有约谁，而是我看您冻得够呛。地窖里潮湿得令人无法忍受，四壁都是硝石。"

"我们还是走吧。这点冷算什么。阿蒙提拉多！你被坑了。至于卢切西，他分不清雪利和阿蒙提拉多的。"

话音未落，福图纳托挽住了我的胳膊。我戴上黑绸面罩，裹紧短披风，由着他把我拽回自己的府邸。

家中不见一个仆人，都溜出门狂欢去了。我告诉他们我要到翌日早上才回来，并明令禁止他们外出。我心里清楚得很，这个命令一下，保管我一转身，他们就溜个精光。

我从壁式烛台上取了两支火把，递给福图纳托一支，躬身领他穿过几间套房，走进通往地窖的拱廊。我走下一段长长的螺旋式楼梯，嘱咐跟在后面的他多加小心。我们终于下完楼梯，一起站在蒙特勒府墓窖潮乎乎的地面上。

我的朋友步态不稳，每跨一大步，帽上的铃铛就叮当作响。

"那桶酒呢？"他问。

"在前面，"我说，"小心墙上微微发亮的蜘蛛网。"

他转过身来，醉眼蒙眬地盯着我。

"硝石？"他终于问道。

"硝石，"我回答道，"您这样咳嗽有多久了？"

"咳！咳！咳！——咳！咳！咳！——咳！咳！咳！——咳！咳！咳！——咳！咳！咳！"

我可怜的朋友老半天答不上话来。

"没什么。"最后他说。

"行了，"我断然说道，"我们回去吧，您的身体要紧。您腰缠万贯，德高望重，受人爱戴。您很快乐，跟我以前一样。您是会被大家怀念的人，我倒无所谓。我们回去吧，您要是有个三长两短，我可担当不起。再说，还有卢切西——"

"够了，"他说，"咳嗽算不了什么，又咳不死人。我不会咳死的。"

"对——对，"我回答说，"说真的，我可不是故意吓唬你——但你还是小心为妙。来口梅多克葡萄酒吧，能帮我们抵御湿气。"

发霉的地上放着一长溜酒瓶，我从中抽出一瓶，敲掉瓶颈。

"喝吧。"我说着把酒递给他。

他诡秘地斜睨了我一眼，把酒瓶举到唇边。接着他停下来，亲热地冲我点点头，帽子上的铃铛随之叮当作响。

"为埋在我们周围的死者，干杯。"他说。

"为您的长寿，干杯。"

他又挽住我的胳膊，我们继续往前走。

"这个墓窖，"他说，"很大啊。"

"蒙特勒家是个大家族，人丁兴旺。"我答道。

"我记不得你家的家徽了。"

"蔚蓝的背景衬托着一只金色的大脚；那脚把一条大蛇踩得粉碎，它的毒牙咬进了脚后跟。"

"家训呢？"

"凡伤我者，必遭惩罚！（原句为拉丁文。——译注）"我说。

"妙哉！"他说。

红酒在他眼里闪闪发光，铃铛在他头上叮当作响。一口梅多克酒下肚，我想入非非起来。我们穿过一条由累累白骨和大小酒桶堆砌而成的长弄，进入墓窖的最深处。我又停了下来，这次我大胆抓住了福图纳托的上臂。

"硝石！"我说，"瞧，越来越多了，像苔藓一样挂在拱顶上。我们在河床下面，水珠滴落在尸骨间。咱们快回去吧，不然就来不及了。您的咳嗽——"

"不足挂齿，"他说，"咱们继续往前走吧。不过先让我来口梅多克酒。"

我开了一瓶格拉夫葡萄酒递给他，大肚瓶装的。他一饮而尽，眼露凶光，哈哈大笑，用一个我不懂的手势把酒瓶往上一扔。

我惊讶地看着他。他又重复了那个手势——一个怪诞的手势。

"你不懂？"他问。

"我不懂。"我答。

"那你就不是同道中人。"

"什么？"

"你不是共济会会员。"

"我是，我是，"我说，"我是，我是。"

"你？不可能！你是共济会会员？"

"是的。"我答道。

"暗号，"他说，"暗号呢？"

"就是这个。"我一边回答，一边从短披风的皱褶下面抽出一把泥刀（代表着共济会石匠的身份。共济会是源于英国的一类兄弟会组织，最早可以追溯到十四世纪末的石匠行业协会。——译注）。

"你在开玩笑，"他惊呼着向后退了几步，"咱们还是继续往前走吧，去看那桶阿蒙提拉多。"

"也好。"我说着把泥刀重新收在短披风下面，又把胳膊伸给他。他重重地靠在我胳膊上。我们继续去找阿蒙提拉多。穿过一排低矮的拱门，往下走，朝前走，再往下走，来到一个幽深的墓穴。这里空气污浊，我们的火把只冒火不发光了。

在墓穴的尽头，又冒出一个不那么宽敞的墓穴。成排的尸骸沿着四壁堆砌，一直垒到头上的拱顶，很像巴黎地下墓穴（法国巴黎一处著名的藏骨堂，约有六百万具尸骨躺在那里，墓穴里面的墙壁都是由尸骨堆砌而成，所有装饰品也都是由尸骨制作。——译注）的风格。里头这个墓穴的三面墙边同样高垒着尸骨，第四面墙边的尸骨已被推倒，横七竖八地躺在地上，还形成一个尸骨堆。在尸骨倒下后裸露出来的那面墙上，我们看到一个壁龛，约四英尺深，三英尺宽，六七英尺高。它背靠着一堵坚固的花岗岩石墙，看起来它没有什么特别的用途，只是支撑墓穴顶部的两根大柱子之间的空隙罢了。

福图纳托举起昏暗的火把，竭力往壁龛深处窥探，然而只是徒劳。火光微弱，根本看不见头。

"往前走吧，"我说，"阿蒙提拉多白葡萄酒就在里面。卢切西——"

"他是个无知的人，"我的朋友打断道。他跟跟跄跄地朝前走去，我紧跟其后。眨眼间他就走到壁龛的尽头，发现自己被花岗岩石墙挡住去路，一时间不知所措地傻站在那里。再过片刻，他就要被我铐在花岗岩上了。石墙上嵌着两个铁环，水平距离约两英尺，一个系着根短铁链，另一个悬着把扣锁。不过几秒钟的工夫，我就已经将铁链绕过他腰间牢牢锁好。他惊骇万分，都忘了反抗。我拔掉钥匙，退出壁龛。

"伸手摸摸墙，"我说，"您会不由自主地摸到硝石。确实很潮湿。让我再一次恳求您回去吧。不回去？那我就得离开您了。在我走之前，我会力所能及地为您提供您需要的所有东西。"

"阿蒙提拉多！"我的朋友惊魂未定，失声惊呼。

"对，"我答道，"阿蒙提拉多。"

我一边说着，一边就在之前提到的那个尸骨堆里忙碌起来。我把尸骨抛到旁边，一堆砌墙用的石头和灰泥很快展现在眼前。有了这些材料，借助我的泥刀，我在壁龛入口精神饱满地砌起墙来。

第一层还没砌好，我就发觉福图纳托酒已醒了一大半。最早的迹象是从壁龛深处传来一声低沉的呻吟，不像是出自醉汉之口。然后是一阵漫长而固执的沉默。我砌好第二层，第三层，第四层，接着就听到猛烈摇晃铁链的声音，持续了好几分钟。为了听得更加过瘾，我索性停下手头的活计，一屁股坐到尸骨堆上。等到当啷声终于平息下来，我才重新拿起泥刀，马不停蹄地砌完了第五层、第六层和第七层。这时墙几乎齐胸高了。我又停了下来，把火把举过石墙，几道微弱的光照到里面的人影上。

突然间，一连串刺耳的尖叫声从上了锁链的人影嗓子眼里冒出，仿佛将我猛地朝后推了一把。有那么一瞬间，我踌躇起来，浑身直打哆嗦。我拔出长剑，伸进壁龛里探寻起来，但转念一想，我又放了心。我摸摸墓窖坚固的结构，感到很满意。我再次走到墙根前，回应起他的大嚷大叫来。他叫嚷一声，我就应和一声，响度和力度都盖过了他。他的叫声渐渐平息了。

这时已是午夜，我的活计即将完工。我已经砌完了第八层、第九层和第十层。最后的第十一层也快要砌好，只需再放上一块石头，抹上灰泥即可。我奋力搬起这块沉甸甸的石头，将其一角放在它命中注定的位置上。不料此时从壁龛里传来一阵低沉的大笑，吓得我头发倒竖。接下来是一个悲伤的声音，我好容易才听出是高贵的福图纳托。那声音说——

"哈！哈！哈！——呵！呵！呵！——真是个有趣的玩笑——多好的笑话啊。待会儿回到我的府上，我们会开怀大笑——呵！呵！呵！——就着葡萄酒——呵！呵！呵！"

"阿蒙提拉多白葡萄酒！"我说。

"呵！呵！呵！——呵！呵！呵！——是的，阿蒙提拉多。可现在已经很晚了吧？福图纳托太太和客人们不是在家里等咱们吗？咱们回去吧。"

"好，"我说，"咱们回去吧。"

"看在上帝的分上，蒙特勒！"

"对，"我说，"看在上帝的分上！"

可说完这句话后，我怎么也听不到回音。我沉不住气了，便大声吼道——

"福图纳托！"

没有回音，我又叫——

"福图纳托！"

仍然没有回音。我把火把往还未封上的墙孔里猛地一塞，任其掉了进去。只传来丁零当啷的铃声。我心里一阵泛呕，那是墓窖里潮气重的缘故。我赶紧结束手头的活儿，把最后一块石头塞好，抹上灰泥。再紧靠新砌的石墙，重新垒好尸骨组成的壁垒。半个世纪以来，从未有人打扰过他们。愿死者安息！

跳　　　　　　　　　　　　　蛙

我就没见过比国王更爱开玩笑的人。他似乎活着只是为了开玩笑。臣子有好笑话可讲，且能讲得绘声绘色，保准能得宠。他的七位大臣与他甚是相像，不但全是开玩笑的高手，而且个个长得脑满肠肥。至于人究竟是因为爱开玩笑才变成胖子，还是胖子本身就爱开玩笑，我从来都不敢妄下定论，但可以肯定的是，一个爱开玩笑的瘦子是稀世奇珍。

国王对文雅是从不上心的，按他的说法，那是"鬼"聪明。他尤其爱听兼收并蓄的段子，因此往往不厌其长。过分讲究令他厌烦。他宁可读拉伯雷的《巨人传》，也不愿读伏尔泰的《查第格》。总的来说，搞恶作剧远比口头上开玩笑更合他的口味。

在我讲的这个故事发生的年代，宫廷里的逗乐小丑 (即"弄臣") 还没完全过时。欧洲大陆上的几大列强依然豢养着弄臣。他们身着杂色衣服，头戴系铃圆帽，随时准备抛出犀利的俏皮段子，以答谢从御桌上扔下的面包屑。

我们的国王当然也豢养着弄臣。说真的，他需要某种愚蠢的东西，以中和一下七位贤臣的大智慧，更不消说他自己那份才智了。

不过，国王的那位弄臣，那位宫廷小丑不仅仅是个蠢货。他也是侏儒，还是瘸子，因此他的身价在国王眼里便升了三倍。在当年的宫廷里，侏儒就和弄臣一样平常；许多君主若是没有弄臣一起陪笑，没有侏儒拿来取笑，便会觉得度日如年 (宫里的日子要比外面长)。根据我的观察，宫廷小丑十有八九都生得肥头胖耳，笨手笨脚。所以眼见"跳蛙"(就是那位弄臣的名字) 一个顶三个活宝，我们的国王别提有多得意了。

依我看，"跳蛙"这个名字不是那侏儒受洗时由教父教母所取，而是七位大臣见他没法正常走路而一致同意赐给他的。事实上，跳蛙只能以一种令人感叹的步态行走，一半是跳一半是扭，把国王看得是心花怒放，也从中求得许多安慰。因为尽管国王大腹便便，肥头大耳，但全宫上下都认为他形象极好。

话又说回来，跳蛙虽然两腿畸形，走起路来特别费劲吃力，但上天似乎是想弥补他下肢的缺陷，特意赐给他一双力大无穷的臂膀，使他能在树木绳索之类可攀爬的东西上面表演多种灵活矫健的动作。在这种时候，他哪里还像青蛙，分明就像松鼠或小猴子。

跳蛙老家是哪里的我说不准。只知道他来自一个没人听说过的荒蛮之地，与国王的宫殿远隔千山万水。和跳蛙同来宫里的还有年轻的特丽佩塔，这位姑娘个头跟他一般矮小，身材倒是玲珑匀称，还是个出色的舞者。他俩原本住在两个毗邻的省份，一位常胜将军强行将他俩从各自家中掳走，作为礼物献给了国王。

两个小俘虏同病相怜，关系变得亲密自然不足为奇。他俩很快就成了莫逆之交。跳蛙虽然善于供人取乐，可如果他不能为特丽佩塔效劳，他在宫中决不会受人欢迎；特丽佩塔虽是侏儒，却因优雅和美貌得到万千宠爱。所以她的影响力非同小可。而且她从不吝于运用自己的影响力来帮助跳蛙。

一次盛大的国事活动 (具体什么活动我忘记了)，国王决定办一场化装舞会。逢到宫里办化装舞会，跳蛙和特丽佩塔就会被召去献演。跳蛙尤其善于创新，在筹备节目、设计新奇的角色，以及安排服装面具等方面充满巧思，仿佛没有他什么也办不成。

化装舞会之夜如约而至。在特丽佩塔的监督下，一座华丽的大厅早已摆好各类饰物，把舞会装扮得花里胡哨。满朝文武都已等得急不可耐。不难想象，对于穿什么衣服戴什么面具，每个人都早已拿定了主意。许多人在一个星期甚至一个月前就已决定扮演什么角色，事实上，只剩下国王和他的七位大臣还在犹豫不决。我不知道他们为何犹豫不决，除非他们存心是在开玩笑。更有可能是他们长得太胖，所以才拿不定主意。时间飞快过去，无奈之下，他们只得祭出最后一招，下旨召见特丽佩塔和跳蛙。

这对小伙伴入朝谒见国王，见他和七位内阁大臣正坐着喝酒，不过他看上去一脸的不悦。国王知道跳蛙不爱喝酒，因为这可怜的瘸子两杯黄汤下肚就要发酒疯。发酒疯的滋味可不好受。但是国王就爱搞恶作剧，喜欢硬灌跳蛙喝酒，按国王的说法，就是"及时行乐"。

"过来，跳蛙，"弄臣和他的朋友一进门，国王就说，"先喝了这一杯，敬你的亡友。"跳蛙闻言叹了口气。"然后再给我们出个妙招。我们要角色——角色，伙计——新奇的，不落窠臼的。我们受够那些千篇一律了！来，快把这杯干了！喝酒后脑筋转得特别快。"

跳蛙照例想讲个笑话，来感谢国王的厚恩，但这次太为难他了。那天碰巧是可怜的侏儒的生日，听到为"亡友"干杯这道圣旨，他禁不住眼泪汪汪。当他谦恭地从暴君手中接过酒杯时，大颗大颗酸楚的泪滴掉进了杯子里。

"啊！哈！哈！"见侏儒勉强地喝完杯中酒，国王狂笑不已，"好酒的威力就是不一般！嘿，你的眼睛都已经闪闪发亮了！"

可怜的家伙！他那双大眼睛与其说是闪闪发亮，不如说是闪闪发光，因为酒劲直蹿脑门，瞬间就发作起来。他提心吊胆地把高脚杯放到桌上，半疯半癫地扫视着周围的大臣。他们见国王的"玩笑"开得那么成功，个个显得乐不可支。

"现在谈正事吧。"体态肥硕的首相说。

"对，"国王说，"给我们出出主意。角色，我的好伙计，我们迫切需要角色，我们都迫切需要角色。哈！哈！哈！"国王是在一本正经地说笑，七位大臣也附和着大笑起来。

跳蛙也笑出了声，就是笑得有气无力，而且多少有些茫然若失。

"喂，喂，"国王不耐烦地问，"你难道想不出主意？"

"我在努力构思一些新奇的东西。"侏儒心不在焉地答道，他已经醉得迷迷糊糊了。

"努力！"暴君凶神恶煞地吼道，"你这是什么意思？噢，我明白了，你心里闷闷不乐，还想来一杯。来吧，把这杯干了！"他说着又斟满一杯，递给那瘸子。瘸子怔怔地盯着酒杯，一时间喘不过气来。

"快喝！我说！"魔王咆哮道，"不喝就见鬼去吧——"

侏儒迟疑不决。国王气得脸色发紫。大臣们幸灾乐祸地笑着。特丽佩塔吓得脸色惨白，走向王座前双膝跪下，哀求国王饶了她的朋友。

暴君盯着她看了一会儿，显然对她的放肆感到惊奇。他似乎全然不知所措，不知该怎样宣泄心中的愤慨。最后他一言未发，猛地将她推开，把满满一杯酒泼在她脸上。

可怜的姑娘挣扎着爬起来，大气都不敢喘一声，重新站到御桌下首。

大殿里瞬间一片死寂，树叶或羽毛落在地上都能听得到。突然间，一阵低沉、刺耳、吱吱嘎嘎响个没完的摩擦声打破了寂静，像同时从大殿的各个角落里传出来的。

"你干……干……干吗发出那种怪声？"国王怒气冲冲地转向侏儒，质问道。

侏儒看上去已经醒了酒，他镇定自若、目不转睛地盯着暴君的脸，失声叫道：

"我……我？怎么可能是我？"

"像是从外面传来的，"一位大臣说，"依微臣之见，是窗外那只鹦鹉在鸟笼的栅栏上磨嘴。"

"没错，"国王答道，仿佛大臣的意见让他如释重负，"不过，朕以骑士的名誉发誓，准是这无业游民在磨牙。"

侏儒哈哈大笑，露出一口又大又硬、令人作呕的牙齿。国王酷爱说笑逗乐，自然不会反对别人大笑；再者，侏儒宣称国王要他喝多少就喝多少。国王顿时息了怒。跳蛙又干完一杯，这次倒没显醉态，接着他就抖擞精神进入到化装舞会的主题。

"不知怎么回事，我脑子里冒出了这个点子，"他的口吻极为平静，像这辈子没沾过一滴酒似的，"刚才陛下推了那姑娘一把，把酒泼在她脸上——就在陛下您做完这件事后，鹦鹉正巧在窗外发出这怪声。我灵光一闪，脑子里突然冒出一个绝妙的主意——我老家的一种游戏——我们那里的人常在化装舞会上玩这种游戏，不过在这里还没人玩过。很遗憾，它需要八个人一起玩，而且——"

"这里不就是八个人吗！"国王眉开眼笑地喊道，因为他敏锐地发现了这一巧合，"朕和七位大臣。说吧！是什么游戏？"

"我们管它叫'八只戴铁链的猩猩'，如果玩得好，那真是妙不可言。"瘸子答道。

"我们就玩这个。"国王直起身子，垂下眼帘，说道。

"它妙就妙在能把一堆女人吓得魂飞魄散。"跳蛙继续说道。

"妙不可言！"国王和他的七位大臣齐声吼道。

"我来把你们装扮成猩猩，"侏儒接着说，"一切都交给我吧。会跟猩猩惊人地神似，参加舞会的人会把你们当成真正的野兽。当然，准能把他们吓得胆战心惊，汗毛直竖。"

"啊，简直太棒了！"国王喊道，"跳蛙！朕要好好赏赐你。"

"之所以戴铁链，是因为其发出的丁零当啷声能制造更大的混乱。您们从饲养员手里逃了出来。陛下您无法想象那效果有多棒，化装舞会上闯进八只戴铁链的猩猩，在场绝大多数人都以为是真猩猩！猩猩恶狠狠地咆哮着，在衣着优雅动人的男人女人中间横冲直撞。那种反差无与伦比！"

"肯定的！"国王说。天色已晚，大臣们纷纷起立，准备去实施跳蛙的计划。

跳蛙把他们化装成猩猩的方法虽然简单，但是很有效，足以达到目的。在这个故事发生的年代，文明社会里难以见到猩猩，而侏儒装扮出来的猩猩兽性十足，而且比真猩猩还要丑陋三分，所以以假乱真不成问题。

　　国王和他的七位大臣先穿上紧身弹力衬衣衬裤，然后再涂上焦油。这时有位大臣建议往焦油上粘羽毛，但立刻就被侏儒驳回。侏儒直观地演示了一番，使得他们相信猩猩这类畜生的毛发用亚麻来代替效果最佳。于是焦油上面就粘了厚厚一层亚麻。接着又取来一条长长的铁链，先在国王腰间绕一圈拴紧，再在一位大臣腰间绕一圈拴紧，然后依次以同样的方式给各位大臣拴上铁链。将君臣八人用铁链拴在一起后，跳蛙又让他们尽量间隔开站好，形成一个圆圈。为了逼真起见，跳蛙按照婆罗洲人捕捉黑猩猩等大猿的方式，将余下那截铁链以直角相交在圆圈内拴成一个十字。

　　化装舞会在一个圆形的大厅里举行，它巍峨高耸，只有屋顶一扇窗户透进阳光。到了晚上（该厅专为晚上作乐而建），主要靠一盏巨大的枝形吊灯将大厅照亮，吊灯吊在从天窗中央垂下的灯链上，升降照例靠平衡锤来调节。为了看起来雅观，平衡锤装在穹顶外的屋顶上。

　　大厅的布置交由特丽佩塔负责，但有些细节似乎是按她的侏儒朋友的冷静判断办理。这一回，在他的建议下，枝形吊灯给拆下来了。天那么热，难免有烛泪滴落，那样就会弄脏宾客的华服，因为大厅里人满为患，势必有人挤到大厅中央，也就是枝形吊灯下面。厅里不碍手脚的地方都装上了壁式烛台，靠墙立着五六十个女像柱，右手各执一支散发着清香的火把。

八只猩猩听从跳蛙的意见，耐心地等到午夜才露面，彼时大厅内已挤满参加化装舞会的宾客。午夜时钟刚停，他们就一起冲了进去，更确切地说是一起滚了进去，因为碍事的铁链把一大半人都绊倒了。

宾客们被吓得心惊胆裂，看得国王内心窃喜。果不其然，不少人就算没把这些面目狰狞的怪物当作猩猩，也把它们当成了某种野兽。许多女宾当场吓晕过去。如果不是国王有先见之明，把所有武器拒之门外，他那伙人恐怕会为这场恶作剧付出血淋淋的代价。事实上，大家已经一窝蜂地朝门口冲去；但是国王事先下令将门锁死，而且按照侏儒的建议，钥匙全放在他手里。

大厅里乱成一锅粥，每个人都只顾着自己逃命，因此真正的危险来自于惊恐万状的人们你推我搡。早先枝形吊灯拆下来时，灯链被拉了上去，此刻就见灯链缓缓放下，链钩离地面只有三英尺。

铁链刚一放下，就见国王和他的七个朋友在大厅里跟跟跄跄地转来转去，最后终于转到大厅中央，当然恰好挨着铁链。就在这时，一直蹑手蹑脚地跟在他们后面，鼓动他们张牙舞爪的侏儒一把抓住绑在他们身上的铁链，确切地说是铁链的十字交叉处。他头脑转得飞快，紧接着就将其挂在平时挂吊灯的链钩上。说时迟那时快，像有人暗中操作一般，灯链一下子升到伸手不可及的高度，于是八只猩猩不可避免地被拉得挤成一团，面面相觑。

到了这时，大厅里的人们多少已经从惊恐中恢复过来，开始把整件事看成是一出精心编排的滑稽剧。见八只猩猩吊在半空中，上也上不去，不也下不来，人群中爆发出一阵哄堂大笑。

"把他们交给我！"跳蛙尖叫道，他的声音尖锐刺耳，在一片嘈杂声中很容易分辨，"把他们交给我。我应该认识他们。容我仔细一瞧，我马上就能认出他们是谁。"

跳蛙越过层层攒动的人头，好不容易挤到了墙边。他从一个女像柱上取下一支火把，折返回大厅中央，纵身一跃骑到国王头上，动作敏捷得像只猴子。接着他顺着灯链往上爬了几英尺，举起火把往下打量那几只猩猩，嘴里还在厉声尖叫："我马上就能认出他们是谁！"

全大厅的人（包括八只猩猩）都笑得全身抖动换不上气，这时小丑突然吹了一声刺耳的口哨，灯链应声猛地向上升了三十英尺，将那八只惊慌失措、拼命挣扎的猩猩悬吊在天窗与地板之间的半空中。紧紧攥住灯链的跳蛙也跟着升了上去，依然与八只假面猩猩保持着一定距离，依然若无其事地举起火把往下打量他们，似乎竭力想要看清他们的真面目。

灯链猛地上升令宾客怵然失色，大厅里顿时一片死寂。大约一分钟过后，一阵低沉、刺耳、吱吱嘎嘎响个没完的摩擦声打破了寂静，先前国王将酒泼在特丽佩塔脸上时，君臣八人听到的就是这种声音。不过这一次声音发自何处倒是确定无疑。它发自侏儒犬牙般的齿缝间，就见他咬牙切齿，唾沫四溅，怒目横眉地怒视着君臣八人仰起的面孔。

"啊哈！"狂怒的小丑终于说道，"啊哈！现在我可看清他们的真面目了！"他佯装更仔细地打量国王，将火把凑近裹在他身上的那层亚麻，转眼便迸发出熊熊的火焰。只片刻工夫，八只猩猩就猛烈地燃烧起来，在下面观看的人群吓得浑身颤栗，发出惊恐的尖叫，然而却连一点忙都帮不上。

最后火焰突然向上猛蹿，逼得小丑顺着灯链往上爬，以避开烈焰。他向上攀爬之际，人群又一次陷入了沉默。侏儒抓住机会又开口了：

"这下我终于看清这些假面猩猩的真容了，"他说，"一位是伟大的国王，其他七位是他的枢密顾问。国王毫不顾忌地推打一个弱女子，而他的七位大臣竟然助纣为虐。至于本人，跳蛙是也，宫廷里的逗乐小丑，这是我最后一次逗乐。"

粘在身上的亚麻和焦油都具有高可燃性，因此侏儒话音未落，仇就已经报了。八具尸体被烧成黑乎乎的一团，臭气熏天，狰狞可怕，难以辨认，悬吊在灯链上摇来荡去。瘸子把火把扔到尸体上，慢悠悠地爬到屋顶，翻过天窗悄然消失。

据推测，守在屋顶上的特丽佩塔就是跳蛙报仇雪恨的同谋；他俩应该是双双逃回了自己的国家，因为再也没有人见到过他俩。

眼　　　　　　　　　　　　　　镜

　　许多年以前，嘲笑"一见钟情"蔚然成风，但无论是善于思考的人还是善于感受的人，都始终鼓吹它的存在。那些可被称作伦理磁学或磁力美学的最新发现表明，人类最自然，因而也是最真实、最强烈的爱情，很可能是发自内心深处的一种电磁感应。总而言之，最闪亮最持久的心锁都是在一瞥之间被牢牢锁上。类似实例已经不胜枚举，我下面要讲的故事将为其再添一例。

　　我的故事得细细道来。我还很年轻，尚不满二十二岁。我目前姓辛普森，这是一个比比皆是且平民化的姓氏。之所以说"目前"，是因为最近别人才这么称呼我。我于去年依法采用了此姓，以便继承远房亲戚阿道弗斯·辛普森留给我的一大笔遗产。继承的条件是改姓遗嘱人的姓氏——只改姓氏，不改教名。我的教名叫拿破仑·波拿巴，更准确地说，是我的名字和中间名。

　　我很不情愿地接受了辛普森这个姓，因为对于从父亲那里继承来的姓氏弗罗萨特，我深深地感到一种可以原谅的自豪——我认为我可能是《编年史》的不朽作者让·弗罗萨特的后裔。说到姓氏问题，顺便说一句，我几位直系前辈的姓氏发音之间存在奇异的巧合。我父亲是来自巴黎的弗罗萨特先生。我母亲克罗萨特小姐十五岁就嫁给了父亲，她是银行家克罗萨特的长女。银行家克罗萨特的妻子嫁给他时也才十六岁，她是维克多·沃伊萨特的长女。奇怪的是，沃伊萨特先生娶了与他姓氏相似的莫伊萨特小姐。她出嫁时还是个孩子，而她的母亲莫伊萨特夫人步入婚姻时也只有十四岁。早婚在法国司空见惯，怪就怪在莫伊萨特、沃伊萨特、克罗萨特和弗罗萨特都是直系血统。正如我前面所说，我的姓氏依法改成了辛普森，但我对此姓非常反感，以至于一度不愿继承那笔附带了无用又讨厌的限制条款的遗产。

至于外形长相，我没有任何不足。相反，我认为自己体格强健，且有一张绝大多数世人都会称之为英俊的脸。我身高五英尺十一英寸，头发乌黑卷曲，鼻子足够好看。我有一双灰色的大眼睛，虽然视力差到给我带来不便的程度，但从外观上看不出任何缺陷。不过，近视眼令我苦不堪言，除了戴眼镜外，我什么法子都试过了。我年轻俊美，自然不喜欢眼镜，抵死不肯佩戴。我真不知道还有什么东西能如此丑化一个年轻人的相貌，使五官的每一部分都徒生一种假正经的老态。另一方面，单片眼镜带有彻头彻尾的愚蠢和做作的味道。我努力应付着，迄今没有戴过任何一种眼镜。但这些不过就是个人细节而已，说到底并不重要。此外我可以满足地说，我性格乐观、毛躁、热情、热烈，而且我一辈子都是女人的忠实崇拜者。

去年冬天的一天晚上，我和友人塔尔伯特先生一道走进P歌剧院的一间包厢。那是一个歌剧之夜，海报做得诱人至极，所以剧场里人满为患。我们费力地用胳膊肘给自己开道，总算按时坐到了预留的前排座位上。

我的同伴是个歌剧迷，整整两个小时一直全神贯注地盯着台上。我则观察起观众聊以自娱，他们大多是本城的精英人士。就在我感到心满意足，正要掉头望向首席女歌手时，我的目光被一间私人包厢里的一个身影抓住了。那间包厢刚才逃过了我的眼睛。

就算我活到一千岁，我也忘不了瞥见那个身影时的震惊之情。那是一个女人的身影，是我见过的最婀娜的身影。她的脸朝向舞台，我一时半会看不到容貌，可那身材堪称绝妙——没有其他任何字眼可以用来形容那完美的身材比例，即便是我写下"绝妙"这个词的时候，都觉得苍白无力得离谱。

窈窕身段的魅惑——优雅气质的魔力——一直令我无法抗拒，而眼前这位就是优雅的化身，满足了我对女人最热烈最狂野的想象。包厢的结构使我对她的身形一览无遗，她中等偏高一点，虽未达到但也非常接近庄严高贵。丰腴的身姿和曲线令人垂涎。头部只能看到后脑勺，其轮廓堪比古希腊灵魂女神普绪喀。而头上雅致的轻纱帽子，不但没有遮住反而突出了头部之美，让我想起卢修斯·阿普列乌斯［Lucius Apuleius（约124—170），古罗马作家、哲学家，著有小说《金驴记》。——译注］所形容的"用风儿织成"。优美匀称的右臂倚在包厢的栏杆上，令我的每根神经都为之兴奋。上臂罩着当时流行的宽松袖，袖口刚过肘部。里面是一件轻薄的紧身内衣，袖口镶着蕾丝花边，优雅地盖住手背，只露出纤纤玉指。其中一根手指上闪耀着一枚钻戒，我一眼就看出这钻戒价值不菲。一只手镯把浑圆的手腕衬托得更加漂亮，手镯上还镶嵌着华丽的宝石，顷刻之间，佩戴者的傲人财富和挑剔品味彰显无遗。

我凝视着那个女王般的幻影至少有半个小时，仿佛突然化成一块石头。那半个小时里，我感受到了被世人讲述传唱的"一见钟情"的全部力量和所有真实。我的感觉和之前经历过的完全不同，照理我也目睹过堪称绝美的女子。一种莫名其妙的东西，我不得不认为是心与心之间的电磁感应，不仅把我的视线，而且把我的全部思想和感觉都牢牢钉在那个曼妙的身影上。我看到——我感到——我知道我已深深地、疯狂地、不可挽回地坠入爱河——而这一切甚至发生在我尚未看到心上人的相貌之前。我心中的激情迸发得如此强烈，以至于我认为就算她相貌平平，我的激情也不会因此而减弱。真正的爱情——一见钟情的爱情——是不按常规的，几乎不依赖于那似乎只是创造或控制它的外部条件。

正当我专心致志于欣赏这动人的倩影的时候，观众中的一番骚动使她把头扭向我这边，于是我看到了那张脸的整个侧面轮廓。很美，甚至超出了我的预期，可她脸上也有某种东西让我感到失望，但我又说不上来具体是什么。我用了"失望"，这个字眼并不够恰当。我的情绪突然变得平静而兴奋。不再欣喜若狂，而是感到一种平静的热烈——一种热烈的平静。这种情绪之所以产生，也许是因为那张脸上展露出圣母玛利亚般庄严的神情。然而我马上意识到不全是因为这个。她脸上还有一种神情，神秘费解，让我稍感不安，又令我兴趣大增。事实上，对一个多情善感的小伙子来说，当时那种情绪下会做出任何放肆的举动。她若是孤身一人，我会不顾一切地闯进她的包厢和她搭讪。幸亏她身边有两个伴儿——一位绅士，和一位美得不可方物、看上去比她年轻几岁的女子。

我在心里盘算了上千种方案，诸如以后把自己介绍给那位年纪稍长的女人，或者眼下想尽一切办法看清楚她的美貌。我想换一个靠她近的座位，但歌剧院里座无虚席，我根本做不到。而且最新的严格法令强制禁止使用观剧望远镜，即使我走运地随身带了一副也用不了——何况我根本就没有，所以我陷入了绝望。

最后我想到向同伴求助。

"塔尔伯特，"我说，"你带了观剧望远镜吧，借我一用。"

"观剧望远镜！没有！我带那玩意儿干吗？"他不耐烦地把头转向舞台。

"可是，塔尔伯特，"我拉着他的肩膀继续说，"听我说，好吗？你看到那个包厢没？那个！不，旁边那个。你见过那么美丽的女人吗？"

"她非常美丽，这毋庸置疑。"他说。

"我好奇她是谁。"

"什么，苍天在上，你竟然不认识她？'不认识她，表明你是无名小卒。'她就是大名鼎鼎的拉朗德夫人，当今风华绝代的美人，全城街谈巷议的话题。极为富有，一个寡妇，一位佳偶，刚从巴黎过来。"

"你认识她？"

"是的，我有这份荣幸。"

"能为我引见吗？"

"当然可以，荣幸之至。什么时候？"

"明天，中午一点，我到B旅馆找你。"

"非常好。现在请你闭嘴，如果你可以的话。"

我不得不接受塔尔伯特的建议，因为在剩下来的时间里，他对我进一步的问题或提议充耳不闻，一直聚精会神地欣赏演出。

与此同时，我一直目不转睛地盯着拉朗德夫人，最后终于三生有幸地看清了她的正脸。真是漂亮又精致——当然，我心里早就有了答案，甚至在塔尔伯特告诉我之前。但还是有一种莫名其妙的东西令我感到不安。最后我得出结论，我是被某种庄重、忧伤，甚至说是疲倦的神情所打动，那副神情使那张面孔少了几分朝气和活力，却赋予它一种天使般的温柔和威严，如此一来，对热情而浪漫的我来说，吸引力自然就大了十倍。

就在我大饱眼福的时候，我突然感到惴惴不安，因为那位女士不易觉察地吃了一惊，想必是注意到了我热切的凝视。但我正看得如痴如醉，根本无法收回目光，哪怕一秒钟也不能。她掉过头去，我又只能看她后脑勺的轮廓了。过了几分钟，她似乎被好奇心驱使，想看看我是否还在盯着她看，于是慢慢转过头来，结果又碰到我火辣辣的目光。她乌黑的大眼睛倏然垂下，脸上泛起深深的红晕。但让我大吃一惊的是，这次她不但没有把头转回去，反而从紧身裙中掏出一副双片眼镜——举高——对准——然后透过它，目不转睛、不慌不忙地打量了我好几分钟。

就算当时有天雷在我脚下炸响，我也不会感到更加震惊——仅仅是震惊——没有丝毫不快或厌恶。要是换做其他女人，那么唐突的举动多半会引起不快或厌恶。可她自始至终都是那么平静，那么淡定，那么镇定，良好的教养表露无遗，简而言之，看不到一丝厚颜无耻，让我心中只感到钦佩和惊讶。

我注意到，她第一次举起双片眼镜后，只打量了我片刻——她似乎感到很满意，正要收起眼镜，又突然改变了主意，重新把眼镜举了起来，一眼不眨地盯着我看了至少有五分钟，我敢肯定。

这一举动在一家美国歌剧院里显得非同凡响，吸引了众多观众的注意，并引发了一阵骚动，或者说是一阵嘈杂，这使我一时间尴尬不已，但拉朗德夫人的神情却丝毫未受影响。

好奇心得到满足后——如果真是这样的话——她放下眼镜，静悄悄地把注意力重新转向舞台。她的侧影又像以前一样对着我。我继续无休止地看着她，尽管我完全意识到这样做相当无礼。过了一会儿，我看见她的头慢慢地、微微地改变了方向。我马上就心知肚明，那位女士假装在看舞台，其实是在专心地看我。无需赘言，这个令人神魂颠倒的女人的这个举动，对我那易激动的心有着怎样的触动。

我钟情的对象上上下下打量了我足有一刻钟，然后跟她身边那位绅士交谈起来。她说话的时候，我从他俩的目光中分明看出谈话与我有关。

谈话结束，拉朗德夫人又把目光转向舞台，有那么几分钟，她似乎沉浸于观看台上的演出。但是几分钟过后，我激动万分地看到她第二次打开挂在她身边的那副眼镜，像刚才那样勇敢地面对我，全然不顾观众的新一轮骚动。就见她从头到脚仔细打量着我，脸上依旧挂着一副镇定得不可思议的神态，那股镇定刚才弄得我既欣喜又困惑。

这一非同寻常的举动使我陷入一种兴奋难抑的狂热——一种为爱痴狂的喜悦——所以我非但没有感到惊慌，反而壮起了胆子。在爱的疯狂中，我忘记了周围的一切，满眼都是她和她的庄严之美。我等待着机会，当我认为观众已完全陶醉在剧中时，我终于大胆地迎住拉朗德夫人的目光，同时冲她鞠了一躬，动作不大，但明确无误。

她顿时满脸通红——避开我的目光——缓慢而谨慎地环顾四周，显然是看是否有人注意到我的鲁莽行为——然后转身靠向坐在她旁边的那位绅士。

我这才强烈地感到自己有失体统，以为自己的行径马上就会败露。手枪的画面令人不安地飞速掠过我的脑海。但那位女士只是递给绅士一张节目单，并未开口说话，我顿时大松一口气。紧接着她又偷偷地环顾四周，然后让她那双明眸完全而坚定地与我四目相对，同时淡然一笑，露出一排珍珠般光亮的牙齿，并清清楚楚、毫不含糊地朝我点了两下头。你们能依稀体会到我的震惊——我的错愕——我的夹杂着狂喜的困惑。

当然，那种喜出望外、欣喜若狂和如痴如狂说多了也没用。如果真有人因为幸福过度而发了疯，那个人就是我。我恋爱了。她是我的初恋——我觉得是。那是一种至高无上、无法形容的爱，那是"一见钟情"，在四目相视的那一刻，它被领会并得到回应。

是的，我得到了回应。我怎能又干吗要怀疑这一点？对如此美丽、如此富有、如此有才华、如此有教养、如此有地位，在各方面都如此值得尊敬的拉朗德夫人的这番举动，我还能找出别的解释？是的，她爱我，她对我热烈的爱予以热烈的回应，她的那份热烈与我的同样莫名、同样坚定、同样不算计、同样无约束、同样无穷无尽！可这美妙的幻想和思绪却因幕布落下而告一段落。观众们站起身来，接着就是惯常的喧哗。我急忙抛下塔尔伯特，拼了命地想挤到拉朗德夫人身边。然而人潮汹涌，我不得不放弃硬挤，掉头回家去了。我深感失望，连她的裙边都没摸着。不过我也安慰自己别失落，毕竟明天塔尔伯特会把我正式引见给她。

翌日终于来到，也就是说，焦躁地熬过一个漫漫长夜后，新的一天终于来临了。可还得熬过"一点"之前的慢得像蜗牛的、单调沉闷的无数个小时。但据说就连伊斯坦布尔也有尽头，所以这漫长的等待也有结束的那一刻。一点的钟声终于敲响。当最后一声回音消失时，我走进B旅馆，求见塔尔伯特。

"他出去了。"塔尔伯特的男仆说。

"他出去了！"我跟跟跄跄地向后退了六步，"我告诉你，我的好伙计，这不切实际，完全不可能。塔尔伯特先生肯定没出门。你什么意思？"

"没什么意思，先生，只是塔尔伯特先生确实不在，仅此而已。他骑马去S村了，吃完早餐就出发了，留下话说一周后才回来。"

我惊得呆住了，心里既惊恐又愤怒。我想继续发问，然而舌头不听使唤。最后我只好转身离去，脸色气得铁青，心里把塔尔伯特全家都打入地狱的最深处。很明显，我那位体贴的歌剧迷朋友早把与我的约定抛到了九霄云外——话一出口就被他忘得一干二净。他从来都不是一个守信用的人。我别无他法，只好一边压抑心头的怒火，一边闷闷不乐地走在街上，徒劳地向我遇到的每一个男性熟人打听拉朗德夫人的情况。我发现大家都知道她——许多人还见过她——但她来到这座城市才几个星期，因此只有寥寥数人声称跟她相识。这几个人跟她也不算熟，不可能也不愿意冒昧帮我引见。当我绝望地站在街上，和三个朋友谈论那个令我心醉神迷的话题时，真是无巧不成书，话题本身正好从这条街经过。

"的的确确，那就是她！"第一位朋友喊道。

"美若天仙!"第二位朋友惊呼道。

"仙女下凡!"第三位朋友失声叫道。

我抬头望去,就见一辆敞篷马车慢慢向我们驶来,里面坐着歌剧院里那位迷人的女士,陪伴她的就是与她同包厢的那位年轻女子。

"她的同伴也打扮得非同凡响。"三位朋友中最先开口的那位说。

"真令人惊讶,"第二位朋友说,"仍然光彩照人。艺术能创造奇迹。依我看,她比五年前在巴黎时更美。依旧是个美人。你不这么认为吗,弗罗萨特?哦不,是辛普森。"

"依旧是!"我说,"为什么不是?不过她与她的朋友比起来,就如同烛光之于金星,萤火虫之于心宿二(银河系的一颗红超巨星。——译注)。"

"哈!哈!哈!嗨,辛普森,你真善于发现,我是说与众不同的发现。"我们就此作别,三人中的一位哼起一首欢快的讽刺歌曲,我只听懂下面两句:

打倒尼农,尼农,尼农

打倒尼农·德·朗克洛 [Ninon de l'Enclos (1623—1705),十七世纪的法国女作家、名妓、艺术赞助人。——译注]!

在这场小小的遭遇中,有一件事给了我莫大的宽慰,并再度燃起我心中的烈火。当拉朗德夫人的马车经过我们身旁时,我注意到她认出了我,更有甚者,她对此没有丝毫掩饰,竟然对着我露出一个常人所能想象得到的最美丽纯洁的微笑。

至于找人引见，在塔尔伯特觉得是时候从乡下回来之前，我不得不放弃一切希望。在此期间，我坚持不懈地频繁光顾每一家有声望的公共娱乐场所，最后，在第一次见到她的那家歌剧院，我无比幸福地再度与她相遇，再度与她交换目光。但这件事两周后才会发生。在这期间，我每天都去塔尔伯特下榻的旅馆询问他的归期，每次都被他仆人千篇一律的回答"还没回来呢"气得肝疼。

所以，在与她重逢的那个晚上，我几乎陷入了癫狂。他们说拉朗德夫人是巴黎人，最近刚从巴黎过来——她会不会突然回去呢？——在塔尔伯特回来之前就打道回巴黎——我会不会就此永远失去她？这个念头可怕得令人无法承受。既然事关我未来的幸福，我决定拿出男子汉的气概来。总而言之，散场后，我跟踪那位女士到她的住处，记下地址，翌日一早给她寄去一封煞费苦心写出来的长信，把积压在心里的话一股脑儿倒了出来。

这封情书写得大胆而坦率，简言之就是激情四溢。我什么也没有隐瞒——甚至包括我的缺点。我提到我们初次邂逅的浪漫情景，甚至提到我们之间的眉目传情。我竟然声称我确信她爱我。我把这种确信和我的一腔痴情作为两个借口，为我不可原谅的冒昧之举开脱。至于第三个借口，我说我担心她在我被正式引见给她之前就离开这座城市。在这封最热情洋溢的信的结尾，我直言不讳地坦白了我的家境——我富裕的家境——并郑重其事地向她求婚。

我在痛苦的期待中等待回信。仿佛过了漫长的一个世纪，回信终于来了。

是的，真的来了。简直太浪漫了，我真的收到了拉朗德夫人的回信——美丽的、富有的、受人崇拜的拉朗德夫人的回信。她的眼睛——她那双美丽无比的眼睛，没有辜负她高贵的心灵。就像一个真正的法国女人一样，她听从了理智的坦率指令——听从了天性的澎湃冲动——对世俗的假正经嗤之以鼻。她没有对我的求婚不屑一顾。她没有用沉默来保护自己。她没有把我的信原封未动地退回。她甚至用她的纤纤玉手亲笔给我写了回信。信的内容如下：

辛普森先生请原谅我不能用贵国的语言写好这封信。我刚来不久，还没来得及——把它学好。

很抱歉用这种方式，我现在要说！唉！辛普森先生猜对了，说得太对了。我还需要再说什么吗？唉！我是不是还没准备好说那么多？

欧仁妮·拉朗德

我把这封高贵的信笺亲吻了无数遍，凡此种种的夸张举动还有上千种之多，现在我已记不大清了。塔尔伯特还是不愿回来。唉！他的离去给他的朋友带来了莫大的痛苦，他若是能有一点点的恻隐之心，都会火速赶回来救我于水火。然而他还是迟迟不归。我去了信，他回了。他被急事耽搁了，不过很快就会回来。他恳求我别急躁，要我克制住激动的心情，读些抚慰人心的书，别喝比德国葡萄酒更烈的酒，并在哲学中寻找慰藉。傻瓜！就算他本人不能回来，哎呀，看在每个脑袋瓜正常的人的分上，为什么不附寄一封引见信呢？我又给他写了一封信，请求他马上寄一封引见信给我。我的信被那个男仆退回，背面用铅笔写了下列文字。这个恶棍已经去乡下会他的主人了：

塔尔伯特先生昨日离开S村，去向不明——没说去哪里，也没说何时回——所以我想最好还是把信退回，因为我认识您的笔迹，并知道您总是急匆匆的。

斯塔布斯 谨上

读完这段，不用说，我早已把这主仆二人都交给地狱里的妖怪发落。可怒发冲冠又有何用，埋天怨地也于事无补。

不过凭着我鲁莽大胆的性格，我还有最后一招。这种天性一直对我大有助益，现在我决定利用它助我达到目的。况且我和拉朗德夫人都通过信了，只要我不逾界，又有什么不拘礼节的行为会被她认为有失体统？收到她的回信后，我就养成了监视她寓所的习惯，我发现她惯常在黄昏时分散步，地点就在她窗口俯瞰的一个广场，身边只有一个穿制服的黑鬼陪着。那里的小树林枝繁叶茂，于是在一个甜蜜而幽暗的仲夏夜里，在小树林的阴蔽下，我看准机会，上前和她搭讪。

最好能骗过那个黑仆，所以我自信满满地摆出老熟人的架势。她展现出地道巴黎人的做派，马上心领神会，伸出那双迷人的小玉手向我问好。仆人立刻退到后面。我们怀着洋溢的激情，毫无保留地久久畅谈我们的爱情。

由于拉朗德夫人的英语说得还不如写得流利，我们必然是用法语进行交谈。这门悦耳动听的语言最适合谈情说爱，我尽情地释放内心本能的冲动，用尽我所有的口才恳求她答应嫁给我，立刻成婚。

见我那么猴急，她不禁微微一笑。她老调重弹起恪守礼节，说这件烦人的事阻止了许多人得到幸福，直到幸福的机会一去不复返。她说我极不慎重地弄得我的朋友们全知道我渴望认识她——所以让他们知道了我不认识她——所以要隐瞒我们初次邂逅的日期就没有可能性。然后她红着脸说我们刚认识没几天，闪电结婚是不恰当的，是不得体的，是荒诞出格的。她说这番话的时候带着天真可爱的神情，叫我悲喜交加，又让我心悦诚服。她甚至嗔笑着怪我太鲁莽，过于轻率。她要我记住我其实对她一无所知——不知道她的前程、社会关系和社会地位。她轻叹一声，求我重新考虑我的求婚，并把我的爱称作是一时痴情——是镜花水月——是想入非非——是虚无缥缈，而非发自内心。她倾吐之时，美妙的暮色越发深沉地聚集在我们周围——然后她用仙女般的玉手轻轻一按，瞬时间推翻了她的立论结构。

我回答得至情至性，只有真正的爱人才能做到。我锲而不舍地畅谈我的忠诚、我的热情、她的绝美，以及我对她的热烈的爱慕。最后，我以令人折服的劲头详述了爱情道路上的种种艰险——真爱之路从来不会一帆风顺——由此我得出结论：不必要的拖延会带来危险。

后一个论点似乎终于动摇了她的意志。她的态度软化了。但她说这条路上还有一个障碍，她确信我还没考虑到。这是一个微妙的问题——对女人来说尤其难以启齿；她说提出这一点肯定会牺牲自己的感情；不过为了我，她情愿作出任何牺牲。她委婉地指出这个障碍是年龄问题。我是否意识到——我是否充分意识到我俩之间的年龄差异？在世人传统观念中，丈夫理当比妻子年长几岁，甚至年长十五到二十岁，似乎这样才合乎体统，而她也始终认为妻子的年龄绝对不能超过丈夫。哎呀！别扭的年龄差异经常导致婚姻不幸。她已经知道我不超过二十二岁，而恰恰相反，我并不知道欧仁妮的年龄远远超过这个数字。

我从她的话语里能感受到一颗高贵的心灵——一种坦荡的庄严——让我欣喜——使我着迷——给我永远套上爱情的枷锁。我的内心充斥着狂喜，几乎难以自持。

"我最亲爱的欧仁妮，"我大声喊道，"您都在说些什么呢？您的年龄是比我大，但那又怎样呢？这世上有的是荒唐的传统观念。对像我们这样相爱的人来说，一年和一小时到底有何不同？诚然，如您所说，我二十二岁，其实您马上就可以说我是二十三岁。而您自己呢，我最亲爱的欧仁妮，您的年龄不会超过——不会超过——不会超过——不超过——不超过——"

我有意停顿片刻，寄望拉朗德夫人能打断我，说出她的真实芳龄。但是法国女郎对令人难堪的询问很少正面回答，而是以自己的有效方式予以回应。就这个例子来讲，欧仁妮似乎在胸前寻找什么东西，最后她把一幅袖珍画像掉落到草地上，我赶忙捡起来递给她。

"你留着！"她说，脸上露出最迷人的微笑，"留着吧，为了我——为了远不如画像上漂亮的我。另外，在这小画像的背面，你也许会找到你想要的信息。现在天色变黑了，明早有空再看吧。对了，今晚你要送我回家。我的朋友们在举办一场小型音乐招待会。我保证你能听到动人的歌唱。我们法国人不像你们美国人那么一丝不苟，我不用费力就能把你偷偷带进去，你扮演我的老相识就好。"

说罢，她挽起我的胳膊，由我陪她回家。她的寓所非常漂亮，我感觉陈设也很有品味。不过，对于后面这一点，我几乎没有资格品头论足，因为我们进屋时天已经黑了。这是炎热的一天里最惬意的时间段，美国的高档公寓在这个点儿很少开灯。到达后约莫一个小时，主客厅亮起一盏有灯罩的太阳灯，我这才看出公寓布置得异常高雅甚至富丽堂皇。但是另外两个房间，也就是宾客主要聚集的房间，整个晚上都笼罩在一种宜人的阴影之中。这是一种精心构思的习俗，至少可以让宾客选择光明或者幽暗，那些来自大洋彼岸的朋友们除了入乡随俗别无他法。

此等良夜，无疑是我一生中度过的最美妙的夜晚。拉朗德夫人并未过誉她的友人们的音乐才能。除了在维也纳外，我从未在私人场合听到过如此美妙的歌唱。乐手技艺精湛且人数众多。歌手大多是女士，一个比一个唱得好。最后，随着一声不容置辩的呼喊声——"拉朗德夫人"，她倏地从和我同坐的躺椅上起身，毫不忸怩也毫不迟疑，由一两位绅士和歌剧院那位女士陪同，走向主客厅的钢琴。我本想亲自陪她过去，但考虑到自己是被偷偷带进来的，还是悄悄留在原地为好。就这样，我被剥夺了看她唱歌的快乐，但没被剥夺听她唱歌的快乐。

她的演唱令所有人为之震撼，而最受震撼的还得数我。我不知道该如何恰当地形容。毫无疑问，一部分是因为我对她充满了爱意，但更主要是因为我深信她对音乐极其敏感。无论是唱咏叹调还是宣叙调，她都是一副激昂有力的唱腔，根本不像是从她嘴里发出来的，这一点很难用艺术来解释。她在《奥赛罗》里的旁白——她唱《凯普莱特和蒙太古》中"Sul mio sasso"那句时的声调——至今仍在我的记忆中回荡。她的女低音令人不可思议。她的音域横跨三个八度，从女低音的D一直到女高音的D。她的嗓音足以响彻整个圣卡洛斯歌剧院，与此同时，她又能精准无误地完成上升音阶、下降音阶、节奏及装饰音等每一个声乐难点。在《梦游女》最后的唱段里，她把下面两句歌词唱出了非凡的效果：

啊！我的心里充满喜悦
岂是常人所能臆测

她模仿玛丽娅·玛丽布兰［Maria Malibran(1808—1836)，西班牙著名女中音歌唱家。——译注］，对贝利尼的原句进行了修改，以便把嗓音降到男高音的G，然后迅速连升两个八度，达到最高声部的G。

完成令人惊叹的演唱后，她离开钢琴，坐回我身边。我用最强烈的热情向她表示我多么喜爱她的演唱，但只字未提我的惊讶，尽管我由衷地感到惊诧万分。她平常说话的声音很柔弱，准确地说带有一种犹豫不决的颤音，所以我压根没料到她竟拥有如此出神入化的歌喉。

我俩久久地、诚挚地、毫不间断地、毫无保留地交谈起来。她让我讲述我早年的生活片段，对我说的每一个字都屏息倾听。

我丝毫也没隐瞒——面对她推心置腹的柔情蜜意，我觉得我无权隐瞒任何东西。她在年龄这个微妙问题上的坦率让我深受鼓舞，我彻底袒露心声，不仅一五一十地将我的诸多恶习娓娓道来，而且还把我道德上甚至生理上的缺陷和盘托出，透露这些隐私需要莫大的勇气，也正是我们爱情的最有力证明。我谈到我大学时代的放纵不羁，谈到我的荒唐言行，谈到我的狂饮作乐，谈到我的债务累累，谈到我的风流情史。我甚至还谈到自己因痨病引起的轻微咳嗽，谈到自己一度饱受慢性风湿病、遗传性痛风困扰。最后，我谈到了我的近视——这个恼人的问题给我带来了不便，但迄今为止都被我小心地掩盖住了。

"关于后面这一点，"拉朗德夫人笑着说，"你坦白交代是不明智的，因为你要是不说，没有人会怪罪于你。顺便提一句，"她接着说道，"你还记得吗？"即使屋里暗通通的，我都能清楚地看到她脸上泛起一团红晕，"我亲爱的朋友，你还记得我脖子上挂着的这副小眼镜吗？"

她一边说着，一边用手指转动那副双片眼镜。在歌剧院里，它曾让我情难自禁。

"啊！当然记得，太记得了，"我惊呼道，同时热烈地攥住那只把眼镜递给我的纤纤玉手。那副眼镜就像一件复杂而华丽的玩具，雕镂精美靡丽，饰有金银丝细工，闪烁着宝石的光辉，即便光线不足，我也能看出它价值不菲。

"好吧！我的朋友，"她以一种令我吃惊的真诚口吻继续说道，"好吧！我的朋友，你诚挚地恳求我给你一个你乐于称为无价之宝的恩惠。你要求我明天就嫁给你。如果我听从你的恳求——我补充一句，我内心也有一个恳求——我是否有资格要求你也给我一个恩惠，一个很小的恩惠，作为回报？"

"尽管说！"我大声喊道，那股劲头差点儿引起宾客们的注意。要不是因为他们在场，我已经冲动地跪倒在她脚下。"尽管说吧，我的宝贝儿，我的欧仁妮，我的心上人！尽管说！哎呀！你说出来之前我就已经答应了。"

"那么，我的朋友，"她说，"为了你所爱的欧仁妮，你必须克服你刚才坦言相告的那个小缺点，那个与其说是生理上的还不如说是道德上的缺点。我向你保证，它与你高贵的天性极不相称，与你坦率的性格极不一致，如果继续加以掩盖，它迟早会让你陷入极不愉快的境地。看在我的分上，你应该克服自己的矫饰心理，正如你自己所承认的那样，它使你默许或否认视力方面的缺陷。你拒绝使用改善视力的工具，就因为你实际上不承认自己近视。所以你应该明白我为何希望你佩戴眼镜。嘘！别作声！看在我的分上，你已经答应戴了。你应该接受我手里的这个小玩意儿，它对视力大有助益，但作为宝石来说价值有限。你看——这样，或者这样稍作调整，就可以变成双片眼镜戴在鼻梁上，或者作为单片眼镜揣在背心口袋里。你已经答应为了我而佩戴眼镜，用前一种方式戴。"

我必须答应吗？这个要求把我给弄糊涂了。但当时那种状况容不得我有半点犹豫。

"我答应！"我鼓起所有的热情大声应道，"我答应！我兴高采烈地答应！我愿意为您付出我所有的感情。今晚我就把这可爱的眼镜调节成单片眼镜揣在胸口，等明天拂晓时分，我有幸称您为妻子了，我就把它戴在我的——戴在我的鼻梁上——而且从今往后永远戴着它，以您所希望的那种不那么浪漫也不那么时髦，但肯定是更实用的方式戴着它。"

我们的谈话转到了翌日的细节安排上。我从未婚妻口里得知，塔尔伯特刚刚回城。我叫了一辆马车，准备马上就去找他。社交晚会要开到凌晨两点，届时马车会停在门口，趁着宾客纷纷离开时的混乱场面，拉朗德夫人能神鬼不觉地钻进马车。接着我们仨就出发去一位在等候我们的牧师家，我们将在那儿举行婚礼，然后丢下塔尔伯特赴东部短途旅行，家里那些上流人士爱说啥就说啥去吧。

计划好这一切后，我立即告辞去找塔尔伯特，但半路上我忍不住走进一家旅馆，为的是细细查看那幅袖珍画像。那副强大的眼镜助了我一臂之力。那张脸真是美极了！那双明亮的大眼睛！那只骄傲的古希腊鼻子！那头乌黑浓密的卷发！"啊！"我洋洋得意地自言自语道，"把我的心上人画得惟妙惟肖！"我把画像翻过来，发现背面写着："欧仁妮·拉朗德，二十七岁零七个月。"

我在塔尔伯特的住处找到了他，并当即向他告知我的好运。当然，他表现得非常惊讶，不过他很热诚地向我表示了祝贺，提出愿意尽其所能提供一切帮助。总之，我们不折不扣地完成了计划。凌晨两点，晚会结束十分钟后，我发现自己和拉朗德夫人——应该说是辛普森夫人——坐在一辆有篷马车里，朝着东北偏北的方向，飞快地向城外驶去。

塔尔伯特已经为我们做出决定，既然我们准备彻夜不眠，那就应该把离城约二十英里的C村作为第一站，在那里吃早餐，休息一会儿，然后继续赶路。因此在凌晨四点，马车来到主客栈的门前。我把我的爱妻扶下马车，要了早餐。与此同时，我俩被领进一间小客厅坐下。

天快要亮了，我喜不自胜地凝视着身旁的天使，脑海里突然冒出一个奇怪的念头：自从我被拉朗德夫人的绝世美貌倾倒以来，我还是头一次在白天近距离欣赏她的美颜。

"现在，我的朋友，"她拉着我的手，打断了我的思绪，"现在，我亲爱的朋友，既然我俩已经密不可分——既然我已经屈从你热情的恳求，履行了我们协议中我该尽的义务——我相信你没有忘记你也有一份小小的义务要履行——一个你打算信守的小小的承诺。啊！让我想想！让我回忆一下！是的，我不费吹灰之力就想起你昨晚对欧仁妮所作的甜蜜的承诺。听着！你是这么跟我说的：'我同意！我兴高采烈地同意！我愿意为您付出我所有的感情。今晚我就把这可爱的眼镜调节成单片眼镜揣在胸口，等明天拂晓时分，我有幸称您为妻子了，我就把它戴在我的——戴在我的鼻梁上——而且从今往后永远戴着它，以您所希望的那种不那么浪漫也不那么时髦，但肯定是更实用的方式戴着它。'这是我亲爱的丈夫的原话，是不是？"

"是这样，"我说，"您记性真好。我美丽的欧仁妮，我绝对无意逃避履行这番话里包含的那个小小的承诺。看！瞧！多合适啊——相当合适——不是吗？"我把眼镜调整成普通的形状，小心翼翼地架在适当的位置上；辛普森夫人则整了整帽子，交叉起双臂，直挺挺地坐在椅子上，显得有些僵硬和拘谨，甚至有点不够庄重。

"天哪!"镜框刚加上鼻梁,我就惊呼道,"天哪!我的天哪!这副眼镜到底是怎么回事?"我迅速把眼镜摘下来,用真丝手帕仔细擦拭,调整了一下再重新戴上。

但是,如果说第一次发生的事情让我感到吃惊,那第二次的时候吃惊就升级为震惊了。这是一种强烈的、极度的,甚至可以说是骇人的震惊。看在老天爷的分上,这究竟是什么情况?我能相信自己的眼睛吗?我能吗?这就是问题所在。那个——那个——那个是胭脂?那些——那些——那些是欧仁妮·拉朗德脸上的皱纹?哦,爱神啊!还有所有的男神、女神、大神、小神!她的——她的——她的——她的牙齿怎么成了那个样子?我把眼镜狠狠地摔在地上,一跃而起笔直地站在屋子中央,双手叉腰、咬牙切齿地对着辛普森夫人怒目而视,但惊怒交加之下,我一个字也说不出来。

我前面已经说过,欧仁妮·拉朗德夫人——也就是辛普森夫人——的英语口语和写作能力一样糟糕,因此一般场合下她都得体地不说英语。但盛怒能让女人走向极端,当时辛普森太太便采取了极端的行为,试图用一种她尚未通晓的语言进行交谈。

"喂,先生,"她一脸惊讶地把我打量一番后说,"喂,先生,怎么了?你得了舞蹈病(又称风湿性舞蹈病。常发生于链球菌感染后,为急性风湿热中的神经系统症状。——译注)吗?你要是不喜欢我,为何轻率地娶我?"

"你这无耻的老女人!"我喘着粗气骂道,"你——你——你这坏透了的老丑婆!"

"啊?老?我没那么老!我今天刚满八十二岁,一天也不多。"

"八十二岁!"我惊叫一声,摇摇晃晃地走到墙边,"你这只八千二百岁的老狒狒！画像上写的是二十七岁零七个月！"

"的确！确实如此！非常正确！只不过那幅肖像是五十五年前画的。嫁给第二任丈夫拉朗德先生时，我请人画了那幅肖像，送给我和第一任丈夫莫伊萨特先生所生的女儿。"

"莫伊萨特！"我说。

"是的，莫伊萨特，"她模仿我的发音说。说实话，我的发音算不上最好："所以呢？你对莫伊萨特知道多少呢？"

"一无所知！你这个老怪物！我对他一无所知，只是我有位祖先也姓那个姓氏，很久以前。"

"那个姓氏！你对那个姓氏有什么话要说？那是一个很体面的姓，沃伊萨特也是，也是一个非常好的姓。我女儿莫伊萨特小姐嫁给了沃伊萨特先生，二者都是体面的姓氏。"

"莫伊萨特？"我惊呼道，"还有沃伊萨特！你在说什么？"

"我在说什么？我在说莫伊萨特和沃伊萨特，就此而言，我也在说克罗萨特和弗罗萨特，如果我说得妥当的话。我女儿的女儿沃伊萨特小姐嫁给了克罗萨特先生，后来，我女儿的外孙女克罗萨特小姐又嫁给了弗罗萨特先生。我想你会说，那不是一个体面的姓氏。"

"弗罗萨特！"我差点晕过去，"你不是在说莫伊萨特、沃伊萨特、克罗萨特和弗罗萨特吧？"

"说的就是他们，"她说着把身子完全靠在椅背上，尽力伸展双腿，"是的，莫伊萨特、沃伊萨特、克罗萨特、弗罗萨特。但弗罗萨特先生是你们所说的那种笨蛋——跟你一样是个十足的蠢货，因为他离开美丽的法兰西，来到愚昧的美利坚。他来到这里后，生了一个非常愚蠢，一个非常非常愚蠢的儿子，我是听别人说的，我还未能有幸见到他，我的同伴斯蒂芬妮·拉朗德夫人也没有见过他。他名叫拿破仑·波拿巴·弗罗萨特，我想你也许会说，那也不是一个很体面的名字。"

无论是这番话的时长还是性质都把辛普森夫人激得歇斯底里。当她费了好大的劲讲完这番话后，她就像着了魔似的从椅子上跳了起来，同时将巨大的裙撑掉落到地上。她甫一站定，便咬牙切齿，挥舞胳膊，卷起袖子，在我面前挥舞拳头，最后一把扯下帽子，连带着扯下一头乌黑亮丽、硕大昂贵的假发，然后她大吼一声，把它们狠狠摔在地上，亢奋又恼怒地在上面跳起了方丹戈舞。

我惊骇地颓然倒进她腾出的椅子里。"莫伊萨特和沃伊萨特！"当她跳出一个鸽翼舞步时，我若有所思地重复道，"克罗萨特和弗罗萨特！"她又完成一个鸽翼舞步——"莫伊萨特、沃伊萨特、克罗萨特，还有拿破仑·波拿巴·弗罗萨特！哎呀，你这条不可言喻的老毒蛇，那就是我——那就是我——你听到了吗？那就是我！"——我用最大的嗓门尖声大叫——"那就是我——我——我！我就是拿破仑·波拿巴·弗罗萨特！我怎么会同我的高曾祖母结婚的，真希望我能永远糊涂下去！"

欧仁妮·拉朗德夫人，准辛普森夫人，前莫伊萨特夫人，实际上是我的高曾祖母。她年轻时非常漂亮，即便已经年届八十二岁，她仍然保持着少女时代端庄的身材、雕塑般的头部轮廓、美丽的明眸和古希腊式的鼻子。在珍珠粉、胭脂、假发、假牙和假腰垫，以及巴黎顶级女裁缝的帮助下，她在法国第一都市的美人圈子里站稳了脚跟。就这一点来说，她几乎不输大名鼎鼎的尼农·德·朗克洛。

家财万贯的她第二次丧夫时没有留下子嗣，于是她想到了远在美国的我，为了将我立为她的继承人，她专程来到美国，陪伴在侧的是她第二任丈夫的一位远房亲戚、天生丽质的斯蒂芬妮·拉朗德夫人。

那天在歌剧院，我热烈的凝视引起了我高曾祖母的注意。透过眼镜审视我时，她发觉我长得很像她家族的人。她顿时来了兴趣，加上她要找的继承人就在这座城市，于是她向身边的人询问我的底细。那位绅士认识我，告诉她我姓甚名谁。得悉情况后，她再度审视起我来，而正是这次审视给我壮了胆，使我做出前面详述过的荒唐事。不过，她对我的鞠躬回以颔首，是以为我意外得知了她的身份。视力缺陷和化妆艺术使我对这位奇女子的年龄和魅力产生了错觉，当我兴奋不已地跟塔尔伯特打听她的来历时，他理所当然地以为我是在问那位年轻的美人，所以便如实作答：她是"大名鼎鼎的寡妇拉朗德夫人"。

翌日早上，我的高曾祖母在街上遇到她在巴黎的旧友塔尔伯特，他俩的谈话很自然地转到我身上。塔尔伯特向她解释了我视力方面的缺陷，这件事早已臭名远扬，而我还完全蒙在鼓里。我善良的高曾祖母深为懊恼地发现她上了当，原来我并不知道她的身份，而且我在歌剧院里向一个陌生的老妪当众示爱，真是出了大丑。为了惩罚我的鲁莽之举，她和塔尔伯特策划了一场骗局。塔尔伯特故意躲着我，以免为我正式引见。我在街上打听"美丽的寡妇拉朗德夫人"时，人们当然以为我指的是那位年轻的女士，因此我离开塔尔伯特下榻的旅馆后与那三位绅士的谈话就很好理解，也难怪他们会间接地提到尼农·德·朗克洛。白天我没机会凑近了打量拉朗德夫人，而在她的音乐晚会上，我拒绝戴眼镜的愚蠢心理有效地阻止了我发现她的年龄。宾客们鼓噪要"拉朗德夫人"献唱——他们指的是那位年轻的女士，而她也起身从命。为了进一步迷惑我，我的高曾祖母同时起身，陪她走向主客厅的钢琴。如果我决定陪她同去，那她就会建议我留在原地，但我的小心谨慎使她不用再多此一举。那令我由衷敬佩、令我对她的青春朝气确信无疑的歌声，实际上是出自斯蒂芬妮·拉朗德夫人之口。送我眼镜，是为了给这个恶作剧增添责备之言——让恶作剧具有警示意义。我的高曾祖母借此机会告诫我不可矫揉造作，使我深受教育。几乎用不着我再补充了，老太太那副眼镜已被调换上适合我这个年龄戴的镜片。事实上我戴着非常合适。

那个假装为我们主持婚礼的牧师其实是塔尔伯特的密友，而并非什么神职人员。他倒是一个优秀的马车夫。他脱下教士服，换上大衣，驾着那辆载着"幸福新人"的马车出了城。塔尔伯特就坐在他旁边。这两个恶棍就这样来到"死亡现场"，透过客栈后厅一扇半开的窗户，自娱自乐地咧着嘴欣赏这出好戏的结局。我会向他俩提出决斗的！

不过，我现在并非我高曾祖母的丈夫，一想到这，我便感到无比欣慰。我现在是拉朗德夫人的丈夫——斯蒂芬妮·拉朗德夫人的丈夫。我那位善良的老亲戚不仅把我立为她的唯一继承人（如果她死了的话），而且还费心促成了我和斯蒂芬妮的姻缘。结束语：我和情书彻底一刀两断，我和眼镜永远形影不离。

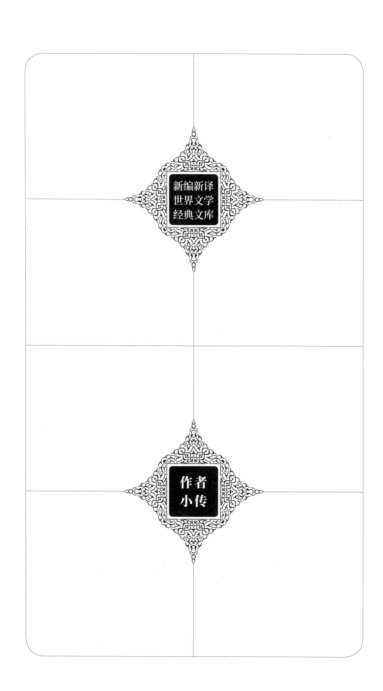

新编新译
世界文学
经典文库

作者
小传

Edgar A. Poe.

1 8 0 9 — 1 8 4 9

爱 伦 · 坡 小 传

陈震

埃德加·爱伦·坡 (1809—1849) 出生于马萨诸塞州首府波士顿，本名埃德加·坡。他的母亲、知名戏剧演员伊丽莎白·阿诺德·坡生于英国伦敦，九岁即在波士顿登台首秀，当时她刚来到美国三个月。伊丽莎白十五岁时第一次结婚，三年后丈夫病逝，十八岁便守寡。在看过伊丽莎白的一场演出后，生于巴尔的摩、祖籍爱尔兰的大卫·坡二世决定放弃学习法律，改行加入她所在的剧团。大卫与伊丽莎白于1806年成婚，彼时伊丽莎白才丧偶六个月。大卫与伊丽莎白育有两子一女，埃德加·坡是次子，"埃德加"可能命名自莎翁剧作《李尔王》中的角色，大卫和伊丽莎白曾于1809年演出此剧。

埃德加·坡的父母随剧团辗转各地演出，伊丽莎白的演技备受赞誉，可性情鲁莽、嗜酒成瘾的大卫的表演却饱受批评。1810年，大卫抛妻弃子离家出走，据传于翌年12月11日过世。伊丽莎白一个人拖着三个幼儿奔走江湖，积劳成疾染上肺结核，于1811年12月8日病逝于弗吉尼亚州首府里士满。两岁的坡由经营布料、小麦、墓石、烟草、奴隶等生意的里士满富商约翰·爱伦夫妇领养，改名为埃德加·爱伦·坡，次年爱伦夫妇安排坡在国教会教堂受洗。

最初的几年里，约翰·爱伦对坡虽然严加管教，但也宠爱有加，所以在坡的整个少年时代，他和养父的关系还是和睦的。1815年，约翰·爱伦到英国开设了分公司，坡遂随养父母举家迁往英国，先后就读于苏格兰艾尔郡欧文镇（约翰·爱伦出生地）的一所文法学校、伦敦切尔西的一所寄宿学校，以及位于伦敦北郊斯托克·纽因顿的约翰·布兰斯比神父庄园学校。1820年，随着爱伦在英国的生意折戟，坡回到里士满继续学业，在游泳、拉丁文、法文、戏剧表演等方面展露天赋，并开始写双行体讽刺诗。1824年，坡暗恋上同学的母亲简·斯蒂斯·斯坦纳德，后来为她写了一首名叫《致海伦》的诗，"表明其心灵中第一次纯洁美好的爱情"。翌年3月，约翰·爱伦的叔叔、里士满巨富威廉·高尔特逝世，留给爱伦一笔巨额财产，坡满以为爱伦最后会把财产传给他，但生性风流、在外弄出几个私生子的爱伦并无此意（坡从未被爱伦夫妇正式收为养子）。这一年，坡不顾双方家庭强烈反对，与少女萨拉·爱弥拉·罗伊斯特私定终身。

1826年2月，坡进入托马斯·杰斐逊新近创办的弗吉尼亚大学，学习古典语言和现代语言，成绩优异。但坡与养父的关系逐渐变僵，起因是坡在学校结交了一群富家子弟，流连赌场欠下一身赌债。在弗吉尼亚大学，坡还沾染上了酗酒的恶习。年底，坡回到里士满，发现与爱弥拉的婚约已被罗伊斯特夫妇解除，更有甚者，爱弥拉竟然已嫁给一个年长她许多的富翁。翌年3月，由于养父不愿为其偿还2000美元赌债，坡愤然离家出走。两个月后，出于生计问题，时年18岁的坡假称自己22岁，化名"埃德加·A.佩里"加入美国陆军，被分派到波士顿港独立堡的海岸炮兵部队。坡说服一位年轻出版商出版了他的第一本诗集《帖木儿及其他诗》，署名"一个波士顿人"，这本40页的诗集仅印了50本，没有引起关注。11月，坡所在部队调到南卡罗来纳州的毛特烈堡守防，这座军事堡垒日后出现在坡的小说《金甲虫》中。

刚入伍时，坡是一名普通炮兵，月薪仅五美元。一段时间过后，坡被提拔为混制炸药的技术兵，这是炮兵部队里最危险的兵种之一，对技术要求极高，稍有闪失，后果不堪设想。所以整个操作过程中坡都得异常谨慎，这就能解释他的许多诗作和小说中细致周密的平行结构，这些结构往往小心翼翼地从低调的开头过渡到耸人听闻的结尾。1829年1月，在炮兵部队服役两年后，坡被晋升为士兵中的最高军衔军士长。出于当职业军人的考虑，坡请求养父协助其提前退伍，以申请进入西点军校。随着养母于2月去世，坡与养父暂时和解，爱伦同意了坡的要求。4月，坡正式退伍，提前结束5年的兵役，搬到巴尔的摩姑妈家，和孀居的姑妈玛丽亚·克莱姆及其七岁的女儿弗吉尼亚、他的胞兄亨利以及祖母伊丽莎白·凯恩斯·坡同住。9月，知名书评家约翰·尼尔在评论文章中肯定了坡的诗作，坡声称"平生第一次听到鼓励的话"，于是将他即将出版的第二本诗集《阿尔阿拉夫、帖木儿及小诗》中的一首诗献给尼尔。《阿尔阿拉夫、帖木儿及小诗》于12月付梓，这一次，坡署上了他自己的名字。

坡于1830年7月1日进入西点军校。在西点校园内，坡因擅写讽刺军官的滑稽诗而大受欢迎。10月，约翰·爱伦再婚，坡专门去信讽刺养父，再加上坡与爱伦就后者有私生子一事时有争吵，导致养父最终与他断绝关系。为了离开西点军校，坡故意违反校规，不去上课，不去教堂，翌年年初他如愿以偿，被军事法庭开除出校。接下来的几年，坡寄居在巴尔的摩姑妈家，教表妹弗吉尼亚念书，两人日久生情。在多位西点军校同学合力资助的170美元（许多人的捐助额为75美分）的帮助下，坡出版了他的第三本诗集，名字就叫《诗集》，其扉页写着"谨以本书献给美国军校生军团"。这些慷慨解囊的军校生或许期待看到坡在校期间写的那些讽刺军官的滑稽诗，然而这本诗集里并没有插科打诨的欢笑，而是充满了耽于幻想的阴郁。除了拜伦式的《帖木儿》和雪莱式的《阿尔阿拉夫》外，里面还有六首此前未曾发表过的诗作，包括《致海伦》《伊斯拉菲尔》和《海上之城》。

8月，一同住在姑妈家的坡的哥哥亨利病逝，死因或与酗酒有关。同住一个屋檐下的这家人贫困交加，事实上，自打离开养父母家，坡就一直被没钱的艰辛所困扰。坡的诗作既没有给他带来收入也没有带来名气，但坡决意走作家之路，尤其是在哥哥去世之后，于是到了19世纪30年代初，坡的创作方向从诗歌转向了小说。坡对当时的畅销短篇小说进行了深入分析，发现它们要么是源于哥特传统的恐怖小说，要么是语言风趣的幽默小说，要么就是两者的结合。不管是出于对钱的迫切需要，还是因为他发现了恐怖小说的本质，总之坡最初创作的短篇小说就跟他的诸多诗歌一样，往往是从相当低调的开篇发展到骇人听闻的结局。值得一提的是，坡入行的时代，是美国出版业的一个特殊时期。坡甚至是最早能靠写作养活自己的美国作家之一。在那个时代，由于没有对版权的保护，美国出版商经常未经授权就使用英国作家的作品，而且拜印刷技术的发展所赐，新的期刊杂志大量涌现，竞争非常激烈，许多期刊没出几期便已停刊。出版商时常拒付或拖欠作者稿酬，这也让坡苦不堪言，被迫要低声下气地向别人借钱或寻求援助。

1832年，坡送交五篇短篇小说参加费城《星期六信使报》主办的征文比赛，无一获奖，但全部被该报在未经坡本人同意的情况下匿名发表。不久后，坡参加了巴尔的摩《星期六游客报》征文比赛，评委们惊讶地发现小说类最佳和诗歌类最佳均为坡的作品。他们认为两项最佳不宜被一人独得，最终坡凭《瓶中手稿》揽得小说类头奖，获奖金50美元，凭《罗马大圆形竞技场》赢得诗歌类第二名。这段时期，坡开始撰写他一生中唯一的戏剧剧本《波利希安》。

《瓶中手稿》内文插图

1834年3月，坡的养父约翰·爱伦逝世，遗嘱里没有留给坡一个子儿（爱伦和二婚妻子所生的孩子以及爱伦的私生子都分到了遗产）。虽然小说和诗歌都初露峥嵘，但坡的经济状况依然拮据。这时坡的文学生涯迎来一位重要的伯乐，曾任美国国会议员、海军部长的老作家约翰·P.肯尼迪。身为《星期六游客报》征文比赛的评委之一，约翰·P.肯尼迪对《瓶中手稿》大为激赏。他欣赏坡的文学才华和文学抱负，不仅借钱给坡，还将坡推荐给里士满《南方文学信使》出版人托马斯·怀特。

彼时寂寂无名的爱伦·坡开始向《南方文学信使》投寄小说和书评，1835年8月，他受聘成为该刊主编助理兼书评主笔，然而几周后就因酗酒被托马斯·怀特解雇。9月，时年26岁的坡回到巴尔的摩，与年仅13岁的表妹弗吉尼亚·克莱姆秘密成婚。在向怀特承诺不会再酗酒后，坡得以复职，于翌月携弗吉尼亚和姑妈回到里士满，不久便升任为主编。翌年5月，收入趋于稳定的坡和弗吉尼亚举行了公开的第二次婚礼。供职《南方文学信使》期间，坡发表了大量书评文章，光1836年就为该刊写了八十多篇文笔犀利的书评，其中包括盛赞英国作家查尔斯·狄更斯的两篇。在那个纸媒的影响力日益增强的时代，坡为《南方文学信使》等刊物撰写的书评引发了广泛关注，他自此成为业界知名的书评家。坡声称在他任职期间，该刊发行量从700份增加到了3500份。实际上，坡生前最为人知的身份就是书评家。他的评论风格以直言不讳和尖锐刻薄著称，对他认为写得差劲的小说，他会无情地进行抨击挖苦，即使是大作家也毫不留情，这为他赢得了"战斧手"的绰号。正因为此，坡在收获赞誉的同时，也给自己树了不少敌人，招来许多猛烈而持久的敌意——这也为他今后遭受种种中伤毁谤埋下了伏笔。

1837年刚开头，与怀特产生分歧的坡就从《南方文学信使》离职，举家迁往纽约发展，但未能重新谋得编辑职位。一家人的开销全靠坡的姑妈兼丈母娘玛丽亚·克莱姆经营寄宿公寓维持。次年，坡发表了他本人最为满意的短篇小说《丽姬娅》，并在纽约著名的哈珀兄弟出版社出版了引起较大反响的《亚瑟·戈登·皮姆的故事》，这是坡一生中唯一的一部长篇小说。由于一直没能在纽约找到饭碗，坡携家人迁居费城，一边靠写作勉强糊口，一边寻求编辑职位。来年夏天，在当了两年半自由撰稿人，已经考虑放弃文学之路的时候，坡终于在喜剧演员威廉·埃文斯·伯顿创办的《伯顿绅士》杂志觅得主编助理一职。接下来的六七年坡埋头创作，或许是他作家生涯中最为高产的时期。在《伯顿绅士》杂志工作期间，坡大量发表书评文章，提高了他在《南方文学信使》时期确立的犀利书评人声誉。他的短篇小说经典《厄舍府的崩塌》《威廉·威尔逊》也于1839年发表在《伯顿绅士》上，同年坡还在费城一家出版社出版了他的第一本短篇小说集《怪诞故事集》(两卷本)，但口碑褒贬不一，且没有拿到稿费。

1840年6月，爱伦·坡在费城《星期六晚邮报》发布招股说明书，试图创办他自己的文学月刊《宾州》，但该杂志直到坡去世都未能办成。与此同时，坡又因与伯顿产生分歧而离开《伯顿绅士》杂志。《星期六晚邮报》老板乔治·雷克斯·格雷厄姆买下《伯顿绅士》，与他旗下的另一本杂志合并为《格雷厄姆》杂志，再聘请爱伦·坡担任主编兼主笔。格雷厄姆给坡开出的年薪是800美元（不含作品稿费），比坡以往任何时候的薪水都要高。1841年，坡在《格雷厄姆》杂志发表了世界上第一部真正意义上的侦探推理小说、亦是他的推理三部曲的首部作品《莫格街谋杀案》。这部小说塑造了最早的侦探形象、法国业余侦探奥古斯特·杜平，通过一个无名的叙述者"我"来讲述好友兼搭档杜平如何运用观察、分析、推理来破案。这两个人物为福尔摩斯与华生医生等侦探小说史上的诸多类似搭档提供了模板。加上《莫格街谋杀案》的两部续篇《玛丽·罗热疑案》和《失窃的信》，坡的推理三部曲开创了侦探推理的基本形式，让推理小说自此成为一种文学类型。

《莫格街谋杀案》

《玛丽·罗热疑案》

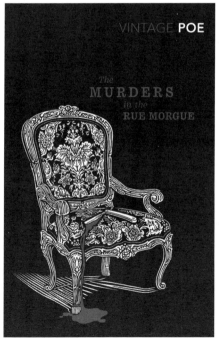

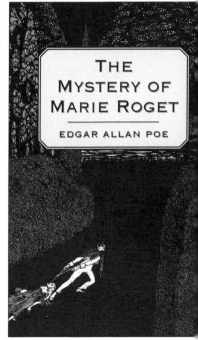

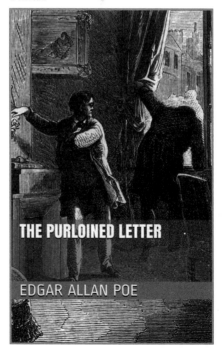

　　1842年伊始，坡的表妹兼妻子弗吉尼亚在弹钢琴唱歌时显示出肺结核的最初迹象，坡描述为她喉咙中有一根血管破裂了。在弗吉尼亚患病的压力下，坡酗酒更加严重。这段时间他创作了恐怖小说《红死魔的面具》《椭圆形画像》，还有一篇刊发在《星期六晚邮报》上的文章，坡在该文中猜测出了狄更斯正在连载的《巴纳比·拉奇》一书的结局。狄更斯对此深感惊奇，3月到访费城时特地与坡见了面。当时他一口答应为《格雷厄姆》杂志撰稿，并帮助坡在英国出版《怪诞故事集》，结果都打了空头支票。尽管在坡担任主编期间，《格雷厄姆》杂志的订户从5000人暴增到37000

《失窃的信》

人，成为当时全美最畅销的期刊，但坡依然为刊物内容和编辑自主权与格雷厄姆起了争执。1842年5月，坡从《格雷厄姆》杂志辞职。为了在内容上拥有更多的决定权，坡重拾创办文学月刊《宾州》(后更名为《铁笔》)的计划，然而还是未能筹得足够的启动资金。失业期间，坡一度谋求过政府的职位，他本可通过一位认识总统之子的朋友在费城海关就职，却因为醉酒爽约而失去了机会。

　　1843年是爱伦·坡的突破之年，这一年他发表了《泄密的心》《黑猫》和让他一举成名的《金甲虫》。《金甲虫》在征文比赛中赢得100美元奖金并引发轰动，《星期六信使报》甚至放在头版重新登载，根据同名小说改编的戏剧也被搬上舞台。由于报纸大量转载，它成为坡生前阅读量最高的短篇小说作品。作为第一部将密码学融入故事情节的小说，《金甲虫》还造成密码学和用密码书写的流行。可以说，《金甲虫》让坡一夜之间闻名全国。同年11月，坡在费城第一次就美国诗歌发表演讲时，整个会场挤得水泄不通，他遂决定将诗歌主题的演讲继续下去。次年，坡迁居纽约，在《明镜晚报》担任主编，发表《凹凸山的传说》《活葬》《长方形箱子》《汝即真凶》《失窃的信》。其科幻小说《气球骗局》采用新闻报道的形式，详细描述了梅森先生等人乘坐最新研制的维多利亚号热气球飞越大西洋的事件，令《纽约太阳报》的读者信以为真，真以为人类已经乘坐气球飞越了大西洋！以《气球骗局》为例，坡的科幻小说既有丰富的想象力，又不乏科学理论依据，对所有超乎寻常的东西都进行了科学的解释，这些特点为凡尔纳和威尔斯等科幻先驱的著作开了先河，所以坡也被誉为科幻小说的鼻祖。

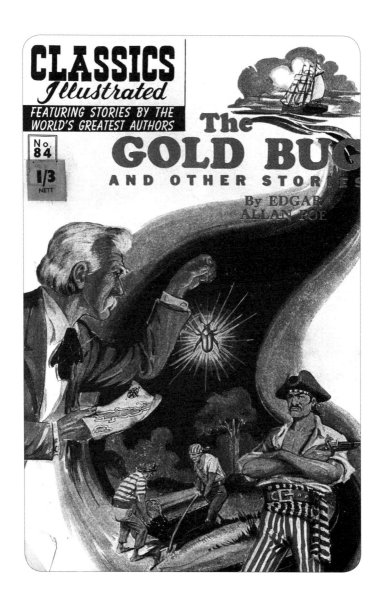

《金甲虫》连载时的封面

THE VOYAGERS LOOKING DOWN UPON THE GIANT'S CAUSSWAY.—Page 25.

《气球骗局》内页插画

1845年《乌鸦》发表时的封面

　　1845年，坡在《明镜晚报》上发表叙事诗《乌鸦》，再次引发轰动，一时间洛阳纸贵，坡就此成为美国家喻户晓的人物。有趣的是，尽管《乌鸦》被全美报纸杂志竞相转载，但坡仅获得区区9美元稿酬。坡将这次轰动与上一次《金甲虫》引发的轰动作比较，称"鸟打败了虫"。《乌鸦》的影响力持久不衰，深受法国象征主义诗歌代表人物波德莱尔、马拉美青睐，他俩先后动笔将其译成法文。7月，坡入职《百老汇》担任主编，后借钱将这本陷入债务危机的杂志买下，总算实现了他能主导内容的夙愿。然而才当了半年老板，《百老汇》即告停刊，坡创业梦碎。这一时期，坡的短篇小说集《故事集》和诗集《乌鸦及其他诗》在纽约出版。

　　1847年1月，妻子弗吉尼亚因肺结核病逝于纽约。传记作家通常认为坡作品中频繁出现的主题"美丽女人之死"源于他生命中女性的一再消逝，包括他的母亲和妻子（她俩都死于肺结核）。1848年底，坡向守寡的女诗人莎拉·海伦·惠特曼展开追求，两人曾短暂订婚，后因坡酗酒而解除婚约（一说是惠特曼母亲从中作梗）。求爱过程中，坡曾吞食鸦片试图自杀。翌年6月底，坡开启了一轮南方巡回演讲，为他始终未能创办成功的文学月刊《铁笔》筹集资金。坡最大的梦想之一就是拥有一份属于他自己的高水准文学刊物。"创办《铁笔》是我文学生涯中唯一重要的目标。"坡在一封信中写道。为了实现这一目标，他已经坚持不懈地努力了十年——这时他完全不知道自己即将离开人世，《铁笔》也就永远无法问世。7月，他回到里士满，与少年时代的恋人萨拉·爱弥拉·罗伊斯特开始重新交往，彼时萨拉的富商丈夫已经亡故。8月底，在坡的再三恳求下，萨拉答应了他的求婚，这也意味着她没法继承亡夫的一大笔遗产（遗嘱里有规定）。

一个多月后的10月3日，一名男子在巴尔的摩街头发现处于谵妄状态的坡，说他当时"极度痛楚，急需救助"。坡被送往华盛顿大学医院，四天后溘然长逝。报道称他死于脑充血或脑炎，这是当时通行的对不体面的死因（例如酗酒）的一种委婉说法。坡的死因众说纷纭，诸如震颤性谵妄、心脏病、癫痫、梅毒、脑膜炎、霍乱、一氧化碳中毒和狂犬病等。但真正的死因至今仍没有定论。坡留下的最后一句话是："上帝救救我可怜的灵魂吧。"

位于美国马里兰州巴尔的摩威斯敏斯特公墓的爱伦·坡纪念墓

MARIA POE CLEMM
BORN
MARCH 17, 1790
DIED
FEBRUARY 16, 1871

EDGAR ALLAN POE.

爱 伦 · 坡 年 表

1809年　1月19日出生于波士顿，本名埃德加·坡，在三兄妹中排行第二。坡的父母为同一个剧团的戏剧演员，母亲伊丽莎白·阿诺德·坡在当时颇有名气。

1810年　父亲大卫·坡二世弃家出走。

1811年　母亲于12月8日死于肺结核，父亲据传于12月11日过世。两岁的坡由苏格兰裔里士满富商约翰·爱伦夫妇领养，更名为埃德加·爱伦·坡。次年爱伦夫妇让坡在国教会教堂受洗。

1815年　约翰·爱伦到英国开设了分公司，坡遂随养父母迁往英国，先后就读于苏格兰艾尔郡欧文镇（约翰·爱伦出生地）的一所文法学校、伦敦切尔西的一所寄宿学校，以及位于伦敦北郊斯托克·纽因顿的约翰·布兰斯比神父庄园学校。

1820年　约翰·爱伦在英国的分公司难以为继，坡回到里士满继续学业，在游泳、拉丁文、法文、戏剧表演等方面展露天赋，并开始写双行体讽刺诗。

1824年　坡暗恋同学的母亲，后来为她写了一首诗《致海伦》，"表明其心灵中第一次纯洁美好的爱情"。

1825年　不顾双方家庭强烈反对，与少女萨拉·爱弥拉·罗伊斯特私定终身。

1826年　进入弗吉尼亚大学，结交了一群富家子弟，流连赌场，不仅欠下一身赌债，而且自此染上酗酒恶习。与养父关系渐渐变得糟糕。入学不足一年即因囊中羞涩而辍学，回到里士满，发现与爱弥拉的婚约已被罗伊斯特夫妇解除，爱弥拉嫁给了一个年长她许多的富商。

1827年　与养父为偿还赌债起争执后离家，以化名加入美国陆军，同一时期出版了第一本诗集《帖木儿及其他诗》，署名"一个波士顿人"，没有引起关注。

1829年　2月，养母去世，坡与养父暂时和解。服役两年获得军士长军衔后，坡提前退伍，希望养父能帮助其进入西点军校深造。12月，第二本诗集出版。

1830年　就读于西点军校。10月，约翰·爱伦再婚，在西点军校以讽刺诗闻名的坡写信讽刺养父，使得养父与他断绝关系。

1831年　1月，坡因故意缺课、违反校规被西点军校开除。接下来的几年，坡寄居在马里兰州巴尔的摩姑妈家，教表妹弗吉尼亚念书。在多位西点军校同学合力资助的170美元的帮助下，坡出版了他的第三本诗集，名字就叫《诗集》。8月，一同住在姑妈家的坡的哥哥亨利病逝，死因或与酗酒有关。

1832年　早期写诗的坡，已把注意力转向小说。费城《星期六信使报》匿名发表坡的五篇短篇小说。

1833年　《瓶中手稿》获巴尔的摩《星期六游客报》征文比赛小说类头奖，揽得奖金50美元；《罗马大圆形竞技场》获诗歌类比赛第二名。

1834年　养父约翰·爱伦逝世，遗嘱里没有留给坡一个子儿。虽然小说和诗歌都初露峥嵘，但坡的经济状况依然拮据。《瓶中手稿》使坡得到《星期六游客报》征文比赛评委之一约翰·P.肯尼迪（曾任美国国会议员、海军部长）的赏识，他不仅借钱给坡，还将坡介绍给里士满《南方文学信使》出版人托马斯·怀特。

1835年　坡开始向《南方文学信使》投寄小说和书评，同年八月成为该刊主编助理，但几周后就因酗酒被老板解雇。9月22日，时年26岁的坡回到巴尔的摩，与年仅13岁的表妹弗吉尼亚秘密成婚。在向《南方文学信使》出版人怀特承诺不会再酗酒后，坡得以复职。10月，坡携弗吉尼亚和姑妈回到里士满。

1836年　在《南方文学信使》上发表多篇诗歌、书评和小说。坡具有强烈个人风格的犀利书评引发广泛关注，令他成为业界知名的书评家。

1837年　1月，坡从《南方文学信使》离职。坡声称在他任职期间，该杂志发行量从700份上升至3500份。2月，迁往纽约。

1838年　发表短篇小说《丽姬娅》，出版一生中唯一的一部长篇小说《亚瑟·戈登·皮姆的故事》。迁居费城。

1839年　担任《伯顿绅士》杂志主编助理。继续大量发表小说及评论，提高了他在《南方文学信使》时期确立的犀利书评人声誉。在《伯顿绅士》发表短篇小说《厄舍府的崩塌》《威廉·威尔逊》。同年，坡的第一本短篇小说集《怪诞故事集》出版，评价褒贬不一，且没有拿到稿费。

1841年　在《格雷厄姆》杂志担任主编。发表被认为是世界上最早的侦探推理小说《莫格街谋杀案》。坡任主编期间，《格雷厄姆》杂志的订户从5000人暴增到37000人，成为当时全美最畅销的期刊。

1842年　1月，弗吉尼亚在弹钢琴唱歌时显示出肺结核的最初迹象，坡描述为她喉咙中有一根血管破裂了。在弗吉尼亚患病的压力下，坡酗酒愈发严重。发表《红死魔的面具》《椭圆形画像》以及《玛丽·罗热疑案》(《莫格街谋杀案》的续篇)。5月从《格雷厄姆》杂志辞职。

1843年　发表《泄密的心》《金甲虫》《黑猫》。其中《金甲虫》在征文比赛中赢得一百美元奖金并引发轰动，爱伦·坡由此在全国范围内有了较大知名度。由于被报纸大量转载，《金甲虫》成为坡生前阅读量最高的短篇小说作品。作为第一部将密码学融入故事情节的小说，《金甲虫》也造成了密码学和用密码书写的流行。

1844年　迁居纽约，在《明镜晚报》担任主编，发表《凹凸山的传说》《活葬》《长方形箱子》《汝即真凶》《失窃的信》。其科幻小说《气球骗局》以新闻报道的形式刊登于《纽约太阳报》，令众多读者信以为真。

1845年 1月，发表叙事诗《乌鸦》，再次引发轰动，坡就此成为全美国家喻户晓的人物。尽管《乌鸦》被全美报纸杂志争相转载，但坡仅获得9美元稿酬。坡将这次轰动与上一次《金甲虫》引发的轰动作比较，称"鸟打败了虫"。7月担任《百老汇》杂志主编，后借钱将其买下，成为该刊老板。

1846年 1月，《百老汇》杂志停刊，坡创业梦碎。状告《明镜晚报》诽谤，胜诉并获得赔偿金225美元。发表《一桶阿蒙提拉多白葡萄酒》。

1847年 1月，妻子弗吉尼亚因肺结核病逝于纽约。传记作家通常认为坡作品中频繁出现的主题"美丽女人之死"源于他生命中女性的一再消逝，包括他的母亲和妻子(她俩都死于肺结核)。

1848年 丧妻后的坡向守寡的女诗人莎拉·海伦·惠特曼展开追求，两人曾短暂订婚，后因坡酗酒而解除婚约(一说是惠特曼母亲从中作梗)。求爱过程中曾吞食鸦片试图自杀。

1849年 发表《跳蛙》。回到里士满，与少年时代的恋人、孀居在家的萨拉·爱弥拉·罗伊斯特订婚。10月3日在巴尔的摩街头被人发现，当时处于谵妄状态，目击者称他"极度痛楚，急需救助"。10月7日病逝于巴尔的摩的华盛顿大学医院，死因至今仍没有定论。

爱 伦 · 坡 主 要 作 品 对 照 表

中文名称	西文名称	出版年份
帖木儿	Tamerlane	1827
致海伦	To Helen	1831
瓶中手稿	MS. Found in a Bottle	1833
波利希安	Politian	1835
丽姬娅	Ligeia	1838
亚瑟·戈登·皮姆的故事	The Narrative of Arthur Gordon Pym of Nantucket	1838
厄舍府的崩塌	The Fall of the House of Usher	1839
威廉·威尔逊	William Wilson	1839
闹鬼的宫殿	The Haunted Palace	1839
生意人	The Business Man	1840
莫格街谋杀案	The Murders in the Rue Morgue	1841
莫斯肯漩涡沉溺记	A Descent Into The Maelstrom	1841
椭圆形画像	The Oval Portrait	1842
红死魔的面具	The Masque of the Red Death	1842
玛丽·罗热疑案	The Mystery of Marie Rogêt	1842
陷坑与钟摆	The Pit and the Pendulum	1842
泄密的心	The Tell-Tale Heart	1843
金甲虫	The Gold-Bug	1843

黑猫	The Black Cat	1843
凹凸山的传说	A Tale of the Ragged Mountains	1844
活葬	The Premature Burial	1844
长方形箱子	The Oblong Box	1844
汝即真凶	Thou Art the Man	1844
失窃的信	The Purloined Letter	1844
气球骗局	The Balloon Hoax	1844
乌鸦	The Raven	1845
与木乃伊的一席谈	Some Words With a Mummy	1845
焦油博士和羽毛教授的疗法	The System of Doctor Tarr and Professor Fether	1845
弗德马先生案例的真相	The Facts in the Case of M. Valdemar	1845
一桶阿蒙提拉多白葡萄酒	The Cask of Amontillado	1846
创作哲学	The Philosophy of Composition	1846
诗歌原理	The Poetic Principle	1848
安娜贝尔·李	Annabel Lee	1848
梦中之梦	A Dream Within A Dream	1849
跳蛙	Hop-Frog	1849
眼镜	The Spectacles	1850

陈震

1976年生，江苏靖江人，弃医从译，鲁迅文学院第三十五届中青年作家高研班（翻译家班）学员，译作包括《我是你的男人》《放任自流的时光》《犹太警察工会》《时间机器》《隐身人》《天堂十字路口》《无尽之河》《摇滚狂人》《谁愿永生》《鲍勃·迪伦诗歌集（1961—2012）》《穆里尼奥传》《泪水流逝》等。

图书在版编目（CIP）数据

爱伦·坡经典小说集／（美）埃德加·爱伦·坡著；
陈震译 . -- 北京：作家出版社，2022.6

（新编新译世界文学经典文库）

ISBN 978 - 7 - 5212 - 1867 - 1

Ⅰ . ①爱… Ⅱ . ①埃… ②陈… Ⅲ . ①短篇小说 -
小说集 - 美国 - 近代 Ⅳ . ① I712.44

中国版本图书馆 CIP 数据核字（2022）第 061588 号

爱伦·坡经典小说集

作　　者：[美] 埃德加·爱伦·坡
译　　者：陈　震
责任编辑：田一秀　袁艺方　王　烨　赵　超
装帧设计：潘振宇
封面绘画：潘若霓
出版发行：作家出版社有限公司
社　　址：北京农展馆南里 10 号　邮　编：100125
电话传真：86 -10 - 65067186（发行中心及邮购部）
　　　　　86 -10 - 65004079（总编室）
E - mail: zuojia @ zuojia. net. cn
http: // www.zuojiachubanshe.com
印　　刷：北京盛通印刷股份有限公司
成品尺寸：138×205
字　　数：283 千
印　　张：14.375
版　　次：2022 年 6 月第 1 版
印　　次：2022 年 6 月第 1 次印刷
ISBN 978 - 7 - 5212 - 1867 - 1
定　　价：66.00 元